HOLLYWOOD
DIRT

Titre de l'édition originale : *Hollywood Dirt*
© 2015, by Alessandra Torre
Première publication : 2015, EverAfter Romance

Collection New Romance® dirigée par Hugues de Saint Vincent
Ouvrage dirigé par Franck Spengler
Traduit par Caroline de Hugo
Pour la couverture :
Image : © Shutterstock
Graphisme : Jef Cortes

Pour la présente édition :
© 2017, Hugo Publishing
34-36, rue La Pérouse
75116 - Paris
www.hugoetcie.fr

ISBN : 9782755629774
Dépôt légal : octobre 2017
Imprimé en France (Corlet)

ALESSANDRA TORRE

HOLLYWOOD DIRT

Roman

Traduit de l'américain
par Caroline de Hugo

Hugo • Roman

*Je dédie ce livre à toutes les femmes puissantes du Sud,
où qu'elles soient, et plus particulièrement
à la belle et intelligente Tricia Crouch.
Merci pour tout.*

L'action de ce livre se déroule dans une ville réelle.
Elle fait référence à des personnes ayant existé.
Leurs noms, eux, sont inventés, et doivent
être compris comme tels.

INTRODUCTION

Les femmes du Sud sont uniques : il n'y a aucun doute là-dessus. Nous sommes des femmes issues de conflits. Notre passé est rempli du fracas des batailles et du chaos, d'auto-préservation et de protection. Nous avons dirigé des plantations lors des conflits armés, nous avons offert le thé aux soldats de l'Union avant de les regarder brûler nos maisons, nous avons protégé des esclaves des persécutions et, pendant des siècles, nous avons réussi à observer et à apprendre des erreurs de nos hommes. Il n'est pas facile de survivre dans le Sud. Mais il est encore plus difficile d'y parvenir en gardant le sourire.

Nous avons maintenu l'alliance de ces États, nous avons cultivé notre dignité et notre bienveillance, nous avons gardé la tête haute alors qu'on nous couvrait de sang et de cendres.

Nous sommes fortes. Nous sommes le Sud. Nous avons des vies et des secrets que vous ne pouvez même pas imaginer.

Bienvenue à Quincy.
7800 habitants.
Revenu moyen des ménages : vous ne le saurez jamais.
Secrets : innombrables.

Quincy fut jadis la ville la plus riche des États-Unis. Elle est le berceau de pas moins de 67 millionnaires du Coca-Cola. Aujourd'hui, chacune de leurs actions d'origine vaut dix millions de dollars. Vous comprendrez donc que cette petite ville peuplée de Belles du Sud soit un endroit très opulent. Pourtant, vous ne verrez pas une Bentley, aucun majordome si vous passez par là. Vous découvrirez une petite ville, avec ses beaux hôtels particuliers bien entretenus, qui conserve les traditions séculaires du Sud empreintes de simplicité. Souriez. Traitez votre voisin comme vous-même. Soyez gracieuse. Gardez vos secrets bien enfouis et vos inimitiés plus encore.

Dès le premier jour, Cole Masten a été mon ennemi.

CHAPITRE I

Hollywood est à mille lieues des petits chemins de terre de la campagne. Là-bas, ils ne comprennent pas comment nous travaillons. Ils ne comprennent pas non plus le système complexe de règles dans lequel nous vivons. Ils pensent que parce que nous parlons lentement, nous sommes stupides. Ils pensent que le mot «*y'all*[1]» est le signe d'une grammaire défaillante. Ils pensent que leurs Mercedes les anoblissent, alors que pour nous, c'est simplement un signe du manque d'estime de soi.

La cavalerie a déboulé un beau dimanche après-midi du mois d'août.

Des tas de semi-remorques suivis par des limousines, des camions et toute une caravane de berlines toutes semblables. Des camions de restauration, comme si nous n'avions pas de restaurant à Quincy. Et encore des semi-remorques. Le parfum entêtant de nos camélias a été subitement estompé par celui de leurs gaz d'échappement. L'odeur des moteurs diesel trimbalait avec lui un parfum de prétention et de suffisance. Leurs freins ont crissé très fort, au point que tout le monde les a entendus dans les trois comtés. Jusqu'aux pacaniers qui, interdits, se sont soudain redressés.

Un *dimanche*. Seuls les Yankees peuvent croire que *ce jour-là* est approprié pour débarquer dans nos vies. Dimanche, le jour du Seigneur. Un jour que nous passons sur les bancs de nos églises, à l'ombre des chênes, pour bruncher entre amis ou en famille. Puis à faire la sieste l'après-midi, avant de rendre visite à nos voisins sur leurs vérandas, à la tombée de la nuit. La soirée, c'est pour nous le moment privilégié

---

1. Contraction de *you all* (vous tous), pluriel du singulier *you* (tu), qui n'est employé que dans le sud des États-Unis.

11

à passer en famille. On ne fait pas de bouleversements le dimanche. Le dimanche n'est pas fait pour travailler.

Nous étions à la First Baptist Church[2] quand nous avons entendu le vacarme. Un murmure d'excitation a parcouru la table en se propageant comme l'éclair à travers le pain de maïs, les beignets, la tarte aux noix de pécan et l'étouffée de brocolis. C'est Kelly Beth Berry qui m'a annoncé la nouvelle, en penchant dangereusement ses cheveux roux sur la purée de patates douces.

– Ils sont arrivés, lança-t-elle d'une voix sinistre.

Mais l'excitation qu'on pouvait lire dans ses yeux bleus ne correspondait absolument pas au ton qu'elle employait pour délivrer son message.

Inutile de lui demander qui « ils » étaient. Quincy attendait ça depuis sept mois. Depuis qu'un lundi matin, Caroline Settles, la secrétaire du maire, Monsieur Frazier, avait reçu un premier coup de fil de Envision Entertainment. Elle avait transféré l'appel au bureau du maire, ramassé sa boîte de Red Hots[3] et s'était installée dans un fauteuil, devant sa porte. Là, elle avait mâchouillé la moitié de son paquet avant de se lever pour retourner à son bureau. Son derrière rebondi avait tout juste eu le temps de se poser sur son siège que le maire ouvrait la porte, tout excité, lunettes sur son nez et bloc-notes à la main, qu'elle savait pertinemment ne contenir que des gribouillis.

– Caroline, lança l'homme d'une voix traînante, je viens de recevoir un appel de Californie. Ils veulent tourner un film à Quincy. Nous n'en sommes qu'aux discussions préliminaires, mais (il la dévisagea par-dessus ses lunettes d'un air sérieux, limite dramatique) ceci ne doit en aucun cas sortir de ces quatre murs.

C'était ridicule, le maire Frazier savait pertinemment ce qui allait se passer dès qu'il aurait le dos tourné. Dans les petites villes, il existe deux sortes de secrets : ceux qui méritent d'être tus d'un commun accord et les croustillants.

---

2. Église baptiste.
3. Marque de chewing-gums US à la cannelle.

Les secrets croustillants ne restent pas longtemps ignorés. C'est impossible, ils ne sont pas faits pour ça. Ils sont l'unique source de divertissement dans une petite ville, les morceaux de bon gras qui nous maintiennent en bonne santé. Ces secrets sont notre pain quotidien, et bien peu de choses sont aussi importantes qu'un « n'en parle à personne » lancé à la première personne venue.

En moins de cinq minutes, Caroline avait appelé sa sœur depuis les toilettes personnelles du maire. Assise sur la cuvette rembourrée, elle avait répété d'un seul trait tout ce qu'elle avait entendu à travers la porte.

— Ils ont parlé de *Plantation*, d'*Autant en emporte le vent*… J'ai entendu le nom de Claudia Van… Tu crois que Claudia Van va venir à Quincy ?… Il a parlé du mois d'août, mais je ne sais pas si c'est cette année ou l'année suivante…

La rumeur avait assez de munitions pour se déchaîner, les spéculations et les fausses affirmations se sont propagées à la vitesse de l'éclair, comme l'épidémie de poux de 1992. Tout le monde croyait savoir quelque chose et, chaque jour, une nouvelle information était offerte en pâture à notre société affamée.

J'ai eu de la chance. J'ai chopé une place de premier choix dans cette histoire, du coup je suis redevenue intéressante pour cette ville qui m'avait blacklistée trois ans auparavant. Intéressante était une première étape vers le statut de personne estimée, un statut que ni ma mère ni moi n'avions réussi à obtenir en vingt-quatre ans de séjour à Quincy. Ce n'était pas un statut auquel je tenais particulièrement, mais j'étais assez intelligente pour ne pas faire la fine bouche. Ce film était la chose la plus excitante qui ait jamais eu lieu ici, et la ville retenait son souffle en comptant les jours avant sa venue.

Hollywood. Le glamour. Les studios. Les célébrités, dont la plus fascinante était Cole Masten. Cole Masten. L'homme dont rêvent toutes les femmes dans la pénombre de leurs nuits, quand leurs maris ronflent ou, dans mon cas, quand leurs mères dorment. Sans doute le plus bel homme d'Hollywood depuis ces dix dernières années. Grand et fort, avec une silhouette de rêve en costume, et un corps d'athlète lorsqu'il se déshabille. Des cheveux brun foncé, assez épais pour qu'on puisse y plonger les mains, mais suffisamment courts pour avoir l'air net. Des yeux verts qui vous conquièrent dès l'instant où il sourit. Un sourire qui vous fait oublier ce qu'il est en train de vous dire, parce qu'il vous fait tellement saliver que plus rien d'autre n'a d'importance. Cole Masten est un véritable sexe ambulant, et toutes les femmes en ville mouillent en songeant à sa venue.

Toutes les femmes, sauf moi. Je ne peux pas. D'abord parce que c'est un sale connard ; un vrai macho, sans aucune bonne manière. Ensuite, il a été – pendant les quatre mois qui ont suivi – mon patron. Le patron de tout le monde. Car Cole Masten n'était pas seulement la star de ce film. Il avait également investi de l'argent dans la production, c'est lui qui finançait toute l'opération. C'est Cole qui avait déniché ce petit roman sudiste dont personne n'avait entendu parler. Le roman qui parlait de notre ville, le roman qui dévoilait ce qu'étaient les plantations et les camionnettes de travail : un camouflage.

Le camouflage de milliardaires secrets.

C'est la vérité. Notre petite ville de sept mille habitants bien tranquille recèle bien d'autres choses que la célèbre politesse du Sud et les concours de recettes de poulet rôti. Elle cultive aussi la discrétion, j'en veux pour preuve que ce qui se cache est dans nos coffres-forts et sous la terre de nos arrière-cours. Ou bien s'entasse dans nos congélateurs et nos greniers. Du cash. Énormément de cash. Notre petite ville compte quarante-cinq millionnaires et trois milliardaires. C'est une approximation, la meilleure estimation qui puisse résulter de nos calculs de tête. C'est peut-être plus. Tout dépend de l'intelligence avec laquelle les différentes générations ont géré leur stock d'actions Coca-Cola. Car tout vient de là. Du Coca. Dans cette ville, si vous prononcez le mot Pepsi, mieux vaut surveiller vos arrières et déguerpir le plus vite possible.

Donc Cole a découvert le secret de la prospérité de Quincy. Il a été fasciné par notre petite ville et ses faux-semblants. Il a monté une équipe. Embauché un scénariste. Il est resté éloigné des tabloïds assez longtemps pour pouvoir concevoir un film de trois heures à partir d'un livre de soixante-douze pages. Et maintenant... Treize mois après que Caroline Settle a lancé le buzz, les voilà qui arrivent. Hollywood est là ! Un jour plus tôt que prévu. Je leur avais dit d'arriver le lundi, je leur avais expliqué tous les inconvénients d'une arrivée le dimanche. J'ai observé cette folie en me demandant combien de nouveaux problèmes allaient nous tomber dessus.

J'ai suivi la foule sur la pelouse de l'église. J'ai observé la grand-rue qui se faisait envahir, les hommes qui sautaient des bus et des camions, les cris et les ordres donnés pendant que les gens couraient en tous sens, sans aucune raison apparente. J'ai souri. Je n'ai pas pu m'en empêcher. Cette bande de brutes épaisses qui nous arrivaient comme un rouleau compresseur, un dimanche. En pensant qu'ils maîtrisaient la situation. Que subitement, Quincy devenait leur ville. Ils n'avaient pas la moindre idée d'où ils avaient mis les pieds.

CHAPITRE 2

SIX MOIS PLUS TÔT

Ma mère était une reine de beauté. Miss Arkansas 1983. Je suis née en 1987. Je ne connais pas les circonstances de ma naissance et je dois dire que je ne m'en suis jamais vraiment souciée. J'ai de vagues souvenirs de mon père, un homme grand, qui fumait le cigare et habitait une grande maison aux parquets bien cirés. Un homme qui me hurlait dessus, me frappait et me secouait quand je pleurais. Le lendemain de mes sept ans, ma mère m'a réveillée au milieu de la nuit et nous nous sommes enfuies. Nous avons pris sa voiture, une grosse berline intérieur cuir, avec une cassette de Garth Brooks[4] que nous avons écoutée pendant tout le trajet jusqu'en Géorgie, en nous arrêtant uniquement pour la rembobiner de temps en temps. Voilà mes derniers souvenirs de ma vie d'avant. Garth Brooks, des fauteuils en cuir et ma mère qui pleurait. J'étais allongée sur la banquette arrière avec son manteau posé sur moi et j'essayais de comprendre pourquoi elle pleurait. J'essayais de comprendre pourquoi elle agissait ainsi si ça la rendait tellement malheureuse.

Nous avons abandonné la voiture en chemin, lorsque nous sommes tombées en panne d'essence. Ensuite, nous avons marché. Ma mère tenait, serré dans sa main, un magazine qu'elle avait roulé. J'y jetais des coups d'œil en avançant, j'essayais de me concentrer sur la couverture qui se balançait à chaque mouvement de ma mère. Quand un homme s'est arrêté et nous a proposé de nous conduire à l'arrêt de bus, et qu'il m'a fait grimper à l'arrière, j'en ai eu

---

4. Chanteur de country très célèbre dans les années 90.

un meilleur aperçu. J'étais coincée contre elle, avec notre valise posée sur la banquette à côté de nous. Il y avait un gros titre : LES MILLIONNAIRES DU COCA-COLA. Et là, au milieu, avec une bouteille de Coca en verre à la main, un homme chauve souriait de toutes ses dents.

J'ai fini par rencontrer cet homme chauve. Johny Quitman. Il a embauché ma mère comme caissière dans sa banque, un poste qu'elle occupe encore aujourd'hui. Il appartenait à la troisième génération de millionnaires de Quincy, encore suffisamment néophyte pour arborer un grand sourire enthousiaste sur une couverture de magazine.

Pendant un certain temps, quand je repensais à notre échappée nocturne vers cette petite ville, avec ce magazine serré dans le poing de ma mère, je me disais qu'en fait elle se cherchait un nouveau mari et qu'en venant s'installer ici, elle espérait alpaguer l'un de ceux qui étaient mentionnés dans l'article. Mais ça n'est jamais arrivé. Elle n'a même pas essayé. Tout ce que je peux dire, c'est que nous nous sommes installées en ville, qu'elle a trouvé un job et n'est plus jamais sortie avec un homme. Peut-être qu'elle aimait trop mon père pour ça. Ou peut-être désirait-elle tout simplement trouver un havre de paix pour y vieillir et mourir. C'est tout ce qu'elle semblait faire. Attendre la mort. Une bien triste fin pour une femme si belle.

J'étais assise sous la véranda, pieds nus posés sur la rambarde. L'air chaud s'engouffrait sous ma jupe. Je l'observais. Elle était à genoux sur une serviette pour protéger son pantalon léger. Elle creusait autour des racines d'un buisson d'azalées. Ses bras luisaient de sueur dans la lumière de l'après-midi. Un grand chapeau à bords larges me cachait son visage. Nous étions seules à la maison, les lucioles s'activaient. J'étais assise sans réagir dans la chaleur et je la regardais travailler. J'envisageais de lui offrir une limonade, bien qu'elle ait déjà refusé par deux fois.

Je ne voulais pas devenir comme ma mère. Je voulais, en quelque sorte, vivre ma vie.

CHAPITRE 3

À Hollywood, un mariage est réussi
s'il dure plus longtemps qu'un litre de lait entamé.

Rita Rudner

Cole Masten longea lentement la voiture, une Ferrari bleu glacier, avec ses lunettes de soleil assez inclinées pour cacher son visage, tout en lui permettant de voir parfaitement.

– C'est une très belle voiture, dit le vendeur devant lui, en faisant un signe de la main tout à fait superflu, qui désignait la voiture d'une façon très prétentieuse.

Bien sûr qu'elle était belle. À trois cent mille dollars, elle pouvait l'être. Il fit un signe de tête à l'homme en costume qui se tenait à gauche de la voiture. Justin, son assistant, fit un pas en avant.

– Nous allons la prendre. Je m'occupe des papiers et du paiement. Pouvez-vous donner les clés à Monsieur Masten… ?

Cole attrapa le porte-clés et se glissa au volant. Le personnel de la concession se précipita pour ouvrir en grand les baies vitrées qui composaient le côté droit du bâtiment. Derrière la vitre, dans la rue, la foule se pressait. Une foule de femmes. En adoration. Il serra les dents et tapa à plusieurs reprises sur le levier de vitesse pour marquer son impatience. La foule ondula, des mains s'agitèrent, des corps sautèrent en l'air, on aurait dit une entité vivante qui respirait, de celles qui pouvaient aussi bien aimer que haïr. Quand la vitre s'ouvrit, Cole mit le moteur en marche est s'avança lentement, ses lunettes toujours perchées sur son nez, en inclinant la tête en direction de la foule et en lui lançant son sourire maison, celui qu'il avait peaufiné dix ans auparavant.

Il a souri.

Il s'est avancé.

Il a fait un signe de tête à une fille au premier rang qui est tombée dans les pommes dans les bras de ses copines. Les flashs ont crépité. Ils ont couvert l'événement pendant qu'il appuyait doucement sur l'accélérateur, jusqu'à ce qu'il se retrouve sur la chaussée et puisse appuyer sur le champignon.

Ça faisait douze ans qu'il était dans ce business. Il avait l'habitude. Il fallait bien apprécier la chose. Les projecteurs, l'attention… ça signifiait qu'il était toujours dans la course, que les journalistes et les agents faisaient toujours leur boulot. Que la bête insatiable était nourrie et qu'elle en redemandait. Qu'il avait encore un peu de temps avant qu'on l'oublie. Ce qui ne voulait pas dire qu'il aimait ça. Cette invasion. Cette comédie.

Il défoula son agressivité en prenant les virages de Hollywood Hills à fond. La voiture italienne répondait au quart de tour, l'arrière dérapait à peine avant d'accrocher l'asphalte et de s'arracher. Quand il arriva devant le portail de sa villa, son cœur battait très fort, ses lèvres s'étiraient dans un grand sourire. Voilà ce dont il avait besoin. Du risque. De la course. Du danger. Elle aussi allait aimer ça. Ils étaient coulés dans un même moule. C'était une des raisons pour lesquelles ça avait marché entre eux. Il laissa le moteur de la voiture tourner au ralenti devant la maison et grimpa les marches quatre à quatre, les mains dans les poches. Il passa devant un trio de gouvernantes qui le saluèrent d'un murmure poli dans l'escalier.

Trois ans. Il habitait ici depuis trois ans et il était toujours traité comme un objet. Par son staff, par son équipe. Et parfois par sa femme. Il entra dans la maison et il la vit, à travers la fenêtre de derrière, au bord de la piscine.

Elle était en pleine séance photo. Il se mit à gémir, il avait envie d'être seul avec elle, de lui offrir la voiture, envie d'un moment sans caméras et sans assistants, un moment qui n'était pas près d'arriver. Elle était debout sur un rocher qu'il n'avait encore jamais vu. Son corps splendide s'offrait à la lumière des projecteurs, son maillot était assez fin pour laisser transparaître ses tétons. Ses mamelons foncés attiraient son regard, comme celui de toute l'équipe de photographes présents. Tous des hommes. L'un d'eux plaisantait à son oreille en étalant de l'huile sur ses épaules. Son regard croisa le sien, trop lointain pour qu'il puisse y lire quoi que ce soit, à part un imperceptible mouvement de menton. Lui leva une main en lui souriant.

Cinq semaines ensemble, voilà tout ce qu'ils auraient. Ensuite, elle s'envolerait pour l'Afrique et lui pour New York. C'était ça, l'histoire de leur mariage. Des petits morceaux de vie volés à leurs emplois du temps respectifs.

Peut-être devrait-il conduire encore pour se défouler un peu. Parce que là, à présent, sans savoir pourquoi, il était en colère. Peut-être était-ce parce qu'après six mois de séparation, il rentrait chez lui pour trouver sa femme en train de s'afficher. Alors que tout ce qu'il désirait, tout ce dont il avait rêvé, c'était de la pousser contre le mur et de laisser s'exprimer tous les désirs qu'il avait ressentis pendant ces six derniers mois. Se remémorer le goût de sa peau. Sa façon de gémir. Comment il arrivait à la faire gémir. Dans une maison vide, sans personne pour assister à leurs retrouvailles. Il ouvrit brusquement la porte d'entrée et redescendit les marches quatre à quatre, jusqu'à la nouvelle voiture de sa femme.

CHAPITRE 4

Quelqu'un frappa à la porte. Je levai la tête de mon livre en fixant la porte d'entrée. Sa surface blanche ne me donna aucune indication sur le mystère qui se cachait derrière. Un coup.

Le bruit reprit. Je dus me lever en abandonnant *Odd Thomas* [5], ce qui attisa ma curiosité. Dans une petite ville comme Quincy où nous ne fermons pas nos portes à clé, une ville sans aucun étranger, il n'existe que deux types de visiteur :

1. Le type considéré comme faisant partie de la famille, un ami assez proche pour entrer sans prévenir dans la maison. Je n'en avais plus de ce genre-là.

2. Le type qui a besoin d'une introduction, d'un nécessaire « j'appelle pour voir si je peux passer ».

Il n'existait pas de coups frappés sans prévenir, du genre « je ne fais que passer ». C'était mal élevé. Inacceptable.

J'avais parfaitement appris les bonnes manières, nous les connaissions toutes. S'il y a des règles dans le Sud, c'est pour une bonne raison – nous n'avons pas passé deux cents ans à développer notre savoir-vivre pour rien. Je me suis extirpée de mon plaid et me suis dirigée vers la porte. En tirant le rideau en dentelle, j'ai découvert le visage d'un inconnu. Un inconnu souriant, qui me faisait des signes énergiques de la main, comme s'il ne surgissait pas de façon totalement inattendue. Un assez bel homme, en réalité. Une peau nickel, des dents blanches, un polo bleu vif assez moulant pour laisser deviner un corps bien musclé. J'ai ouvert la porte.

– Je peux vous aider ?

---

5. *L'Étrange Odd Thomas* est un manga de Dean Koontz, alliant humour et horreur, qui a été adapté au cinéma en 2013.

– Seigneur, j'espère bien.

À ces mots, ma libido a replongé dans les profondeurs du désespoir. Chacune des syllabes que cet homme avait prononcées l'avait été avec une voix suraffectée d'homo, pendant qu'il s'affaissait contre le chambranle de ma porte d'entrée dans une pose tellement mélodramatique que j'ai failli éclater de rire.

– S'il vous plaît, dites-moi que vous êtes la propriétaire de ce lieu fabuleux.

Ah. Très marrant. Je portais des Keds aux bouts usés par d'innombrables lavages. Ma montre était en plastique et je me dressais dans l'embrasure de la porte de l'ancien quartier des esclaves de la plantation d'Anna Holden. Ce type était hilarant.

– Nan, ai-je répondu d'une voix traînante, en croisant les bras. Pourquoi ?

Il a eu l'air bêtement gêné, comme si ça ne me regardait pas. Comme s'il ne venait pas de frapper à ma porte et d'interrompre ma lecture.

– Avez-vous le numéro de téléphone du propriétaire ?

J'ai secoué la tête. Je n'allais certainement pas donner le numéro des Holden à un étranger.

– Qu'est-ce que vous lui voulez ?

– Je ne suis pas autorisé à vous le dire, a-t-il reniflé.

J'ai haussé les épaules. Je n'allais tout de même pas le supplier. Il voulait jouer au secret, parfait.

– Bonne chance.

Et avec un sourire poli, je lui ai fermé la porte au nez. Les Holden étaient dans le Tennessee pour deux mois. Il pourrait toujours frapper à toutes les portes de leur domaine ou alors revenir en me donnant plus d'informations. Libre à lui.

Ce joli garçon a mis trois jours avant de revenir. Je l'ai vu arriver, dans son costume en seersucker. Il avançait avec précaution sur mon chemin de terre. Je l'observais depuis mon rocking-chair. Je lui ai désigné l'autre, en face du mien.

– Je vous en prie, Monsieur Payne, prenez un siège. Il fait chaud à l'extérieur.

Il faisait *vraiment* chaud. Le genre de chaleur humide qui sape toute votre énergie en quelques minutes. Le genre de chaleur qui nous amène des crocodiles et des serpents, ces créatures du diable. Ces jours-là, tous les gens sensés restent à l'intérieur. Et pourtant, Bennington Payne était là avec moi, sous mon porche, alors que le ventilateur tournait furieusement en créant un courant d'air chaud juste assez supportable pour que je reste là sans bouger. Je me suis baissée, j'ai plongé la main dans un seau de glace posé à mes pieds et je lui ai tendu une bière, en coinçant la mienne entre mes cuisses.

Il n'a pas discuté, ne m'a pas remerciée. Il s'est contenté d'attraper la bière, a regardé d'un air soupçonneux mon fauteuil avant de s'y affaler, puis il a décapsulé sa bouteille en me gratifiant d'un sourire reconnaissant.

— Comment connaissez-vous mon nom ? me demanda-t-il en essuyant délicatement ses lèvres après avoir éclusé la moitié de sa Bud Light.

Je me suis balancée en arrière, mes cheveux relevés au-dessus de ma tête.

— Vu la façon dont vous vous ramenez avec vos gros sabots, même les vaches du comté de Thomas connaissent votre nom à présent.

Je me suis mise à rire contre le goulot de ma bière en lui jetant un regard en biais.

— Vous pouvez enlever cette veste, vous savez. Ça ne vous rapportera rien de mieux qu'une bonne suée.

Il s'est tourné vers moi pour examiner mon visage comme si j'allais dire autre chose. Comme rien ne venait, il a posé sa bière et a ôté sa veste en la repliant soigneusement, avant de se rasseoir au fond du rocking-chair et de l'étaler délicatement sur ses genoux. C'était un geste malin. La police locale est capable de lire des scènes de crime uniquement grâce aux empreintes dans le pollen. C'est notre malédiction dans le Sud. Ça et les moustiques, et les serpents, et les cafards volants, et des centaines d'autres petits inconvénients qui font peur aux gens du Nord.

— Est-ce pour ça que toutes mes démarches ont été infructueuses ? me demanda-t-il. Parce que j'arrive avec mes gros sabots, comme vous l'avez dit si élégamment ?

— C'est pour deux raisons. D'abord, vous fouillez partout avec gros sabots, et ensuite vous n'expliquez pas pourquoi. On n'aime pas ça ici. Nous sommes une ville privée. Nous n'accueillons pas volontiers les étrangers. Pas ceux dans votre genre. Des jeunes mariés, des vacanciers, des touristes, oui. Mais vous êtes ici pour une autre raison, et ça rend tout le monde très suspicieux.

Il resta assis en silence un moment et termina sa bière d'un seul trait.

— On m'a demandé d'être discret, finit-il par dire.

J'ai ri.

— Vous a-t-on demandé de réussir ? Parce que vous ne pourrez pas faire les deux à la fois.

Le soleil avait un peu baissé dans le ciel, jusqu'à l'endroit où il perce à travers les arbres et illumine le porche de devant. C'est le moment précis où je ramasse mes affaires pour rentrer. Je me suis penchée en avant, j'ai attrapé sa bouteille vide et je l'ai jetée avec la mienne dans le seau de glace en me levant et en m'étirant, puis je lui ai tendu la main.

— Summer Jenkins.

— Bennington Payne. Mes amis m'appellent Ben. Et pour l'instant, j'ai bien l'impression que vous êtes ma seule amie dans le coin.

— Ne cherchons pas à définir trop vite notre relation, ai-je souri. Entrez. Il faut que je commence à préparer le dîner.

*
* *

— C'est tout simplement pas naturel, une fille de cet âge-là encore célibataire. Surtout aussi jolie.

— Bon, mais tu t'attendais à quoi ? Tu sais ce qui est arrivé avec Scott Thompson. Summer n'a pas eu tant de rendez-vous galants que ça, depuis.

CHAPITRE 5

Maman et moi avons vécu dans l'ancien quartier des esclaves de ce qui fut jadis la plus grande plantation du Sud. J'y ai travaillé comme gardienne, je devais m'assurer que le jardinier ne laisse pas la pelouse dépasser cinq centimètres de hauteur, surveiller la récolte de noix de pécan, ainsi que la propreté impeccable de la maison. Les Holden passent cinq mois de l'année ici, et les sept autres mois entre leur chalet des Blue Ridge[6] et leur maison de Californie. Ils représentaient une exception à Quincy, l'une des rares familles à sortir périodiquement des limites de notre ville. J'avais entendu bien des commentaires désobligeants, repéré des signes de désapprobation quand leurs bancs restaient vides pendant l'office de Pâques. C'était ridicule. Toute cette ville était ridicule. Une bande de richards couvant leurs tas d'argent jusqu'au jour de leur mort. Chacun comptait en douce les millions des autres, alors que personne ne savait vraiment ce que les autres possédaient. Tous ceux du groupe principal avaient débuté de la même façon : ils étaient quarante-trois qui avaient investi deux mille dollars chacun dans la société Coca-Cola en 1934. Ce jour-là, à cet instant précis, ils étaient tous égaux. Pendant les vingt années qui suivirent, en raison des ventes d'actions, des achats, des réinvestissements, des mariages, des divorces et des mauvaises décisions, certaines de ces fortunes ont grimpé en flèche pendant que d'autres fondaient comme neige au soleil.

Aujourd'hui, c'est le grand jeu de deviner qui est plus riche que qui. Ça n'a pas réellement d'importance. Ils possèdent plus que ce qu'on peut dépenser en une génération.

---

6. Les Blue Ridge sont une chaîne de montagnes de l'Est des États-Unis. Elles forment la partie orientale des Appalaches et s'étendent de la Géorgie, au sud, à la Pennsylvanie, au nord.

Il y a six ans, j'ai accepté de m'occuper du domaine des Holden en échange du gîte et d'un salaire mensuel de cinq cents dollars — un très bon deal pour un boulot qui me prend environ dix heures par semaine. Maman s'est installée dans la deuxième chambre du cottage et a pris à sa charge les courses et le ménage. Oui, à vingt-neuf ans, je vivais encore avec ma mère. J'étais quelqu'un qui ne se droguait pas, qui ne sortait pas en soirées, qui n'avait pas de relations sexuelles. Je lisais des romans, je buvais de temps en temps une bière l'après-midi quand il faisait très chaud, et je faisais les mots croisés du *Times*, le dimanche après-midi. Je n'étais pas allée à l'université, je n'étais pas particulièrement belle et, souvent, j'oubliais de me raser les jambes. Et puis, j'étais capable de cuisiner des boulettes sacrément bonnes et de me procurer un orgasme en cinq minutes. Pas en même temps bien sûr. Je n'étais pas assez douée pour ça.

Et là, quel que fût l'atout que Bennington Payne ait gardé dans sa manche, j'étais sa seule option possible. Bien que je n'appartienne pas à l'élite. Bien que je sois une paria à Quincy.

CHAPITRE 6

J'ai sorti le poulet du réfrigérateur et je l'ai posé dans l'évier, sous le robinet, pour finir de le décongeler. Me tournant vers Bennington, je l'ai surpris en train de détailler mon intérieur.

— Vous aimez ?

— C'est très intime, a-t-il répondu gaiement en s'asseyant sur une des chaises.

Je me suis retournée vers l'évier pour dissimuler mon petit sourire ravi.

— Crachez le morceau, Bennington, qu'est-ce que vous cherchez à Quincy ?

J'ai ouvert en grand la porte du frigo pour attraper les sacs de légumes.

Il a eu un dernier instant d'hésitation avant de parler, puis ses mots se sont bousculés sur ses lèvres, un débit typiquement féminin à peine masqué par le parler pointu des grandes villes.

— Je travaille pour Envision Entertainment. Je suis repéreur. Je recherche des lieux pour…

— Le film, dis-je en terminant sa phrase, tout en mettant le poulet de côté et en remplissant une grande casserole, assez fière d'avoir obtenu au moins une information.

— Oui. (Il a eu l'air surpris.) Comment est-ce que vous…

— Nous sommes tous au courant depuis le jour où le maire a été contacté, ai-je répondu vertement. Vous auriez tout aussi bien pu mettre un panneau publicitaire sur la 301.

— Mais alors, ça ne devrait pas poser de problèmes, s'exclama-t-il avec impatience. Si tout le monde est au courant du tournage d'un film, je n'aurai plus qu'à prendre contact avec les locaux.

J'ai douché son enthousiasme d'un brusque signe de tête.

— Personne ne va vous autoriser à filmer chez lui.

Ça l'a stoppé net. Son visage a viré au gris, une nuance étonnante qui jurait avec ses mèches blondes.

— Pourquoi pas ?

— Pourquoi le feraient-ils ?

— Pour de l'argent ? Pour la gloire. Pour pouvoir s'en vanter auprès de leurs voisins.

Je me suis mise à rire.

— D'abord, personne n'a besoin d'argent à Quincy, à part moi, bien entendu. Et même s'ils en avaient besoin, — ce qui n'est pas le cas —, ils n'iraient pas le clamer sur tous les toits en permettant à votre équipe de louer leur plantation.

J'ai pointé ce premier point sur mon doigt.

— Deuxièmement, ici c'est le vieux Sud. La célébrité n'est pas une bonne chose. Pas plus que la vantardise. Plus vous vous vantez, plus vous frimez, plus vous donnez des signes de faiblesse, de manque d'assurance. Vous comprenez très bien qui sont les vrais riches à leur confiance en eux, leur classe. Les gens d'ici ne montrent pas leur richesse, ils la cachent. Ils la convoitent.

Le type me regardait fixement comme si je lui parlais chinois.

— Mais tous les grands domaines, a-t-il bafouillé. Les grandes maisons, les diamants…

Il dardait son regard sur mon humble intérieur comme si, d'une certaine façon, cela allait dans son sens.

— Ils appartiennent tous à de vieilles fortunes, dis-je avec un signe dédaigneux de la main. Ce sont des achats qu'ils ont faits quand ils étaient encore des planteurs de coton qui avaient gagné de l'argent. Ça date de l'essor de Coca-Cola, quand toute la ville a célébré sa richesse. C'était il y a presque cent ans. Avez-vous vu la moindre construction nouvelle en ville ? La moindre Rolls-Royce avec air climatisé et radio satellite ?

J'ai attendu sa réponse en fermant le robinet et en posant la casserole sur le feu.

— Mais alors, qu'est-ce que je fais, moi ? J'ai besoin d'un hôtel particulier. De deux, même. Et de quinze autres décors à filmer, a-t-il glapi en attrapant d'une main chancelante un tube de médicaments dans sa poche.

Sa crise de panique ne fit pas apparaître la moindre ride sur son front. Je le regardais, fascinée, j'avais envie de le toucher pour voir s'il bougerait.

— Il semblerait, dis-je lentement en prenant un verre et en le remplissant d'eau, que vous ayez besoin d'une aide locale. Quelqu'un qui connaisse Quincy et ses habitants. Quelqu'un qui sache quel fermier persuader. Quelqu'un qui mène les négociations avec les commerçants locaux, les hôtels et les officiels.

— Mais c'est mon boulot, a-t-il protesté faiblement en acceptant mon verre d'eau et en l'avalant d'un seul coup.

— Et combien vous payent-ils pour ça ?

Je me suis reculée en croisant les bras. J'espérais qu'il craque, sans y croire vraiment. Je m'attendais à ce qu'il tapote son costume de minet et m'envoie promener. Mais j'avais tort. J'ai dû faire des efforts pour cacher mon étonnement lorsqu'il m'a répondu «cent vingt» d'un air guindé, en croisant les jambes tout en défroissant le tissu de son pantalon ; c'était comme s'il retrouvait un semblant de maîtrise de soi en mettant tout sur la table.

— Mille ?

Je n'aurais même pas dû poser la question. C'était une question idiote, avec une réponse évidente. Il ne se serait pas installé à ma table pourrie pour le prix d'un aspirateur.

— Oui. Mais c'est un boulot de cinq mois. Les négociations, la gestion de la paperasse, le…

— Je le ferai pour vingt-cinq, en cash.

Je me suis avancée, la main en avant, le visage impassible, comme pour un vrai coup de poker.

— Quinze, a-t-il marchandé, en se levant et en fixant ma paume de main.

— Vingt, ai-je rétorqué. Rappelez-vous que je suis votre seule chance.

Il a pris ma main et l'a serrée, d'une poigne plus ferme que je ne m'y attendais.

– Marché conclu.

Je lui ai offert mon plus beau sourire. Mais entre vous et moi ? Je l'aurais fait pour cinq cents dollars.

CHAPITRE 7

Ben était descendu à la Wilson Inn, ce qui était une erreur dont on ne pouvait pas lui tenir rigueur. À Quincy, il y avait deux options possibles pour le logement : la Wilson Inn, un motel trois étoiles, et la Budget Inn, un endroit dont mes cafards ne voudraient pas. Ce qu'Internet ne recense pas, ce sont nos sept Bed and Breakfast, tous situés dans un cercle d'un kilomètre du centre de Quincy. Je lui ai dit de faire ses valises et je lui ai réservé une chambre à la Raine House, le meilleur de nos B&Bs. Nous nous sommes donné rendez-vous à huit heures le lendemain matin, au café sur Myrtle Way. Je lui ai dit d'apporter l'argent, moi j'apporterais des noms.

Le lendemain matin, sur une table en lino fatiguée, j'ai fait découvrir à Ben un peu plus du Sud, sous la forme de Grits[7] et de jus de viande. Et lui m'a apporté un peu de Hollywood, 5000 dollars en billets verts flambant neufs.

Nous avons travaillé pendant quatre heures, au bout desquelles nous avions élaboré un plan d'attaque et un planning pour la semaine suivante. Puis il est parti dans sa voiture de location et je me suis mise à passer des coups de fil. Ce ne fut pas facile. À Quincy, il suffit de prononcer mon nom pour que les visages se ferment. Essayer ensuite d'obtenir d'eux une faveur, c'est un peu comme creuser la montagne avec une fourchette en plastique.

Mais je connais bien ma ville. Et je l'ai joué fine. Je me suis aplatie, j'ai embrassé des arrière-trains tout ridés, et j'ai tout fait pour qu'ils se sentent supérieurs.

J'ai obtenu quatre rendez-vous pour Ben en vingt coups de fil. J'ai raccroché mon téléphone au bout de quelques

---

7. Plat d'origine amérindienne, à base de farine de maïs moulu, consommé au petit déjeuner dans le sud des États-Unis.

heures avec un sourire las, heureuse du résultat obtenu. C'était mieux que ce que j'espérais de la part de Quincy. Peut-être que trois années c'était suffisant, peut-être que l'opprobre commençait à diminuer. Ou peut-être que, entre le film et le cash, certains des habitants étaient enclins à oublier mes péchés pour un instant.

CHAPITRE 8

– Monsieur Masten, parlez-nous de votre femme.

– Je pense que vous la connaissez déjà bien.

Il a souri, et la femme s'est mise à rougir. Elle a croisé ses jambes, les a recroisées.

– Quand vous êtes-vous rendu compte que c'était *la* femme de votre vie ?

– Nous nous sommes rencontrés sur le tournage de *Ocean Bodies*. Nadia était la Bikini Babe numéro 3 ou un truc du genre.

Il s'esclaffa.

– Et vous, vous étiez Cole Masten.

– Ouais. Je suis rentré un jour dans ma caravane et je l'ai trouvée allongée sur mon lit en bikini. Je pense que c'est à cet instant que j'ai su. Quand j'ai vu cette splendide brunette qui, sans la moindre hésitation, s'était allongée sur ce lit comme si c'était le sien. Elle va m'en vouloir à mort d'avoir raconté cette histoire.

– Et c'est tout ?

– Tracy, vous connaissez ma femme. Je n'avais pas la moindre chance.

– Vous êtes mariés depuis presque cinq ans, ce qui est déjà beaucoup à Hollywood. Quel conseil donneriez-vous à nos lecteurs pour réussir leur mariage ?

– Difficile à dire. Je pense qu'il y a de nombreux éléments qui entrent en ligne de compte. Mais si je devais n'en citer qu'un, je pense que l'honnêteté est primordiale. Il n'y a pas de secret entre nous. Nous nous sommes toujours tout dit. C'est toujours mieux de tout mettre au grand jour et de faire avec, quelles qu'en soient les conséquences.

–Je trouve ça formidable. Merci, Monsieur Masten, de m'avoir accordé un peu de votre temps. Et bonne chance pour *Fortune Bottle*.

–Merci, Tracy. C'est toujours un plaisir de vous voir.

CHAPITRE 9

Maman et moi avions un train-train, une petite vie bien huilée. Le soir, je préparais le dîner, elle faisait la vaisselle et le ménage. Le week-end, nous cuisinions ensemble. La majeure partie de notre vie sociale tournait autour de la cuisson, la culture et l'absorption de nourriture. Mais c'était la vie dans le Sud, surtout pour une femme.

D'autres femmes pourraient y trouver à redire, mais j'ai toujours aimé cuisiner, et *j'adore* manger. Et personne ne cuisine aussi bien que nous les ingrédients issus de notre potager.

Je vous accorde que cette vie avec ma mère n'est pas le concept le plus sexy qui soit. Je savais que certaines personnes trouvaient ça bizarre. Mais nous avions toujours été ensemble, et vu nos faibles revenus, nous avions besoin l'une de l'autre.

Depuis que j'avais obtenu ce boulot avec Ben, maman était très silencieuse. Je ne lui avais pas encore parlé de l'argent, mais je sentais qu'il me poussait des ailes.

Il fallait que je lui parle de cet argent.

Il fallait que je lui parle de mon plan, pas encore formulé.

Il fallait que je lui dise que j'allais partir.

Il fallait qu'elle sache qu'elle allait bientôt se retrouver seule.

Je l'entendis bouger dans sa chambre, je devinai le crissement d'un cintre sur sa tringle, le grincement du parquet. C'était le bon moment pour lui parler.

J'ai corné la page du livre que j'étais en train de lire, je l'ai refermé et posé sur la table. Sa porte était ouverte, je me suis appuyée au chambranle pour l'observer, avec ses cheveux humides et ses rouleaux, sa chemise de nuit qui lui collait aux jambes, ses pieds pâles, ses orteils dont personne, à part moi, n'avait jamais vu le vernis rouge sombre.

Elle m'a jeté un coup d'œil en se tournant vers son lit, tout en fouillant dans sa pile de linge à moitié trié pour en extirper des chaussettes.

– Le film, tu sais… mon boulot avec Ben.

– Oui ?

Elle a réuni deux chaussettes et les a roulées rapidement ensemble.

– Je vais toucher beaucoup d'argent. Assez pour…

– Quitter cette ville.

Elle a posé la paire de chaussettes et m'a regardée.

– Oui.

Et la quitter, *elle*. C'était le véritable nœud du problème, et j'ai tenté de trouver les mots pour lui expliquer…

– Ne t'inquiète pas pour moi.

Elle a fait le tour de son lit et s'est avancée vers moi.

– Parce que c'est ce que tu es en train de faire, n'est-ce pas ? Tu te sens coupable ?

– Tu pourrais venir avec moi, lui ai-je proposé. Il n'y a rien ici.

– Summer. (Elle m'a interrompue en posant une main ferme sur mon bras.) Allons nous asseoir dans la véranda.

Nous avons éteint la lumière de la véranda pour ne pas attirer les moustiques. La lune nous éclairait à travers les centaines de plans de coton. Notre véranda va me manquer, ai-je songé en m'installant sur l'un de nos rocking-chairs. La tension dans mes épaules a disparu dès que j'ai donné la première poussée avec mon pied sur la balustrade.

Dehors, il faisait une chaleur torride, on devait se battre contre des hordes de moustiques, et pourtant… Cette profonde solitude avait quelque chose qui me plaisait. Elle m'avait construite, elle m'avait permis d'oublier mes angoisses.

– Grandir à Quincy a été parfait pour toi, Summer.

Les mots flottaient depuis son rocking-chair, son ombre bougeait d'avant en arrière en faisant grincer son fauteuil.

—Les gens d'ici sont de braves gens. Je sais que parfois, vu la façon dont tu as été traitée, il est difficile pour toi de t'en rendre compte, mais…

—Je sais.

J'ai répondu trop doucement, mes paroles sont restées inaudibles. Je me suis éclairci la voix et j'ai répété plus fort.

—C'est vrai.

Je le pensais vraiment. Je n'avais jamais connu d'autre endroit, mais je savais au plus profond de moi que cette ville était belle, et ses habitants également. Malgré leur haine et le dédain que je lisais dans leurs yeux, les habitants de cette ville m'aimaient, parce que j'étais une des leurs.

Une bâtarde, certes.

Une non-autochtone, certes.

Mais n'importe qui dans ce comté se serait arrêté pour m'aider si j'étais tombée en panne, n'importe quel paroissien aurait prié pour moi à l'église si j'avais été malade.

Si, demain, maman se retrouvait au chômage, notre frigo serait toujours rempli de petits plats et notre boîte aux lettres de dons. Je ne crois pas qu'il y ait beaucoup d'endroits comme ça dans ce pays. Je pense qu'il faut une ville d'une certaine taille, à la mentalité particulière.

—C'était un endroit formidable pour y grandir, répéta-t-elle. Mais tu es adulte à présent. Il faut que tu trouves ton endroit à toi. Je le sais. Je ne serais pas une bonne mère si j'essayais de te retenir. Je suis simplement désolée de n'avoir pas pu t'aider financièrement à trouver ta voie plus tôt.

—J'aurais pu partir plus tôt, Maman. Plein de fois.

C'était vrai. J'aurais pu trouver du travail à Talahassee. Ou profiter de la Bourse Hope pour aller à Valdosta State ou Georgia Southern[8]. J'aurais pu obtenir un prêt étudiant et poursuivre ainsi mon petit bonhomme de chemin. Je ne sais pas vraiment pourquoi je ne l'ai pas fait. Ça ne m'a jamais paru indispensable, c'est tout. Et mon envie de quitter Quincy n'a jamais été suffisamment forte pour que je passe

---

8. Deux universités du sud des États-Unis.

à l'action. Et quand Scott et moi avons commencé à sortir ensemble, je n'ai plus songé à partir.

C'est drôle comme l'amour peut orienter votre vie dans une toute nouvelle direction, avant même que vous puissiez réaliser ce qui se passe. Et quand vous vous en rendez compte, il est trop tard, votre amour est plus fort que vous et que vos envies.

Notre amour a été plus fort que moi.

C'est ce qui a rendu sa fin si douloureuse.

– Où vas-tu aller ?

La voix de ma mère est calme, comme si je ne venais pas de briser son monde.

– Je ne sais pas.

C'était la vérité. Je n'avais aucune idée d'où aller.

– Tu veux venir ?

J'ai senti qu'elle me prenait la main et qu'elle la serrait fort, avec amour.

– Non ma puce. Mais tu auras toujours ta maison ici, avec moi. J'espère que cela te donnera assez de confiance en toi pour prendre des risques.

C'était vraiment gentil. Je n'ai pas lâché sa main, nos rocking-chairs se balançaient de concert et je réfléchissais à la somme que j'allais pouvoir mettre de côté pour elle, et combien de temps ce petit pécule allait lui permettre de vivre.

CHAPITRE 10

*Jouer un rôle, c'est comme d'essayer de vivre une autre vie,
pour voir. Vous passez quatre mois dans cette vie et,
parfois, des morceaux restent imprimés en vous.*

Nadia Cole

Cole Masten s'installa dans le siège de sa Bentley et attrapa son téléphone. Il composa le numéro de sa femme et appuya sur le bouton pour envoyer son appel par Bluetooth. Il écouta les sonneries à travers les baffles, sortit de l'aéroport de Santa Monica et prit vers le nord, sur l'avenue Centilena, en direction de sa maison.

Il avait passé un moment horrible à New York. La moitié du temps à faire de la promotion, l'autre moitié consacrée à de la production. Mais au moins, il avait un peu progressé sur *The Fortune Bottle*. C'était la première fois, depuis qu'il avait débuté dans ce business, que quelque chose l'excitait vraiment. Peut-être était-ce à cause du risque financier qu'il prenait. Peut-être était-ce l'idée de tout contrôler, le casting, la réalisation, le marketing. Obtenir un contrôle total était chose très rare à Hollywood, une rareté qui lui avait coûté pas mal d'argent. Mais il serait largement remboursé, parce que le film allait faire un carton au box-office.

Son film allait être grandiose, il le savait, il l'avait senti à l'instant même où il avait entendu parler de la petite cité paisible des millionnaires.

La messagerie vocale de Nadia se mit en marche et il raccrocha en zigzaguant entre les voitures alors qu'il approchait de chez lui.

Si elle n'était pas à la maison, elle allait bientôt rentrer.

Il s'était arrangé pour finir un jour plus tôt et pour pouvoir passer un jour de plus avec elle avant de partir pour la Géorgie. Le tournage ne commencerait que dans six mois.

Il alluma la radio et se mit à pianoter sur son volant en rétrogradant pour doubler un semi-remorque.

En arrivant, il allait renvoyer son personnel pour avoir un peu d'intimité. Il faisait déjà sombre quand il déboucha devant chez lui. Il appuya sur le bouton qui ouvrait le portail. Il aperçut sa Ferrari dans leur garage et sourit. Il coupa son moteur et sauta de sa voiture. Ça le démangeait de pouvoir la toucher, de sentir son parfum, de la jeter sur le lit.

Quand il remonta l'allée pavée, il sentit les pierres irrégulières sous ses pieds. Les spots éclairaient les grands palmiers de façon spectaculaire. Il entra par la porte de derrière. Dans la maison, tout était calme et sombre. Il s'arrêta dans la cuisine, vida ses poches sur le comptoir et ôta sa veste.

Sur le grand îlot central en marbre, il y avait un mot pour Nadia de la part de Betty, la gouvernante de la maison. Il y jeta un coup d'œil avant de lever les yeux. Le bruit d'une douche s'était mis en marche à l'étage du dessus. Il laissa tomber l'ascenseur et grimpa l'escalier quatre à quatre. Il se mit à sourire en atteignant le deuxième étage.

C'est la voix inconnue qui effaça son sourire, un rire très distinctement masculin. Il ouvrit doucement la porte, la lumière du couloir éclaira vaguement la chambre à coucher. La lumière vive qui sortait de la salle de bains illuminait de façon évidente la fin de son mariage.

Nadia avait les mains sur la console du lavabo. Il avait toujours aimé ses mains. Elle avait des doigts délicats – petite, elle avait fait du piano –, ils étaient extrêmement agiles. Ce soir, elle portait un vernis marron foncé. Ses ongles étaient parfaitement coordonnés avec le granite foncé dans lequel ils étaient enfoncés.

Nadia avait la tête penchée vers le bas, sa bouche dessinait un «O» de plaisir, la tête de l'homme était dans son cou, qui lui murmurait quelque chose à l'oreille.

Ses pieds nus étaient bien étalés, elle poussait sur ses orteils, dans une position qui faisait ressortir son cul splendide que les mains de l'homme agrippaient.

—J'aime ton cul, murmura Cole, la bouche collée contre sa peau.

—Bien sûr que tu l'aimes mon cul, a-t-elle ricané en roulant sur le dos, ce qui lui cacha le spectacle.

—Je le revendique, il est à moi.

Elle se souleva sur ses coudes.

—Hi, hi, hi. Mon cul appartient à mon futur époux.

—Alors, il m'appartient.

Elle leva la tête vers lui, avec un sourire interrogatif.

—Épouse-moi, Nadia. Permets-moi de t'adorer jusqu'au jour de ma mort.

—Comment pourrais-je refuser une telle proposition, Monsieur Masten?

L'homme poussa sur son bassin et lui donna un coup de reins qui la fit haleter. Il vit ses bras plier lorsqu'elle poussa contre lui.

Cole entra dans la chambre, oppressé par un énorme poids sur la poitrine. Un martèlement cognait dans sa tête.

Le bruit de ses pas sur le tapis lui sembla assourdissant, pourtant le couple ne s'était pas retourné, sa femme n'avait pas entendu, n'avait rien remarqué. Peut-être était-ce parce qu'elle gémissait trop fort, sa tête se levait et retombait sur l'épaule de l'homme, l'une de ses mains splendides avait lâché la console pour se poser sur le miroir.

—Dis-moi que tu ne me quitteras jamais, chuchota Cole dans son cou, tout en l'embrassant.

—Jamais?

Elle a ouvert grand ses yeux, en feignant l'hésitation.

—Jamais, c'est très long, Monsieur Masten.

—Promets-moi que tu seras toujours honnête avec moi. Dismoi que nous ne nous quitterons jamais sans avoir résolu nos problèmes avant.

Il s'est relevé, il a plané au-dessus de son visage.

Elle l'a repoussé en riant.
—*Idiot, nous n'aurons jamais le moindre problème. Je suis une femme sans problème.*
—*Tous les couples ont des problèmes, Nadia.*
—*Pas nous, chuchota-t-elle, en écartant ses jambes sous lui, en entourant sa taille de ses longues jambes et en le serrant bien fort.*
—*Jamais.*
—*Jamais.*

Il ne comprit pas comment l'éléphant qui le regardait avec une expression paisible s'était retrouvé dans sa main, malgré son poids. C'était une œuvre d'art bouddhiste, un truc que Nadia avait rapporté d'Inde. Leur décorateur avait trouvé «l'endroit parfait» pour l'exposer, à droite de l'entrée de la salle de bains.

Mais il sentit, lorsqu'il posa la main dessus, la fureur qui cognait dans ses veines. Une fureur qu'il n'avait plus ressentie depuis très longtemps. Plus depuis son adolescence, à l'époque où il n'arrivait pas à contrôler ses hormones. Cole, adulte à présent, pénétra dans la pièce à peine éclairée, un éléphant à la main, dans les deux mains en fait, parce que pour un animal pacifique, ce truc était vraiment très lourd. Pas assez lourd pour lui faire oublier les paroles de l'homme, sa déclaration d'amour écœurante. Pas assez lourd pour couvrir la réponse de sa femme, qui prononçait les trois mots sacrés, qui étaient censés n'appartenir qu'à eux deux, pour toujours et à jamais.

Il sentit la fine chaîne de contrôle se rompre quand il lui balança l'éléphant très fort, de gauche à droite, en atteignant d'abord l'épaule.

Promets-moi que tu ne me quitteras jamais.

Puis la tête…

Jamais.

… de l'inconnu qui était en train de baiser sa femme.

L'homme s'effondra sur le sol en marbre, et Nadia poussa un cri si perçant qu'il lui fit mal.

CHAPITRE II

J'étais à l'église quand la nouvelle est arrivée. Mes pieds me faisaient mal, compressés dans mes escarpins trop serrés. J'avais les yeux braqués sur la nuque de Madame Coulston. Elle avait un grain de beauté à l'arrière du cou. Un grain de beauté marron clair. Il était horrible, mais je ne pouvais pas détourner mon regard.

Je n'arrivais pas à me concentrer sur le sermon, ce qui était sans doute une bonne chose, puisqu'à cette époque de l'année il était consacré aux aumônes et autres dons destinés à l'Église. Mon opinion sur le pasteur Dinkon empirait alors, mes sentiments vis-à-vis de l'Église balançaient entre culpabilité et irritation.

Je comprenais parfaitement qu'il fallait de l'argent pour payer la facture d'électricité et rénover le revêtement du parking devant l'église. Mais pas mon argent. Pas alors qu'à peine trois ans plus tôt, Bill Francis avait donné cinq millions de dollars à cette petite église.

Pas alors que nous organisions en permanence des ventes de gâteaux, des petits déjeuners de pancakes et des centaines d'autres choses.

Cinq dollars pris sur mes cinq cents dollars mensuels n'étaient qu'une goutte d'eau dans l'océan des coffres de l'église.

J'ai fouillé dans mon sac à main Nine West, une folie que je m'étais permise grâce à *The Fortune Bottle*, entre les mouchoirs en papier et les stylos, pour enfin trouver ce que je cherchais, un bonbon à la menthe. Mes doigts se sont refermés sur le bonbon enveloppé dans son papier. J'ai dû ouvrir un peu plus mon sac pour réussir à le sortir. Ma mère s'est figée, m'a jeté un regard plein de désapprobation. J'ai extirpé le bonbon de mon sac en cuir rouge et j'ai ôté son papier avec précaution. Ça faisait du bruit. J'ai retenu ma respiration pendant que le pasteur Dinkon, imperturbable, poursuivait son sermon. Nous en étions à la moitié, environ vingt minutes déjà, quand j'ai enfourné le bonbon dans ma bouche. Je me suis remise à fixer le grain de beauté.

Elle n'aurait vraiment pas dû relever ses cheveux. J'ai essayé de me rappeler la dernière fois que j'avais vu Madame Coulston avec les cheveux lâchés, sans y parvenir. Je suppose qu'à son âge, les femmes ne portent plus les cheveux détachés, elles suivent une sorte de règle de non-dit, la même que celle qui les pousse à les couper court. J'étais contente qu'elle ne les ait pas entièrement ratiboisés, qu'elle ait choisi plutôt «la solution chignon». Ses cheveux étaient vraiment très beaux, un parfait mélange de mèches noir de jais et de mèches argentées. Le seul problème, c'était ce grain de beauté. Elle pouvait sûrement le faire enlever. À la neige carbonique, peut-être. Soudain, j'ai été frappée par l'idée qu'elle ignorait peut-être jusqu'à son existence. Qu'il était là, à l'arrière de son cou. J'eus le désir soudain, horrible, de lui toucher l'épaule. Doucement, juste un petit coup de coude. Lui donner un coup de coude, et voilà tout. Pour attirer son attention, le dimanche matin. Une idée horrible.

Je me suis assise sur mes mains pour être certaine de ne pas passer à l'acte.

Il y eut un mouvement trois rangées plus haut. Un frémissement, un bruissement, un déplacement. Le maire Frazier essayait de sortir de sa rangée. Au milieu du sermon. J'ai observé, fascinée, comment il se penchait et se glissait entre les gens, tout en marmonnant des excuses d'un air gêné, le visage fermé. J'ai donné un coup d'épaule à maman, mais elle le regardait déjà. Tout le monde le regardait, la désapprobation semblait générale. Typique de Quincy.

Je savais que je n'étais pas la seule à m'ennuyer. Je savais que les murmures désapprobateurs étaient en fait ravis qu'il se passe enfin quelque chose, quelque chose qui attirait leur attention et les empêchait de plonger dans un petit somme.

Les chaussures bien lustrées du maire Frazier ont finalement touché le sol de l'allée centrale. Il s'est avancé à pas rapides, imbu de son importance, son téléphone dans la main.

Et j'ai subitement compris qu'il s'agissait d'autre chose que d'une envie pressante d'uriner. C'était autre chose, quelque chose qui avait allumé une étincelle dans ses yeux, il était prêt à dégainer son téléphone, tout en courant vers la sortie.

Quand il est passé devant notre rangée, il m'a fixée, il y a eu un instant de connexion entre nous. J'ai soudain réalisé qu'il s'agissait du film. Il était arrivé quelque chose.

Et mon intérêt pour le grain de beauté de Madame Coulston, comme mon envie de la prévenir de son existence, se sont envolés.

À cet instant, alors qu'il restait encore vingt minutes avant la fin du sermon et que j'étais cernée par une marée humaine, je n'avais plus qu'une envie : me ruer dans l'allée centrale et le suivre.

Bien entendu, je ne l'ai pas fait. D'abord, parce que la main de maman me retenait fermement par l'avant-bras. Une pression qui signifiait très clairement «je sais à quoi tu penses, n'y songe même pas». Ensuite, je ne suis pas une barbare. J'ai un peu de self-control, je respecte le Seigneur et le pasteur Dinkon, même si aujourd'hui, son sermon ne servait qu'à cette merde de collecte de fonds. Je suis restée assise, à tapoter mon collant avec mes ongles et à pousser sur l'extrémité de mes chaussures avec mes orteils. J'ai attendu. Tout le sermon. Les offrandes. Et pendant trois cantiques. Pendant l'*Ite missa est*, et ensuite dans la foule qui sortait en masse, poliment, j'ai attrapé mon sac et je me suis sauvée en cherchant désespérément le maire des yeux.

*
* *

Cette fille, Bobby Jo, n'a jamais fait de mal à personne.
Et maintenant, elle est en hôpital psychiatrique à cause de Summer Jenkins.

En hôpital psychiatrique? Je croyais que Bobbi Jo était à Athènes.

Qu'elle avait une aventure avec un toubib, là-bas.

Nan. Elle est en HP. Bourrée de médocs. Voilà pourquoi on n'a plus entendu parler d'elle. Sa mère a monté cette histoire d'Athènes pour sauver la face. Mais c'est Summer qui devrait être internée. Voilà mon opinion.

CHAPITRE 12

EST-CE LA FIN DE CODIA ?
Associated Press. Los Angeles. Californie

La police et les secours ont été appelés samedi soir, à approximativement 19 heures, à Hollywood Hills West, au domicile de Cole Masten et Nadia Smith.

Peu après, une ambulance est repartie au Hollywood Presbyterian Medical Center, où Jordan Frett a été admis en soins intensifs, la tête entourée de bandages ensanglantés. Il n'y a pas eu d'arrestation, mais la police est restée sur les lieux jusqu'à minuit environ, ainsi que les photographes massés dans le petit passage qui mène à la maison. «Il y avait tellement de paparazzis qu'on ne pouvait pas passer, a déclaré Dana Meterrezi, une résidente de Hollywood Hills. Il y avait une meute de gens et de caméras, toutes dirigées vers l'entrée des Masten, certains essayaient d'enjamber leur clôture. J'ai vu la police arrêter trois personnes, pendant les dix minutes qu'il m'a fallu pour traverser la foule.»

Au total, onze paparazzis ont été arrêtés et ont été accusés de violation de domicile et d'effraction illégale.

Les rumeurs se sont déchaînées à Hollywood, les représentants des deux parties se refusant à toute déclaration. Le seul commentaire que nous avons pu obtenir fut celui de Jordan Frett lui-même, qui a déclaré depuis son lit d'hôpital : «Nadia Smith est une femme incroyable.»

Frett est le réalisateur du projet actuel de Nadia Smith, une comédie romantique qui se passe en Afrique du Sud.

La raison de la présence de Frett chez les Masten reste inconnue.

Les Masten sont mariés depuis cinq ans.

CHAPITRE 13

– C'est mauvais ?

Je me suis penchée sur le comptoir et j'ai regardé Ben. Il avait l'air très tendu, il était tout pâle, ses doigts glissaient sur son ordinateur portable. Ma connexion Internet pourrie avait déjà rendu l'âme une heure plus tôt.

– Je veux dire, je sais que ça sent le roussi, mais à quel point ?

J'ai ouvert une cacahuète et je l'ai jetée dans ma bouche. Dieu merci, mon chèque avait déjà été encaissé. Enfin pas tout. La production devait encore le quart de son salaire à Ben, du coup, me devait encore cinq mille dollars, mais mon compte en banque était quand même plein comme jamais auparavant. Alors, si *The Fortune Bottle* se cassait la figure, ça n'était pas si grave pour moi. J'ai jeté l'écorce dans une tasse Solo en observant Ben. Ce type paraissait terriblement stressé, alors qu'il avait, lui aussi, reçu la plus grande partie de ce qu'on lui devait.

– Pourquoi est-ce que ça te fait quelque chose que *The Fortune Bottle* parte en fumée ?

Il a relevé la tête.

– *The Fortune Bottle* ne part pas en fumée. Les films ne partent jamais en fumée.

Et il a accompagné ses paroles d'un grand geste. Une deuxième cacahuète a suivi la première dans ma bouche, que je me suis mise à mâcher en savourant ce délice salé.

– Alors, c'est quoi le problème ?

– Le problème, c'est Codia. Cole et Nadia sont le ciment de notre parfait petit monde. Le rêve merveilleux que nous essayons tous d'atteindre. Ils sont au centre de notre monde, face aux yeux du public. Ils se font des cadeaux extravagants, font l'amour de façon incroyablement sexy et passent leurs vacances sur des yachts à Saint-Barth. Codia ne peut pas tomber en morceaux, ils ne peuvent pas divorcer, ils ne peuvent même pas s'engueuler au sujet d'une réservation à dîner ! Et ils ne peuvent certainement pas se permettre que Cole soit accusé de meurtre sur la personne de l'amant de Nadia !

Sa voix s'est enrayée, et j'ai vu, pour la première fois en quatre mois, son front parfaitement lisse se plisser.

J'ai pointé mon doigt vers lui, tout étonnée.

— Je crois que vous avez une ride !

— Quoi ?

— Sur votre front. Lorsque vous vous êtes mis à geindre à propos de Cadia. Votre front s'est mis à bouger.

— Codia, pas Cadia !

Il a repoussé sa chaise violemment en oubliant les performances en dessous de tout de mon Internet et s'est dirigé à pas de velours vers la salle de bains, à la recherche d'un miroir.

— Bon, et alors, quoi ? ai-je marmonné en allant chercher du thé glacé au frigo.

J'ai rempli mon verre et je lui en ai servi un, que j'ai posé exprès à côté de sa boisson énergisante. Peu m'importait si c'était sa dernière visite. Ce type allait quand même goûter à mon thé sucré et il aimerait ça.

Ben est sorti de la salle de bains, une main sur le front, l'air irrité. J'ai attendu qu'il s'asseye avant de parler.

— Je viens de recevoir un appel du shérif.

Waouh !

La jolie petite ride est réapparue.

— À quel sujet ? a-t-il demandé avec anxiété.

— Cole Masten. Jeff craint qu'il soit violent. Il ne veut pas de lui dans notre ville. Il a reçu des appels de certains de ses électeurs.

— Des électeurs ?

La ride s'est approfondie, j'ai retenu un fou rire.

— Il est élu. Le shérif, je veux dire. Les votes ça compte, surtout pendant une année d'élection.

— Et je suppose que c'est cette année.

— Ouaip.

— Et bien sûr, a-t-il marmonné, le fait que Cole Masten représente un risque pour les habitants de cette ville n'a jamais fait vraiment partie de mes craintes.

— Le shérif n'est pas aussi concerné par la sécurité des habitants que…

J'ai changé de position sur le comptoir.

— Que quoi ?

Sa main s'est refermée sur le verre de thé, et je l'ai mentalement poussé à poursuivre.

J'ai haussé les épaules.

— Nous sommes dans un état qui se sent concerné. Nous faisons très attention à notre sécurité personnelle. Je crois qu'il craint que votre golden boy californien ne se fasse descendre.

Son verre s'est figé à mi-chemin de ses lèvres. Il a éclaté de rire, avant de sourire prudemment.

— Vous voulez rire.

— Absolument pas.

— Vous ne pouvez pas descendre Cole Masten.

Il se dressa, comme s'il allait défendre lui-même Cole, en laissant tomber son verre sur la table qui a giclé partout. Eh merde !

— Oui, bien sûr. Tant qu'il ne blesse personne. Mais vous voulez peut-être lui en toucher deux mots. Dites-lui que tous ces péquenauds sont armés jusqu'aux dents.

— Personne n'en «touche deux mots» à Cole. Il a une armée d'avocats pour s'occuper de tout ça.

— Bon, eh bien, dites-le à tous ces gens, ai-je fait en levant la main.

Ben m'a dévisagée un long moment. Sa mâchoire tremblait un peu.

— Vous voulez dîner avec moi ? ai-je fini par lui demander. Je fais du poisson-chat frit.

— Oui.

Il m'avait répondu avant même que je mentionne le menu. Je me suis tournée vers le frigo, accompagnée par le bruit de ses doigts qui tapaient furieusement sur ses clés. Le pauvre. J'aurais juré, à la façon dont il s'est jeté sur la nourriture, qu'avant de venir à Quincy, il n'avait jamais été correctement nourri.

CHAPITRE 14

Quand vous passez dix ans de votre vie avec quelqu'un, la fin devrait arriver dans une certaine intimité. En face à face, la main dans la main. Avec des mots sortant des lèvres qu'on a embrassées, des larmes coulant le long des joues que l'on regarde. Ça ne serait pas facile, il faudrait que ce soit douloureux et honnête. Il faudrait y passer des heures, pas quelques minutes. Ça devrait impliquer des cris, des hurlements, des discussions, mais il faudrait que ça soit substantiel. Un moment auquel on a réfléchi et qu'on a mis au point. Pas l'acte informel et stupide d'un quidam qui vous tend une lettre officielle.

Cole était en bas, dans la salle de gym, les bras levés, quand ça lui tomba dessus sans prévenir. Il avait pratiquement terminé sa troisième série de tractions lorsque la porte s'est ouverte. Il avait les yeux fixés au plafond et faisait ses derniers exercices en respirant de plus en plus fort à chaque traction, tout en réfléchissant à ce qu'il allait dire et comment il le dirait. Il avait choisi de s'excuser. Est-ce que des excuses étaient nécessaires pour avoir blessé quelqu'un avec qui elle était en train de baiser ? Le problème, ça n'était pas simplement la partie de jambes en l'air. Baiser, c'était interdit, mais c'était compréhensible, un besoin physique bestial de copuler, une survivance d'instincts de procréation vieux de millions d'années. Le problème, c'est qu'il ne s'agissait pas uniquement de baise. C'était une vraie relation, une aventure. Cole l'avait entendue dire à ce connard qu'elle l'aimait. Voilà le problème. Et une centaine de mises au point ne suffiraient pas à le résoudre. Il reposa les haltères et s'assit. Il regarda devant lui, sa poitrine nue se soulevait. Il était surpris de voir un homme dans l'embrasure de la porte. Ce n'était pas Nadia. Toute cette réflexion pour trouver quoi lui dire, en vain.

– Quoi ? demanda-t-il, sa voix se réverbérant légèrement dans ce grand espace.

– Je travaille pour Benford, Casters et Sunneberg, Monsieur Masten.

Bien trop de noms dans une phrase si courte. Cole essuya son front avec précaution et aperçut son assistant derrière l'homme, le visage fermé.

– Et ?

– Je vous dépose ceci.

Il tendait un dossier blanc immaculé, avec COLE MASTEN imprimé dessus, comme s'il venait de naître. Le dossier semblait assez épais pour lui déclencher des centaines de maux de tête. Un procès. Probablement avec cet enfoiré de réalisateur. Il était surpris que ça lui ait demandé tant de temps. Ça faisait presque quatre jours depuis cette nuit. Il fit un signe à Justin, et son assistant s'avança.

– Je vais le prendre.

– Nous avons besoin de votre signature, Monsieur Masten, dit l'inconnu.

Cole leva une main trempée de sueur et prit le dossier et le stylo qu'on lui tendait. Il apposa négligemment sa signature en bas du reçu. Il le prit, ignorant les remerciements de l'homme. Puis il se rallongea sur le banc, posa ses mains sur la fonte et la serra très fort.

– Tu ne l'ouvres pas ? lui demanda Justin depuis la porte.

Il ne leva pas la tête, continua à regarder le plafond.

– Que Tony s'en occupe. Qu'il voie ça avec ce connard.

– Ça vient de Nadia.

Du coup, il leva la tête, sortit de dessous la barre. Ses yeux croisèrent ceux de Justin.

– Le paquet ?

Il ne réalisa pas immédiatement ce qui lui arrivait, ce fut un processus lent. Ce n'était pas un procès. Si ce n'était pas un procès, alors…

– Non. (Il secoua la tête.) Non.

– Je ne l'ai pas ouvert, mais…

– Elle est simplement en colère. Embarrassée. Seigneur,

je ne sais pas ce que peuvent ressentir les épouses infidèles. Mais elle n'aurait pas…

Il se releva, attrapa l'enveloppe des mains de Justin, qu'il déchira pour en sortir la pile épaisse de documents agrafés ensemble, avec le tampon de la Cour de Justice déjà apposé dessus, mal imprimé, comme si ce document qui allait changer sa vie ne méritait même pas un coup de tampon bien net.

Seigneur, les réseaux sociaux devaient déjà être au courant, tout comme les journalistes, son agent…

Il tourna la première page.

– Est-ce qu'Owen a déjà appelé ?

Owen Phiss, son attaché de presse. Et celui de Nadia également. Jésus, Marie, Joseph, à quel point leurs vies pouvaient être intimement imbriquées ! Il repoussa les papiers vers Justin, se mit à marcher de long en large, les poings serrés, l'esprit occupé à faire le tri entre trop d'émotions en même temps, cette multitude de vagues qui faisaient la compétition pour pénétrer dans l'étroit chenal de sa santé mentale.

– Appelle Tony. Envoie-lui tout ça.

Tony Fragetti, son avocat. Un avocat spécialisé en droits d'auteur, pas forcément la meilleure carte à jouer. En plus, Tony, comme tout dans cette maison, tout dans sa vie, appartenait aussi à Nadia.

– Stop. (Justin s'arrêta, le téléphone déjà en main.) Attends.

Cole se dirigea vers le mur et posa ses paumes de main sur la surface lisse en pressant la tapisserie murale. Il se demanda ce qui casserait s'il balançait un bon coup de poing. Il prit une profonde inspiration, parfaitement contrôlée.

– Ne fais rien pour l'instant.

Quand ses mots jaillirent, ils étaient sensés et avaient un but. Il repoussa le mur et se dirigea vers la porte en saisissant sa bouteille d'eau minérale au passage et en la vidant.

– Je vais chercher Nadia.

CHAPITRE 15

Oui, pour une fille comme moi, vingt mille dollars, c'était une sacrée somme. Je n'avais jamais vu autant d'argent. Assez pour m'acheter un billet et quitter cette ville, assez pour me louer un appart' loin d'ici, dans une ville qui n'élisait pas une Princesse Cacahuète chaque mois d'août. Vingt mille, ce serait suffisant pour que je m'offre une voiture en bon état, quelques vêtements griffés, des études. Mais après avoir fait de savants calculs, ce n'était pas assez pour installer maman dans un nouvel endroit correct, avec un loyer et une caution. Je l'observais en train de repasser dans la cuisine, en me demandant si j'arriverais la quitter un jour. Si je pourrais faire mes valises et l'embrasser pour lui dire au revoir.

Je me demandais jusqu'à quel point son approbation était réelle ou pas.

Il fallait que j'en soutire plus de Hollywood. Le plus possible. J'ai attrapé mes clés et un Cherry Coke dans le frigo.

– Je vais en ville, lui ai-je annoncé. Je pars à la recherche de Ben. À tout à l'heure.

Elle m'a fait un signe de la main avec un grand sourire, les yeux fixés sur le col compliqué de la chemise qu'elle s'apprêtait à repasser.

Ben et moi en avions quasiment terminé. Les lieux de tournage avaient été sélectionnés, des terrains avaient été retenus pour la déco, le vieux parking Piggly Wiggly avait été loué pour les caravanes. Quincy ne possédait pas assez de logements, du coup on avait loué toutes les chambres d'hôtel des cinq villes environnantes – Tallahassee n'était qu'à quarante-cinq minutes – pour l'équipe et les acteurs. Mais quarante-cinq minutes, c'était trop, d'après Ben.

Du coup, le Piggly Wiggly s'était transformé en ville miniature. Les camping-cars et les caravanes étaient à touche-touche, on aurait dit un camp de réfugiés, si tant est qu'un camp de réfugiés puisse accueillir des camping-cars à un million de dollars pièce. C'était drôle. C'était divertissant. Et c'était passionnant. Vraiment passionnant. J'avais serré des mains en compagnie de Ben, examiné le plan de travail du tournage et relu les budgets, retenu des figurants et versé des sommes inimaginables pour moi. C'était un monde qui m'était inconnu, que je ne pensais jamais connaître, alors que j'y étais soudain plongée, obstinément accrochée à Ben comme une tique qui ne veut pas lâcher prise. Et il n'essayait pas de se débarrasser de moi. Il avait besoin de mes relations, autant que moi de cette excitation. Nous avions tout étudié et préparé pour le mois d'août et j'attendais cela avec une excitation fiévreuse, tout en redoutant que ça commence, parce que cela signifierait que notre boulot était terminé et que je serais à nouveau une marginale qui regarde le bal par la fenêtre sans avoir le droit d'y entrer.

Il restait cinq semaines. Il fallait que j'obtienne une entrée. Le moment était venu de m'en remettre à Ben.

Il m'a ouvert en peignoir de bain. Sa ceinture était nouée serrée, j'ai détaillé le monogramme brodé sur sa poitrine avant de me mettre à rigoler.

– La ferme ! s'est-il exclamé, en tournant les talons pour regagner sa chambre.

Il s'est assis à son bureau pendant que je refermais soigneusement la porte derrière moi. Ethel Raine, la propriétaire de la Raine House, considère en effet un éternuement un peu fort comme une gêne sonore méritant l'expulsion.

– Je trouve juste rigolo que, lorsque vous avez fait vos bagages pour venir à Quincy, vous ayez pensé qu'un vêtement d'intérieur aussi élégant vous serait nécessaire.

Sur ce, je lui ai lancé un petit sourire ironique en me jetant sur son lit tiré au cordeau.

— Et moi, je pensais que la politesse du Sud voulait qu'on prévienne avant de débarquer chez quelqu'un, a-t-il rétorqué, l'air pincé.

— Eh bien, vous avez vous-même foutu en l'air cette tradition, ai-je dit en attrapant un oreiller pour le glisser sous ma tête. Je ne voulais pas vous laisser vous noyer tout seul dans votre océan de faux pas [9].

— Comme c'est aimable de votre part, a-t-il répondu d'une voix traînante, en imitant parfaitement l'accent du Sud.

— C'est vrai, je suis une vraie dame. D'ailleurs, à ce sujet, où en est le casting local ?

Il accepta que je change aussi subitement de sujet sans broncher.

— Vous avez déjà dépensé votre argent ?

J'ai haussé les épaules en roulant sur le côté.

— J'en voudrais plus, c'est tout.

— Une boîte d'Atlanta a été chargée d'en embaucher la plus grande partie. Ils prennent de véritables péquenauds de là-bas.

J'ai fait la grimace.

— J'aurais dû être plus claire. Je cherche un boulot, pas un rôle.

— Avez-vous de l'expérience ? En tant qu'électro, cameraman, costumière ? (Il a gémi et a secoué la tête.) Avez-vous au moins joué dans une pièce à l'école ?

— Nan.

Je me suis assise.

— Réfléchissez encore un peu. Je vais appeler Eileen Kahl cet après-midi, quand la Californie se réveillera. Je vais voir si elle a quelque chose.

— C'est qui ?

— L'assistante du réalisateur. Mais c'est sans doute trop tard, Summer.

— Je peux faire le café, m'occuper de la teinturerie, n'importe quoi, ai-je expliqué d'une voix traînante, en me levant.

---

9. En français dans le texte.

− Je m'en souviendrai quand vous m'appellerez en vous plaignant d'avoir à ramasser les slips sales de Cole Masten.

J'ai plissé le nez.

− D'accord. Oublions le job de teinturerie. Pourtant… ai-je dit en réfléchissant, je parie qu'un authentique slip de Cole Masten se vendrait bien cent dollars sur eBay. Je pourrais démarrer un business complémentaire : *La Boutique des dessous d'occasion de Cole Masten*. Expédition gratuite pour toute commande ! ai-je poursuivi en mimant les gestes de mains de Ben.

Il a haussé ses sourcils impeccablement épilés comme s'il était bien trop sophistiqué pour apprécier mes blagues d'ado.

− Oh, je vous en prie, ai-je poursuivi en lui faisant les gros yeux, vous savez très bien que je vais vous manquer à Vancouver.

Je n'avais pas envie d'aborder le sujet, j'avais évité de penser au départ de Ben, dont les signes avant-coureurs commençaient à se faire sentir. On avait presque terminé. Il n'avait aucun besoin de rester là une fois que le tournage aurait débuté. Je me suis souvenue de notre premier rendez-vous, de notre conversation dans ma cuisine. Il avait dit que cela durerait cinq mois. Cinq mois qui étaient quasiment écoulés.

Il m'a surprise en venant m'attraper et me serrer dans ses bras, avec une force étonnante.

− Promettez-moi que vous prendrez un bain tous les jours. Et que vous vous laverez la figure. Et que vous utiliserez ce mascara Dior que je vous ai offert.

Je l'ai repoussé en riant.

− Nous allons encore passer cinq semaines ensemble. Vous avez tout le temps de faire une liste de toutes les promesses que je vais devoir vous faire.

Il a souri en resserrant la ceinture de son peignoir.

− On va déjeuner chez Jimmy ?

− Bien sûr. J'y vais nous retenir une table. Je vous laisse vous… (j'ai désigné son accoutrement) habiller.

Il a imité mon geste.

– C'est comme si c'était fait.

J'ai jeté mon Cherry Coke à la poubelle et je suis sortie. Ben allait me manquer. Notre boulot allait me manquer. L'excitation et l'énergie que me procurait ce truc nouveau et différent allaient me manquer. Je n'avais aucune envie de retourner à ma vie antérieure, où les moments les plus passionnants étaient les différentes parutions des romans de Baldacci.

J'ai dévalé les escaliers en souriant à Ethel Raine, une femme qui était devenue beaucoup plus amicale depuis que Ben et moi avions loué toutes les chambres de son Bed and Breakfast pour les cinq mois à venir. Nous avions prévu d'y loger le réalisateur, les assistants-réalisateurs, les producteurs, le directeur de production et les chefs de poste, bref tous les gens importants qui méritaient mieux qu'une couchette, mais pas une villa entière, comme Cole Masten et Minka Price, pour qui nous avions loué les maisons des Kirkland et des Wilson.

Minka Price, même si elle ne participait pas à la production, venait avec sa famille, du coup elle aurait la maison la plus «confortable». Nous nous étions préparés, nous avions espéré, nous avions prié très fort pour que Cole Masten arrive avec Nadia Smith, mais vu le dernier article du *Star*, j'avais fait une croix dessus. Leur couple était cuit, tout comme notre *Waffle King* [10] après la crise de la vache folle de 1997.

*
* *

– Est-ce que c'est normal ? je demandai à Ben en mordant dans un des sandwichs de Jimmy.

Le secret d'une expérience réussie chez Jimmy, c'est d'être copine avec sa femme, Jill. J'ai fumé ma première cigarette avec elle, j'ai décoré la salle des fêtes des anciens élèves avec elle, je lui ai donné et emprunté des tampons dans les moments de panique.

---

10. Le *Royal Waffle King* est une chaîne de restaurants ouverts 24h/24 dans le sud-est des États-Unis.

J'étais dans ses petits papiers, pas de doute. Ben, lui…
ça lui avait demandé plusieurs mois de mouvements
d'approche et de drague éhontée. Maintenant qu'il allait
bientôt repartir, il ne faisait plus la queue, il pouvait passer
commande par téléphone et avait la possibilité de s'installer
à l'une des tables devant les fenêtres. Super.

– Est-ce que quoi est normal ? répondit Ben, en suçant
fort sur la paille de son thé sucré.

Oui, son thé sucré. J'avais réussi à le métamorphoser en
être humain.

– Qu'une star se désiste aussi tard avant un tournage.
Nous commençons à tourner dans moins d'un mois. Vous ne
trouvez pas…

Ma question resta en suspens devant l'air mélodramatique
de Ben. Il jeta un coup d'œil furtif autour de nous, comme si
la CIA était en train de nous espionner.

– Pas ici, siffla-t-il.

Frustrée, j'ai aspiré un bon coup avec ma paille, moi aussi,
en remuant les glaçons dans mon verre. Mais Ben avait raison. À Quincy, tout le monde laissait traîner ses oreilles pour
réussir à attraper la moindre bribe d'info sur le film. Vous ne
pouvez pas imaginer les inepties que j'avais entendues.

« *Vous saviez que Mynka se teint en blonde. Elle est rousse au
naturel… C'est ce qu'a dit Emma Stanton, et elle va peut-être
être engagée comme maquilleuse.* »

« *J'ai entendu dire que la scène finale était une énorme
explosion, et qu'ils vont faire sauter la plantation des Miller.
Trace Beenson a commandé la dynamite nécessaire hier. Quatre
tonnes de TNT.* »

« *Le dentiste de ma sœur a dit que Cole Masten et sa femme
sont des échangistes. La maison des Kirkland va ressembler
au manoir de Playboy en Californie. Johnny m'a raconté que
Monsieur Masten avait exigé qu'on installe une barre de strip-
tease.* »

Il y avait tellement de conneries dans l'air que même
les mouches en étaient dérangées. De temps en temps,
j'entendais quelque chose qui comportait un semblant de

vérité, mais c'était rare. Le *Fortune Bottle* était le truc le plus excitant qui nous soit arrivé. Quant à moi, la chape de plomb de ma disgrâce se fissurait légèrement. Quelques filles m'avaient appelée «juste pour bavarder» et avec des «Seigneur, ce que tu nous as manqué». Des fantômes de mon passé cherchaient à reprendre contact pour des motifs inavouables mais pourtant évidents. Cette ville avait grandi et m'avait oubliée, mes agissements des trois dernières années m'ayant clairement rangée dans la pile des «nous ne la connaissons pas». Summer Jenkins, élue meilleure copine de l'année 2005 ? Cette fille était morte et enterrée depuis la fin du lycée. Quand les «élèves brillants» étaient partis en fac, et que les enfants des agriculteurs avaient intégré les entreprises familiales, quand les cheerleaders et autres princesses locales de la côte Est s'étaient mariées et avaient eu des bébés, j'étais partie à la dérive dans cette ville. Quand je suis sortie avec Scott Thompson, mes actions étaient au plus haut. Quand ça s'est cassé la figure, je suis tombée dans les mauvaises grâces de la ville et je suis restée là, comme un petit confetti de Quincy qu'il fallait surveiller. Bien sûr, tout le monde s'était montré amical, discutait le bout de gras avec moi dans la queue chez IGA[11], me demandait des nouvelles de maman, me complimentait à propos de mes haricots au dîner du dimanche à l'église, mais je n'avais plus aucun coup de fil, plus aucune amie, plus aucune invitation depuis des années. Ça s'était interrompu définitivement après le Désastre de 2012.

Jusqu'au film.

Mais je ne voulais pas d'amitiés basées sur la curiosité malsaine ou les commérages.

Il n'était plus temps à présent, pour Quincy et moi, de raviver la flamme.

J'en avais ma dose.

---

11. Chaîne de supermarchés aux États-Unis.

CHAPITRE 16

À Hollywood, un divorce équitable, cela signifie que chacune
des parties obtient cinquante pour cent de la publicité.

Lauren Bacall

Cole dénicha Nadia au Peninsula. Ça ne lui avait pas demandé beaucoup de recherches, car c'était son hôtel favori. Ils avaient pris l'habitude d'y descendre pendant la réfection de leur cuisine, lors des prises de vues tardives, pendant les soirées d'Emmy ou leurs déplacements. Il aurait très bien pu la trouver quatre jours plus tôt, mais il fallait qu'il panse ses blessures, et il craignait de ne pas pouvoir la regarder en face sans lui hurler dessus. À présent, il n'avait plus le choix. Il ne voulait pas discuter avec elle à travers leurs avocats, pas quand leur relation était en jeu.

Pourrait-il surmonter tout ça ? C'était la question lancinante qu'il ruminait depuis samedi soir. Depuis, il y avait eu des rumeurs... Mais bon, il y avait toujours eu des rumeurs. C'était ça, Hollywood. Merde, depuis cinq ans déjà, les tabloïds avaient lancé de fausses infos sur ses «aventures». Il avait donc ignoré ce qui se disait sur Nadia. Mais maintenant, avec la preuve de son infidélité gravée dans son esprit, tout lui revenait en mémoire. L'assistant-réalisateur à Madrid. Ce surfeur sur le film de Pitt. Le garde du corps qui avait démissionné l'année dernière. Combien y avait-il eu d'autres aventures ? Combien d'entre elles étaient véridiques et pas de simples ragots ?

Il arrêta sa voiture, fit un signe de tête brusque au voiturier sans sourire, concentré qu'il était sur l'idée d'aller la rejoindre dans sa chambre.

— Cole.

Quand elle ouvrit la bouche, le monde s'arrêta. Exactement comme six ans auparavant, sur le plateau de *Ocean Bodies,* quand elle n'était rien et que lui qui était tout avait été complètement subjugué en l'entendant murmurer son nom. Cole stoppa net, se retourna pour la voir debout dans le hall de l'hôtel, ses cheveux attachés en queue-de-cheval, dans des leggings moulants sur des chaussures de tennis et un débardeur qui soulignait les formes délicieuses de ses seins. Ses doigts s'escrimaient à ouvrir une bouteille d'eau minérale. Elle semblait en pleine forme. Cette pensée lui fit mal. Elle aurait dû être en boule au fond de son lit, dévorée de remords, genoux repliés, le visage tout rouge, avec un tas de mouchoirs en papier autour d'elle. La chambre voisine aurait dû être en train de se plaindre de ses lamentations, et son assistant aurait dû lui tourner autour avec des chocolats et de l'alcool, sans réussir à calmer ses hurlements hystériques. Elle n'aurait pas dû avoir les joues luisantes, la poitrine pigeonnante, elle n'aurait pas dû aller bien. Il la regarda, elle le regarda, et le hall fit silence.

– J'ai reçu les papiers.

Voilà tout ce qu'il trouva à lui dire.

Elle avala sa salive, et les courbes délicates de sa gorge se crispèrent. Elle s'était fait refaire le cou deux ans plus tôt, le chirurgien lui avait retendu la peau. Selon la position qu'elle prenait pour dormir, parfois on voyait ses cicatrices. Des mini-cicatrices invisibles si vous ne saviez pas où regarder. Son prochain mari, lui, ne saurait pas où regarder. Il ne saurait pas qu'elle avait fait deux fausses couches et qu'elle était allergique aux fruits de mer. *Son nouveau mari.* Pensait-il déjà ainsi ? Ce combat était-il déjà perdu d'avance ?

Elle se redressa.

– Allons dans un endroit plus tranquille.

Derrière le hall du Peninsula, il y avait deux salles de conférences. Ils entrèrent dans la seconde. Cole referma les lourdes portes derrière eux sur la salle sombre et déserte. Une fois la porte refermée, ils restèrent muets, à quelques centimètres l'un de l'autre, dans le noir.

En d'autres temps et d'autres lieux, ils se seraient sauté dessus. Il l'aurait soulevée sur l'une des tables, elle aurait relevé sa robe, lui aurait arraché sa cravate et sa ceinture. Mais maintenant, avec tout ce qui s'était passé, ils restaient ainsi sans bouger, dans l'obscurité.

– Je suis désolée, Cole.

Sa voix semblait flotter depuis une forme invisible qui finit par prendre forme. Ses yeux l'observaient, ses dents blanches mordaient sa lèvre inférieure.

Il tressaillit en entendant ces mots venant d'une femme qui avait bâti sa carrière sur le fait qu'elle ne s'excusait jamais pour rien.

– Tu aurais dû m'appeler, pas... (Il leva une main en signe de frustration.) Pas impliquer les avocats.

– C'est fini. C'est fini entre nous.

– Non, lâcha-t-il en faisant un pas en avant et en tressaillant quand elle recula. Je...

Il s'interrompit avant même de commencer sa phrase. C'est moi qui décide quand c'est fini. *C'est moi qui dois prendre les décisions, qui dois choisir notre destin.* Voilà ce qu'il avait voulu dire. Des paroles stupides, des phrases idiotes. Surtout face à une femme comme elle.

– Je ne t'aime plus.

Elle baissa la tête, une pièce argentée de son élastique de queue-de-cheval se mit à briller dans le noir.

– Je ne sais pas si je l'ai jamais réellement fait. T'aimer, je veux dire. Je crois que j'étais amoureuse de ton image, de COLE MASTEN. Mais maintenant...

– Nous sommes égaux, dit-il obscurément.

Et égaux, ça n'était pas réellement arrivé grâce à leur vie rêvée, mais avec sa nomination aux Oscars, c'était probablement ça qui avait tout changé. Elle était tellement prise depuis, pratiquement jamais à la maison, presque jamais dans l'humeur.

– Oui. (Elle releva la tête.) Je suis désolée.

Il ferma les yeux sans rien dire. Puis recula et fit demi-tour. Il avait besoin d'espace, de distance, il aurait voulu tout recommencer, cette conversation, leur relation, sa vie.

– Et ça n'a rien de personnel, poursuivait-elle.

Elle continuait à dire des choses et il essayait de se concentrer à nouveau, il tentait de retrouver sa femme et ses mots, de les comprendre. Ce serait plus simple que les avocats se chargent des papiers officiels.

« Contrat de mariage ». Il avait craché le mot. Ils avaient bataillé ferme après leurs fiançailles, et jusqu'à la semaine précédant leur mariage. Tout avait été prévu et écrit noir sur blanc dans un document de cent pages.

– Je ne jouerai pas dans *The Fortune Bottle* si je ne touche pas la moitié des bénéfices.

C'était donc ça ! Il retrouvait cet accent familier dans sa voix qui pouvait rendre un homme dingue.

– Quoi ?

– Seigneur, Cole, tu as bien lu notre contrat, tout de même ?

Dans le noir, ses bras remuaient comme les ailes d'un dragon.

– Éclaire-moi.

– Notre contrat stipule que nous nous quittons avec ce que nous avons apporté chacun, plus tous les actifs accumulés pendant notre mariage, moins nos biens communs.

– Content de voir que ça t'est tellement familier.

Depuis combien de temps avait-elle planifié tout ça ?

– Nous allons plaider que *The Fortune Bottle* est un actif commun.

– Mais ce n'est pas vrai.

C'était stupide. *The Fortune Bottle* était un livre qu'il avait lu, il avait mis une option dessus avec son argent personnel, il avait payé les dix millions de la préproduction avec ces mêmes comptes. Personne ne pouvait considérer ça comme un actif commun. Et pourtant, il eut une soudaine crampe à l'estomac.

– Je crois que si. Et Tony est d'accord avec moi.

Tony. Bon, dans leur partage, elle avait déjà mis le grappin sur leur avocat. Super.

Leur contrat de mariage plaçait les actifs communs dans une catégorie à part, qui nécessitait une médiation pour déterminer qui possédait quoi. Le truc, c'est que Nadia savait parfaitement ce que pouvait rapporter un film à succès. Ils étaient acteurs depuis si longtemps, ils voyaient les sommes énormes que gagnaient les studios. À présent, avec *The Fortune Bottle*, les choses seraient différentes. Un budget de six millions, pour un bénéfice de six cents millions… voilà où était le vrai argent. Et maintenant, alors qu'elle lui avait brisé le cœur, voilà de quoi elle voulait discuter. Comme elle avait vite oublié ses excuses. Tout comme elle avait oublié leur mariage.

Il recula, fit demi-tour, tourna la poignée de la porte et se retrouva dans le hall tout illuminé par les centaines de flashs des paparazzis. Il se fraya un passage à travers la foule avec l'aide de la sécurité de l'hôtel. Nadia adorait les photographes, qu'elle se débrouille avec eux ! Quand il arriva devant l'hôtel, sa voiture l'attendait. Il se glissa à l'intérieur en faisant claquer la portière derrière lui.

Le levier de vitesse en cuir tiède en main, il démarra et s'engagea dans la rue encombrée en glissant rapidement ses doigts sur son téléphone. Putain de trafic de Los Angeles !

Il avait besoin de rouler sur la grand-route pour pouvoir foncer droit devant, sur un chemin qui, si possible, se terminait par une falaise.

– Hey.

– Justin, j'ai besoin d'un avocat spécialiste des divorces. Un cador. Trouve-moi le type qui a lessivé l'ex de Michael Jordan.

Une seconde.

Il entendit le bruit des touches, le bruit du travail, et son stress descendit d'un cran. Puis il y eut un coup de klaxon, Cole dévia pour éviter un connard et sentit le stress s'emparer de lui à nouveau.

Peut-être irait-il plus tôt que prévu en Géorgie.

Il fallait qu'il fiche le camp, qu'il s'éloigne de Nadia, qu'il s'éloigne de tout.

Qu'il parle à des gens qui pour, une fois, n'avaient pas un balai dans le cul.

Justin reprit la communication.

— Bonne nouvelle, je l'ai trouvé. Mauvaise nouvelle, il vit à l'étranger et sur son site, il prévient qu'il ne prend plus de nouveaux clients. Oh… Attends.

Il y eut un bruit furieux de frappe.

— Il y a un numéro professionnel en Floride. Je vais l'appeler et voir ce que je peux faire.

— Chope-le. Je me fiche de l'argent que ça coûtera, mais je le veux. Je veux lui parler aujourd'hui.

— Je t'envoie son contact maintenant et je te rappelle dans la journée.

— Dis-lui qu'on le fera venir par avion. Demain si possible.

— Je vais essayer.

Une réponse étrange de la part d'un homme qui d'habitude pouvait obtenir tout ce qu'il voulait.

— Je t'envoie son contact, mais ne l'appelle pas avant que je lui aie parlé.

— Merci.

Il vit une ouverture et se déporta, la voiture bondit, un klaxon retentit pendant qu'il se glissait entre deux voitures.

— Retrouve-moi à la maison.

Cole raccrocha et ouvrit le texto de Justin, avec la fiche de contact jointe.

Brad DeLuca.

Cabinet juridique de DeLuca. L'avocat.

Il sauvegarda la fiche et balança son téléphone sur le siège passager, s'engagea sur une autre file et mit les gaz.

CHAPITRE 17

Tout Quincy était installé dans ses rocking-chairs, sur ses vérandas pimpantes, et observait l'explosion en plein vol du couple Codia.

C'était une belle catastrophe, une énorme explosion illustrée par des photos en haute définition, plus d'une centaine par semaine, qui toutes représentaient le «Destin tragique de Hollywood» de façon spectaculaire.

Tout en mâchouillant une noix de pécan, je feuilletais le *Star*, grâce auquel j'assistais à l'engueulade de Cole et Nadia dans leur allée, son visage à elle déformé par la colère, ses mains puissantes à lui levées au ciel pendant qu'il hurlait.

J'ai versé de la pâte à pancakes dans la poêle et j'ai entendu à la TV allumée dans le salon que Cole avait déménagé à l'hôtel et que c'était Nadia qui avait récupéré leur énorme maison.

Puis j'ai vu l'avocat de Cole, un bel homme qui semblait très concentré, discuter des complexités de la propriété intellectuelle, tout en me posant du vernis sur les ongles des pieds dans le canapé fatigué du salon.

Dans notre minuscule maison de campagne au beau milieu des champs de coton, je ne comprenais pas comment une femme pouvait bien arnaquer Cole Masten.

Comment une femme pouvait-elle être aussi âpre au gain ?

– Ils parlent de reculer le tournage.

Ben était debout sur mon porche, appuyé contre le chambranle de la porte d'entrée, son téléphone portable pendouillait au bout de son bras.

Ça faisait déjà dix jours que l'histoire du coup porté à la tête s'était diffusée dans tout Hollywood.

– Quoi ?

J'ai ouvert la porte en grand et je lui ai fait signe d'entrer.

– J'ai dû venir jusqu'ici en voiture. Mon téléphone ne fonctionne plus. Dieu merci, j'ai quand même pu relever mes e-mails.

– C'est cette tempête d'hier soir, ai-je murmuré en lui proposant une chaise avant qu'il ne la joue folle à fond et s'évanouisse devant moi. Le téléphone ne fonctionne jamais après une tempête.

En fait, ce n'était pas vraiment la faute de la tempête, mais plutôt celle de Ned Beternum qui laissait ses chèvres divaguer dans le champ qu'il avait loué à Verizon. Le géant de la téléphonie l'avait menacé plusieurs fois d'un procès. Ses chèvres adoraient mâchouiller les fils qui électrifiaient le truc.

Les fortes pluies inondaient régulièrement la partie Ouest de son terrain, du coup Ned déplaçait son troupeau dans un champ plus haut, ce qui ralentissait tout le service de téléphonie sans fil, jusqu'à ce que Verizon envoie quelqu'un pour réparer les dégâts.

Mais nous ne nous en souciions pas vraiment.

Nous avions survécu des milliers d'années sans téléphones portables. On ne s'en servait pas beaucoup, de toute façon. On avait nos téléphones fixes. Et si on n'était pas à la maison, les répondeurs servaient à ça. Nous ne ressentions pas la moindre nécessité de réparer un système qui n'était pas cassé. Et qui pouvait bien avoir besoin de téléphoner vingt-quatre heures sur vingt-quatre ?

– Septembre, a râlé Ben en tendant la main pour attraper mon thé glacé sur la petite table. (Je le lui ai passé.) Ils parlent de septembre à présent.

– Septembre.

Je tentais de comprendre la raison du désespoir de Ben.

– C'est plutôt bien, non ? Ça nous donne un mois de plus.

– Ouais. C'est chouette. Comme ça, vous aurez plus de temps pour croquer des cacahuètes et crocheter des mitaines.

J'ai dissimulé un sourire.

—Les retards de tournage, ça n'est jamais bon, Summer. C'est mauvais signe. Ça coûte cher.

J'ai fait la moue.

—Mais vous aviez dit que l'équipe arrivait.

Et j'ai poursuivi, en l'imitant :

—Summer, les films ne périclitent pas ainsi.

Je mimais ces gestes. Il me regardait fixement, une grimace est lentement apparue sur son charmant minois.

—C'est censé être moi, ça ?

—Oui.

Il a avalé une petite gorgée de thé et s'est essuyé le front avec son mouchoir monogrammé.

—S'il vous plaît, ne le refaites jamais.

—Bien reçu.

Il a avalé un peu de thé, moi je suis restée assise, mes pieds nus sous mes fesses.

Un silence agréable s'est installé entre nous, et je me suis lovée dans le canapé en fermant les yeux.

—Au moins, ils ne parlent pas des filles.

J'ai ouvert l'œil.

—Quoi ?

—En ce moment, Cole est en train de sauter la moitié de Hollywood. Je n'ai pas encore vu cette info apparaître dans les journaux.

Ben avait lancé le ragot à voix basse en frappant joyeusement dans ses mains, comme si c'était lui le prochain arrêt du Train De la Bite de Cole Masten.

—Est-ce que *ça* mérite d'être publié ?

Il s'est penché en avant pour attraper le magazine le plus proche, un numéro de *OK !* que j'achetais parce qu'il coûtait un dollar de moins que les autres.

« *Kelly Gifford nous dévoile sa recette de punch !* » Il a lu les gros titres à haute voix, d'un air excité, avant de le jeter au loin.

—C'est un tissu de conneries, mais bien entendu que le détail des activités sexuelles de Cole Masten vaut la peine d'être publié. En ce moment, ses attachés de presse doivent faire des heures sup.

Ben avait raison. J'aurais payé trois dollars sans problème pour être mise au courant des aventures extraconjugales de Cole Masten. Eh merde, vu mon degré de totale inactivité sexuelle, bien sûr que j'aurais payé trois dollars pour tout savoir de ses activités au pieu. Voire de celles des chèvres de Ned Beternum. Ça faisait bien longtemps. Je n'avais plus eu personne depuis Scott. Trois longues années.

Mon apitoiement sur moi-même fut interrompu par le tintement des glaçons dans le verre de Ben. Il y jeta un coup d'œil et je me levai pour le resservir.

En ouvrant le frigo, je chassai toutes mes pensées concernant Cole Masten et le sexe.

CHAPITRE 18

9h27 a.m.

La rousse se mit à genoux sur le lit au-dessus de la tête de Cole. Ses jambes tremblaient de part et d'autre de son visage. Ses cuisses lisses étaient toutes fraîches contre sa peau. Elle haleta son nom, les doigts plantés dans ses cheveux. Elle tirait dessus et les relâchait dans une suite de mouvements dont elle n'avait même pas conscience.

– Je n'en peux plus, glapit-elle en reculant vivement une de ses mains pour se saisir du plat de son ventre, pendant que tout son corps tressautait contre la bouche habile de Cole.

Il la maintint en place en la dévorant, en suçant son clitoris. Entièrement concentré, il voulait l'envoyer au septième ciel.

Enfin, *presque* totalement. Il ferma les yeux un instant, il se retenait. Maintenant, elle avait sa bouche sur sa queue, elle était superdouée. Il lâcha sa chatte d'une main qui descendit pour atteindre la tête de la fille. Elle ne s'arrêta pas, ne ralentit pas. La pipe parfaite, humide et profonde.

La rousse était sur le point de jouir, il avait la bouche pleine de ses fluides, son goût partout sur lui, la douceur d'une femme.

Elle luttait, la bouche suppliante, elle en voulait encore mais était incapable de le supporter, jusqu'au moment où elle s'écroula, en poussant un long cri guttural. Les doigts de Cole s'enfoncèrent dans sa chair, il la retint encore un peu contre sa bouche, puis la retira doucement avant qu'elle se soulève de son visage et roule sur le lit, pendant que lui se relevait, la main toujours dans ses cheveux, et qu'il la faisait lâcher son sexe pour la remonter contre sa bouche. Elle avait un goût de mâle, et il l'embrassa violemment, puis en la repoussant, il roula sur le côté et se leva, le sexe dressé, prêt à continuer.

Il ouvrit le tiroir de la table de nuit, attrapa un paquet de capotes, en sortit une et déchira l'emballage entre ses dents.

—À genoux, ordonna-t-il, animal.

Leurs corps se mirent en position, et il sentit, juste avant qu'elle se mette à genoux sur le matelas, au moment où sa main se posait sur ce cul cambré, une violente vague de solitude l'envahir.

La solitude. Une nouvelle sensation qui devenait de plus en plus familière.

Avant ça, il avait passé la dernière nuit en compagnie de deux femmes, leurs jambes entremêlées aux siennes, leurs mains posées sur sa peau, et il avait joui dans l'obscurité en se sentant seul comme jamais.

Il planta sa bite dans la fille. Il l'écoutait gémir. Il essaya de trouver une confirmation dans le bruit qu'elle faisait.

* *
*

—Vous êtes en retard, aboya Brad DeLuca en raccrochant et en jetant son téléphone sur la nappe en lin blanc.

L'iPhone alla percuter une flûte dans un bruit de verre brisé.

—Désolé, j'ai eu quelques affaires à régler, dit Cole en s'asseyant.

Un serveur apparut avec une carafe d'eau citronnée.

—Conneries.

—Pardon ?

Cole releva la tête.

—La chatte, ça n'a rien à voir avec les affaires, et ceci, pour l'instant, doit être le truc le plus important dans votre vie. Donc, quand nous prenons rendez-vous, soyez à l'heure.

DeLuca était penché sur la table et fixait son client droit dans les yeux. Ça faisait deux semaines qu'il essayait de le faire venir à L.A., et le premier truc que ce type faisait, c'était de lui faire la leçon.

Cole regarda l'homme avec circonspection.

—Vous travaillez pour moi, vous le savez, n'est-ce pas ?

L'avocat se mit à rire, c'était un gloussement profond né de la confiance en soi et de l'expérience, et sans la moindre trace d'humour.

Puis il se leva, un sourire aux lèvres, et sortit une carte de visite de la poche intérieure de son costume. Il posa la carte devant Cole, en tapotant du doigt dessus.

—Voici Leonard McCort. Il supportera vos conneries et vous défendra au tribunal.

Cole sentit un vent de panique.

—Mais vous êtes le meilleur.

Justin le lui avait confirmé après s'être renseigné, il avait déjà signé une clause de confidentialité, payé des avances et lui avait réservé une suite au Château Marmont[12]. Sans compter les coups de fil, les réponses déjà déposées en jeu.

Ce type ne pouvait pas tout envoyer dinguer.

—Parfaitement.

DeLuca prononça ce mot comme si c'était *terminé*, comme si l'affaire Cole Masten n'était pas le truc le plus important qui était advenu à Hollywood depuis l'invention des images générées par ordinateur, comme s'il pouvait, sans aucun problème, se lever et abandonner Cole à n'importe quel second couteau.

—Je vous ai versé une avance, bafouilla Cole.

L'homme le regarda comme s'il était débile.

—Je vous rembourserai.

Rétrospectivement, c'était assez débile.

—Mais… mais, asseyez-vous, juste une seconde, s'il vous plaît.

Ce mot qu'il venait de prononcer était écœurant, et il ressentit une certaine irritation en plus de la panique. Mais c'était la panique qui le faisait agir ainsi, la panique qui avait commandé chacune de ses réparties et l'avait laissé brisé et désespéré, là, devant cet homme.

L'avocat ne se rassit pas, il resta là sans bouger et attendit.

—Je m'excuse d'être arrivé en retard.

---

12. Ce palace d'Hollywood est une copie du château d'Amboise.

Il jeta un coup d'œil à sa montre. Vingt-deux minutes. Cette tête de nœud lui passait un savon pour vingt-deux pauvres minutes.

*
* *

Il fallut un quart d'heure à DeLuca pour passer outre, mais finalement l'avocat se rassit, dévora une omelette et la conversation s'orienta enfin vers le sujet qui l'intéressait.

– Vous avez vécu votre vie comme une star pendant long-temps, mais devant la cour, contre votre femme ? (DeLuca tapa sur la table.) Vous êtes égaux l'un et l'autre. Vous n'êtes personne pour le juge. Vous êtes tout à fait quelconque.

Il recula et Cole détourna le regard. *Quelconque*. Le mot était douloureux à entendre.

– Si je vous représente, vous devez comprendre que votre vie d'avant est terminée. Vous n'êtes pas encore célibataire, pas tant que votre divorce n'est pas jugé. Vous êtes ma chose, et c'est moi qui vous dirai si vous pouvez baiser et avec qui, ce que vous dites à qui et quand, et comment vous travaillez. Si vous voulez conserver ce film, vous devez quitter cette ville de merde et partir en Géorgie. Vous garderez votre bite bien au chaud, vous serez un gentil garçon, vous ferez votre boulot… et rien d'autre. J'ai dû étouffer cinq de vos parties fines depuis dimanche, et mon équipe n'a pas le temps de gérer vos prouesses sexuelles. Avant de tordre le cou d'un paparazzi ou de courir à l'hôpital achever ce réalisateur, laissez-moi faire mon boulot. Nous allons vous faire redevenir le Golden Boy de Hollywood et rappeler à tout le monde qui était la salope dans votre couple. Si vous m'écoutez, je vous promets que vous garderez *The Fortune Bottle*, ainsi que tous les autres actifs communs que vous voudrez.

– Le film, c'est tout ce que je veux, répondit doucement Cole, les yeux fixés sur la table. Elle peut garder le reste.

– J'ai besoin que vous vous engagiez à respecter notre accord.

Cole haussa les épaules.

—Ouais. Peu importe.

—Pas de drogues.

—Je ne me drogue pas.

Il tressaillit en se remémorant Nadia, un rail de coke sur le cul, et lui qui se penchait pour sniffer un coup à chaque poussée dans sa chatte trempée. Quel mélange stupide, le sexe et la coke ! Aucun d'eux ne pouvait ressentir grand-chose. Ils appréciaient bien plus la défonce que ce qui se passait entre leurs deux corps. Au début de leur relation, c'est vrai, la drogue les avait soudés. Mais ils avaient grandi tous les deux. Ils étaient devenus plus intelligents. Ils avaient arrêté de faire un tas de choses, s'étaient mis à y réfléchir, ensemble.

—Eh bien, ne vous y mettez pas. Et pas d'alcool. Une bière ou deux, passe, mais je ne veux pas que vous soyez bourré.

—D'accord.

Il se frotta le cou.

—Rien d'autre ?

—Pas de sexe. Pas de relations. Pas de femmes. Pas d'hommes.

Et ce type ne souriait même pas. Il se contentait de se pencher en avant pour fixer Cole. *Pas de sexe.* Ça n'était sans doute pas plus mal, ses tentatives de baise n'amélioraient en rien son état mental. *Pas de relations.* Ça n'était vraiment pas un problème. Après Nadia, il ne pouvait même pas imaginer recommencer avec qui que ce soit. *Pas d'hommes.* C'était encore le plus facile.

Il releva la tête et croisa le regard de cet homme.

—D'accord.

DeLuca garda le contact visuel un bon moment avant de paraître satisfait, puis hocha la tête et jeta un coup d'œil à sa montre. Son alliance brillait sur sa peau bronzée.

—Alors, allons-y.

—Allons-y ?

Il regarda l'homme déjà debout qui sortait quelques billets et les jetait sur la nappe blanche.

—Où ça ?

Il avait prévu un massage avec Brenda qui allait le remettre d'aplomb, avant qu'il la prenne par-derrière, penchée sur la table de massage. Encore une autre baise, une autre tentative de remplacer les centaines de souvenirs de Nadia. Ses souvenirs finiraient par être enterrés. Un jour, il serait capable de pénétrer une femme sans entendre dans sa tête les gémissements de Nadia.

Peut-être devrait-il annuler le massage, mais il n'irait nulle part avec ce type. Il n'avait aucune envie de se rendre à un autre rendez-vous, à une autre réunion bien organisée, sans doute avec des attachés de presse et d'autres types du même genre. Il resta sur son siège.

– Où ? répéta-t-il avec obstination.

– À Quincy.

L'avocat sourit, et Cole se sentit décontenancé par son changement d'attitude. Il mit un certain temps à intégrer la réponse.

– Quincy. Là, tout de suite ?

Il resta rivé à son siège, réfléchissant aux cent bonnes raisons qu'il avait de rester à Los Angeles. Mais cette question fut vite balayée. Les épaules larges et solides de l'avocat, moulé dans son costume sur-mesure, se frayaient déjà un chemin vers la sortie en louvoyant entre les tables occupées. Ce type ferait un super-garde du corps, avec sa corpulence et son air hyperimpressionnant.

Cole ramassa son téléphone en soupirant, puis se leva, toujours en soupirant.

Il avait bien l'impression que dans l'avenir immédiat, son nouveau rôle allait consister à être la chose de DeLuca.

Un rôle nouveau pour lui, un rôle qu'il détestait déjà.

CHAPITRE 19

J'avais fait pas mal de boulots différents depuis ma sortie du lycée de Quincy. À peine obtenu, mon nouveau diplôme avait été enterré dans un tiroir, celui de la Davis Video Location. C'était pendant les débuts de Cole Masten, à l'époque il avait vingt-cinq ans et jouait des rôles de quaterback sexy qui sortait avec une fille ringarde du lycée et la rendait populaire.

Je passais mes journées à classer les vidéos par ordre alphabétique, à attraper des mômes aux mains baladeuses et à regarder des films sur l'écran 27 pouces installé en hauteur dans un coin du magasin.

Chaque soir, j'emportais quelques films supplémentaires chez moi pour les visionner. Lorsque j'ai eu éclusé toute la section Comédie et Drame, puis Horreur et Classiques, j'ai démissionné. La vie était trop courte pour la SF ou le Western. Après Davis Location, je suis partie à Tallahassee. J'ai proposé mes services dans plusieurs restaurants et quelques bars, jusqu'à ce que je tombe dans un *Moe's* dont le directeur, assez dragueur, m'a embauchée. Là, j'ai eu un peu de mal. Pas à cause du restaurant ou des types défoncés, mais des étudiants, chacun d'eux apportant en entrant une impression de fraîcheur, celles d'individus qui faisaient quelque chose, qui allaient quelque part. Chaque nouveau visage ajoutait un point supplémentaire au signe invisible sur ma poitrine qui disait en grandes lettres fluo : RATÉE. Avant ce boulot, mon manque de formation, mon absence de plan de carrière ne m'avaient jamais posé de problèmes. Je n'avais pas essayé d'entrer à l'université parce que cela ne m'intéressait pas vraiment, je n'avais pas rêvé, étant môme, de quitter Quincy pour devenir biologiste ou quoi que ce soit d'aussi important – ce que les écoliers sont censés vouloir faire.

J'aimais lire et regarder des films.

J'aimais cuisiner et jardiner.

Avant ce boulot à Tallahassee, ces plaisirs tout simples ne semblaient pas poser de problème. Mais pour une raison qui me demeurait inconnue, avec ce boulot, ces étudiants… chaque jour, je me sentais de plus en plus une moins-que-rien, chaque fois que je poussais les portes à double battant de l'entrée. Jusqu'au jour où, assise dans le parking avant de commencer mon service, je n'ai plus pu. J'ai redémarré et je suis rentrée à la maison. Après ça, je ne suis plus sortie des limites du comté. J'ai obtenu ce boulot chez les Holden et j'ai déménagé, je me suis enracinée, dans la terre de la plantation.

J'ai gommé les visages souriants des étudiants et je me suis concentrée sur les choses simples que j'aimais. Et, lentement mais sûrement, le bonheur a refait surface. C'est à cette période que Scott s'est mis à passer. Une fois qu'il a eu gagné mon cœur, il n'y avait plus de place dans ma tête pour le moindre projet d'études, ou de quoi que ce soit en dehors de Quincy.

L'amour, ça vous fait ça. Ça vous dévore et ça gomme tout le reste. Ce n'est qu'après Scott que j'ai commencé à songer à partir. Ce n'était pas tant que la vie à Quincy me pesait, et ce n'était pas à cause de la honte que j'avais ressentie chez *Moe's*. C'était plus que, après mon expérience avec lui, je voulais quelque chose de différent. Je voulais devenir quelqu'un de différent, quelqu'un sans passif, quelqu'un sans fil à la patte.

Quelqu'un avec un avenir.

CHAPITRE 20

Justin Hitchins reçut l'appel alors qu'il sortait du *Coffee Bean* sur Sunset Boulevard avec un double expresso, un bagel à la farine complète au fromage frais battu et une barquette de morceaux de fraises. Il s'arrêta sur le trottoir bondé, chercha un endroit où se mettre en sécurité et s'installa entre deux voitures garées en parallèle. Il attrapa son téléphone, faillit tout laisser tomber, puis jeta un coup d'œil autour de lui et déposa soigneusement son expresso sur le capot noir de la Mercedes garée à sa droite. En plongeant la main dans sa poche, il réussit à répondre juste avant que l'appel passe sur la messagerie.

— Bonjour.

C'était Cole qui murmurait dans l'appareil.

— Ce type est complètement dingue !

— C'est lui que tu voulais. As-tu jeté un coup d'œil au dossier avec la liste de ses affaires que je t'ai envoyée par e-mail ? Il n'a jamais perdu…

— Nous nous dirigeons vers l'aéroport, Justin. (Il y eut un bruit assourdi à l'autre bout de la ligne.) Il veut que j'aille immédiatement à Quincy, que je quitte L. A. Appelle la production, nous gardons le plan de travail prévu, pas de retard de tournage.

Ce n'était pas un si mauvais plan, vu le tour qu'avait pris la vie de son employeur ces derniers temps, mais Justin garda son opinion pour lui, il avait des questions plus urgentes à régler.

— Vous êtes en chemin pour l'aéroport ?

Il fallait qu'il appelle le repéreur pour voir si la villa de Cole était prête, voir si les restaurants locaux avaient une carte qui convenait, voir si… Son esprit passait du coq à l'âne à toute vitesse, il fut pris d'un léger état de panique pendant les trois secondes que Cole prit pour lui répondre.

— Oui, on y va, je te l'ai dit… il est dingue.

— Pourquoi est-ce que tu chuchotes ?

Le Cole qu'il connaissait — il travaillait pour lui depuis plus de treize ans —, se tenait bien droit et donnait des ordres. Il n'avait jamais entendu ce type murmurer, à moins que ce soit écrit dans un scénario.

— Lorsque tu auras rencontré ce type, tu verras si tu ne te caches pas dans les toilettes de l'avion pour te plaindre de lui en chuchotant.

Justin sourit à cette évocation.

— OK, vous décollez quand ?

Il n'entendit pas la réponse. Il sursauta en entendant un violent coup de klaxon, typique de Los Angeles, accompagné d'un bruit énorme de crissement de pneus. Il se retourna et aperçut un Range Rover qui déboîtait, il vit s'allumer la lumière violente des phares au xénon qui percutaient l'arrière de la Mercedes noire et comprit, trop tard, ce qui allait arriver. Le Range Rover poussa la Mercedes, pas beaucoup, mais assez pour qu'elle entre en collision avec la camionnette garée devant elle, alors que Justin était toujours entre les deux véhicules. Son expresso jaillit en l'air, son téléphone aussi, et pour Justin Hitchins, tout devint subitement noir.

CHAPITRE 21

La communication était coupée. Cole jeta un coup d'œil à son téléphone, l'avion décollait. Il se retint à la cloison en jurant.

Connexion de merde !

Il enfourna son téléphone dans sa poche et ouvrit la porte pour se retrouver dans le couloir du jet, avec une chambre à coucher à sa gauche et des sièges à sa droite. Dans un des sièges, Brad DeLuca téléphonait. Apparemment, son service téléphonique fonctionnait parfaitement à 40 000 pieds d'altitude. Il s'avança et s'installa devant l'avocat. Justin allait s'occuper de ça, tout serait fin prêt quand ils atterriraient. Peut-être que ça ne serait pas si terrible. Il avait songé lui-même à partir pour Quincy et échapper ainsi à la folie de Hollywood. Peut-être qu'il lui fallait juste un bon coup de pied au cul pour se décider. Il se sentait déjà mieux, à chaque minute qui augmentait la distance entre Nadia et lui. Il se sentait mieux avec cette erreur de la nature à ses côtés. Ce type était terrifiant, mais il était dans son camp, il se battait pour lui. Il allait démolir le petit avocat minable de Nadia, le bouffer tout cru à son petit déjeuner. Cole se détendit dans son fauteuil.

— Vous avez appelé Quincy ? demanda Brad DeLuca derrière lui, et Cole fit pivoter son siège pour lui faire face.

— Mon assistant s'en occupe. Tout sera prêt à nous accueillir.

— Je ne reste pas, je ne fais que vous déposer. Il faut que je rentre. (L'homme jeta un coup d'œil à sa montre.) Je vous appellerai en arrivant ce soir. Décrochez. Nous mettrons au point notre stratégie, et j'obtiendrai une réponse officielle des conseillers de Nadia dès demain matin.

— D'accord.

Il tapota sur son téléphone dans sa poche en regardant le type.

— Vous ne faites que ça ? Des divorces ?

DeLuca acquiesça.

— C'est ça.

— Sale boulot. Foutre en l'air des mariages.

L'homme sourit.

— Ça dépend. Pour moi, le divorce a été la meilleure chose qui soit arrivée dans ma vie. J'ai laissé tomber une erreur de jeunesse. Vous pouvez foutre en l'air votre vie si vous êtes captif d'une mauvaise épouse. Le divorce permet de corriger au moins une de nos erreurs.

Cole se mit à rire.

— Alors, comme ça, vous êtes le Cupidon de rechange ? Vous tirez les maris d'une erreur pour qu'ils puissent en commettre une seconde ?

L'homme sourit.

— Un jour, vous me remercierez.

Cole détourna son regard.

— Il s'agit de Nadia Smith. Peu de femmes peuvent tenir la comparaison.

— Arrêtez de penser à elle comme Nadia Smith. Ce n'est pas une idole que vous vénérez, c'est une femme. J'aime ma femme plus que tout, mais elle a des défauts. Si Nadia et vous étiez si bien ensemble, elle n'aurait pas baisé avec un autre et demandé le divorce. Vous allez dépasser ça, vous serez plus fort ensuite.

Ce type lui parlait comme à un gros tas de merde. Un tas de merde brutal. Ça faisait très longtemps que quelqu'un, hormis Justin et Nadia, ne lui avait pas parlé sans nuances soigneusement choisies. Cole remua dans son siège et regretta de ne pas être d'abord passé chez lui. Il aurait aimé prendre une douche et se changer, embarquer quelques vêtements. Tant pis. La première chose à faire en arrivant serait de trouver quelque chose d'autre à se mettre, juste pour tenir jusqu'à l'arrivée de Justin. Son assistant savait ce qu'il devait faire, il allait sûrement prendre un vol en emportant son vestiaire pour un mois. Il tira sur le col de sa chemise et se dégourdit le cou. Peut-être qu'il demanderait à Justin de lui dégoter un massage à Quincy. Ou, mieux encore, de réserver une journée complète au spa pour le lendemain. DeLuca se remit à téléphoner et Cole s'allongea dans son fauteuil, ferma les paupières et essaya de repousser les images de Nadia de son esprit. Elle était si belle, debout dans l'hôtel. Belle et pas du tout émue. Il ne s'attendait pas à ça. Ça l'avait blessé, plus encore que les papiers, plus encore même que ce qu'il avait vu dans leur salle de bains. Ça rendait le tout pire qu'une simple aventure, une dispute ou une tromperie. Ça signifiait que Nadia pouvait mettre de côté sans la moindre hésitation toutes les années qu'ils avaient passées ensemble.

Il avait parcouru les papiers de divorce. Ils étaient trop bien ficelés, trop argumentés pour avoir été écrits la semaine dernière. Elle avait planifié la chose. C'est ce qui lui faisait mal. Et ce qui lui faisait mal au crâne, c'était de penser qu'il avait été assez naïf, à côté de la plaque, pour ne pas voir les signes avant-coureurs. Comment avait-il pu penser que tout allait bien entre eux alors qu'ils étaient au bord du désastre ? Et ensuite, Nadia avait mentionné *The Fortune Bottle*. Au moment où ils auraient dû parler de leur amour, de leur relation, de leurs vies, elle avait mis son film sur le tapis. C'est ça qui l'intéressait, c'est pour ça qu'elle se battait. Il s'était soudain rappelé certains commentaires qu'elle avait faits sur le film, sa demande d'être productrice exécutive, les transferts de fonds qu'elle avait effectués le mois dernier en disant qu'elle « ne faisait que déplacer des trucs ». Il se mit à gémir en se prenant la tête dans les mains.

– Hé !

DeLuca leva les yeux de son téléphone.

– Arrêtez de stresser.

– Je repense à ces derniers mois. Je crois qu'elle a monté un coup contre moi.

– C'est mon job de m'en inquiéter. Le vôtre, c'est de rester à Quincy, de suivre mes recommandations et de faire un film qui déchire.

– OK.

Cole se rallongea et souffla lentement.

Il allait le faire.

Rester assis en attendant que les autres s'occupent de tout, s'inquiètent des choses, il en avait l'habitude. Il pourrait lécher ses blessures à Quincy, éviter la tentation et faire un film.

Facile.

CHAPITRE 22

Au moment précis où l'enfer s'est déchaîné, j'étais en maillot de bain, mes fesses reposaient dans quatre pouces d'eau froide et mes pieds pendouillaient à l'extérieur de la piscine pour enfants en plastique bleu clair.

— Vous allez brûler, lança Ben sous trois couches d'écran total, un chapeau de cow-boy et des pantalons en lin.

— Non. Pas du tout.

— Si, vous allez brûler, dit-il sur un ton grave, digne d'un panégyrique. Je vous ai vue. Vous n'avez pas mis de crème.

— Je ne mets jamais de crème.

J'ai pris de l'eau et j'ai aspergé mes cuisses avec.

— Est-ce que vous vous rendez compte que le soleil vous fait vieillir sous mes yeux ?

— Vous vous rendez compte que nous sommes en Géorgie et pas dans l'Ouest sauvage, et que vous avez l'air complètement ridicule avec un chapeau de cow-boy, n'est-ce pas ?

Je lui ai envoyé un peu d'eau. Il a reculé son corps tout pâle, et sa chaise de jardin s'est renversée dans l'herbe.

Ça m'a fait rire et j'en ai profité pour me lever en l'aspergeant le plus possible.

— Arrêtez, a-t-il crié, en parvenant à planter ses pieds nus dans le gazon pour pouvoir enfin se relever.

Je riais.

— D'accord, joli garçon, plus d'éclaboussures.

J'ai levé les mains en signe de paix et je lui ai lancé un sourire moqueur pendant qu'il ramassait sa chaise et la mettait plus loin, à l'abri.

Nous étions dans la cour, devant chez moi, à l'ombre du grand chêne vert. Et pourtant, même mouillée, j'avais très chaud. Les Holden avaient une piscine, un truc énorme derrière leur maison. Ils étaient dans le Tennessee, on aurait pu aller s'y baigner, mais ça ne me paraissait pas correct. Je l'avais fait une ou deux fois pendant ces six dernières années, mais en regardant tout le temps derrière moi, de crainte que les Holden se télétransportent sur trois mille deux cents kilomètres par magie et me surprennent. La piscine pour enfants me convenait tout à fait, et ça ne me procurait pas la moindre angoisse.

Nous avons soudain entendu la sonnerie stridente du téléphone de Ben depuis la véranda. Il a relevé la tête en soupirant profondément.

– Laissez-le sonner, c'est samedi. Il n'y a pas d'urgence.

Comme je savais qu'il allait le faire, il s'est levé et a couru répondre.

Dieu merci.

CHAPITRE 23

La première bizarrerie, quand le jet a atterri sur la piste poussiéreuse, fut qu'elle était déserte.

Enfin presque.

Il y avait bien un employé de l'aéroport sur le tarmac, qui restait là, bouche bée, les mains fourrées dans ses poches avant, sans proposer la moindre aide pour porter les bagages.

Bon d'accord, nous n'avions pas de bagages. Mais ce type ne le savait pas.

DeLuca est descendu de l'avion, a serré la main du type et s'est présenté. Cole a fait de même, et les yeux du type se sont écarquillés encore plus sous son épaisse couche de crasse et de bronzage.

– Vous êtes la star de cinéma ? osa-t-il, tout surpris.

Cole hocha la tête et esquissa un grand sourire. Il ne pouvait pas s'en empêcher. C'était devenu si habituel, si automatique depuis qu'il était devenu célèbre, qu'il ne pouvait absolument plus le contrôler.

Mais il n'y avait aucune caméra présente, aucune foule de fans hystériques, aucun besoin d'afficher ce sourire éclatant devant ce péquenaud.

DeLuca lui lança un regard étrange.

– Alors… Euh… Qu'est-ce que vous faites à Quincy ?… Panne de moteur ?

L'homme jeta un coup d'œil à l'avion rutilant, pas le genre d'appareil qui demandait l'autorisation d'atterrir sur leurs pistes.

– Non. Mon assistant ne vous a pas appelé ?

Cole sorti son téléphone de sa poche. Pas de message de Justin.

Étrange. Normalement, il aurait dû avoir reçu un itinéraire, des confirmations d'hôtel, le nom de son chauffeur.

Il vérifia, il avait deux barres de réseau. Il appuya sur le bouton marche/arrêt et redémarra.

Enfoirés de Verizon.

— Euh, personne ne nous a appelés, répondit lentement le type en jetant un coup d'œil derrière lui à la bâtisse vaguement éclairée.

Ah. Peut-être n'avait-il pas été le seul à guider jusqu'au sol leur piège mortel grandeur nature pendant son atterrissage. C'était rassurant.

— Est-ce que ma voiture est arrivée ?

Il connaissait déjà la réponse à cette question en la posant.

Derrière l'homme, il y avait un grand parking qui ne contenait que deux véhicules. Aucun des deux ne semblait avoir l'air conditionné, et encore moins un chauffeur.

Où était la sécurité ?

Justin avait eu tout le temps du vol pour préparer les choses. Ça n'avait pas dû être très difficile, et il aurait dû au moins envoyer à Cole un texto récapitulatif.

Tant d'erreurs de la part d'un assistant qui n'en faisait jamais. Cole sentit un premier pincement d'inquiétude dans le ventre.

Il composa le numéro de Justin, écouta, le téléphone de DeLuca sonna, et l'autre se détourna pour y répondre.

Il laissa sonner onze coups. À quatre, il était en colère. À sept, il commença à être inquiet.

Quand finalement, il tomba sur le répondeur, il était totalement paniqué. Il ne laissa pas de message, il se contenta de raccrocher et de fermer son téléphone.

DeLuca le rejoignit alors, posa lourdement sa grosse main sur l'épaule de Cole.

— Mauvaise nouvelle, dit l'avocat. Votre assistant a eu un accident. TMZ[13] a posté l'info il y a une heure. Il est vivant, mais dans un sale état.

Encore une avarie dans le bateau qui faisait naufrage. Et Justin… Justin était son liant, son constant et unique ami,

---

13. Site internet US spécialisé dans les potins de stars.

le seul à qui Cole pouvait donner ce nom. Il était... vivant mais très touché. Cole prit une profonde respiration et se passa les mains sur la figure.

– OK. Faisons demi-tour.

– Non.

Le ton autoritaire le prit par surprise.

– Il faut que je le voie, que j'aille à l'hôpital. Il travaille pour moi depuis des années, protesta Cole.

Treize ans pour être précis.

Deux de plus que mes sonneries sans réponse sur son téléphone. Un sacré bout de temps. C'était avant Nadia, avant les trois Oscars, avant que sa notoriété atteigne des sommets ridicules. Il fallait qu'il aille le voir. Il allait laisser tomber cette fournaise remplie de poussière pour rentrer dans la cité des mains propres, de l'air frais et du luxe. Quel genre de bourg pouvait bien avoir un aéroport comme celui-ci ? Aucun. Il se corrigea. Ville. Tout était parti de là. Une petite ville endormie, remplie à ras bord de millionnaires. En y repensant, ils n'avaient probablement même pas de spa. La tension dans son dos augmenta.

– Vous n'allez nulle part. L'hôpital va ressembler à une vraie ménagerie, pleine de paparazzis guettant votre joli minois. Vous transformeriez tout ça en véritable cirque médiatique. Pour l'instant, il est toujours dans le coma, de toute façon, il ne va pas pouvoir vous parler pendant un bon moment.

– Qu'est-ce qui s'est passé ?

– Dommages collatéraux d'un accident de voiture. Il était à pied, il s'est retrouvé coincé entre deux voitures en stationnement.

La voix de DeLuca s'était faite plus douce.

Cole détourna le regard, regarda l'employé de l'aéroport en face d'eux qui n'en perdait pas une miette. Il soupira un bon coup.

DeLuca avait raison. Aller à l'hôpital serait un désastre. Il enverrait des fleurs, peut-être un Strippergram, il dirait à Just...

Soudain il comprit qu'il venait de perdre son bras droit, l'homme qui faisait tout pour lui, qui mettait de l'huile dans les rouages, qui arrangeait tout.

Disparu. Au fond d'un hôpital à des milliers de kilomètres de là, occupé par sa propre vie et plus par celle de Cole. Il se mit à vaciller légèrement sur place, mais DeLuca le maintint par l'épaule.

Dix minutes plus tard, ils quittaient l'aéroport dans une camionnette d'emprunt bringuebalante. Cole se protégeait d'une main du soleil qui l'aveuglait. Par la vitre ouverte, l'air chaud et poussiéreux l'enveloppait. Il tendit la main pour la remonter et gloussa quand il découvrit une poignée manuelle.

DeLuca écarta son téléphone de sa bouche.

— Je cherche le contact local d'Envision.

Ils prirent un tournant assez sec. Cole se cramponna à la poignée, en cherchant la ceinture de sécurité. Il n'y en avait pas.

— Bennington Payne ? aboya DeLuca dans le téléphone. Où êtes-vous *en ce moment* ?

CHAPITRE 24

Quand Ben a répondu au téléphone, j'ai tendu les bras en m'allongeant complètement dans la piscine pour enfants, la tête appuyée sur le bord, sur ma serviette repliée.

J'ai vu passer Ben dans son pantalon de lin, son téléphone rivé à une de ses oreilles, l'autre main appuyée contre l'autre oreille comme s'il était au beau milieu d'un concert de rock et pas en rase campagne. Il avait sans doute une mauvaise réception. J'ai fermé un œil et je me suis à moitié tournée vers lui, pour que ma moitié commère puisse entendre ce qu'il disait.

– Hmmm… À Quincy ?

Il a prononcé le nom de la ville comme si c'était une question.

– Excusez-moi. Qui est au bout du fil ?

J'ai ouvert les deux yeux quand il s'est mis à faire ce geste frénétique de la main en ma direction. Je me suis assise en haussant les sourcils, j'attendais qu'il m'en dise plus.

– Oui, Monsieur. Mais… maintenant ? Je croyais que… OK. Oui, Monsieur.

Je me demandais combien de «oui, Monsieur» cette conversation allait comporter.

J'étais censé reconstituer le puzzle alors que la seule chose que j'entendais, c'était la moitié des phrases balbutiées par Ben.

– Quelle est votre adresse ?

Cette question s'adressait à moi, avec en prime, un murmure assez audible à l'autre bout du fil malgré sa main plaquée sur le récepteur.

Je la lui ai donnée. Ce changement de conversation prenait un tour vraiment intéressant.

Ben a répété l'adresse, puis après un dernier «oui, Monsieur», il a raccroché.

Je ne pensais pas qu'un être humain puisse être plus pâle encore que mon gentil vampire, mais oh! oh!... si, c'était possible. J'ai vu son visage perdre toutes ses couleurs. Il a renfoncé maladroitement son téléphone dans la poche de son pantalon.

– Qu'est-ce qui se passe ? ai-je demandé en faisant l'effort de me lever.

Mon maillot trempé laissait goutter de minces filets d'eau le long de mes jambes.

Il a dégluti violemment. Il m'a regardée avec mon maillot noir fané, puis il a plongé son regard dans le petit bassin bleu comme si la réponse se cachait au fond de l'eau, puis vers la maison, vers sa voiture de location bizarrement garée sous le cornouiller, puis vers moi à nouveau.

– Cole Masten est ici.

– Où ?

Ici, c'était un endroit *bien précis*. Et je savais pertinemment qu'il n'était pas là, exactement là. Pourtant, avec une quasi-certitude, en comprenant tout à coup qu'il avait donné mon adresse, j'ai réalisé qu'ici, cet endroit *bien précis* devenait plus qu'une simple éventualité, et j'ai bondi hors de la piscine, j'ai traversé la pelouse comme une folle et je me suis arrêtée en face de Ben.

– Où ça ? ai-je répété assez agressivement.

– À Quincy. Il vient juste de quitter l'aéroport. C'était son avocat. Il voulait savoir où j'étais. Il dépose Cole ici, il m'a dit que son assistant était à l'hôpital.

Il a prononcé ces mots à toute vitesse, comme si le fait de les dire très vite gommait leur réalité. J'ai reculé d'un pas, uniquement pour éviter leur puanteur.

– À quelle distance sommes-nous de l'aéroport ?

J'ai fermé les yeux en essayant de réfléchir.

– Cinq, peut-être dix minutes. Bordel de merde.

J'ai baissé les yeux sur mon maillot de bain, j'ai pensé à ma maison, à la vaisselle sale dans l'évier, à ma boîte de

Tampax sur la cuvette des W.-C., aux restes de Ben et à mon nécessaire de manu-pédicure encore sur la table basse… Ça sentait très mauvais.

Je me suis mise à courir, avec un homo en pantalon de lin haletant sur mes talons trempés.

*
* *

Vous voyez, la famille Thompson est une des quarante-trois familles du début.

Voilà l'origine du problème. Summer est une fille charmante, mais elle ne possède aucun milieu familial, aucune éducation nécessaire pour faire face aux difficultés avec grâce. C'était le problème.

Vous savez, cette fille n'a pas de père. Ça explique bien des choses.

Marilyn, elle, a un père. Il vit dans le Connecticut, d'après Betty Anne.

Il a un genre de trouble alimentaire concernant la viande qui fait qu'il doit être isolé. Voilà pourquoi ils l'ont emmené là-bas.

C'est vraiment le truc le plus débile que tu aies jamais dit. Non, en effet, elle n'a pas de père. Il s'est barré lorsque Francis attendait Summer, voilà la vérité.

CHAPITRE 25

Il s'est avéré que la vitre ne se fermait pas jusqu'en haut. Elle était cassée. Ce qui était aussi bien, puisqu'il faisait une chaleur de dingue dans cette camionnette sans clim ni courant d'air.

Brad DeLuca se mit à glousser. Cole rouvrit la fenêtre et attrapa le téléphone que Brad lui tendait.

– Le type dit qu'il est au 4 Darrow Lane. Faites-moi plaisir, regardez le GPS pour moi.

Cole ouvrit l'application et trouva l'adresse.

– C'est à 3 kilomètres. Continuez tout droit.

L'avocat acquiesça et ils roulèrent un moment en silence. Cole étendit ses pieds sur le pare-brise du véhicule.

– Je n'ai pas conduit de camionnette depuis des siècles, commenta Brad. J'ai oublié le changement de vitesse.

Cole se mit à rire.

– Oui, moi c'est le changement de vitesse de ma Ferrari qui me manque en ce moment.

Peut-être se la ferait-il livrer.

La camionnette tangua dans une grosse ornière. Ses mains s'agrippèrent au tableau de bord.

Ou peut-être pas.

Elle ne résisterait pas à un seul trajet sur ces chemins de terre.

Il jeta un coup d'œil à l'homme, son profil farouche était différent sous cette lumière d'après-midi, ses mains fortes et détendues posées sur le volant. Il était aussi à l'aise dans cette vieille camionnette que dans un restaurant de Beverly Hills.

Peut-être après tout que Deluca n'était pas un vrai connard. Peut-être était-il exactement la personne dont Cole avait besoin, quelqu'un qui ne lui ferait pas de lèche, quelqu'un qui lui dirait les choses en face, pas les conneries hors de prix du genre de celles dont tout le monde à Hollywood aspergeait ses parfaits sans gluten, chaque matin.

Son optimiste fut douché par les paroles de DeLuca :

—J'ai dit au type de l'aéroport que je lui ramenais sa camionnette dans une heure. Du coup, je vous dépose chez ce type —il s'appelle Bennington —, c'est le responsable des repérages du film. Il doit connaître le coin et va pouvoir vous installer.

Le soleil disparut derrière un nuage, le monde extérieur parut un peu plus sombre.

Cole leva les yeux vers le ciel.

—Bennington ? répéta-t-il.

—Ouais. Bennington Payne. J'ai pas pigé le nom du type.

Cole sourit et jeta un coup d'œil au téléphone qui sonnait,

—Tournez à droite.

Ils tournèrent et Cole regarda la route qu'ils venaient de quitter. Ils n'avaient pas croisé la moindre voiture depuis l'aéroport. Ça lui paraissait bizarre, comparé à la vie à L.A., une ville où l'heure de pointe durait vingt heures par jour et où les voitures étaient devenues une seconde maison.

Il était déjà allé dans des endroits paumés, il avait tourné un film de samouraïs en Hollande, il avait passé deux mois en Alaska, mais c'était la première fois qu'il ressentait cette sensation de vide, de tranquillité, de solitude d'un lieu. Peut-être était-ce à cause des papiers du divorce et de l'accident de Justin qui venaient de lui tomber dessus. Les deux parties clés de sa vie, de son armure, se brisaient au même moment, laissant sa peau fragile à nu. Il regarda les champs qui défilaient, parfaitement entretenus, dans une alternance de rangées blanches et vertes.

Le téléphone vibra dans sa main, il désigna une grande demeure de planteurs, avec ses colonnes d'ivoire qui supportaient trois étages, sa grande véranda sur le devant et sa demi-douzaine de rocking-chairs, le tout encadré par des chênes centenaires.

—C'est là.

*
* *

– Qu'est-ce qui ne va pas ?

Ben m'observait en haussant un sourcil parfaitement dessiné, pendant que toute à ma confusion, je courais partout dans la maison, un panier de linge à la main, en ramassant tout ce qui traînait en tapant des pieds, pendant que ma saleté de maillot de bain me rentrait dans la raie des fesses.

Les tampons, ne pas oublier les tampons. J'ai couru à la salle de bains, j'ai ramassé la boîte, ainsi que la moitié des médicaments de notre armoire à pharmacie.

Ça allait être chouette ce soir, avec maman qui demanderait en hurlant où était passée sa Préparation H[14], pendant que je repêcherais la zappette dans le panier plein à ras bord.

– Chuttt ! ai-je sifflé à Ben, en récapitulant mentalement la liste de ce que j'avais le temps de faire ou pas.

– Il ne va pas entrer dans la maison.

J'ai entendu ce que me disait Ben à travers un brouillard d'autodéfense, en m'arrêtant net lorsqu'un rouleau de papier toilette tomba du panier et roula tout le long du couloir, pour atterrir aux pieds de Ben.

– Quoi ?

– Ils viennent juste me prendre. Ils ne vont probablement même pas descendre de voiture.

Bien sûr. Je me suis remise à respirer normalement. Ça paraissait évident. Pourquoi entreraient-ils ? Ils n'allaient même pas s'arrêter complètement, ils se contenteraient de passer devant chez moi en ouvrant la portière et en appelant Ben pour qu'il saute en vol.

J'ai posé le panier de linge sale sur le comptoir de la cuisine, puis j'ai regardé mon maillot de bain.

– OK. Super. Je vais me changer.

C'est alors qu'on a frappé violemment à la porte et que mes yeux se sont remplis de panique.

---

14. Pommade contre les hémorroïdes.

CHAPITRE 26

– Vous êtes sûr que c'est là ?

Le plancher de la véranda semblait prêt à rompre, Cole changea de pied en tentant d'apercevoir quelque chose à travers le rideau brodé. On entendait des murmures de voix et des bruits de pas à l'intérieur.

– Oui, répondit rapidement DeLuca en jetant un coup d'œil à sa montre pour la énième fois.

– C'est là.

Ils étaient passés devant la maison principale et avaient poursuivi jusqu'à une autre, beaucoup plus petite, avec deux véhicules garés devant, une vieille camionnette Chevrolet et une berline Ford immatriculée dans l'Oklahoma. C'était probablement la voiture du régisseur ; quant à la camionnette, eh bien, qui pouvait bien savoir à quel plouc elle appartenait ?

La porte s'est ouverte sur une grande blonde. Cole se mit à la détailler, d'abord le visage, puis ses yeux glissèrent sur son maillot de bain, un une-pièce noir assez défraîchi, avec un short en coton que la fille était en train de boutonner à la hâte.

Elle avait de longs cheveux fous, des jambes bronzées, immenses, qui se terminaient par des orteils aux ongles recouverts de vernis rose.

Nadia aurait ri en voyant ce vernis, elle aurait pouffé en murmurant «une vraie ado» ou bien «c'est tellement petit Blanc!».

Elle aurait haussé les sourcils devant ce bronzage et se serait mise à fouiller frénétiquement dans son sac à la recherche de sa crème solaire, en se souvenant qu'elle devait l'appliquer bien régulièrement, tout en envoyant un texto à son assistant pour réserver sa prochaine séance de douche autobronzante.

– Est-ce que Bennington est là ?

Brad posa la main sur le chambranle, ce qui empêchait Cole de mater la poitrine de la fille, mais il eut quand même le temps de la voir tourner le regard vers l'avocat. Il vit sa bouche s'ouvrir imperceptiblement quand elle regarda DeLuca. Quelque chose lui noua le ventre d'une façon désagréable. Cette fille avait une putain de star de cinéma en face d'elle et elle préférait regarder ailleurs. Il se détourna, posa une main sur le bois de la rambarde de la véranda et partit d'un grand éclat de rire en se rendant compte combien son ego était devenu fragile.

Wouah.

Il était tombé bien bas s'il ne pouvait pas supporter qu'une inconnue regarde un autre homme que lui.

DeLuca était un bel homme, c'était évident. En outre, il possédait des testostérones de mâle alpha qui rendaient les femmes dingues. C'était tout naturel qu'une fille le regarde, qu'elle détourne son attention de Cole, surtout s'il lui avait posé une question.

Mais tout de même.

Il avait trois Oscars en magasin.

Elle aurait au moins pu s'attarder un peu.

Il se tourna vers la porte, s'appuya contre la rambarde et croisa les bras en attendant que les présentations soient terminées pour qu'ils puissent enfin aller à l'hôtel prendre une douche.

Le régisseur avait remplacé la blonde à la porte. Dommage. Elle était plus agréable que lui à regarder.

Le régisseur était surexcité, sa tête remuait dans tous les sens, il passait son temps à joindre les mains. Cette combinaison de gestes et de mouvements de tête faisait mal au crâne à Cole.

Quelqu'un lui avait dit quelque chose.

DeLuca tourna la tête, tous deux le regardaient en attendant une réponse.

Cole releva le menton.

— Pardon, vous disiez quoi ?

— Apparemment, il n'y a pas beaucoup de possibilités de logement à Quincy, mais Bennington...

— Appelez-moi Ben, l'interrompit l'homme, tout miel.

Derrière lui, la fille réapparut dans un ample tee-shirt blanc sur son maillot, les cheveux relevés en queue-de-cheval. Ses yeux rencontrèrent les siens et il lui sourit, avec ce sourire à la Cole Masten qui lui ouvrait toutes les portes.

Elle ne lui rendit pas son sourire.

Merde.

Tout partait à vau-l'eau, jusqu'à son sourire. Il fallait qu'il songe à demander à Justin — ou à n'importe qui d'autre — de lui prendre un rendez-vous chez le dentiste et qu'il vérifie ce soir devant le miroir que tout était normal.

Peut-être que c'était elle.

Peut-être qu'elle était homo.

— Bon, continua DeLuca, Ben dit que les capacités hôtelières sont assez limitées, l'hôtel le plus proche est situé à Tallahassee.

Cole dressa l'oreille.

Une ville universitaire. Des bars. Des restos.

Et de jolis petits culs qui le regarderaient en rougissant comme s'il était Dieu le Père. Peut-être que ça lui donnerait le coup de booster dont son ego avait bien besoin en ce moment.

— Mais je lui ai expliqué que ça n'allait pas. Que vous aviez besoin d'être à Quincy.

DeLuca lui lança un sourire ironique comme s'il savait exactement à quoi il pensait.

Ah, c'est vrai. Les règles à suivre.

Cole écrasa un moustique dans son cou et sentit une goutte de sueur couler le long de son dos.

— Sans vouloir interrompre cette petite sauterie, poursuivit-il en chassant un autre insecte, pourrions-nous entrer ? À l'air conditionné ?

Bennington et la fille échangèrent un regard rapide, puis elle sourit gentiment.

—Certainement. Je vous sers quelque chose à boire ? Un thé glacé, peut-être ?

CHAPITRE 27

Au bout de huit minutes à peine, j'avais pris en grippe Cole Masten, mon héros. Le problème n'était pas son physique ; en fait, l'homme qui s'appuyait sur ma rambarde était encore plus attirant que dans ses films. Je l'ai observé quand il a eu le dos tourné, qu'il a attrapé la rambarde et a regardé dehors, vers le manoir des Holden. Et j'ai perçu un peu de tristesse dans la crispation de ses épaules, une sorte de douleur dans ses yeux quand il s'est retourné et qu'il a croisé mon regard. J'ai pensé alors, la main sur la poignée de ma porte en regardant deux hommes parmi les plus sexy que j'aie jamais rencontrés, qu'il y avait quelque chose en lui, quelque chose de brut et de très beau.

Maintenant, je sais ce que j'ai vu.

Je sais ce que c'était. C'est un trou du cul, tout simplement. C'est un connard pourri gâté, du genre « j'obtiens tout ce que je veux parce que je le vaux bien, vous êtes tous mes inférieurs ».

J'avais déjà connu des hommes dans son genre. Carl Hanson avait grandi dans le même coin que moi, était allé au lycée de Quincy comme moi et avait fait de la moto tout-terrain avec moi pendant l'été. Puis il obtint son diplôme. Il partit à New York après l'UGA[15]. Il se rendit compte de ce que l'argent de son père pouvait lui offrir, il découvrit à quoi pouvait ressembler la vie en dehors de notre comté. Il revint quelques Noëls plus tard. Il me regardait de tellement haut que je pouvais parfaitement apercevoir les traces de cocaïne dans ses narines. Il me mit la main aux fesses à la soirée d'hiver organisée par notre église, comme

---

15. Université de Géorgie.

si elles lui appartenaient, et je lui ai filé un coup de poing dans le nez. Je me suis cassé l'index en faisant ça, mais ça en valait la peine. C'est Monsieur Hanson qui a payé mes frais d'hôpital. Il est venu prendre le thé avec maman et moi et s'est confondu en excuses pour le trou du cul que son fils était devenu.

J'avais encore neuf articulations intactes, et une dixième bien réparée.

Si Cole Masten songeait à poursuivre son examen visuel par n'importe quel geste, je lui ferais comprendre que les filles du Sud peuvent cogner très dur.

Mon aversion a débuté quand il a demandé à entrer. C'était mal élevé de sa part de relever ainsi le faux pas que j'avais commis en ne les invitant pas moi-même. Une grossièreté consistant à en souligner une autre ne la gomme pas pour autant. Ça vous offre un ticket d'entrée pour le Concours des Têtes de Nœud, c'est tout. J'aurais dû les inviter à entrer. Je le savais. Il faisait une chaleur torride à l'extérieur, le soleil était juste assez bas pour que les moustiques attaquent la chair fraîche en piqué. Mais la maison était en foutoir, et Ben m'avait promis qu'ils n'entreraient pas. C'était la raison pour laquelle je leur avais ouvert ma porte d'entrée avec un minimum de maîtrise de moi. Bien sûr, j'étais en maillot de bain et en short, mais au moins, ils ne sauraient pas que ma maison était un vrai bordel. Que ma poubelle de salle de bains n'avait pas été vidée. Que la boîte de céréales de ce matin était toujours sur le comptoir de la cuisine.

Tout était sous contrôle, jusqu'à ce que le beau mec se mette à vouloir entrer.

C'était tellement mal élevé.

Le second coup de grâce de Cole Masten arriva trois minutes plus tard, alors que je me démenais comme une folle pour leur servir quelque chose à boire et que ce type restait debout, l'air gêné, dans mon salon.

Je surveillais Cole du coin de l'œil. Il était en grande discussion avec son avocat. Je remarquai sa peau blanche si délicate, qui allait rôtir sous notre soleil de plomb. Chaque été, nous faisons cuire un œuf sur le trottoir. Juste un œuf, un œuf du coin, issu d'une poule locale, apporté et présenté cérémonieusement par notre maire.

La cuisson a lieu le jour le plus chaud et, chaque fois, c'est un véritable événement. Tous ceux qui ne sont pas débordés de travail prennent le temps d'apporter de quoi manger et traînent sur le parking de la banque de Floride, pour observer un des pauvres petits œufs de *Mama Gentry*[16]. Parfois, il cuit très vite. D'autres fois, beaucoup trop lentement vu la saison, et ça déclenche à peine quelques cris d'excitation.

Alors ouais, chez nous, les œufs cuisent au soleil. Sa peau de visage pâle californien allait se racornir comme du bacon croustillant. Tout en ouvrant les placards pour prendre des verres, j'ai même envisagé de lui offrir de la crème solaire comme cadeau de bienvenue à Quincy. Mon maillot humide commençait à me gratter. Je ne l'ai pas fait. Au lieu de ça, en ouvrant la porte du lave-vaisselle, j'ai fait le pari qu'à notre prochaine rencontre, il serait rouge comme un homard.

— Je dois y aller, a dit le premier homme comme à regret, en désignant la porte d'entrée. Je dois rendre la camionnette et sauter ensuite dans un avion. Ma femme va me tuer si je ne suis pas rentré à temps pour le dîner.

Il s'avançait vers moi, ce qui m'arrêta dans mon mouvement. J'attrapai le verre tout en serrant la main qu'il m'offrait.

— Merci mille fois pour votre hospitalité. Je crains de ne pas avoir saisi votre nom ?

— Summer. Summer Jenkins. Puis-je vous offrir un thé pour la route ?

Il a gloussé.

— Non, mais merci beaucoup. J'apprécie.

Sa femme.

C'est ce qu'il avait dit.

Sa femme serait en colère s'il n'arrivait pas à temps chez lui. Pas étonnant, tous les meilleurs sont déjà pris. Et il était bien élevé en plus. Je lui ouvris la porte d'entrée et le saluai.

---

16. Restaurant américain.

Mon sourire retomba lorsque je remarquai la poussière sur la vitre en refermant la porte derrière lui. *Super*. Encore une catastrophe. J'ai soudain pensé à maman en jetant un coup d'œil à l'horloge du four. Seize heures. Encore une heure et demie avant qu'elle rentre du boulot. J'avais tout le temps de faire déguerpir Ben et Cole, de faire le ménage et mettre le dîner en route. Peut-être un de ces plats Stouffer tout prêts. Carla, chez IGA, m'avait assuré que ça avait le goût du fait-maison. On allait voir ça. On ne peut pas tricher dans ce domaine-là. Je suis retournée à la cuisine. Ben téléphonait et Cole Masten regardait mon canapé d'un air sceptique. J'ai sorti quelques glaçons et les ai mis dans son verre. Ben pouvait se débrouiller tout seul, son Tervis[17] était toujours là, à moitié plein, quelque part dans ce foutoir.

– Thé ? ai-je proposé.

Le type s'est détourné de mon canapé et m'a répondu :

– Une eau gazeuse, s'il vous plaît.

Et voilà comment il lança le deuxième coup.

Je lui ai souri. Un sourire plein de rancœur, sans aucune chaleur.

Dans le Sud, nos sourires sont des armes, et seul un autochtone sait reconnaître un sourire sincère.

– J'ai bien peur de ne pas avoir d'eau gazeuse.

Vous n'êtes pas un homme, ai-je pensé. Un homme ne boit pas d'eau gazeuse, il boit de l'eau du robinet, au tuyau d'arrosage, après avoir rempli son réservoir.

– De l'eau plate, ça va très bien.

Il s'assit avec précaution sur le canapé.

Je suis allée à l'évier en écarquillant les yeux. L'eau plate, ça lui convient. Alors, va pour de l'eau plate. Elle est toujours là, à disposition, depuis ce matin.

J'ai ouvert le robinet et rempli son verre, j'ai refermé le robinet et je lui ai apporté son verre, que j'ai posé sur un dessous-de-verre. J'ai levé un œil sur Ben qui était toujours en pleine conversation. Il m'a fait un signe de main du genre

---

17. Marque de soda.

«juste une minute». Cole a examiné son verre un moment avant de se décider à boire une petite gorgée.

– Comment s'est passé votre vol ? ai-je demandé.

L'homme m'a regardée, ses yeux ont parcouru mes jambes pendant qu'il avalait sa première gorgée d'eau, avant d'en prendre une autre.

Vraiment, quel gâchis. Dieu aurait quand même pu partager en trois ses cils épais, ses traits puissants, ses yeux noisette, sa bouche adorable, et offrir ainsi une chance de bonheur à plus de femmes. Au lieu de ça, Cole Masten avait gagné le gros lot. Un gros lot qui reprenait son verre, prenait son temps avant de répondre, étirait son cou charmant, posait sa bouche sur le verre, pointait sa langue… Seigneur !

J'ai changé de place et j'ai tiré sur l'encolure de mon tee-shirt en détournant le regard.

J'ai été prise par une envie subite de les voir déguerpir, Ben et lui, au plus vite.

Qu'ils me rendent ma maison, que je puisse avoir une heure et demie de paix et de tranquillité avant le retour de ma mère. Ce genre de désir n'avait aucun sens. N'importe quelle femme aux USA aurait donné sa vie pour être si proche de LUI.

Peut-être était-ce mon côté «petite provinciale», cette stupidité qui m'avait fait renoncer à entrer à l'université ou trouver un véritable boulot. J'avais été élevée dans l'idée que les «vrais hommes» étaient polis, ne faisaient pas la fine bouche et ne portaient pas d'after-shave qui attirait les moustiques.

Ben raccrocha, et dans la seconde qui suivit, Cole Masten prit son troisième strike en pleine poire.

CHAPITRE 28

C'était sans doute les deux semaines les pires de la vie de Cole Masten.

La perte de Nadia.

The Fortune Bottle en danger.

L'accident de Justin.

Le départ à Quincy, en compagnie de Brad DeLuca.

Une décision horrible.

À quoi pensait-il ?

Ça aurait été jouable si Justin avait été là pour l'installer, pour organiser son emploi du temps, pour bien équilibrer son temps libre et son temps de travail. Justin se serait arrangé avec ce repéreur, il aurait déchargé Cole, il lui aurait évité d'avoir à s'asseoir sur le canapé d'une inconnue et de boire son eau du robinet.

Qu'est-ce qu'elle lui avait demandé ?

Ah oui, son vol.

Il avala une autre gorgée pour éviter de lui répondre. Quelle question, c'était du bavardage totalement inutile. Depuis quand n'avait-il plus bavardé ainsi ? Ou eu une conversation polie ? Ou quoi que ce soit d'autre que des phrases impliquant des «oui, Monsieur Masten», «bien sûr, Monsieur Masten», ou encore «certainement, tout ce que vous voulez, Monsieur Masten». Bavarder, c'était pour les gens qui avaient du temps à perdre et des relations à construire. Il n'avait pas eu besoin de se créer des relations depuis extrêmement longtemps. Il avait Nadia et Justin. Il avait son agent, son manager et son attaché de presse. Toutes ses exigences étaient comblées, il n'avait besoin de rien d'autre. Il avala sa gorgée d'eau en se demandant qui parmi ces relations, vu les évènements récents, était en danger. Nadia était la reine du papotage et des prises de contact. C'était elle qui apportait de l'alcool aux anniversaires et des steaks pour les fêtes. C'était elle qui remerciait après les invitations à dîner, elle qui se rappelait les trucs du genre le nom des enfants ou les problèmes de santé. Peut-être que sans Nadia, il aurait fait plus d'efforts. Mais il n'en avait pas eu besoin.

C'était elle le moteur de leur couple, c'était elle…

Seigneur.

Il se redressa rapidement, reposa son verre sur la table et se dirigea vers la fenêtre pendant que le repéreur disait quelque chose.

Il n'écoutait pas.

Il se frotta les joues.

Il fallait qu'il résolve cette merde.

Il fallait qu'il arrête de penser à ce qui foirait dans sa vie

Il fallait qu'il se reprenne en main.

Peut-être avait-il besoin d'un coach de vie ?

Il leva une main vers le type en lui demandant :

– Recommencez, je n'écoutais pas.

Le type – Wennifer ? C'était quoi son nom, déjà ? – s'interrompit, puis recommença en regardant la fille.

Il l'interrompit de nouveau :

– Attendez.

Cole se tourna vers la fille qui était en train de reposer son verre sur le sous-verre.

– Qui êtes-vous ? Je veux dire, ne le prenez pas mal, mais en quoi êtes-vous impliquée dans tout ça ?

Ses yeux se sont mis à lancer des éclairs, et malgré lui, il a aimé. Il a aimé son caractère fougueux. Il aurait bien aimé que Nadia soit plus comme ça. Nadia, elle, réservait ses colères aux bonnes qui arrivaient en retard, aux contrats pas assez juteux, à YSL quand sa robe pour les Oscars ne moulait pas parfaitement ses seins. Elle lui avait rarement manifesté de la colère. Il avait toujours négligé ça, il avait pensé que c'était une bonne chose. À présent, il lui semblait que c'était un autre signal de danger qu'il n'avait pas su déceler.

– Elle m'a aidé.

La bouche de la blonde se referma quand le régisseur lui répondit. Elle continua à le fusiller du regard en décroisant ses longues jambes pour se lever. Son visage arrivait à la hauteur de son menton, tendu en avant pour qu'il puisse bien sentir la violence avec laquelle elle le regardait.

Encore une chose que les gens faisaient rarement. Le regarder dans les yeux. Les gens lui jetaient un coup d'œil, détournaient le regard et se contentaient de hocher la tête.

Les fans, c'était l'exception, elles levaient les mains et les yeux vers lui en permanence, elles cherchaient le contact visuel plus que tout.

Les yeux de cette femme n'avaient pas cherché les siens, ils avaient brûlé sa carapace et s'étaient frayé un chemin jusqu'à son âme, en avaient fouillé tous les recoins les plus obscurs, les moins sûrs, et avaient trouvé ça très décevant.

Elle lui faisait face et répliqua en grondant.

– Vous êtes dans mon salon, vous respirez mon air conditionné, vous buvez mon eau. Voilà la raison de ma présence, Monsieur Masten. Et je ne suis en rien impliquée dans quoi que ce soit. Ben est mon ami, il était là quand votre avocat a téléphoné et que vous avez foutu en l'air notre plan piscine.

Elle était authentiquement de Quincy. Il aurait voulu que Don Waschoniz, le réalisateur de *The Fortune Bottle*, soit là pour saisir cet instant, cette fougue.

Elle avait dit «*y'all*» (vous tous), et ça avait semblé naturel, pas surfait. Ça sonnait digne et élégant, sa flamme était charmante malgré sa hargne.

Il était Cole Masten, bon sang! Elle aurait dû baisser son maillot de bain et se pencher en avant au lieu de lui tenir tête, les mains sur les hanches.

Elle ferait une Ida parfaite – le rôle féminin principal, une secrétaire – qui faisait fortune avec Coca-Cola au même titre que les autres investisseurs. Elle n'aurait même pas à jouer la comédie. Elle n'aurait qu'à se faire maquiller, se positionner sur les marques au sol et dire son texte.

Il sourit pour la première fois depuis des jours et elle recula d'un pas en plissant les paupières.

Oooh… Quel regard mauvais ! Qui en disait encore plus long. Toute la fierté et la noblesse du Sud. Si elle était capable de refaire cette tête pour la scène de la recette, ce serait formidable.

— Sortez.

Son léger accent le fit rire. Rien à voir avec celui que les figurants avaient essayé de prendre, qui lui, craignait vraiment.

Ils ne savaient pas le prendre. Ça sonnait juste aux oreilles californiennes de la production, mais maintenant, lui, il savait.

— Je ne rigole pas. (Elle désignait la porte, bouche pincée.) Sortez, ou je jure devant Dieu que je vous descends.

Le repéreur, nerveux, se plaça entre eux en tapotant frénétiquement l'épaule de Cole comme si ça allait servir à quoi que ce soit.

— Elle est sérieuse, chuchota-t-il assez fort. Elle a plein d'armes dans son dressing.

Cole recula, le regard rivé sur elle.

— Comment vous appelez-vous, déjà ? demanda-t-il.

Elle lui répondit en grondant et il se remit à rire, en laissant le petit homo le repousser dehors, dans la fournaise de l'été.

Parfaite.

Elle serait parfaite.

Maintenant, il fallait juste qu'il appelle Envision. Pour qu'ils lui donnent exactement ce qu'elle demanderait et qu'ils établissent son contrat.

C'était déjà un problème résolu dès le premier quart d'heure passé dans cette ville. DeLuca avait eu raison de l'amener jusqu'ici. En étant sur place, à Quincy, il allait pouvoir faire avancer les choses. Il allait pouvoir mettre la main à la pâte et ne pas penser au reste.

À Nadia.

La presse n'allait pas apprécier son absence, il faudrait bien présenter les choses, travailler avec Minka sur une stratégie de sortie de crise et une campagne de relations publiques. Ils allaient peut-être perdre quelques places au box-office, mais son nom suffirait à attirer les fans. Et la blonde et son authenticité feraient le reste.

Elle était exactement celle dont le film avait besoin.

CHAPITRE 29

J'ai réalisé l'erreur que je venais de commettre à l'instant où la porte a claqué derrière les larges épaules de Cole Masten. Je n'aurais pas dû me mettre en colère. J'aurais dû me comporter comme une charmante petite fille du Sud et sourire bien poliment. J'aurais dû l'envoyer au diable mentalement, tout en lui montrant mes petites dents de nacre. On ne doit pas laisser apparaître ses émotions. L'émotion pure, c'est une faiblesse, et je savais parfaitement comment faire autrement, surtout en présence d'étrangers.

Je ne sais pas ce qui m'était passé par la tête. Ce type, et tout le fric que représente *The Fortune Bottle*, je les avais jetés dehors en pleine chaleur, simplement parce que je n'aimais pas sa façon de me demander qui j'étais. C'était pourtant une question tout à fait raisonnable, même s'il l'avait posée de façon grossière, qu'il s'était mal exprimé.

C'était un étranger, un Yankee. On ne pouvait pas s'attendre à ce qu'il connaisse toutes les règles de bienséance du Sud.

Et pour être tout à fait franche, Cole Masten pouvait poser n'importe quelle question, de la façon qu'il voulait. Les vingt mille dollars sur mon compte en banque venaient directement de sa poche. C'était lui le chef du train «Comment réussir à se tirer de Quincy». Cela n'avait aucune importance que je ne l'aime pas. Peu importait que le vrai Cole Masten ait détruit tous les fantasmes que j'avais entassés dans mon coffre-fort imaginaire. C'était un acteur. C'était son boulot de paraître différent de ce qu'il était vraiment.

Je me suis jetée sur mon canapé, la tête en arrière. À présent, ce fichu truc sentait son odeur, une espèce de parfum exotique que j'allais devoir faire disparaître à grands coups de Febreze. Et voilà, toutes mes chances de travailler sur le film avaient disparu. Non que Ben ait eu beaucoup plus de succès avec Eileen «machin-chose». Je n'avais entendu que la moitié de sa conversation avec l'assistante du réalisateur. Ce qui n'avait pas vraiment fait du bien à mon ego. Je n'avais pas tout à fait les capacités nécessaires. «La confection d'un délicieux gâteau de carottes» et un «très grand sens de l'humour» ne faisaient pas partie du Top dix des qualités recherchées sur un plateau de tournage.

Eh merde!

J'ai posé un pied sur la table basse. J'ai regardé en fronçant les sourcils le rond humide que le verre de Cole y avait déposé. Je me suis penchée en avant et je l'ai essuyé. Il avait laissé son verre d'eau. J'aurais pu être sympa et le lui apporter dehors. M'excuser pour mon accès de colère et l'inviter à entrer à nouveau.

Nan.

Ben avait une voiture. Ils pourraient aller en ville. Ben était sûrement en train d'appeler Madame Kirkland. Sa maison était presque prête, sa voiture avait déjà dû être livrée, tout devait être prêt pour qu'il puisse se balader sur les routes du comté aux frais d'Envision Entertainement.

L'arrivée de Cole Masten un mois plus tôt que prévu n'était pas un si grand événement en soi.

J'ai retenu un soupir d'agacement.

Que diable allait-il pouvoir faire ici pendant un mois?

CHAPITRE 30

—On commence à tourner dans un mois seulement. C'est impossible.

Les paroles hachées du réalisateur lui parvenaient au milieu des grésillements. Cole jeta un regard noir à son téléphone en maudissant la réception pourrie.

—Rien n'est impossible. Tu sais que Minka rêve de quitter le navire. Appelons son agent, faisons-lui croire qu'on se couche et essayons d'en obtenir quelque chose. Peut-être une brève apparition. Ou du cash. Ou je m'en fiche. Mais cette fille est parfaite, je te dis. Alors, pose tes fesses dans le premier avion et ramène-toi.

—Tu es un acteur, Cole. Tu sais pertinemment que ça n'est pas donné à tout le monde de savoir jouer. Je n'ai aucune envie d'avoir un visage totalement inexpressif à l'écran.

Il empoigna la manette de réglage de son siège et le fit reculer au maximum pour pouvoir étendre un peu ses jambes.

—C'est ça la beauté de la chose, Don. Elle n'aura pas besoin de jouer. Simplement d'être elle-même. Aniston a réussi à faire une carrière incroyable comme ça. Cette fille, elle, ne le fera que pour un seul film.

—Non. Je ne ferai pas ça. Je ne vais pas foutre en l'air tout un film parce qu'une petite nana qui rêve de devenir une starlette t'a sucé la bite au beau milieu d'un champ de maïs en te jurant que ta queue était plus grosse qu'un épi.

—De coton, Don, pas de maïs, sourit Cole. Tu n'as pas lu le livre ? Pourtant je te l'ai envoyé.

—ET QUAND BIEN MÊME ! Je ne le ferai pas.

—Je ne suis pas amoureux, j'ai même pris un râteau. Mais elle me l'a envoyé d'une façon tellement géorgienne, avec un vrai charme du Sud de dingue. Sois à l'aéroport de

Santa Monica dans une heure, un jet t'attendra. Rencontre cette fille, tu pourras ensuite me dire d'aller me faire voir et rentrer chez toi. Ça te prendra 24 heures, Don. Et tu sais que les prix ne vont pas s'envoler comme ça. Elle sent l'Oscar à plein nez, dans le genre Clooney. Ce sera du nanan pour elle.

Il y eut un long silence, et Cole observa, alors qu'ils ralentissaient, un tracteur qui roulait devant eux et un homme perché dessus.

– Je suis dans un trou paumé. Donne-moi une heure et demie et disons plutôt Van Nuys[18]. Je veux voir cette fille ce soir, je me fiche de l'heure à laquelle j'arrive, je veux repartir tout de suite après. Mon môme à une cérémonie de remise de prix demain matin.

Cole sourit.

– OK. Appelle-moi quand tu atterris.

Il y eut un grommellement, puis la conversation s'arrêta. Cole, ravi, donna un grand coup sur le tableau de bord qui fit sursauter le type à ses côtés.

– C'est quoi votre nom, déjà ?

– Bennington. Ben, rectifia-t-il.

– Ben, arrêtez la voiture. Je vais conduire.

Ben obéit, la berline tressauta et finit par s'arrêter dans les hautes herbes, sur le bas-côté.

Il mit la voiture sur « parking » et ouvrit sa portière. Cole était là, immense, dans le soleil de l'après-midi qui formait un halo autour de lui. Ben leva les yeux et sortit.

– Merci, dit Cole en installant ses longues jambes dans la voiture.

Ben courut côté passager. Il avait un peu peur que ce type démarre en l'abandonnant sur le bord de la route.

Cole démarra, tourna à gauche, la voiture dérapa un peu quand il fit demi-tour et Ben s'agrippa à la poignée.

– Monsieur, la… euh. La ville, c'est de l'autre côté.

– On retourne chez la fille. Comment s'appelle-t-elle ?

– Summer. C'est, euh… vous parliez d'elle au téléphone ?

---

18. L'aéroport de Los Angeles.

Il y avait quelque chose de pointu dans la voix du jeune homme, une hauteur de ton qui ne correspondait pas bien. Il lui jeta un coup d'œil en serrant plus fort le volant pour prendre le virage à fond. La voiture avait de la reprise. Surprenant.

— Oui. Il y a quelque chose qui cloche ?

— Vous voulez lui faire passer un casting ? En tant qu'actrice ?

Le visage du garçon était livide.

Cole regarda ses mains, ses articulations étaient quasiment blanches, tellement il s'accrochait à la console centrale. Il ne savait pas s'il avait peur de sa conduite ou qu'il embauche Summer.

Summer. Quel nom horrible ! Est-ce que June et Ethel étaient déjà pris ? Summer aurait dû être réservé aux ados de treize ans qui portent des appareils dentaires.

Il ralentit un peu, ramena l'aiguille de vitesse sous les 95 km/h et s'aperçut que les épaules de son voisin se décontractaient légèrement.

— Oui, répondit Cole, en posant le pied sur la pédale de frein en cherchant l'endroit où tourner.

— Pour un petit rôle ?

Il gloussa.

— Non.

— Pas pour… Vous avez mentionné le nom de Minka…

L'homme — Ben, c'était bien ça ? — déglutit en montrant la droite.

— Voilà la route.

Cole appuya sur le frein, la voiture bas de gamme dérapa en s'arrêtant au lieu de tourner. Il repassa sur « parking » et se tourna vers son passager.

— Qu'est-ce qui ne va pas ? Allez-y, crachez le morceau.

— Rien.

Les mains de l'homme se mirent à remuer nerveusement devant eux, son regard papillonnait, passait de Cole au sol, ce qui lui donnait un peu le tournis. La nausée en fait.

— Arrêtez ça. Parlez.

—Summer... ce n'est pas une actrice. Elle n'a jamais bossé dans le cinéma. Je le lui ai déjà demandé. J'ai essayé de lui trouver un boulot.

Cole haussa les épaules.

—Et ?

—Et... (Ben détourna le regard.) Elle est peut-être un peu têtue.

Cole eu un petit sourire en coin.

—Ouais. Je m'en suis rendu compte.

—Peut-être devriez-vous me laisser lui annoncer la chose. Je ne pense pas que... (Il serra les lèvres, Cole n'avait qu'une envie, c'était de lui arracher les mots de la bouche. Au lieu de ça, il attendit.) Je ne crois pas qu'elle vous aime beaucoup.

Le type lâcha ces mots avec un débit saccadé en s'agrippant à sa ceinture de sécurité et en détournant le regard.

Pour la première fois depuis que Nadia l'avait quitté, Cole se mit à rire. Pas longtemps, mais tout de même. Il sentit le pincement se desserrer dans sa poitrine, comme s'il commençait à réémerger.

Je ne crois pas qu'elle vous aime beaucoup.

—Bon, dit-il en repassant sur «drive» et en engageant la voiture sur le chemin de terre, voilà une bonne chose.

CHAPITRE 31

*La seule raison de ma présence à Hollywood, c'est que
je n'ai pas la force morale de refuser leur argent.*

Marlon Brando

J'étais dans ma chambre, en train de récupérer des
fringues dans mon panier de linge sale, quand on frappa à
ma porte. On l'ouvrit, et la voix de Ben appela.

— Summer ?

Je sortis de ma chambre d'un pas hésitant, jusqu'à ce que
je voie qu'il était seul.

— Hé !

— Hé !

Nous nous sommes regardés sans rien dire un bon moment, avant d'éclater de rire.

* *
*

— Bon, dis-moi, j'ai demandé, en posant mes fesses sur
le plancher de la véranda à l'arrière de la maison. J'ai merdé
jusqu'à quel point ?

Mes cuisses nues touchaient les lattes de bois et mes
jambes pendouillaient sur la première marche.

Je serrais une Miller Light. Celle de Ben était plus fraîche,
j'avais sorti la mienne de la porte du frigo quand la voiture
avait démarré.

— Assez grave, gloussa Ben, en s'arrêtant de boire pour
se redresser, index pointé devant lui pour prendre un air
furibard et lancer en m'imitant :

— SORTEEEZ !

Je me suis caché le visage dans les mains en riant.

—Ouais, plutôt grave, ai-je reconnu en terminant ma bière avant de la reposer par terre.

—Est-ce qu'au moins je l'ai impressionné ?

—Avec ton tee-shirt sans forme, ton maillot de bain de grand-mère et ton short déchiré ? Il a fait la grimace. Oh ouais, tu l'as scotché.

Le silence s'est installé. Il a pris une petite gorgée de bière. J'ai écrasé un moustique. Les grillons se sont mis à faire leur « cri-cri » à travers tout le domaine.

—Il veut faire de toi la star de son film, finit par lancer Ben, le regard perdu au loin, les mains jointes autour de sa bière.

—Quoi ?

Je l'ai regardé fixement en l'obligeant à se tourner vers moi avec un semblant de sourire au coin des lèvres. Et quand il a tourné la tête, qu'il m'a regardée en face, j'ai lu dans ses yeux qu'il disait vrai. J'y ai également décelé un soupçon de quelque chose d'autre. De la tristesse ? De l'inquiétude ?

—Tu es sérieux ? ai-je demandé, en sautant debout devant lui, mains sur les hanches. Bennington…

Je cherchais son nom de famille.

—Payne, m'a-t-il indiqué.

—Payne, tu te fiches de moi ?

—Non.

Il a incliné sa bière et en a bu une longue rasade. Une goutte de condensation coulait le long de la cannette.

—C'est vrai. Il veut que tu remplaces Minka. Il pense que tu es parfaite. Authentique.

Il souligna le terme parfait en l'accompagnant d'un geste ample de la main.

J'ai dû m'asseoir, je pouvais entendre le crescendo des criquets se rapprocher. La chaleur du soir devenait soudain trop forte.

Trois jours avant, j'espérais me dégoter un boulot consistant à livrer des beignets sur le plateau, ou bien faire le café et les photocopies.

Et maintenant… Le rôle de Minka Price ? Madame Holden allait être sciée.

Elle avait prévu de revenir pendant le tournage, elle rêvait de rencontrer l'actrice à la supérette, ou à la station-service, ou pendant la promenade du soir, son stylo et son carnet à portée de main prêts pour un autographe et lui lancer un : « Oh, je peux prendre une photo ? »

Je me suis assise sur la première marche et j'ai tenté de digérer l'info.

– Inutile de réfléchir, Summer. C'est une chance unique. À Los Angeles, les filles sont prêtes à passer à la casserole, à kidnapper, à tuer pour ça.

Ça m'a fait sourire, l'idée de fausses blondes aux gros seins dans des positions compromettantes, les mains tendues vers un rôle qu'on me servait sur un plateau, sans raison apparente. Je ne savais pas jouer la comédie, je n'avais jamais essayé. Je n'avais pas suivi de cours de théâtre au lycée, je n'avais jamais participé aux pièces à l'église.

Et maintenant… remplacer Minka Price ?

La ville allait s'en donner à cœur joie, les ragots allaient fuser à un rythme effréné et transformer ma chance en un truc ridicule, c'était certain.

J'allais être célèbre. Pas aussi célèbre que Price, mais tout de même.

J'ai posé ma tête sur mes genoux et j'ai pris une profonde inspiration. Je ne voulais pas être célèbre.

– C'est un ticket gagnant, m'a dit doucement Ben d'un air taquin.

Un ticket gagnant.

Oui, être dans le film me mettrait au cœur de l'action, me montrerait tout ce qui m'avait manqué jusqu'à présent.

Ce serait super-excitant.

J'avais vu les budgets, les sommes d'argent en jeu, l'argent de Cole Masten, j'avais été plongée dans cette production qui allait être un événement unique dans l'histoire de Quincy.

Soudain, je me suis posé la question qui aurait dû me frapper tout de suite,

– C'est payé combien ?

Ben a haussé les épaules.

– Je n'en ai pas la moindre idée. Mais tu pourrais demander à Cole.

Cole. Bien sûr. Le type que je venais de virer de chez moi. J'ai grommelé.

– Où est-il ?

– Dans la voiture. Je l'ai fait attendre là-bas.

J'ai ri.

– Oh vraiment ? Tu l'as fait attendre.

Il a souri, l'air piteux.

– C'est lui qui l'a proposé.

– Comme c'est gentil de sa part, ai-je murmuré.

Un premier rôle, ça devait très bien payer. Assez pour pouvoir installer maman et quitter facilement Quincy. Ce serait bien plus que le nécessaire.

J'ai jeté un coup d'œil au champ en me demandant pourquoi j'hésitais encore.

– OK. (Je me suis retournée vers Ben.) Allons demander à Cole.

CHAPITRE 32

Cole n'avait jamais eu de mère.

L'histoire officielle, déjà publiée des centaines de fois, de différentes façons, racontait qu'un chauffard avait tué sa mère lorsqu'il était petit. C'était incroyable, mais après dix-huit ans passés sous le feu des projecteurs, la vérité n'avait jamais éclaté. La vérité, c'est que sa mère était ivre. Elle était tout le temps ivre.

Pas le genre de poivrote aux cheveux gras qui titubait partout et se faisait vider des bars au beau milieu de l'après-midi. Non, elle était plus du genre à rester digne, elle descendait des Mimosas[19] au petit déjeuner, des cocktails au déjeuner, du vin avec du fromage l'après-midi et s'écroulait ivre morte avant le dîner. Il avait très peu de souvenirs d'elle. Quand il rentrait de l'école, elle était au lit, et elle n'était jamais levée le matin quand il partait. Il avait douze ans quand c'était arrivé. C'était un dimanche, les employés n'étaient pas là, la maison était calme. Il était en train de jouer au base-ball dans la cour de devant, une main prête à rattraper le ballon qu'il venait de lancer en l'air, quand sa voiture démarra en trombe dans l'allée.

Il n'avait pas eu le temps de rattraper le ballon.

Au lieu de ça, il avait regardé fixement la décapotable blanche passer comme l'éclair dans l'allée, avec sa capote rouge relevée. La réverbération du soleil sur le pare-brise l'empêcha de distinguer l'intérieur. Quand le portail au bout de leur allée s'est ouvert, il y eut un crissement de pneus et la voiture disparut. Il n'avait pas pu voir si c'était elle qui conduisait. Il s'était simplement rendu compte,

---

19. Cocktail à base de d'oranges pressées et de champagne.

en ramassant son ballon par terre, que quelque chose clochait.

Sa mère n'avait pas ralenti au stop.

Et elle n'avait pas réagi à l'arrivée du mini-van.

Le conducteur du mini-van, un père de famille divorcé avec ses deux enfants sanglés sur la banquette arrière, l'avait vue, lui. Il avait écrasé la pédale de frein. Une seconde trop tard. Il accrocha l'arrière de la Jaguar V12 de sa mère. Le choc fit tournoyer la décapotable qui vint s'écraser dans l'angle en brique du mur du *Starbucks*. Un couple attablé dehors s'en sortit avec quelques contusions. Le divorcé et ses deux enfants eurent tous les trois le coup du lapin et des fractures multiples. Sa mère avait un traumatisme cérébral. Elle aurait pu survivre, mais une étincelle alluma la fuite d'essence et déclencha une explosion qui retentit jusqu'à trois pâtés de maisons plus loin.

Une explosion.

Heureusement pour elle. Heureusement pour son père. Pas d'autopsie. Pas de prise de sang. La réputation des Masten ne fut pas entachée.

Si sa mère avait survécu, jamais elle n'aurait eu ce sourire bienfaisant et lumineux qui frappait poliment à sa fenêtre. Le bruit avait fait sursauter Cole, il avait lâché son téléphone en fronçant les sourcils pour regarder à travers la vitre de sa portière.

Une femme de cinquante ans bien sonnés se tenait là, sourire aux lèvres, et lui faisait un petit signe de main. Il s'efforça de ne pas grimacer et ouvrit sa vitre.

—Vous devez être Cole Masten, lui dit-elle avec un très beau sourire qui n'avait rien à voir avec la politesse forcée de sa fille.

Car ça ne faisait aucun doute, c'était la mère de Summer. Elles se ressemblaient énormément. Elles avaient les mêmes yeux dorés, les mêmes cheveux auburn.

Elle avait une coupe plus courte et bouclée. Cole préférait les cheveux longs, plus pratiques à agripper et tirer dessus.

C'était mieux pour…

Il remua dans son siège, ouvrit la portière et sortit. Il préférait la regarder d'en haut que d'en dessous.

– Comment le savez-vous ? répondit-il poliment en feignant la modestie.

Ses fans aimaient ça, le côté «je ne suis personne, ma p'tite poulette».

Elle lui montra son téléphone portable en expliquant :

– Ma fille m'a laissé un message. (Elle inclina sa tête blonde comme si ça l'aidait à se souvenir.) Elle m'a dit, ne rentre pas à la maison, Cole Masten est là.

Il y eut un silence, il changea de position et s'appuya contre la carrosserie de la voiture. Donc, elle vivait avec sa mère. C'était un truc impensable à L.A.

La femme le regardait attentivement, son regard glissa sur ses vêtements et il se demanda s'il portait encore des traces de la veille au soir.

– Comment connaissez-vous Summer ?

La question était polie, exprimée sur un ton léger, mais il y décelait un piège, un danger caché.

Il répondit prudemment.

– Je viens juste de la rencontrer.

La femme ne répondit pas et il poursuivit, pour tenter de combler le silence,

– Il y a quelques heures à peine. Je suis venu ici pour voir Ben.

– Vous aussi vous travaillez dans le cinéma ?

Elle serra son sac, remonta la bandoulière sur son épaule. Il l'observa en tentant de deviner si elle plaisantait.

– Oui, je suis un acteur.

Un acteur oscarisé. Un acteur qui venait de faire la couverture de *Time Magazine*.

Elle sourit, comme si c'était un petit boulot sympa.

– Très bien. Moi je suis Francis Jenkis. La mère de Summer, précisément.

Elle lâcha la courroie de son sac et lui tendit la main.

– Cole.

Il lui serra la main, sa poigne était forte et ferme.

Marrant. Il avait toujours pensé que les femmes du Sud étaient molles et douces, qu'elles évitaient le contact visuel et qu'elles cédaient à leurs homologues masculins. Entre Summer et sa mère, cette image était sacrément remise en question.

– Que faites-vous dehors, dans la voiture de Ben ?

Il enfourna ses mains dans ses poches,

– Je voulais leur laisser le temps de bavarder ensemble. Elle risquait de me ficher dehors.

Il lui fit un sourire timide.

La femme éclata de rire.

– Pardonnez à ma fille. Elle a décidé une bonne fois pour toutes de me laisser sans petits enfants. Vous deviez être trop tentant pour elle.

Elle lui fit un clin d'œil et ce fut à son tour d'éclater de rire. Cette femme n'avait rien à voir avec sa mère. Rien à voir non plus avec celle de Nadia, une super-aristo qui élevait des lévriers de concours et parlait couramment trois langues. Il sentit qu'elle lui attrapait l'avant-bras et s'y accrochait.

– Soyez gentil, accompagnez-moi à l'intérieur.

– Oui M'dame.

Il s'essaya à ce sobriquet du Sud, la femme se remit à rire.

– Acteur, dites-vous ? Il va falloir travailler votre accent traînant du Sud.

Ils commencèrent à grimper l'escalier, mais la porte s'ouvrit avant qu'ils soient arrivés en haut.

Summer s'arrêta net, l'air étonnée.

– Maman. Tu rentres tôt. Je vois que tu n'as pas fait attention à mon message.

– Ah bon, tu m'as appelée ? répondit la femme innocemment. J'ai dû manquer ton coup de fil.

Cole dut se mordre l'intérieur de la joue pour s'empêcher de rire pendant que la femme lui serrait le bras un peu plus fort, avant de le lâcher.

Summer embrassa sa mère sur les joues et attendit qu'elle entre pendant que Ben lui adressait un semblant de salut à travers la moustiquaire.

Quand Summer leva les yeux sur Cole, elle le scotcha sur place. Il resta là, appuyé contre le chambranle de la porte, pour empêcher ses jambes de trembler. La porte se referma complètement, et ils restèrent tous les deux dans le soleil couchant et le sifflement des grillons.

— Est-ce que Ben vous a parlé du rôle ?

Il n'aurait pas dû commencer par là. Il aurait dû un peu bavarder politique ou parler de la pluie et du beau temps. Elle hocha la tête.

— Il l'a fait.

— Et ?

Seigneur, tout cela était stupide. N'importe quelle autre fille serait déjà à genoux, en train de lui ouvrir la braguette pour obtenir ce rôle.

— Et je serais curieuse de savoir quelle est la rémunération.

La rémunération. C'était inattendu. Il retint un petit rire. Les planches de la véranda étaient vermoulues, la maison minuscule, la camionnette garée sous l'arbre était couverte de taches de rouille. Sa vie entière ne valait pas plus cher qu'une seule bouteille de vin de sa cave.

Il se passa la main dans le cou et la regarda. Ses yeux étincelaient. Il se composa une attitude et laissa tomber son sourire.

— Qu'est ce que vous aimeriez comme compensation ?

— Je ne sais pas.

Elle se croisa les bras sur la poitrine et il regretta de ne plus pouvoir apprécier le spectacle.

— Je ne sais pas ce qui est correct. C'est pour ça que je vous pose la question.

— Et vous me faites confiance, articula-t-il lentement.

Los Angeles aurait avalé et recraché cette fille avant qu'elle ait poussé la porte du moindre agent.

Ne jamais faire confiance à personne. C'était la règle numéro un à Hollywood. C'était son premier agent qui le lui avait appris, quand il était mannequin et allait passer son premier casting.

« Ne fais confiance à personne, avait grogné Martine Swint en pointant son doigt dans sa direction. Les gens de

Hollywood vont te baratiner pour pouvoir mieux t'arnaquer. Tu dois devenir un enculé si tu ne veux pas te faire enculer. N'oublie jamais ça. »

Il ne l'avait pas oublié.

– Je vous demande votre avis, honnêtement, sur ce que vaut un premier rôle dans ce genre de film pour une fille avec mon expérience ? lança-t-elle en levant le menton.

Il choisit de la jouer « enculé ».

La perte de Minka était une manne pour le budget de *The Fortune Bottle*, et ce beau brin de Belle du Sud une véritable bénédiction.

– Cent mille. Votre nom ne vaut rien au box-office. Nous allons devoir dépenser une fortune pour vous préparer à faire face à la caméra, et les prises de vue vont vous prendre trois, quatre mois. C'est assez généreux, mais hé (et il lui sortit son sourire qui faisait craquer tout le monde), je vous aime bien, Summer. Je pense que vous ferez l'affaire.

Elle ne bougea pas d'un pouce, ne cligna pas, elle se contenta de le regarder fixement en plissant un peu les paupières.

Elle avait des taches de rousseur, quelques-unes s'étalaient sur son nez et ses joues. Il n'avait pas vu de taches de rousseur depuis des années. On les éliminait avec la crème solaire, on les camouflait au maquillage ou bien on les faisait disparaître grâce à un chirurgien esthétique dont les exploits s'étalaient dans la presse.

Il remua un peu, elle continuait à le fixer.

Peut-être pourrait-il lui offrir cent cinquante mille. Merde, il aurait pu lui donner cinq cent mille. C'est ce qu'elle valait réellement. C'était le minimum pour un film de cette envergure, avec ce budget. Mais s'ils pouvaient l'obtenir pour pas cher, il pourrait étoffer le reste du budget et avoir une enveloppe en cas d'imprévus, or il y en avait toujours.

C'était étrange qu'elle ne dise rien. C'était peut-être un de ces trucs typiques du Sud. En Californie, les filles remuaient la bouche en permanence.

– Ne faites pas ça.

–Quoi ?

–Ce sourire. C'est flippant.

Il s'arrêta de sourire.

–Dix millions d'Américaines vous donneraient tort.

–Alors, c'est que dix millions d'Américaines sont des idiotes.

Il ne répondit pas, mais décida qu'il n'en avait pas grand-chose à faire de cette fille. Son attitude serait parfaite pour le rôle d'Ida –la secrétaire qui tenait tête aux pontes de Coca-Cola –, mais personnellement, il avait assez de merdes à régler comme ça. Il n'avait vraiment pas besoin d'une diva comme partenaire.

–Vous êtes intéressée ou pas ?

–Je ne le suis pas.

Son pied s'arrêta à mi-chemin de la dernière marche.

–Vous ne l'êtes pas, répéta-t-il, décontenancé.

–Ce n'est pas assez. Je vaux plus.

–Le bout de votre chaussure tient avec du scotch, dit-il, et elle sourit.

Un beau sourire tendre et lumineux, à l'inverse de ses yeux, ces lames d'or capables d'éventrer un pauvre type et de laisser ses entrailles aux vautours.

–Ce que je possède n'a rien à voir avec ce que je vaux. Si c'était le cas, je serais une moins-que-rien.

–Vous dites que ce n'est pas vous qui êtes une moins-que-rien. C'est donc moi le moins-que-rien ?

De toutes les injures qu'on lui avait lancées, jamais on n'avait remis sa valeur en question. Mais c'est vrai qu'à Hollywood, tout se calculait en dollars, en centimes, en pouvoir. Ici, sur cette véranda, il lui sembla qu'ils parlaient de tout autre chose.

–Un seul de nous deux joue au con en ce moment.

–Donc, vous ne voulez pas du rôle.

–Pas à ce prix-là.

Il fit demi-tour et fit mine de descendre les escaliers.

–Au revoir, Monsieur Masten, lança-t-elle depuis le porche. (Il tourna la tête pour la regarder, appuyée contre

les montants de la véranda, les bras toujours croisés.)
C'est ce que nous disons quand quelqu'un s'apprête à partir.
On appelle ça faire ses adieux.

— Et comment appelle-t-on ça quand quelqu'un s'apprête
à commettre une énorme erreur ? lança-t-il en ouvrant la
portière de la Taurus.

— C'est très simple, dit-elle en quittant la colonnade et en
se dirigeant vers la porte d'entrée. On dit, c'est la vie.

CHAPITRE 33

J'ai interrompu un échange animé entre maman et Ben, installés de part et d'autre de la table de la salle à manger. Ils discutaient du mariage homosexuel. Évidemment, Ben pensait que c'était bien, et maman… eh bien… maman était du Sud. Si un mariage ne comprend pas un pénis, un vagin 100% vierge et un prêtre, pour elle il n'a aucune valeur. Moi je pense que deux personnes devraient pouvoir faire ce qu'elles veulent, tant qu'elles ne font de mal à personne.

Je me suis dirigée vers le canapé, j'avais décidé de ne pas exprimer mon opinion pour ne pas m'en mettre un à dos.

– Ben.

Il m'ignora. Il parlait à toute vitesse, en faisant la liste des droits inaliénables sur ses doigts.

– Ben.

Cette fois, il tourna la tête vers moi.

– Ce connard t'attend dehors.

Ben demanda en allant vers la porte :

– Tu as…

– Non, l'ai-je interrompu.

– Est-ce qu'elle a quoi ? demanda maman.

J'ai gémi. Ben a haleté devant tant de stupidité et on a entendu un grand coup de klaxon. Ben m'a fait au revoir de la main et est parti en courant.

J'ai fermé les paupières, j'ai senti le canapé s'enfoncer autour de moi. J'ai rouvert un œil pour voir ma mère poser sa tête sur un coussin en s'installant à côté de moi.

– Mauvaise journée ? a-t-elle demandé tranquillement, après un long silence.

Je n'ai réussi qu'à hocher la tête.

– Il est très beau.

—Ouais.

Il y eut un autre long moment de silence, et je me suis mise à tirer sur mon tee-shirt plein de sueur.

J'avais vraiment eu trop chaud sur cette véranda avec mon maillot de bain et mon tee-shirt par-dessus.

—Tu veux quoi pour dîner ? Je pensais faire ce plat de lasagne Stouffer, pour essayer. Carla dit qu'on dirait du fait-maison.

Maman se mit à soupirer.

—On a déjà terminé les saucisses et le chou ?

—Ouais. Ben et moi les avons mangés à midi.

Elle n'a plus ouvert la bouche pendant un moment. Je suppose que l'idée de lasagnes précuites et congelées la séduisait aussi peu que moi.

—Tu veux m'en parler ? demanda-t-elle.

—Non, pas tout de suite.

—Il est très beau.

Cette répétition n'a rien arrangé du tout.

—Je sais, Maman.

Nous n'avons rien dit de plus. Je me suis assoupie sur le canapé. Je me suis réveillée une première fois quand elle a posé une couverture sur moi, puis une seconde quand le minuteur de la cuisine a sonné. La pièce s'était remplie d'odeurs de fromage et de sauce à la viande.

Les lasagnes n'étaient finalement pas si mauvaises. Après avoir mangé, nous avons mis notre vaisselle dans l'évier et nous sommes installées sur la véranda pour nous partager un litre de glace à la fraise, lumières éteintes afin de ne pas attirer les moustiques. La chaleur de l'été nous laissait un bref répit. Maman est rentrée la première après m'avoir embrassée sur la joue et m'avoir tapoté l'épaule.

Je suis restée dehors à me balancer doucement.

Refuser le rôle que Cole Masten m'avait offert était un véritable coup de poker. Cent mille dollars, c'était plus que ce que j'aurais jamais la possibilité de gagner en cinq ans. Mais le problème, ce n'était pas l'argent. C'était un problème de respect. Cole Masten n'avait aucun respect pour moi, ni pour cette ville, ni pour notre façon de vivre. Je pouvais le sentir, le lire sur son beau visage, dans le ton de sa voix.

Quand je me suis levée, le pot de glace vide dans la main, je me suis étirée, j'ai fait craquer mon dos. J'ai levé le regard vers le nord, vers la grande demeure à deux étages éclairée, celle des Kirkland. Bientôt, Cole Masten allait y habiter. Ben lui avait trouvé une chambre pour quatre ou cinq jours au Raine House, le temps pour les Kirkland de quitter les lieux afin de permettre à Cole de s'installer. Ce serait bizarre de l'avoir là, à moins de quatre cents mètres de moi, de le voir aller et venir, que lui puisse me voir aller et venir.

J'ai ouvert ma porte et j'ai décidé de ne pas revenir sur ma décision.

Comme on dit dans ces cas-là, les dés étaient jetés.

Impossible de rejouer la partie.

CHAPITRE 34

—Elle est idiote.

Cole attrapa le levier, voulut changer de vitesse et se reprit en se rendant compte qu'il n'était pas dans sa voiture. Au lieu de ça, il appuya sur le champignon, la Taurus accéléra à peine.

—Attention, l'avertit Ben, il y a des flics partout en ville.

Cole l'ignora en serrant plus fort le volant. Il se demandait quand l'avion de Don allait arriver.

—Une vraie idiote, répéta-t-il.

Ça avait été un désastre. Pour la dixième fois au moins, il priait pour que Justin soit là. Justin aurait trouvé une solution de secours, aurait dégoté l'itinéraire du vol de Don, aurait réservé une table pour le dîner, le personnel serait déjà en train d'attendre l'arrivée de Cole.

À cet instant, comme un fait exprès, son estomac se mit à gargouiller.

—Vous avez mangé ? lui demanda Ben.

—Non.

Il aurait dû manger pendant le vol. Choisir un des trois plats que lui proposait cette hôtesse blonde toute en jambes. Elle avait envie de lui. Elle l'avait baisé des yeux. Mais il avait laissé tomber. DeLuca le dévisageait, il l'avait mis en garde dès que la fille avait tourné le dos, tout en laissant traîner sa main sur son épaule.

—N'y pensez même pas ! avait-il aboyé. Trois mois. Donnez-moi trois mois, ensuite vous pourrez sauter toutes les stars du porno que vous voudrez.

C'était dingue de penser que tout serait terminé à ce moment-là. Toute une vie commune, si facilement balayée, transformée en gros titres et en heures d'avocats facturées.

Il avait acquiescé d'un signe de tête, comme si de rien n'était.

— Il y a un restaurant juste à côté du Bed and Breakfast.

— Un Bed and Breakfast ? C'est là que je descends ?

Il lança un regard en coin à Ben.

— C'est juste temporaire, bafouilla Ben. C'est l'endroit le plus agréable de la ville. Le Kirk, la maison que nous vous avons réservée, sera disponible à la fin de la semaine. On ne vous attendait pas si tôt.

— Ouais, moi non plus.

Il ralentit et tourna dans la rue que Ben lui indiquait. Quincy s'étalait devant eux dans toute sa splendeur, les lampadaires de la rue principale scintillaient dans le crépuscule.

À mille six cents kilomètres à l'ouest, et trois mille deux cents kilomètres au-dessus d'Oklahoma, Don Waschoniz sirotait un Crown and Coke[20] en remuant sur son siège, à cause de sa vessie trop pleine. Il recula son dossier et ferma les yeux. Il essaya de s'assoupir un peu avant l'atterrissage.

---

20. Mélange de whisky canadien et de Coca-Cola.

CHAPITRE 35

À onze heures et quart, cette nuit-là, mon téléphone s'est mis à sonner. J'ai baissé la télé et j'ai attrapé mon portable.

— Il est tard, ai-je chuchoté à Ben.

— Je sais, mais je sais aussi combien tu es tatillonne sur la nécessité de prévenir avant de passer te voir.

— Avant de… (J'ai rejeté mes couvertures.) Quand ? Pourquoi ? Je te jure que…

J'ai arrêté de parler en découvrant mon reflet dans le miroir. J'avais les joues toutes roses, les yeux brillants, tout mon corps était tendu d'excitation.

J'ai interrompu ma menace de mort.

— Raconte, ai-je fini par cracher.

Ma voix sonnait comme il fallait : irritée et parfaitement contrôlée.

— Summer, poursuivit la voix arrogante et autoritaire de Cole Masten, je vais chercher Don Waschoniz, le réalisateur de *The Fortune Bottle*, dans vingt minutes, dans ce trou paumé que vous appelez aéroport. Ensuite, je l'emmène chez vous. Attendez-nous dehors dans trente minutes. Si vous arrivez à lui vendre vos bonnes manières, vous aurez le rôle au prix que vous voulez. Si vous n'en voulez pas, dites-le moi tout de suite, nous organiserons des auditions dans tout Quincy, et vous n'aurez plus qu'à observer le spectacle depuis votre véranda. C'est à vous de voir, ma belle.

— Cinq cent mille.

J'avais laissé tomber tout faux-semblant, il n'y avait plus que lui et moi, avec le bruit de la route entre nous, et j'attendais sa réponse.

— À ce prix-là, je suis partante.

Le bruit du moteur a diminué, seul le crissement des pneus continuait à m'indiquer qu'ils roulaient toujours.

– D'accord, dit Cole d'une voix sèche. Cinq cent mille.

Ben reprit alors la parole, d'une voix sourde.

– À tout à l'heure, Summer.

J'ai raccroché le téléphone et j'ai examiné mon reflet à travers la pièce. Puis je me suis jetée sur mon lit et j'ai hurlé de joie en silence.

Cinq.

Cent.

Mille.

J'avais peur de prononcer l'énormité de cette somme à haute voix, le résultat de mon coup de bluff lancé plus tôt sur ma véranda.

Mais j'avais gagné. Il avait gobé, j'étais embauchée. Si je plaisais au réalisateur.

Je me suis redressée. Le combat n'était pas encore gagné. Pas encore.

Je suis sortie de mon lit.

CHAPITRE 36

Lorsqu'ils eurent récupéré Don Waschoniz (avec dix minutes de retard), qu'ils eurent pris la mesure de son humeur (irritable), lui eurent acheté un café tout à fait quelconque parce qu'il n'y avait pas de *Starbucks* en ville (grossière erreur), le stress de Cole était à son comble, obnubilé qu'il était par l'énigme Summer Jenkis.

Elle avait accepté le rôle, mais est-ce que Don en voudrait ? Son caractère ferait-il peur au réalisateur ?

Il quitta la route des yeux pour regarder son téléphone. Il avait insisté pour conduire, avait expliqué à Ben que dorénavant, c'était lui qui prendrait le volant. Il en avait assez d'être trimballé partout comme une star délicate.

Et là, à la campagne, avec de la vraie sueur qui coulait le long de sa chemise, il commençait à se rappeler ce que ça faisait d'être un homme réel, pas uniquement sa version hollywoodienne.

Ils prirent un tournant, et les phares de la voiture accrochèrent des yeux de cerfs, une dizaine de paires au moins. Il pila. La voiture dérapa, s'arrêta, Ben tira sur le frein à main d'une façon tout à fait exagérée. Cole scruta l'obscurité qui l'entourait. Il réalisa soudain, en voyant un faon jaillir du fossé sur le bas-côté de la route et traverser un champ, qu'il n'avait pas pensé à Nadia depuis des heures.

Ça faisait du bien.

Il tourna son regard sur la route. Il attendit qu'un dernier retardataire ait traversé, puis remit la voiture sur la position «drive».

*
* *

Elle ouvrit sa porte, l'odeur de pommes envahit l'espace. Pommes, cannelle et sucre. Cole se tenait devant elle, bloquant le passage. Il inhala.

— C'est… ?

— De la tourte aux pommes, dit-elle avec un sourire.

Un sourire.

Un deuxième coup qui ébranla les fondations instables sur lesquelles il se maintenait.

— Je n'ai pas eu le temps de faire une tarte. J'espère que ça ira.

Elle se déplaça, il se retourna pour la voir embrasser Ben et serrer la main de Don Waschoniz.

Un sourire.

C'était la première fois qu'il la voyait sourire naturellement. Elle était très belle, avec ses joues rougissantes et ses cheveux détachés. Elle portait un short en jean et une chemise à manches longues en flanelle. Les trois premiers boutons étaient ouverts et laissaient deviner son décolleté.

Elle était pieds nus sur le lino impeccable. Il jeta un coup d'œil à l'intérieur. C'était parfait. Chaque coussin était à sa place sur le canapé, une bougie brûlait sur la table de la salle à manger, les surfaces des comptoirs rutilaient et un plat était posé sur la cuisinière, recouvert d'un linge blanc brodé. Son ventre se mit à nouveau à gargouiller, il s'avança pour soulever le bord du linge. Son visage s'empourpra. Il se rendit compte que son estomac criait famine. Il ressentit soudain une certaine douleur, profondément enfouie en lui, une peine dont il ignorait jusqu'à l'existence. Il laissa retomber le tissu, recula et se retourna. Ce petit espace de vie, c'était une vraie maison, voilà ce que c'était.

En avait-il jamais eu une ?

Son hôtel particulier de mille huit cents mètres carrés à Malibu, l'appartement de New York ou lui et Nadia baisaient comme des lapins, la maison à Hawaï… tout cela, ce n'était que des coquilles vides. Des coquilles vides, remplies de sexe et d'ambition.

Il s'aperçut qu'elle se tournait vers lui, il sentit le toucher très doux de sa main.

—J'ai invité les garçons sur la véranda. Voulez-vous vous joindre à eux ? Je vais leur apporter de la tourte dehors.

—La véranda ?

Il ne voulait plus quitter cet endroit, il avait l'impression d'être enraciné sur ce pauvre plancher, prisonnier de la bonne odeur de ce dessert. Ses jambes refusaient de bouger.

Elle se méprit.

—J'ai allumé une bougie à la citronnelle, les moustiques ne nous embêteront pas.

Sa voix était tellement différente, si gentille et si douce.

Voilà donc ce qu'il avait acheté un demi-million de dollars ? Une Betty Crocker[21] sexy ? Il la titilla pour voir ce qui se cachait sous la surface.

—Je n'aime pas vraiment la tourte aux pommes.

Il employa un ton dédaigneux et fut un peu rassuré de voir son regard devenir plus perçant.

—Vous allez en manger et vous allez aimer ça, Monsieur Masten, lui dit-elle dans une version totalement nouvelle de la douceur, où ses doigts bronzés couraient le long de sa peau pour appuyer juste là où ça faisait mal.

Il sourit, se pencha en avant et lui murmura à l'oreille pendant qu'elle se raidissait,

—Ah… voilà la fille que j'aime.

Encore un truc déplaisant. Elle posa sa main sur sa poitrine et le repoussa, mais il ne bougea pas. À la place, il prit sa main dans la sienne. Elle l'ôta comme s'il l'avait brûlée. Elle fit demi-tour et alla ouvrir le frigo. Elle se pencha, ce qui lui permit d'avoir une vue parfaite sur sa chute de reins et ses longues jambes.

—Vous venez ? demanda Don Waschoniz.

—Ouais, murmura Cole sans se retourner.

---

21. Personnage publicitaire d'une marque de pâtisserie commerciale.

Il ne la vit pas se redresser, n'entendit pas la porte du congélateur s'ouvrir quand elle en sortit un pot de glace à la vanille.

*
* *

Don et Ben avaient pris les rocking-chairs. Cole s'assit sur la marche du haut, dos à la porte. Il ne voulait pas la voir sortir, ne voulait pas la voir s'encadrer dans sa petite maison si chaleureuse.

Il se sentait déstabilisé, comme si tout ce qu'il connaissait, tout ce qu'il maîtrisait était en train de s'effondrer. Il avait besoin d'un truc pour se calmer, il avait besoin de quelque chose pour que tout rentre dans l'ordre.

– Elle a l'air gentille, lui dit Don Waschoniz.

Il se tourna légèrement vers lui.

Gentille.

Ce n'était pas exactement le terme qui lui venait à l'esprit pour décrire Summer Jenkins.

– C'est une cuisinière hors pair, dit Ben. Son…

– On se fiche de sa cuisine, Ben, l'interrompit Cole d'un ton laconique.

– Ne sois pas salaud, lui lança Don. Nous allons y goûter, moi je n'ai pas mangé depuis l'aéroport de Houston.

Cole se leva, il devait changer de position puisqu'apparemment ça virait à la séance de branlette hollywoodienne. Il s'appuya contre la colonne de la véranda et observa les visages des autres que la lueur de la bougie colorait en orange pâle.

– Qu'est-ce qui la retient si longtemps ?

Il n'avait nul besoin de manger, il avait juste besoin que Don regarde son visage, écoute sa voix, l'examine sous tous les angles. Il fallait qu'elle reste cette fille un peu rosse qu'il avait rencontrée six heures auparavant, et personne d'autre. Elle sortit enfin, deux assiettes à la main, et il la cueillit sur un ton plein de fiel.

– Nous sommes à la bourre, Summer.

Elle lui lança un regard glacial et se tourna vers les deux autres en leur passant une assiette à chacun.

— Désolée de vous recevoir tous ici, mais maman dort. Elle doit se lever de bonne heure, et je me suis dit qu'on pourrait bavarder plus tranquillement.

Puis, se tournant vers Cole :

— Voulez-vous une assiette ? Vous m'avez dit que vous n'aimiez pas la tourte…

Elle lui lança un regard de biche, innocent, et il eut envie, là, sur-le-champ, de la jeter contre le mur. De poser ses lèvres sur sa bouche insolente et de… Seigneur.

Il recula et faillit tomber dans l'escalier.

— Non, aboya-t-il.

Elle lui répondit par un nouveau sourire. Ses sourires étaient aussi dangereux que de saigner dans l'eau avec des requins alentour. Il détourna le regard pendant qu'elle s'asseyait sur le siège libre.

— Summer, lança Don la bouche pleine, pouvez-vous vous avancer un peu ? Où je peux vous voir ? C'est important que je puisse voir votre visage.

— Certainement.

Elle passa devant lui et il sentit une autre odeur que celle de la tourte. De la vanille, peut-être.

Elle prit la même position que celle de Cole contre une autre poutre. Du coup, il changea de place. Il détourna le regard et se demanda combien de temps ça allait prendre. Peut-être que c'était une erreur. Cinq cent mille dollars pour une inconnue ? C'était dix pour cent de ce que lui aurait coûté Price, mais tout de même… c'était trop pour cette fille.

Waschoniz se pencha, posa son assiette par terre et se leva.

— Le personnage que nous recherchons à trente et un ans, c'est une femme qui a divorcé un an plus tôt. Quel âge avez-vous ?

— Vingt-neuf ans.

— Tournez la tête à gauche. Dites quelque chose.

— Comme quoi ?

Elle s'est mise à glousser et une fossette est apparue sur sa joue.

Seigneur.

Est-ce que Waschowiz avait vraiment besoin de la coller comme ça ? Il la touchait presque, ses mains repoussaient ses cheveux pour voir son cou. Ça n'avait pas d'importance. Personne n'allait demander à cette saleté de Kristin Stewart de montrer son cou.

– *The quick brown fox jumps over the lazy dog*[22], lança-t-elle d'une voix traînante qui le fit rire.

– Non. Parlez-moi plutôt de votre tourte. Dites-moi comment vous la préparez.

– La tourte ?

Elle se remit à rire et Don s'accroupit pour la regarder d'en bas.

– Bon… j'aurais dû faire une tarte. Par ici, nous préférons les tartes. Mais ça prend une bonne heure de plus que la tourte, alors…

Chaque fois qu'elle prononçait le mot «tarte», qui sonnait encore plus sudiste que les autres mots, la queue de Cole tressaillait.

– Regardez-moi à présent. Suivez-moi des yeux.

Don s'avança vers Cole, et les yeux de Summer le suivirent. Le temps s'arrêta un instant quand leurs regards se croisèrent, avant qu'elle revienne sur Don et qu'elle se remette à parler.

– Donc j'ai sorti ce que j'avais au frigo, la tourte, c'est tout de même assez basique.

Elle rougit et Don soupira légèrement.

– Ce n'est que de la pomme, et j'en avais. Les meilleures sont les Honeycrip ou les Granny Smith, mais là ce sont des Pippin. Alors… euh… des pommes, du sucre, du jus de citron, euh… du beurre, bien sûr, de la farine, de la cannelle, un peu de noix de muscade et de l'extrait de vanille.

---

22. *The quick brown fox jumps over the lazy dog,* mot à mot : «le vif renard brun saute par-dessus le chien paresseux» est un pangramme. Composé de 35 lettres, il est surtout utilisé pour tester les dactylos et les claviers d'ordinateur.

J'avais déjà fait mon mélange pour les pancakes du petit déjeuner.

Chaque mot qui sortait de sa bouche était de la soie véritable, Cole était prêt à parier mille dollars que même Ben bandait comme un fou. Oubliez *The Fortune Bottle*. Cette nana aurait pu faire carrière dans le porno alimentaire. Don grimpa sur un fauteuil et lui fit signe d'approcher.

—J'ai besoin de voir du feu en vous, Summer. Pouvez-vous vous mettre en colère pour moi ? Soyez plus tranchante, plus violente.

Cole attendit, il la regardait, il attendait qu'elle pose son regard sur lui. Mais elle n'en fit rien. Elle leva simplement les yeux et Cole se tétanisa quand il l'entendit dire,

—Pourquoi voulez-vous connaître les ingrédients de ma tourte aux pommes, Monsieur Waschoniz ? Mon dessert n'est pas assez bon pour vous ?

Elle l'avait attrapé par la chemise, et le réalisateur trébucha sur son siège. Il avait les yeux rivés sur elle, sur son visage fermé et ses paroles comme des couperets. Chacune de ses syllabes poignardait le réalisateur. Même Cole, qui se tenait à quelques mètres d'eux, se sentit agressé.

—Ne venez pas chez moi pour insulter ma cuisine. Pas si voulez sortir avec vos deux couilles et votre ravissant sourire californien intacts. Je vais empoisonner votre thé et…

—OK, OK.

Don se mit à rire, recula en tremblant légèrement. Sa main agrippa le rocking-chair pour s'y appuyer.

—Vous savez faire peur. J'ai pigé.

Summer rit à son tour et la tension retomba, emportée au loin par le chant des grillons et les croassements des grenouilles.

Cole tourna la tête pour les écouter.

Si ça avait été un clip, il aurait dit au réalisateur de baisser le son parce que les bruits de la nature n'étaient pas aussi prégnants.

Mais ici, sur le terrain, ils l'étaient.

Incroyable.

— Eh, citadin à la noix, lui lança Summer en lui tenant la porte après que les deux autres étaient déjà entrés, vous venez ?

Il la regarda, elle fit de même, et entre eux deux il y eut un instant de trêve.

CHAPITRE 37

— Je n'y croyais pas, je croyais que tu t'étais laissé aveugler, mais elle est parfaite, c'est dingue.

Don Waschowiz bondit du siège arrière et martela le dossier de Cole avec enthousiasme. Cole remua un peu.

— Et bien non, elle n'est pas parfaite.

— Tu te fiches de moi ? C'est Dieu qui a mis Ida Pinkerton dans une foutue éprouvette et a inséminé la mère de cette fille. Ou plutôt, désolé, sa « môman ».

Il se mit à rire comme une hyène et à boxer le dossier de Cole, dont les épaules tressautèrent sous l'impact.

— Elle est parfaite, bordel !

Dans une ville aussi petite que Quincy, même un aveugle aurait retrouvé son chemin. Cole tourna à droite et 1,5 kilomètre plus tard, à droite à nouveau. Il s'arrêta sur le parking vide de l'aéroport, assez content de lui, et se gara.

Devant eux, un gros jet luxueux était posé sur la piste fatiguée. Devant, un type en salopette usée, très excité, leur faisait de grands signes.

— Qui est ce type ? demanda Cole à Ben.

— Wallace. Summer l'appelle Wally. C'est le propriétaire de l'aéroport.

— C'est bon à savoir, dit Cole en examinant le type d'un air dubitatif.

— C'est en fait l'un de nos futurs décors. Nous avons loué l'endroit pendant deux semaines, durant lesquelles il va interrompre tout le trafic.

— À moins que nous en ayons besoin pour de vrais vols.

C'était une simple vérification, mais le visage de Ben se mit à pâlir d'une façon inquiétante.

— Oui, bien sûr, parvint-il à répondre.

—Vérifiez, demanda Cole à Ben.

La voiture s'éclaira lorsque Don en sortit. Il ouvrit la vitre et serra la main tendue de Don.

—À dans deux semaines.

—Je m'occupe du casting et des contrats. Fais bosser les relations publiques sur Summer. Dis-lui bien de s'accrocher, sa vie va changer du tout au tout.

—Je lui ai dit qu'elle serait payée cinq cent mille.

Don rigola.

—Vraiment ? Et qu'est-ce que va dire son agent ?

Cole se moqua,

—Allez mec, on a de la chance qu'elle ne demande pas à être payée en épis de maïs. Elle n'a pas d'agent. Dis aux juristes que nous pouvons y aller fort dans son contrat.

—Hé, tant que c'est toi qui vois ça avec elle.

Don pianota sur la carrosserie de la voiture, puis il recula.

—Bon vol, lança Cole en le regardant se diriger vers l'avion.

Puis il démarra en se retournant vers Ben.

—OK. Allons prendre un peu de repos, maintenant.

CHAPITRE 38

J'étais assise par terre, la bouche pressée contre la vitre bien nette. Les yeux juste au-dessus du linteau, j'observai la voiture de Ben entrer dans l'allée. Ses phares balayaient les champs de coton.

C'était une pose enfantine, et je m'attendais un peu à ce que maman allume la lumière et me tombe dessus. C'était drôle, ça marchait à chaque fois. Vous vous débrouillez toute seule pendant une dizaine d'années dans une pièce vide, et ensuite, à l'instant où vous avez des problèmes, quelqu'un entre et s'en aperçoit.

Je ne faisais rien de mal, je ne causais aucun ennui, mais je ne voulais pas que maman me voie. Je voulais un moment de paix, pour regarder les hommes s'éloigner et pouvoir réfléchir. Je pensais avoir bien fait.

Il avait été difficile de deviner ce qu'ils attendaient de moi. J'avais lu le livre ; je savais à quoi ressemblait Ida Pinkerton, mais l'idée que l'Amérique se faisait d'une forte femme du Sud différait souvent de la réalité. Et je ne savais pas quelle version, la fiction ou la réalité, Cole et son réalisateur avaient en tête.

Cole. C'était drôle que je l'appelle ainsi. Pendant si longtemps, il avait été Cole Masten, son nom de famille faisant partie intégrante de son nom, un ensemble auréolé d'étincelles et d'une pluie d'étoiles dans mon esprit. Je n'avais pas laissé tomber son nom par familiarité, nous étions encore des étrangers, en dépit des quelques conversations que nous avions eues. J'avais laissé tomber son nom de famille parce que les étincelles s'étaient éteintes, que les étoiles avaient pâli. L'image que j'avais de COLE MASTEN avait disparu. Depuis mon poste derrière la fenêtre, je trouvais ça décevant.

La voiture de Ben tourna à gauche, prit de la vitesse et si ça avait été la journée, j'aurais aperçu un nuage de poussière derrière elle.

Mais dans la nuit sombre, la seule chose que je vis, c'était les points lumineux, rouges et blancs, qui disparaissaient peu à peu, puis plus rien.

Je ne serais pas comme ma mère.

Je quitterais cette ville.

Je ne savais pas où j'irais, ou ce que je ferais, mais ce serait ailleurs.

J'ai fermé les yeux et j'ai replié mes genoux contre ma poitrine.

J'ai regardé les assiettes vides sur le comptoir, les morceaux de tourte qui séchaient dessus.

J'ai vu un verre de thé abandonné. La condensation avait déposé un cercle sur le bois. Maman allait déposer un bibelot dessus. J'ai songé à la pile de vaisselle sale que j'avais entassée dans mon panier à linge caché dans mon placard. C'est ça dont j'aurais dû m'occuper à présent. Mais je n'en ai rien fait. J'ai serré mes genoux contre ma poitrine et j'ai revécu ce moment angoissant qui venait peut-être de changer ma vie.

TROIS JOURS PLUS TARD

Cole était au beau milieu d'un infernal et véritable poulailler. Le papier peint de la salle à manger était recouvert de poulets. Il y avait une horloge en forme de poulet. Des coussins recouverts de poulets. Des assiettes encadrées, recouvertes de poulets.

Les mains sur les hanches, Cole fit lentement le tour de la salle à manger en rentrant les épaules au fur et à mesure qu'il se rendait compte de l'étendue du désastre, dans ce qui allait être sa maison pour les quatre mois à venir.

– C'est une blague, pas vrai ? finit-il par dire. En fait, ce n'est pas là que je vais habiter.

Ben pâlit, et Summer, maudite soit-elle, se mit à rire. Il la fixa et elle mit sa main devant sa bouche. Ses épaules s'agitaient sous les bretelles de sa robe bain-de-soleil rouge. Une putain de robe bain-de-soleil. C'était dingue à quel point la longueur au genou était plus sexy qu'une minirobe, encore plus dingue de voir qu'il n'arrivait pas à détacher le regard de ses jambes. Cette fille n'avait aucune idée de à quoi était destiné ce genre de vêtement,

... Bon.

... Quoi qu'il en soit.

Il regarda en direction de la cuisine.

— S'il vous plaît, dites-moi que c'est juste dans cette pièce.

Il fit un pas en direction de la porte ouverte.

Ben était inquiet, Summer se mit à rire de plus belle et Cole fronça les sourcils en les bousculant pour entrer le premier dans la cuisine. Il s'arrêta dans l'embrasure de la porte. Encore des poulets. En céramique, perchés en haut des placards, accroupis à côté de la cafetière, jusqu'à la boîte à biscuits en forme de gros poulet bien gras. Il y avait une frise de poulets devant l'évier, sur les rideaux de part et d'autre de la fenêtre. Il s'avança et murmura :

— ... Ouaip. Des poignées de placard en forme de poulet.

Puis il dit à haute voix.

— Vraiment ?

— Ce sont des coqs, le contredit Summer comme si ça faisait la moindre différence. Remarquez les crêtes rouges et les caroncules.

— Ça fout les jetons, rétorqua Cole en se retournant vers elle, on dirait le décor d'organes humains de Dahmer[23].

— Ça fout les jetons, qui peut penser à ça en voyant des poulets ? répondit Summer en haussant les sourcils.

Ses yeux posés sur lui, c'était... perturbant. Leur scintillement malicieux avait allumé une étincelle quelque part en lui. Ce n'était pas une bonne étincelle. Pas avec cette fille.

Cole détourna le regard le premier.

---

23. Surnommé «le cannibale de Milwaukee», ce tueur en série américain a avoué avoir assassiné dix-sept jeunes hommes entre 1978 et 1991.

Quand finalement il ouvrit la bouche, il s'adressa à la fenêtre.

– Je veux qu'on m'enlève toutes ces merdes.

– C'est mignon, s'interposa Summer. Et cosy.

Aucun doute là-dessus, c'était une raison supplémentaire pour tout enlever.

– On ne peut pas toucher à la déco, annonça Ben. Ça a été stipulé en toutes lettres par Cindy Kirkland. Vous ne pouvez ni bouger ni enlever quoi que ce soit.

Cole explosa :

– Et qui a accepté une connerie pareille ?

– C'est nous, répondit Summer en avançant d'un pas, comme si elle était prête à l'affrontement. Et ces conneries sont la seule raison pour laquelle vous pouvez vous installer ici plutôt qu'à l'hôtel. Savez-vous quel mal s'est donné Ben ? Non, bien entendu ! Vous êtes bien trop occupé en Californie, entouré par…

Soudain l'étincelle se changea en flamme et sa bouche se posa sur la sienne, il lui fit ravaler ses mots pendant que ses mains trouvaient sa taille et la poussaient. Elle trébucha, son cul – putain de robe – heurta le comptoir.

Elle avait un goût de tendre rébellion. Sa langue se détendit, elle l'acceptait. Ensuite, ses deux mains se posèrent sur sa poitrine, et son adorable petit genou remonta *violemment* entre ses jambes.

Il n'eut pas le temps de dire ouf. Ses paroles furent noyées par la douleur. Il tendit sa main sans même s'en rendre compte, il avait besoin d'un support, d'un shoot de morphine, d'une arme quelconque pour tirer dans la tête de cette folle dingue, de n'importe quoi.

Il se mit à râler, la respiration coupée, et se plia en deux, distrait un moment par le bâton dans son pantalon.

Quel âge avait-il ? Treize ans ? Il n'avait pas été chamboulé comme ça par un baiser depuis son adolescence. La baise après Nadia en était la preuve. Il lui fallait au minimum tout un cirque en trois rounds pour faire réagir sa queue un tant soit peu. Ses yeux trouvèrent Summer qui le fusillait du regard, ses bras tendus le long de son corps, poings serrés, comme si elle s'apprêtait à poursuivre son coup de genou par un coup de poing. Il recula en chancelant. Il haletait.

– Qu'est-ce qui ne va pas chez vous ?

– Qu'est-ce qui ne va pas chez moi ? Vous venez de…

– De vous embrasser. Je viens de vous embrasser. La belle affaire. Vous parliez tout le temps.

– Vous ne m'avez pas demandé de me taire.

– Normalement, on n'a pas à demander aux autres de se taire. On leur dit de le faire, voilà tout.

Il accompagna sa blague d'un petit sourire malicieux, tout en essayant de dominer la douleur persistante.

Elle n'apprécia pas son humour.

– Recommencez à m'embrasser comme ça, et je vous arrache les yeux.

Il leva les mains en souriant plus largement encore.

– Ne vous inquiétez pas, Princesse, je n'ai aucune envie de réitérer l'expérience.

Il se pencha légèrement en avant, ravi à l'idée de voir sa réaction.

– Et je ne parle pas du coup de genou minable. Je parle du baiser. J'ai connu mieux, beaucoup, beaucoup mieux.

C'était un mensonge. Ce baiser, ce court instant de répit avant le déchaînement de violence… ça pouvait valoir la peine de perdre la vie.

Il leva les yeux sur elle et vit le moment ou le rocher se fissurait et tombait en morceaux. Il perçut la respiration courte, la disparition du défi dans ses yeux, le plissement de son front, entre ses sourcils, le glissement léger de sa lèvre du bas sous une dent. C'était discret, pas de moindre soupçon de pleurs, pas le moindre drame. Quelqu'un d'autre ne l'aurait peut-être même pas remarqué. Mais Cole le vit, et il eut immédiatement envie de retirer ses mots cruels, de les enfouir dans sa coquille vide et de voir s'ils épongeaient un tant soit peu la douleur qui s'y trouvait, au lieu de blesser cette pauvre innocente.

Il détourna le regard, se reprit, puis regarda à nouveau vers elle, mais elle était partie. La porte de cuisine frappa contre son chambranle dans un grand « BAM ».

Ben s'éclaircit la voix, chaque poulet dans la pièce lui lançait un regard accusateur.

CHAPITRE 39

Je détestais ce type.

C'était le plus grand trou du cul que j'avais jamais rencontré. Comment Dieu pouvait-il gratifier ce genre de type d'un tel physique, c'était vraiment incompréhensible. Ou peut-être était-ce les physiques dans son genre qui transformaient les hommes en trous du cul.

J'errais dans l'arrière-cour des Kirkland, leur pelouse parfaitement tondue me chatouillait les pieds. Une fontaine glougloutait derrière moi, un massif de tournesols se balançait sous mes yeux. J'étais entourée de beauté. Et derrière moi, obscurcissant ces mètres carrés remplis de gallinacés : la Bête.

Je n'avais pas embrassé quelqu'un depuis trois ans. Le dernier, c'était Scott, et voilà le résultat. Que Cole me chope et fasse ça devant Ben…

J'ai soufflé de colère.

Et ensuite il avait ri. Un rire méprisant et méchant. Comme si ça n'était rien du tout. Pire que rien. Nul.

Je n'avais pas embrassé beaucoup d'hommes, mais pour moi, ce n'était pas rien. Et ce n'avait certainement pas été nul. Lui devait embrasser une fille différente par jour. Je l'avais vu le faire sur grand écran avec des femmes tellement belles que ça vous faisait mal. Il avait été marié, il l'était encore, avec Nadia Smith. Je ne pouvais pas être surprise que mon baiser ne tienne pas la comparaison. Je n'aurais pas dû me sentir blessée. J'aurais dû être en colère. Je l'avais été. Assez pour le repousser et lui faire mal. Je n'étais pas à la disposition de Cole Masten. Je n'étais certainement pas un vulgaire objet qu'il pouvait rejeter ensuite en riant.

Je me suis dirigée vers la palissade, au bout de la pelouse des Kirkland. Les yeux remplis de larmes brûlantes, j'ai ouvert le loquet et je me suis retrouvée sur le sentier qui bordait un champ de coton. Je suis rentrée à la maison, les bras croisés sur la poitrine.

À chacun de mes pas, mes tongs soulevaient un peu de poussière.

CHAPITRE 40

Cole ôta ses mains de l'évier et se pencha en avant pour regarder à travers la fenêtre. Le vent jouait avec les cheveux de Summer.

— Où va-t-elle ?

— Chez elle, répondit Ben, derrière lui.

Puis il s'avança et rejoignit Cole devant l'évier et posa son doigt parfaitement manucuré sur la vitre.

— Cette grosse maison, là-bas, c'est la plantation Holden. Sa maison, c'est la petite à droite.

— C'est sa maison ? Juste là ? (Cole plissa les yeux d'un l'air étonné.) C'est tout proche.

— Les deux domaines sont voisins, expliqua Ben d'un air légèrement suffisant.

— Elle est vraiment en pétard ? demanda Cole en désignant d'un signe de tête Summer qui diminuait à présent. Sa robe rouge était à peine visible, elle avançait vite.

— Vous devriez aller la chercher, dit Ben. Elle est furieuse… mais je pense qu'elle est également blessée.

Blessée. Cela faisait bien longtemps que Cole ne s'était pas soucié de savoir s'il avait blessé quelqu'un. Il recula et fit demi-tour pour regagner le salon.

— Montrez-moi le reste de la maison, Ben, demanda-t-il, en fuyant la fenêtre, en la fuyant elle, en fuyant sa faiblesse. Et si je vois un seul de ces foutus poulets dans la chambre, je le mets en morceaux.

Il ne pouvait pas aller la chercher. Même s'il savait que c'était ce qu'il aurait dû faire. Même si ça devait apaiser leur relation, être bénéfique pour le film. Parce qu'il se connaissait. Et qu'à cet instant, s'il lui courait après sur ce chemin de terre et qu'il la rattrapait, il aurait en tête tout autre chose que des excuses.

CHAPITRE 41

– Mais qu'est-ce qui déconne chez vous ? grondait la voix de DeLuca dans le haut-parleur du téléphone portable.

Cole sursauta et retira vivement l'appareil de son oreille. Cole n'avait pas eu le moindre coup de fil audible depuis son arrivée à Quincy, et pourtant la voix de DeLuca sonnait claire comme le cristal. Un marteau de cristal.

– Quoi ?

Cole s'assit dans son lit en se demandant quelle heure il pouvait bien être. Ses yeux tombèrent sur un petit réveil argenté, le seul objet exempt de poulet de toute cette fichue baraque.

– Il est huit heures du matin, grommela-t-il.

– J'en suis parfaitement conscient. Et ma femme a déjà joui trois fois ce matin, alors bougez votre cul de là et soyez un peu productif.

– Je suis encore à l'heure californienne, marmonna Cole en fermant les yeux.

N'importe quoi pour ne pas regarder autour de lui. S'il tombait encore sur un de ces maudits poulets, il allait devenir dingue.

– Je vous ai donné des instructions très claires. Vous étiez censé aller à Quincy et vous tenir à carreau. Pas courir après la première nana célibataire venue. Et en plus, vous en faites votre partenaire ? grommela-t-il pendant que Cole se redressait.

– Comment savez-vous ça ? *Par les gros titres ?* Qui a vendu la mèche ?

Il repoussa ses couvertures d'un bon coup de pied. C'était probablement Perez. L'enfoiré avait des indics partout.

– Ça n'est pas encore sorti dans la presse. Mais ça ne va pas tarder. Les avocats de Nadia vont vous crucifier. Vous ne pouvez pas embaucher votre nouvelle petite amie dans le film que nous…

– Ce n'est pas ma nouvelle petite amie, l'interrompit brutalement Cole.

– Désolé, votre nouveau plan baise…

– Non! Elle n'est rien de tout ça. Je ne l'ai pas castée parce que je baise avec elle ou que je sors avec elle. Je l'ai castée parce que c'est elle, Ida Pinkerton. Elle est parfaite pour le film, elle est née pour ce rôle. Et elle est bon marché. C'est une bonne décision, de quelque point de vue qu'on se place.

– Elle est parfaite pour le film ou pour votre bite ?

Cole ferma les yeux.

– Pour le film. Je vous ai écouté. Je me tiens à carreau et je me concentre sur la préparation. Je n'ai même pas pensé à Nadia depuis que je suis arrivé. Tout tourne autour du film.

– Alors pourquoi, malgré tout ce que vous racontez, l'avez-vous embrassée ?

La voix de DeLuca se fit plus douce, comme s'il voulait lui tirer les vers du nez, obtenir sa confession grâce à ses tonalités apaisantes qui dissimulaient le coup de poignard qui ne manquerait pas de suivre.

– Quoi ? (Cole se releva.) Qui vous a raconté ça ?

– Ce régisseur. Nous l'avons embauché.

Bien entendu, qu'ils l'avaient fait. Il était content d'apprendre qu'il avait un baby-sitter.

– Ce baiser ne signifiait rien.

Le mensonge lui vint si facilement, il était si authentique qu'il y crut lui-même.

Il y eut un si long silence avant que DeLuca réponde que Cole se prit à douter de l'avoir convaincu. Finalement, l'homme poussa un soupir.

– OK. Bien, continuez comme ça.

– Est-ce que je peux retourner me coucher à présent ?

L'homme eut un petit rire.

—Bien sûr, mon vieux. Au moins quand vous dormez, je n'ai pas à m'inquiéter. Mais regardez vos e-mails quand vous vous réveillerez. Je vous ai envoyé l'argumentation que nous avons concoctée contre Nadia. C'est brutal. Je vous préviens. Nous ne sommes pas des enfants de chœur… Nous égorgeons nos adversaires et nous les bouffons au petit déjeuner.

—Je ne veux pas la punir, je veux juste…

—Nous ne sommes agressifs qu'au sujet de *The Fortune Bottle*. L'argumentaire aborde d'autres sujets, bien que je trouve que vous êtes un vrai petit saint, à ce propos.

—Non, c'est bien comme ça. (Cole ferma les yeux.) Merci.

—Pas de problème. Bienvenue dans l'équipe DeLuca.

Cole sourit.

—Je vous rappelle plus tard.

Il raccrocha et posa le téléphone contre son oreiller. Ce type était celui qu'il lui fallait, même si c'était un vrai bulldozer. Et il avait raison, Cole n'aurait pas dû embrasser Summer. Il n'avait pas besoin de DeLuca pour le savoir. Il s'était branlé à trois reprises depuis la veille. Il ne parvenait pas à oublier son goût dans sa bouche, bien qu'il se soit brossé les dents plusieurs fois. Il ne parvenait pas à oublier la sensation de sa taille, du tissu de sa robe, entre ses mains. La veille au soir, il s'était enroulé la bite dans un tee-shirt et s'était branlé, obnubilé qu'il était par le tissu rouge qui comprimait ses seins, le mouvement de l'ourlet quand elle avait fait demi-tour. Si seulement il avait glissé les mains en haut de ses cuisses, il se serait soulevé et lui aurait laissé voir ce qu'elle portait en dessous.

Il ferma les yeux. Il fallait qu'il se la sorte de la tête. Il fallait qu'il reste à distance. Du moins jusqu'au premier jour de tournage, où là, ils seraient obligés d'être ensemble. Il se retourna dans ses draps, et se promit d'éviter Summer Jenkis à tout prix.

Tap.

Il souleva une main, attrapa un oreiller et le serra contre sa poitrine.

Tap.

Il rouvrit les yeux à ce léger son métallique.

Tap.

Il s'assit et regarda la fenêtre en plissant les yeux à cause du soleil matinal. Le son reprit, il en vérifia la source en avançant jusqu'à la fenêtre. Il repoussa le rideau et se protégea les yeux d'une main. Un autre caillou frappa la vitre, il tourna la poignée en tâtonnant.

Elle jetait des cailloux contre sa fenêtre. C'était tellement cliché ! Il réalisa, une fraction de seconde avant d'ouvrir la fenêtre, qu'il souriait. Alors, il transforma ce sourire en grimace. Il ouvrit, pencha la tête en saisissant le rebord blanc de la fenêtre et tomba sur la personne qu'il n'avait justement aucune envie de voir, debout sur la pelouse. Elle portait un haut vert, un short blanc, elle tenait une serviette enroulée autour de Dieu savait quoi, devant elle.

—Quoi ? lança-t-il d'une voix sourde et irritée.

Bien. Qu'elle comprenne qu'elle l'avait réveillé. Qu'elle sache qu'elle n'avait aucun effet positif sur son humeur ou son comportement.

—Je vous ai apporté quelque chose.

Elle souleva la serviette et il y jeta un coup d'œil furieux. De quoi pouvait-il bien avoir envie qui soit dans une serviette ? Quoique… Peut-être qu'elle renfermait un petit déjeuner. Il avait faim. Il avait ouvert les placards de la cuisine la veille au soir sans rien y trouver. Encore un exemple de l'utilité de Justin.

—C'est le petit déjeuner ?

—Vous m'ouvrez ou vous restez là à brailler ? lui répondit-elle en criant.

Une véritable non-réponse. Il hésita, puis il rentra, referma la fenêtre tout en observant Summer qui se dirigeait vers l'arrière de la véranda. Il attrapa son tee-shirt de la veille, avant de le rejeter en se disant que ça n'était pas nécessaire. Il descendit les escaliers. Si elle voulait le bousculer à huit heures du matin, elle aurait à en subir les conséquences.

En ouvrant la porte de la cuisine, une vision matinale de Summer s'offrit à lui. Ses cheveux longs et sauvages bouclaient sur ses épaules. Les bretelles de son débardeur vert vif étaient bordées de dentelle, son décolleté disparaissait derrière la serviette qu'elle portait. Ses yeux brillaient d'espièglerie, ses lèvres roses et mutines lui souriaient. C'était un ensemble tellement inattendu, tellement beau, si différent de la fille meurtrie qui s'était enfuie la veille après qu'il l'avait embrassée.

Il ouvrit la porte en grand en essayant de comprendre ce qui se passait.

Elle regarda sa poitrine, descendit jusqu'à son boxer et se mit à rougir. Elle détourna les yeux et lui lança sans le regarder :

– J'aurais pu attendre que vous soyez habillé.

– Je ne crois pas, non, gloussa-t-il en s'appuyant contre l'embrasure. Vous étiez tellement insistante avec ces cailloux.

Elle ne répondit pas, mais l'éclat du soleil sur ses joues rougissantes était ravissant.

– Vous avez quelque chose pour moi ? poursuivit-il en tentant de deviner le cadeau sous la serviette qu'elle serrait contre elle.

– Vous pouvez enfiler un pantalon ? (Elle essayait de le piquer au vif, le regardait à nouveau en haussant un sourcil accusateur.) C'est très grossier de vous balader comme ça en montrant tout votre bazar.

– D'accord.

Cole claqua la porte qui ne se ferma pas complètement, il devinait la silhouette de Summer quand il ramassa le jean qu'il avait jeté par terre la veille au soir dans cuisine. Il l'enfila en tentant de se rappeler pourquoi il l'avait enlevé à cet endroit plutôt qu'un autre. Oh. C'est vrai. Il s'était astiqué une première fois au rez-de-chaussée en regardant la maison de Summer, en l'imaginant qui revenait, qui tombait sur lui la queue à l'air, les yeux clos en gémissant doucement et alors… Il s'efforça de ne plus y penser, boutonna sa braguette et revint ouvrir la porte. Seigneur. Une minute de plus et il se serait remis à bander.

—Entrez, lança-t-il.

Elle le reluqua vite fait et entra, en approuvant visiblement sa nouvelle tenue. Marrant, aucune fan ne lui avait jamais demandé de se couvrir. Mais Summer n'était pas une fan. Elle le lui avait parfaitement fait comprendre.

Elle s'arrêta au milieu de la cuisine et lui montra un des tabourets de bar.

—Asseyez-vous ! lui ordonna-t-elle, les yeux brillants.

Il s'assit en hésitant, une Summer amicale l'inquiétait plus que sa version hostile.

—Je sais qu'hier ça a été un peu… dur. Alors, j'ai voulu vous offrir un cadeau de pendaison de crémaillère, déclara-t-elle sans toutefois lever la serviette.

—Un cadeau de pendaison de crémaillère, répéta-t-il lentement.

—Oui, pour repartir d'un bon pied, vous et moi, précisa-t-elle comme s'il était complètement débile.

—Vous voulez m'embrasser puis vous réconcilier, se risqua-t-il alors.

Elle le regardait fixement, mais il vit de la gaieté dans son regard. Oh… Cette femme était faite de morceaux tellement différents !

—C'est une métaphore, mais ce que j'ai dit hier…

—J'ai pigé, l'interrompit-il. Pas de baisers. Vous n'aimez pas ça.

Son front se plissa de façon étrange.

—C'est ça.

—Alors c'est quoi ? demanda-t-il en désignant la chose enveloppée dans la serviette, avant de perdre patience et la balancer sur le comptoir. Le paquet, il voulait dire. Avant de balancer le paquet sur le comptoir.

—Oh, c'est vrai !

Elle avança et posa doucement la serviette sur le comptoir, l'ouvrit avec beaucoup de précaution pendant que Cole se penchait en avant. Quand la tête jaillit, d'un seul coup, il sauta en arrière en jurant, le tabouret glissa sous lui. Il essaya de se rattraper au comptoir, mais il perdit l'équilibre et tomba en arrière. Ses fesses cognèrent violemment le sol, un coup assez fort pour lui tirer un petit cri de douleur.

Il y eut un moment de calme derrière le comptoir et la tête de Summer apparut prudemment, comme celle du minuscule petit poussin qui, délivré de la serviette qui l'emprisonnait, regardait vers le bas, regardait Cole.

CHAPITRE 42

Un coq. J'avais pensé qu'il trouverait ça drôle. On aurait pu en rire, dans cette maison aux coqs tellement ridicule de Cyndi Kirkland, et nous rattraper un peu. Repartir du bon pied, sans insultes, sans hargne et sans baisers impromptus. Je m'étais réveillée bien décidée à passer outre ma gêne à ce sujet, et à prendre ce connard qui se nomme Cole Masten du bon côté. J'avais besoin de cet argent, j'avais besoin de ce rôle, et si cela impliquait de foirer un baiser, tant pis. Un cadeau serait la meilleure façon de régler ce problème. Je lui aurais bien préparé quelque chose à manger, mais son regard dédaigneux sur ma tourte aux pommes m'en avait dissuadée. Et quand j'ai pensé à un coq, j'ai trouvé l'idée géniale. C'était marrant, ça ne prêtait pas à conséquence, c'était un cadeau typique de la campagne pour un type de la ville. Je ne m'attendais pas à ce que ce type s'effondre comme si je venais de poser une bombe devant sa porte. Je ne m'attendais pas non plus à ce qu'il me dévisage comme ça, alors que j'entourais doucement son nouvel animal de compagnie de mes deux mains.

— Vous êtes dingue ? a-t-il hurlé en se relevant d'un bond et en s'époussetant.

Il n'y avait pas grand-chose à épousseter, cela dit. Les parquets de Cyndi Kirkland étaient plus rutilants que la salle à manger d'un *Holiday Inn* un jour d'inspection.

— Vraiment, j'ai besoin de le savoir pour la suite de notre film, est-ce que vous êtes folle ?

Le petit poussin claquetait nerveusement entre mes mains, et je l'ai fait reculer un peu, plus près de ma poitrine protectrice. Je sentais son cœur battre vite entre mes doigts.

— Alors ? a-t-il demandé, et j'ai fait la moue.

– Sérieusement ? je croyais que vous me posiez cette question pour faire le malin.

– Non. C'est une question sérieuse. Est-ce qu'une personne sensée apporte un putain d'oisillon comme cadeau de bienvenue ?

Il désignait le bébé poussin, et j'ai éprouvé le besoin ridicule de lui couvrir ses petites oreilles aux plus vite pour qu'il n'entende pas ces insultes. J'aurais dû le faire, juste pour voir la tête de Cole.

– Je ne suis pas folle, ai-je répondu. Et ce n'est pas un oisillon, mais un poussin. (Puis j'ai montré d'un signe de tête la déco délirante de Cyndi Kirkland.) Je me suis dit que ça serait drôle.

– Oh ! c'est hilarant. (Il s'est pris la tête dans les mains et s'est retourné.) Tout ça est complètement hilarant, bordel. Je vais faire une dépression nerveuse tellement c'est hilarant. Qu'est-ce que je suis censé faire de ce truc ? Le manger ?

J'ai fait un bond en arrière en serrant le petit animal contre mon sein.

– Non ! C'est un animal de compagnie.

– Je…

Il a pointé le doigt vers moi, puis vers le poussin.

– Je ne peux pas avoir d'animal. Je n'ai aucun endroit pour garder un putain de coq, Summer.

– Pouvez-vous arrêter de jurer. C'est tellement… inutile.

Le type a roulé de grands yeux et je me suis détournée avant de lâcher mon gentil cadeau pour mettre ce type en pièces. J'ai soigneusement bercé le poussin contre moi, pendant qu'il donnait des petits coups de bec sur ma chemise, puis j'ai ouvert l'office, et les placards de cuisine à la recherche de différents objets, suivie de près par Cole.

– Qu'est ce que vous faites ?

Je n'ai pas répondu. J'ai trouvé une grande poubelle en plastique dans l'office et des sacs de croquettes pour chien. J'ai vidé les sacs, j'ai déposé le poussin dessus avec précaution. Et je l'ai laissé là, sur le sol de l'office, puis je me suis dirigée vers la porte de derrière et je l'ai ouverte.

– Ne laissez pas ce truc ici ! a hurlé Cole d'un air paniqué.

– Calmez-vous, bon sang, ai-je bougonné en avançant sur la pelouse.

J'ai ramassé quelques poignées d'herbe et j'ai couru les faire tomber dans la poubelle.

– Je suis sérieux, a tenté Cole en me suivant pendant que j'ouvrais les placards pour y prendre un petit bol, puis que je récupérais une lampe dans le salon. Je ne peux pas avoir d'animal de compagnie. Je suis bien trop occupé. Et je n'y connais rien en poulets.

– C'est un coq, ai-je répété. Enfin, il va en devenir un quand il aura grandi. Fred a choisi le sexe pour moi. Voilà pourquoi il a ces petites pointes sur le sommet du crâne.

J'ai rempli à moitié le bol dans l'évier et je l'ai posé dans un coin de la poubelle. J'ai allumé la lampe que j'ai posée par terre, contre le côté opposé.

– Il vous faudra du papier journal pour couvrir le fond. La lampe, c'est pour la chaleur. Les petits poussins ont besoin de beaucoup de chaleur. Laissez-la allumée, même la nuit.

– Summer ! (Il m'avait attrapée par les épaules et il m'a retournée vers lui. Il me regardait d'un air sombre, nos deux corps étaient à touche-touche dans ce petit espace.) Vous allez remporter cette chose avec vous.

– Non, ai-je répondu fermement en enlevant sa main. Non. C'est un cadeau et on ne doit pas refuser les cadeaux. C'est mal élevé.

Je suis passée derrière lui, j'ai récupéré ma serviette sur le sol et je me suis dirigée vers la porte en regardant derrière moi quand je l'ai ouverte pour voir Cole, les mains posées sur le bord de la poubelle, regarder dedans d'un air impuissant, puis me regarder moi. Torse nu, il prenait une pose sensuelle sans même s'en rendre compte.

– Du papier journal. Trouvez-en et tapissez-en le fond. Oh, eh Cole ?

J'ai souri gentiment et il m'a regardée.

– De rien. Bienvenue à Quincy.

J'ai fermé la porte derrière moi et j'ai sauté en bas des marches, puis j'ai traversé la cour sans lui laisser le temps de me répondre.

Bon, peut-être qu'un départ sur de meilleures bases avait été ma motivation première. Ou alors, j'avais voulu simplement donner à ce type une piqûre de rappel. Embrasser n'était peut-être pas mon fort, mais la baston verbale… ça, je savais faire.

CHAPITRE 43

Dieu lui était témoin, si Cole avait su où cacher un mac-chabée dans cette ville, Summer Jenkins serait déjà morte.

Il restait planté là, dans sa nouvelle cuisine, et regardait le petit oisillon qui le regardait lui aussi. Et qui se mettait à gratter le plastique. Et qui se remettait à le regarder fixement. Il le laissa là où il était et grimpa les escaliers. Attrapa son téléphone sur le lit et, tant pis pour le décalage horaire, appela la Californie.

L'hôpital ne se montra d'abord pas très coopératif. L'infirmière hésita à transférer son appel, mais elle changea de ton quand il prononça les deux mots magiques qui lui ouvraient toutes les portes : Cole Masten.

Le téléphone sonna six fois pendant que Cole enfilait sa chemise, avant que Justin décroche.

– Cole.

– Justin. Comment vas-tu ?

– Je survivrai. Désolé de ne pas pouvoir botter des fesses et relever des noms pour toi là-bas.

Sa voix semblait plus faible que d'habitude, il parlait plus lentement que la normale. Cole se sentit coupable de l'appeler si tôt.

– Je suis désolé. Je te laisse te recoucher.

– La ferme. Je suis étonné que tu aies réussi à survivre si longtemps sans moi. Combien déjà, trois jours ?

Cole s'esclaffa.

– Ouais, ça a été l'enfer. Satan serait à son aise dans cette fournaise. Quand est-ce que tu vas pouvoir te ramener ?

– Les médecins disent, pas avant quatre semaines. Je vais sortir d'ici dans environ une semaine, mais je serai incapable de voyager avant le début du tournage.

Cole s'arrêta en haut des escaliers et regarda en bas en ravalant sa liste de demandes.

—Soigne-toi. J'aurai bien besoin de toi ensuite, tu le sais bien. Et appelle-moi si je peux faire quoi que ce soit pour toi d'ici.

Cole se contenta de hocher la tête, il descendit les escaliers et retourna à la cuisine. Là où était l'oiseau. Il raccrocha, trouva un annuaire téléphonique posé à côté d'un téléphone sans fil et l'ouvrit.

—Coach Ford et Buick, Bubba à l'appareil.

Cole jeta à nouveau un coup d'œil à l'annonce et vérifia le numéro.

—Oui, est-ce que vous vous déplacez sur Quincy ?

—Bien sûr. Quincy, Tallahassee, Valdosta, Dothan. Nous nous déplaçons pour quiconque nous offre du boulot.

Le ton de l'homme était chaleureux, tonitruant, il semblait incapable de murmurer quand bien même il l'aurait voulu.

—Je voudrais acheter une camionnette.

—Parfait. Nous sommes ouverts jusqu'à dix-neuf heures. Vous avez besoin d'un plan ?

—Non. Je voudrais en acheter une par téléphone et me la faire livrer.

Il y eut un long silence.

—Nous ne faisons pas ce genre de choses. Il y a des papiers à remplir pour le financement, un contrôle d'inspection, le test de conduite…

Cole poussa un long soupir irrité. Peut-être aurait-il dû appeler American Express. Pour les laisser gérer cette merde.

—Je paie cash. Je vous donnerai un numéro de carte bancaire et quelqu'un de votre agence peut apporter les papiers avec le camion. D'accord ?

Un autre long silence.

—Je pense qu'il vaudrait mieux que vous parliez avec Monsieur Coach.

Il entendit un cri assourdi et un souffle haletant qui indiquaient selon toute vraisemblance que l'homme courait. Cole observait le poulet en se demandant s'il fallait lui donner un nom. C'était finalement, et contre toute attente, assez excitant. Il n'avait jamais eu d'animal jusque-là. Son père avait toujours refusé et Nadia était contre tout ce qui aurait pu, à un moment ou un autre, sentir mauvais, faire du bruit ou la gêner.

Cole se décida à ouvrir le réfrigérateur. Regarda les clayettes vides et se demanda comment le nourrir. Il lui fallait un véhicule. C'était une première étape. Alors, lui et l'oiseau pourraient trouver de quoi survivre.

Bubba reprit la conversation, cette fois-ci avec le concessionnaire. Cole se présenta et dix minutes plus tard, il avait fait son choix parmi les six camionnettes en stock. Ils lui promirent de le livrer dans l'heure qui suivait, et il raccrocha avec un sentiment tout nouveau d'accomplissement. Peut-être que quelques semaines sans Justin seraient finalement une bonne chose.

— Bon, dit-il à l'oiseau, je suppose qu'il n'y a plus que toi et moi.

Au diable, Summer ! Qu'elle aille au diable !

CHAPITRE 44

Il lui fallut vingt-cinq minutes à bord de sa nouvelle camionnette, une Ford 250 Super Duty rouge, pour trouver ce qui ressemblait à une animalerie à Quincy. Un long bâtiment blanc avec les mots NOURRITURE ET MATÉRIEL DE PÊCHE en grosses lettres rouges sur le côté. Quand Cole entra avec la poubelle de Summer sous le bras, le seul occupant du magasin leva les yeux et lui lança un «bonjour» depuis son comptoir au fond du magasin. Cole avança avec précaution, ses nouvelles bottes grinçaient. Il passa devant les licols pour chevaux, les bottes de fermier, les sacs de fourrage et un rayon complet de pièges à rats tout à fait enthousiasmant. Il atteignit le comptoir et déposa la poubelle de Cocky[24] sur la surface en bois. Il avait trouvé le nom du poussin en conduisant, un jeu de mots marrant et somme toute assez banal. Pas grave. Il n'y avait qu'un seul et unique Cole Masten. S'il n'avait pas un coq au nom unique, tant pis. Il attendit un moment que le type le reconnaisse, d'un «hé, ce n'est pas vous…», mais l'homme se contenta de regarder la poubelle, puis Cole, en ouvrant assez la bouche pour faire rouler son cure-dents de l'autre côté avant de la refermer.

— Je viens d'avoir un bébé coq, commença Cole.

— Je vois ça, dit l'homme d'une voix traînante. (Il se pencha en avant, sa chaise grinça et il regarda à travers le plastique épais.) Pourquoi l'avez-vous amené avec vous ?

— Je ne sais pas. Je me suis dit qu'il avait peut-être besoin d'être examiné, ou que vous alliez me poser des questions, ou qu'il ne supporterait pas d'être seul…

---

24. *Cocky* signifie à la fois insolent et qui a un sexe masculin, quelque chose comme «couillu».

Cole baissa la voix en se rendant compte qu'il paraissait tout à fait stupide.

– C'est. Un. Poulet. (Le cure-dents de l'homme tomba quand il prononça ces trois mots.) Ce n'est pas un animal de compagnie. Vous ne donnez pas de nom à ce truc, vous ne lui mettez pas de collier.

– Ça mange quoi ? grommela Cole, en reposant la poubelle de Cocky par terre et en la poussant légèrement sur le côté, dans un coin plus sûr, du bout de sa botte.

– Du maïs.

Cole attendit qu'il en dise plus. Attendit, et attendit.

– Juste du maïs ? Rien d'autre ?

L'homme haussa les sourcils.

– C'est. Un. Poulet. Il n'a pas de repas *Gourmet* tout préparés aux neuf saveurs. Si vous voulez vous la péter, achetez-lui la marque FRM. Ça coûte deux fois plus cher et ça ne fait aucune différence, bordel de merde.

– Où est-ce ?

– La deuxième rangée sur la gauche, au fond. En sacs de 25 kilos. Vous croyez que vous pourrez soulever ça ?

Cole déglutit, les yeux rivés sur ceux du type, et se demanda qu'elle serait la réaction de son attaché de presse s'il butait ce plouc.

– Ça va aller, dit-il simplement. Est-ce que j'ai besoin d'autre chose ? Des médicaments, des vitamines ou des piqûres ?

– C'est un…

– Poulet, termina Cole. J'ai pigé. Combien je vous dois pour le sac de nourriture ?

– Dix-huit dollars.

Il sortit un billet de vingt de son portefeuille.

– Voilà. Gardez la monnaie.

Il lui balança le billet, se pencha pour ramasser délicatement la poubelle de Cocky et l'emporta dans la camionnette. Il l'installa sur le siège passager, l'attacha puis retourna dans le magasin, jeta très facilement le sac d'aliments sur son épaule pendant que l'homme au comptoir détournait le regard en crachant dans un gobelet en plastique.

CHAPITRE 45

CHACUN A CHOISI SON CAMP :
CODIA EST OFFICIELLEMENT MORT

La procédure de divorce de Cole Masten et Nadia Smith est passée à la vitesse supérieure, chacune des parties se renvoie violemment des documents de justice par avocats interposés. Nadia, qui a récemment obtenu son premier Oscar pour son rôle dans Heartbroken *exige une participation dans le prochain film de Cole Masten,* The Fortune Bottle, *dont le tournage débute dans deux semaines.*

J'ai été fiancée une fois. Il y a trois ans. Je pensais être amoureuse. Mais l'amour ne devrait pas vous faire souffrir, ne devrait pas vous creuser un trou dans la poitrine, vous arracher le cœur et le servir sur un plateau. Ou peut-être qu'il fait mal uniquement quand il est réel. Peut-être que quand les ruptures ne font pas souffrir, c'est à ce moment-là que vous comprenez que vous n'aimiez pas vraiment.

Je me demandais si l'amour entre Cole et Nadia avait été réel. Je me demandais à quel point il souffrait. Je me demandais à quel point son comportement de trou du cul était dû à la douleur qu'il ressentait ou s'il était simplement dû à son caractère. Je ne lui avais pas adressé la parole depuis que j'avais déposé le petit poussin chez lui. On racontait en ville qu'il avait une nouvelle camionnette et qu'il avait acheté un stock de nourriture pour les poules. Donc, je supposais qu'il l'avait gardé. Je supposais qu'il s'installait. Ben l'avait rencontré deux fois pour parler des décors et m'avait apporté un scénario. J'avais haussé les épaules quand il me l'avait déposé, je l'avais jeté sur la table et m'étais remise à la confection d'une salade au poulet que j'étais en train de préparer. Mais dès qu'il avait tourné le dos, je l'avais dévoré. Je m'étais installée dans la chaise longue et l'avais ouvert respectueusement. Il n'était pas relié, pas protégé, c'était juste un tas de feuilles, tenues ensemble par une grosse pince à papier. J'ai tourné la première page et me suis mise à lire.

Trois heures plus tard, j'ai fait une pause. Me suis levée et étirée. Puis, je suis allée à l'évier me remplir un verre en regardant à travers champs en direction de chez les Kirkland. Je faisais ça souvent ces derniers temps. Regarder la maison. J'avais appris, avant que Brandi Cone m'appelle avec une voix suraiguë et surexcitée, que Cole avait une nouvelle camionnette. J'avais suivi sa livraison, j'avais aperçu le quasi invisible Cole descendre les marches de son escalier jusqu'à la camionnette. Je n'aurais pas cru que c'était son genre de véhicule. Il semblait plutôt apprécier les décapotables tape-à-l'œil.

Ensuite, je me suis remise au scénario. J'ai lu chaque ligne lentement, certaines à haute voix. Je pourrais m'en sortir. Ida était un esprit libre, une secrétaire à la tête d'un petit pécule à investir.

Elle était souvent en conflit avec le personnage de Cole, il restait sur ses gardes, ils avaient une relation de respect/haine qui évoluait en amitié à la fin du film. Leurs bagarres, et le scénario en était plein, seraient faciles. Le respect, l'amitié éventuelle… ce serait plus difficile. Mais pas impossible. Non, pour un million de dollars, j'étais prête à charmer le roi crapaud !

Le tournage débutait dans exactement deux semaines. Jusque-là, j'avais aidé Ben à régler les derniers détails. Maintenant, en tant qu'actrice, j'avais d'autres choses à régler. Le problème, c'est que je ne savais pas en quoi ça consistait.

– J'ai l'impression qu'il faudrait que je m'active, lui dis-je au téléphone.

Le cordon était complètement emmêlé, mes doigts s'acharnaient pour tenter de le démêler.

—Les autres acteurs voient des coaches pour leur voix, travaillent leur accent. Tu n'as pas à faire cela, me disait Ben, d'une voix qui grésillait, avec un gros bruit désagréable de perceuse en arrière-plan.

Il était sur le décor. Cole voulait qu'il soit terminé la veille, et l'équipe bossait encore à des finitions électriques. Lundi prochain, tôt le matin, l'équipe de déco aurait quitté les lieux, l'équipe de tournage s'y installerait et notre petite ville somnolente serait envahie par des hordes de Californiens. J'étais à la fois terrifiée et surexcitée. Chaque jour durait une centaine d'heures et passait pourtant trop vite.

—Alors, qu'est-ce que je devrais faire ?

—Attendre. La semaine prochaine, tu auras un coach pour ton jeu et quelques média trainings. Tu as signé ton contrat ?

J'ai jeté un coup d'œil à la table de la salle à manger et à la grosse enveloppe FedEx posée dessus qui contenait mon contrat.

—Non.

—Pourquoi ?

—Il fait quatre-vingt-deux pages. Ça ne peut rien présager de bon qu'il soit aussi long.

J'ai abandonné le nœud et j'ai tiré sur le cordon tout emmêlé pour atteindre l'enveloppe sur la table. J'ai examiné l'extérieur du paquet. ENVISION STUDIOS était imprimé dessus avec l'adresse de l'expéditeur.

—Alors, trouve-toi un agent comme toutes les gentilles petites actrices et fais-le-lui lire.

—Pour le payer quinze pour cent ? Non merci.

—Alors, prends un manager. C'est ce que tous ceux qui n'ont pas d'argent font à L.A. Les managers ne prennent que dix pour cent.

—C'est encore trop.

J'ai sorti le premier des trois exemplaires du contrat et j'ai parcouru le premier paragraphe, suffisamment truffé de « par la suite » et de « par la présente » pour me filer mal au crâne.

—Summer. Ou bien tu arrête de bitcher et tu signes ton contrat, ou bien tu paies quelqu'un pour le relire. Merde, paie un avocat à l'heure pour le relire. Mais fais quelque chose. Tu perds un temps précieux.

Je ne pouvais pas juste le signer. Pas sans savoir ce qu'il disait. Pas sans savoir ce que je donnais ou ce sur quoi je donnais mon accord.

—Je vais appeler mon avocat, ai-je fini par dire, en remettant le contrat dans son enveloppe.

—Et ensuite tu vas le signer ?

—Oui, ça dépend de ce que ça raconte.

J'ai reposé les contrats sur la table et j'ai tenté de sourire devant les cris de joie de Ben à l'autre bout du fil.

—OK, vas-y. Appele-le tout de suite.

Si seulement j'avais pu le voir, j'étais prête à parier cent dollars qu'il était en train de faire des petits mouvements de danse au milieu du décor en construction.

—Je vais le faire, ai-je promis et j'ai raccroché en fixant le bordel formé par le cordon de mon téléphone.

Mon prochain achat : un nouveau cordon, ou mieux encore, un téléphone sans fil. Un truc vraiment chic.

Il fallait que je m'occupe du contrat. Je le savais. J'avais besoin qu'un professionnel l'étudie. Je le savais. Ça valait la peine de payer un avocat. C'était malin de le faire. Et j'en avais un, celui qui m'avait connu toute ma vie, un qui ferait particulièrement attention à mes intérêts et qui le ferait gratuitement.

J'ai repris le téléphone sur sa base, j'ai respiré un bon coup et j'ai appelé Scott Thompson. Mon avocat. Mon ex.

CHAPITRE 46

Cocky avait l'air de se sentir un peu seul. Cole s'assit à côté de la baignoire, vêtu d'un short d'entraînement et chaussé de tennis pour l'observer. Le bébé coq griffa le journal local et regarda Cole. Il inclina la tête et ouvrit le bec. Il fit un minuscule gazouillis. Cole avait transformé la baignoire en cage à poule, la lampe était allumée et posée à l'extrémité gauche. Trois épaisseurs de papier journal recouvraient le fond de la baignoire qui faisait quatre fois la taille de la création minable de Summer. Il était déjà plus grand, plus haut sur pattes, avec de gros genoux calleux. Tôt ce matin, il avait gonflé sa poitrine, avait ébouriffé ses plumes blanches et s'était pavané. Cole avait éclaté de rire, sa brosse à dents encore dans la bouche et avait attrapé son téléphone pour prendre une vidéo sans y parvenir.

Maintenant, il se penchait au-dessus de la baignoire. Il attrapa l'oiseau et le serra contre lui. Les pattes de l'oiseau lui labouraient la poitrine. Il traversa la salle de bains, se dirigea vers la porte arrière et déposa délicatement l'oiseau sur la véranda. En descendant les marches, il regarda derrière lui et vit que l'oisillon le suivait précautionneusement, mais s'arrêtait au bord de la première marche. Il hésitait, dodelinant de la tête, en regardant en bas, puis vers Cole.

– Tu vas y arriver.

Cole tapa sur sa jambe en signe d'encouragement, puis se sentit stupide. Il s'accroupit et l'appela en caquetant. Le poulet prit son élan et sauta.

Or, il s'avéra que Cocky ne pouvait pas y arriver. Quand il atterrit, ses petites pattes trébuchèrent contre la dernière marche, sa tête tapa par terre la première, avant qu'il parvienne à se rasseoir. Il se secoua, les plumes toutes ébouriffées. Cole courut vers lui, le releva en lui murmurant des excuses. Il le posa délicatement en bas des marches et le poulet se mit à courir dans l'herbe.

Cent pompes. Ses paumes étaient bien à plat sur le sol, l'herbe lui chatouillait le nez à chaque descente. Tout était en place, tout était fin prêt pour la semaine suivante. Ce moment de plénitude allait être foutu en l'air dès que l'équipe et les comédiens débarqueraient en ville. À cet instant précis, ça allait devenir le chaos intégral. C'était dans la nature de la bête. Il aimait cette bête, une bête qui le nourrissait. Pour la première fois, c'est lui qui allait la nourrir, et pas le contraire. C'était une situation temporaire, parce que dès que le film sortirait sur les écrans, son avenir financier serait décidé. Certes, les risques étaient importants, mais c'était le film qui allait tout définir. Succès ou échec. Il serait milliardaire ou simplement un gars très à l'aise de Los Angeles.

Il termina sa série et prit une profonde inspiration en se reposant sur une seule main, puis sur l'autre. Puis il ferma son poing et débuta une autre série. C'était si étrange d'être tout seul. Ici, à Quincy, c'était une chose : il traversait des centaines de transitions personnelles. Mais de retour chez lui, ça serait très différent. De retour chez lui – il s'arrêta à la septième pompe – il n'avait même plus de chez lui. Nadia avait quitté son hôtel pour réintégrer leur domicile, elle dormait dans leur lit, avec sans aucun doute ce connard à ses côtés, dans ses draps, dans sa douche, entre ses bras, bordel. Il termina la centième en gémissant et roula sur le dos, dans l'herbe tendre et chaude.

Il fallait qu'il arrête de gamberger. Le truc le plus marrant, c'est que ce n'était pas vraiment à Nadia qu'il pensait. Et quand il pensait à Nadia, c'était uniquement pour arrêter de penser à cette blonde et à son poulet débile.

Il sentit quelque chose qui bougeait sur son tibia et en baissant les yeux il vit Cocky qui, tout vacillant, remontait le long de sa jambe. Il se mit à rire et reposa la tête dans l'herbe. Il n'avait pas le temps. Il aurait dû faire ses abdos, une série de sauts de grenouille, puis une longue course, de préférence en terrain accidenté. Il s'assit, retint l'oiseau et le posa délicatement à côté de lui en prenant le temps de lui grattouiller le côté du cou. Il avait lu sur Internet qu'ils aimaient bien ça. Il s'était senti assez fier de l'avoir trouvé tout seul. Il était devenu trop dépendant des autres, de Justin.

En observant Cocky qui picorait l'herbe, il commença sa série de deux cents abdos.

CHAPITRE 47

En tapant son numéro, je savais que je faisais une erreur. Appeler Scott allait ouvrir une porte que j'avais eu un mal de chien à refermer bien hermétiquement. Mais je lui faisais confiance. Même si je le détestais.

– Summer.

Il a eu l'air surpris, et ça m'a fait plaisir. Au moins, je n'avais pas été une ex-désespérée, le genre qui se bourre la gueule et téléphone au milieu de la nuit, qui laisse de longs messages très tristes qui ne font que confirmer la mort d'une relation. Non, je n'avais pas été ce genre d'ex. C'était lui qui l'avait été. C'est moi qui avais écouté ses messages en pleurant, tout en maudissant son nom, avant d'appuyer sur le bouton effacer pour faire disparaître toutes ces conneries.

– Salut Scott.

Je tripotais le revers de l'enveloppe FedEx. Je ne voulais pas aller le voir. Ces trois dernières années, les seules fois que j'avais regretté de ne pas l'avoir épousé, c'était quand je l'avais vu. Depuis, j'avais passé un nombre d'heures incalculable à m'arranger pour le croiser le moins possible. Et voilà que j'en étais rendue à poursuivre ce type pour économiser quelques dollars d'honoraires d'avocat.

Il s'est éclairci la voix et je l'ai imaginé au bout du fil, tirant sur son nœud de cravate en baissant les yeux pour chercher ce qu'il pourrait bien dire. Peut-être regardait-il une photo encadrée sur son bureau, celle de sa femme et de leur bébé. Je ne suis pas amère. Il était le meilleur parti de Quincy. Pas étonnant qu'à l'époque il ait été très vite pardonné et repris en main. Ils avaient acheté la maison Lonner à la mort du vieux. C'était également une des rares familles de Quincy que Ben et moi n'avions pas contactée. Je n'en avais pas le courage.

— J'ai un contrat que j'aimerais que tu étudies. C'est du chinois pour moi. Je veux juste comprendre ce que je signe, et que tu m'expliques ce que tu trouves d'anormal.

— OK. Pas de problème. (Il avait dit ça d'un ton enthousiaste, prêt à rendre service. Certaines choses n'avaient donc pas changé.) Envoie-le à Shelley, mon assistante. Elle s'occupera de me le donner dès aujourd'hui.

— Je ne sais pas qui est Shelley.

Mon sang ne fit qu'un tour. Shelley était une des demoiselles d'honneur, l'une des sept funestes. Elle n'avait pas terminé à l'hôpital cette nuit-là. Elle avait eu de la chance.

— Bien sûr que tu la connais. Je voulais juste… C'est une habitude pour moi de dire ça.

— Bien entendu.

Je ne voulais pas me moquer de lui, mais les mots jaillissaient tout seuls de ma bouche. J'étais amère. Je n'avais pas voulu paraître amère. Je me suis mordu la lèvre.

Il ne répondit rien, et moi non plus. Il allait trouver une excuse pour raccrocher. Il n'avait jamais été doué pour la bagarre. Il préférait s'endormir sur sa colère et prétendre que tout allait bien en se réveillant le lendemain.

J'ai parlé la première.

— C'est un contrat artistique. Ils veulent m'embaucher dans le nouveau film.

Je n'avais pas prévu de le lui dire. J'avais pensé le scotcher en lui donnant. J'avais imaginé le surprendre, quand il découvrirait la somme — cinq cent mille dollars — et la définition, un premier rôle dans *The Fortune Bottle*. Il aurait ressenti un coup au ventre, un mélange de fierté et de regret de m'avoir perdue.

— Vraiment ?

La question était posée d'un ton léger, juste suffisant pour que je veuille y répondre.

— Oui. Cole veut me donner le premier rôle.

C'était un truc dingue à dire, prétentieux et complètement inutile dans une relation professionnelle, et pourtant absolument indispensable pour mon ego. Je voulais étaler mon succès devant lui, avec une exubérance digne de celle de la fanfare de Quincy.

— Cole ?

Scott n'avait pas apprécié que je l'appelle par son prénom. Ça n'était pas étonnant.

J'ai marmonné une phrase en couvrant le récepteur avec ma main avant de poursuivre normalement.

— Il faut que j'y aille, Scott. J'envoie le contrat à Shelley.

Et j'ai raccroché très vite, sans attendre sa réponse, avant que ma voix se mette à trembler, avant de perdre le terrain gagné pour la première fois depuis bien longtemps.

J'ai pris ma tête entre mes mains et j'ai rejoué notre conversation. J'avais bien fait. Il le méritait. Ça avait rendu les choses plus faciles. Pourtant, depuis son mariage, il s'était comporté en parfait époux modèle. Ça n'aurait pas dû me mettre en colère. Ça aurait même dû me faire plaisir.

Eh bien non.

CHAPITRE 48

Il avait remis Cocky dans la baignoire et lui avait donné du maïs frais. Le téléphone portable était sur le comptoir, une bouteille de Voss[25] vide dans la poubelle. Ses écouteurs diffusaient un bon vieux Sublime[26], il descendit vivement les escaliers et sauta sur la pelouse. Cole n'avait pas fait de vrai footing depuis des années. Pas depuis *Four Songs of India*, quand ils tournaient au milieu de nulle part, un endroit où, avec ses lunettes de soleil, il n'était qu'un Blanc comme un autre. Et maintenant, alors qu'il pouvait courir pendant huit kilomètres en croisant seulement quelques maisons isolées, il se sentait en sécurité. Ça valait le coup d'essayer. Il commença lentement, laissa à gauche l'allée des Kirkland et mit de la distance entre lui et Summer, entre lui et la ville. Il faisait chaud. Une chaleur étouffante, différente de celle de Californie. Mais ici, tout était différent. Des chemins de terre au lieu de routes pavées. Des chênes verts à la place des palmiers. Summer au lieu de Nadia.

Il s'arrêta, dans un nuage de poussière qu'il avait soulevé. Il respirait fort, mains sur les genoux. Seigneur, cette fille était un vrai virus, elle attaquait son système immunitaire défaillant et s'insinuait dans ses veines. Il se releva en remontant ses mains sur ses hanches et tourna lentement pour admirer tout ce qui n'était pas Summer autour de lui. La brise qui était annihilée par la chaleur. Les pieds de coton tout blancs, alignés en une rangée parfaite à côté de lui. Pas de paparazzis, pas de caméras. Personne ne pouvait le voir, l'observer, le juger. Il pouvait faire un infarctus, là, sur cette route, et personne ne le saurait.

---

25. Eau minérale.
26. Groupe américain de Long Beach, en Californie, actif de 1988 à 1996.

Il n'eut pas d'infarctus. À la place, il se mit à courir.

Plus vite.

Plus fort.

Plus loin d'elle.

De Nadia et de ce monde malade, et trompeur.

Plus loin d'elle.

De Summer et de son jugement innocent tellement distrayant.

Plus vite.

Plus loin.

En courant, il laissait retomber la poussière derrière lui.

* *
*

Bon… voyons voir. Je crois que la première fois que j'ai entendu dire que Summer allait jouer dans ce film, c'est par Jenny, qui travaille à la poste. Je ne sais pas qui lui en avait parlé, mais je ne l'ai pas crue. Summer, vraiment ? Notre Summer ?

Elle est jolie, mais rien à voir avec Minka Price. Et elle n'est même pas de Quincy.

Nous avons noté dans nos registres qu'elle est arrivée ici à l'âge de cinq ans.

Exactement.

On ne peut pas jouer le rôle de quelqu'un de Quincy sans être né à Quincy.

Sans ça, vous ne pouvez tout simplement pas comprendre la dynamique locale.

Sauf si vous appelez Minka Price.

Bon, c'est vrai. Ma fille aurait été parfaite pour ce rôle. Bien meilleure que Summer. Elle s'appelle Heather. Vous devriez noter son nom. Heather Robbins.

Elle travaille chez le fleuriste, mais pourrait tout aussi bien donner sa démission si Summer ne faisait pas l'affaire.

CHAPITRE 49

Je ne sais pas exactement comment tout Quincy a été mis au courant pour mon rôle, mais je suppose que c'est venu de Scott. Ou plus exactement de Shelley. À l'instant même où je lui ai envoyé mon contrat par e-mail, en tapant soigneusement son adresse en haut, j'ai su que je signais la sentence de mort de ma petite vie anonyme à Quincy.

J'avais vu des films, je savais comment ça marchait ailleurs. Comment les gens connus étaient flattés, cajolés et bousculés en public. Ça n'arriverait jamais à Quincy. Nous aimions nous épancher dans l'intimité de nos maisons, harceler les autres en papotant et en faisant courir des rumeurs. Plus nous prétendions n'en avoir rien à faire, plus les choses étaient importantes.

Je sentais le buzz envahir la ville. J'avais droit à des regards appuyés, des regards en coin de la part des parents des enfants parmi lesquels j'avais grandi. J'entendais les murmures s'interrompre dès que je mettais un pied au café *Benner's*. Je savais que Cole trouverait ça bizarre. Il ne s'attendait pas à ce que j'aie à supporter ce genre de chose.

– Personne n'a téléphoné !

J'ai jeté la boule de pâte sur le papier sulfurisé et j'ai appuyé dessus avec mes poings pour la pétrir, plus violemment que nécessaire.

– Ça te surprend ? Tu sais comment sont les gens.

Maman a levé les yeux de son journal du dimanche, une paire de ciseaux à la main, un coupon à moitié découpé.

– Je sais. (J'ai roulé la pâte et j'ai appuyé dessus avec ma paume de main.) Je pensais juste… que quelqu'un appellerait.

– Tu as eu un tas de coups de fil il y a quelques semaines. Ce maudit téléphone n'a pas arrêté de sonner.

—Au sujet du film. Et de Cole.

J'ai saupoudré la pâte de farine.

—Ahh… tu voulais qu'ils te parlent de toi.

Je l'ai entendue reposer les ciseaux sur la table et j'ai levé la tête pour fixer le papier peint rose. Je ne pouvais pas voir son visage, pas y lire de la sympathie.

—Il n'y a rien de mal, Summer, à vouloir un peu d'attention.

J'ai ôté mes mains de la pâte et j'ai pris un torchon pour m'essuyer,

—C'est stupide. Un signe de faiblesse.

—Tu as été seule dans cette ville pendant longtemps. Punie pour quelque chose qui n'était pas de ta faute, dit-elle calmement. Ils sont tous en train de lécher leurs blessures en ce moment. Ils ne veulent pas avoir l'air d'être des amis intéressés qui se montrent juste quand il se passe quelque chose d'excitant pour toi.

J'aimerais bien avoir un ami intéressé. Au lycée, j'avais plein d'amis. On ignorait les différences sociales, unis par le désir commun de ne pas devenir adultes et de ne pas devoir «faire sa vie». Et en tant que petite amie de Scott, puis fiancée, j'étais amie avec ses amis. Pendant ces trois dernières longues années froides, je n'avais pu compter que sur l'aide de ma mère. Et à présent, avec le départ imminent de Ben, j'aurais accepté n'importe qui. Même si son amitié avait été bidon et intéressée.

Au diable tout ça. Peut-être était-ce mieux que mon téléphone n'ait pas sonné.

CHAPITRE 50

Cole Masten a réapparu dans la chaleur de l'été d'un mardi après-midi. J'étais à genoux, à mi-chemin de l'allée des Holden, quand sa camionnette ridicule a déboulé. J'ai entendu le moteur et j'ai relevé la tête. J'ai immédiatement reconnu le véhicule, je me suis relevée en m'essuyant le front. J'étais complètement en nage. Mon débardeur était trempé. Lorsque je me suis poussée sur le bas-côté, une traînée a coulé le long de ma colonne vertébrale. Je lui ai lancé un bonjour hors d'haleine. Il a baissé sa vitre, une bouffée d'air frais en est sortie, et j'ai dû me retenir de plonger tête la première dans la voiture. Dommage, ça m'aurait conduite sur ses genoux. Des genoux parfaitement propres selon toute apparence. J'ai regardé son pull en V blanc qui brillait dans la voiture, son cou, son beau visage pas rasé, sans oublier ses lèvres et ses splendides yeux verts. J'ai remarqué une bouteille d'eau minérale dans un compartiment de la console centrale. Glacée. Le verre était gelé. Cole a attrapé la bouteille et me l'a tendue.

— Vous en voulez ?

J'ai ravalé ma fierté et j'ai accepté, en regardant la marque de la bouteille avant de tourner le bouchon. Voss. Jamais entendu parler. J'en ai descendu la moitié d'un seul coup. Je me suis essuyé la bouche, j'ai remis le bouchon.

— Merci. (Puis j'ai désigné la bouteille.) Où est-ce que vous trouvez ça ?

— Dans cette épicerie sur la… (Il a fait un geste en direction de la ville.) En ville.

— Vous êtes allé à *Publix* ? lui ai-je demandé, étonnée.

— Non. J'ai payé Ben pour faire mes courses. (Il a regardé la bouteille et a poursuivi.) Vous ne voulez plus d'eau ?

Il ne la prenait pas, du coup j'ai rouvert le bouchon. Inutile de gâcher.

J'ai haussé les épaules en ajoutant :

— Et gâcher votre chance de venir en aide à une jeune fille en pleine détresse ? (Sur ce, j'ai vidé cette bouteille.) C'est un concept de conte de fées. Vous devez y être accoutumé.

— On ne peut pas dire que vous soyez en pleine détresse.

Il montrait du doigt la propriété des Holden.

— Elle est à quelle distance ? À moins de cent mètres ?

J'ai scruté ses sourcils parfaits, et je me suis demandé s'il les épilait.

— Vous êtes venu pour quelle raison ?

— Vous ne répondez pas au téléphone. J'ai essayé de vous appeler à trois heures.

J'ai jeté la bouteille par terre, à côté d'une vieille ceinture de force abandonnée.

— Je n'ai pas de portable. Vous avez appelé chez moi, or j'étais ici.

— Vous n'avez pas de portable, a-t-il répété très lentement, comme si cela donnait plus de sens à sa phrase.

— Nan.

Je n'avais pas envie de lui expliquer que je n'avais aucun besoin d'être joignable vingt-quatre heures sur vingt-quatre. En outre, je passais 80% de mon temps chez moi. Avec qui est-ce que je pourrais bavarder en chemin ? Il y avait aussi un léger problème de coût. Je gagnais cinq cents dollars par mois. Un portable m'aurait coûté au moins vingt pour cent de mon salaire. Le téléphone filaire était gratuit, avec l'Internet, le câble et tout le tintouin, grâce à la générosité des Holden. Ça allait de soi.

— Il vous faut un portable. Au moins pour les quatre mois à venir. Si vous voulez retourner ensuite à votre vie de recluse, ça me va très bien.

— Bon. Dès que j'aurai reçu mon premier chèque, j'achèterai un téléphone portable.

Il détailla mes vêtements, puis me désigna le siège passager.

—Montez. On va aller en acheter un tout de suite. Je vous l'offre.

J'ai secoué la tête.

—J'ai encore un poteau à mettre. Je ne peux pas laisser cette barrière à moitié réparée. Les chevaux vont s'enfuir.

Pour la première fois, il sembla remarquer les alentours, la bêche posée contre la clôture, le poteau à terre, la cloueuse dans l'herbe.

—Vous posez une clôture ? N'y a-t-il personne... (S'il voulait dire quelqu'un de plus qualifié, je jure que j'allais tester ma cloueuse sur son bras superbe...) d'autre qui puisse le faire ?

Il cherchait autour de la voiture, comme si une armée de bricoleurs allait apparaître.

—Les gars sont de repos aujourd'hui, ai-je répondu froidement. Pourquoi ne courez-vous pas chez Gap pour me laisser bosser tranquille ?

Il m'a dévisagée un moment, puis a éclaté de rire. Je me suis avancée un peu et je lui ai lancé un regard furieux en faisant comme si ça n'avait rien à voir avec l'air conditionné.

—Gap ? (Son rire s'est transformé en gloussement.) Summer, j'ai arrêté de faire mes courses chez Gap quand je suis devenu pubère.

—Eh bien, là où vous autres débiles faites vos courses.

J'ai levé la main en signe d'exaspération et je suis repartie vers la barrière cassée. La nuit précédente il y avait eu une grosse tempête. Elle avait inondé le fossé le long de la clôture et je l'avais retrouvée par terre au matin. Dieu merci, Hank avait rentré les chevaux. Sans ça Spots serait passée par-dessus et serait allée titiller la moitié des chevaux du Comté de Thomas avant midi. J'avais dû passer une journée entière à lui courir après avec Hank. C'était une vraie emmerdeuse, pardonnez-moi l'expression.

Cole m'a surprise quand il a ouvert sa portière et qu'il est descendu de voiture en chaussures de tennis. Il portait un jean qui, je vous jure, semblait avoir des plis de fer à repasser.

—Je vais vous aider, me proposa-t-il.

—M'aider à terminer la pose de la barrière ?

Maintenant, c'est moi qui me marrais.

—Je vous en prie, jeune homme, retournez dans votre voiture, vous allez vous salir.

Il n'a pas apprécié. J'ai pu m'en rendre compte à l'expression de son visage, à la façon dont son regard a changé. Il s'est éloigné de moi, est allé vers l'arrière de la camionnette et a baissé le hayon. Quand il est revenu et que ses mains m'ont attrapée par la taille, j'ai fait un pas en arrière. Je me suis retrouvée coincée contre sa poitrine, prête à ce qu'il m'embrasse à nouveau, et j'ai poussé un cri de surprise quand à la place, il m'a soulevée. Mes mains se sont accrochées à lui au lieu de le repousser, j'ai arrêté de lutter quand il m'a déposée doucement contre le hayon. Il m'a lâchée, m'a installée dans la remorque. Sa bouche touchait presque la mienne.

—Ne bougez pas, murmura-t-il.

Nous nous sommes regardés dans le blanc des yeux un moment avant qu'il recule, s'essuie les mains sur les poches arrière de son jean et aille couper le moteur de la camionnette. J'ai entendu la porte arrière s'ouvrir et quelle n'a pas été ma surprise de le voir revenir avec le poussin dans les bras.

—Tenez-le moi, m'a-t-il lancé d'un ton bourru.

J'ai pris le poulet, qui ne ressemblait plus vraiment à un poussin. Il avait rudement grandi en deux semaines. Il avait de longues pattes, des gros genoux, et sa crête était devenue toute rouge et douce. Le coq m'a regardée, a regardé Cole, et a ébouriffé ses plumes.

—Laissez-le se balader en le surveillant, m'a ordonné Cole en examinant l'ensemble de mon chantier.

J'ai enfin retrouvé la parole.

—Vous avez amené le poulet ? Avec vous ?

—J'ai pensé que vous pourriez avoir envie de le voir, cria-t-il en secouant le haut de la partie que je venais de réparer, comme pour en tester la solidité.

—C'est une clôture constituée de poteaux, ai-je expliqué. Vous posez une ligne de poteaux et ensuite…

– Je sais construire une clôture, m'a-t-il interrompu en se tournant vers moi.

– Vraiment ? Quelle clôture avez-vous construite ? – Vous avez vu *Legends of Montana* ? J'ai passé six mois dans un ranch, là-bas. J'ai même acheté l'endroit à la fin du tournage. Je sais monter une clôture, Summer.

Il m'a fait baisser les yeux. J'ai haussé les épaules. C'était une bonne réponse.

– Alors, faites-le.

J'ai déposé délicatement le coq à côté de moi et j'ai posé mes mains sous mes cuisses, en bougeant mes pieds pour lui faire un peu plus de place. L'oiseau a posé rapidement une patte sur ma cuisse nue, et a sauté dessus. Cole a souri à l'oiseau, m'a regardée fixement, est descendu, a attrapé l'enfonce-piquet et s'est avancé jusqu'au dernier poteau tordu. Il a vidé l'enfonce-piquet et a saisi le poteau, en le secouant un peu pour pouvoir l'enlever.

– Vous devriez retirer votre chemise, vous allez la salir, lui ai-je lancé.

Il m'a jeté un regard derrière son épaule, les mains toujours sur le poteau. Je ne sais pas pourquoi j'ai dit ça, d'où j'ai sorti ce ton dragueur, et pourquoi il avait choisi de renaître à cet instant précis.

– Vous aussi vous devriez enlever votre chemise, m'a-t-il répondu. Je ne veux pas que vous vous rinciez l'œil sur moi.

Et il a continué en riant.

S'il vous plaît. Tout le monde sait de quoi il retourne.

C'était la vérité. L'Amérique a défailli, et mon vibromasseur y a gagné une nouvelle jeunesse. Il est retourné à son boulot, et j'ai attendu. C'était un chouette spectacle, même avec sa chemise. Et après l'avoir observé quelques minutes, je me suis détendue. Il savait ce qu'il faisait. Sans doute mieux que moi. En tout cas, il était plus rapide que moi. Sa chemise commençait à peine à coller dans son dos quand il a terminé le boulot. Il a ramassé le bois qui restait et l'a jeté sur le plateau à côté de moi, pendant que le poulet sautait sur mes genoux et le regardait.

—Salut mon pote, dit-il en le reprenant et en le posant par terre.

—Je n'arrive pas à croire que vous l'ayez amené avec vous.

Il a haussé les épaules.

—Qu'est ce qu'il pouvait faire d'autre ? Rester à la maison et regarder fixement le vide ?

Il s'est assis à côté de moi et la camionnette a frémi un peu sous son poids ;

—Vous n'avez vraiment pas de téléphone portable ? m'at-il demandé en se tournant vers moi.

—Nan.

Je regardais le poulet s'éloigner de la camionnette sur ses petites pattes.

—Pourquoi avez-vous essayé de me joindre ?

—Don veut faire une réunion. Il arrive demain, il veut qu'on voie certains trucs ensemble. Pourquoi n'avez-vous pas renvoyé votre contrat signé ?

—C'est mon avocat qui l'a. Je vais appeler son bureau, pour voir où il en est.

Scott avait appelé deux fois, la première il avait laissé un message, et la deuxième il avait eu la malchance de tomber sur maman. Ce n'avait pas été une expérience agréable pour lui. Moi, j'avais ricané dans mon bol de céréales en la soutenant mentalement. Je supposais que je devrais le rappeler, puisque mon boulot n'était pas encore assuré.

—Vous avez un avocat ?

Il a eu l'air tellement surpris que c'en était presque offensant.

—Oui, nous autres pauvres paysans faisons appel à des conseillers tout comme vous.

—Je ne voulais pas dire… (Il a baissé les yeux.) Nous avons besoin que vous le signiez. S'il y a des problèmes, nous devons le savoir le plus vite possible.

—OK. Je l'appellerai ce soir.

—Wouah ! (Il a levé les yeux sur moi et son bras a effleuré le mien.) Service de nuit ? Il me faut votre avocat.

J'ai ri en pensant à son avocat.

– J'aimerais mieux avoir le vôtre.

– Oh, c'est vrai. (Sa voix est devenue plus sombre.) J'avais oublié votre numéro de drague sur votre véranda.

– Quoi ?

J'ai repoussé le hayon pour lui faire face. Je me sentais mieux avec un peu d'espace entre nous. Je pouvais respirer à nouveau.

– Vous baviez devant lui. Alors que vous aviez Cole le Baiseur fou Masten en chair et en os devant chez vous, vous le dévisagiez comme si votre culotte allait prendre feu.

J'ai penché la tête vers lui.

– Mais dites-moi, vous êtes jaloux.

Il l'était. Je pouvais le voir aux plis de son front. Je reconnaissais la jalousie, même si je ne l'avais pas vue depuis longtemps. Scott en avait fait une science.

– Et qui parle de lui en plaçant le mot B au milieu de son nom ? j'ai ajouté, ironique.

– Le mot B ? questionna-t-il. Vous ne voulez pas salir votre bouche de petite campagnarde ?

En disant cela, il orientait notre conversation vers un territoire où je ne me sentais pas à l'aise du tout. Oui, ma bouche de campagnarde aurait pu se salir.

Connard.

Trou du cul.

Enfoiré.

J'en avais toute une liste que j'aurais pu lui hurler. Au lieu de ça, je me suis détournée et je me suis trouvé une occupation en cherchant à attraper son poulet qui s'est enfui vers lui. Cole a soigneusement refermé le hayon et a emporté son poulet.

– Quand pouvons-nous nous voir à propos du scénario ?

Il avait posé la question rapidement, sur un ton professionnel. J'ai soupiré intérieurement en m'efforçant de ne pas admirer la façon dont ses manches de tee-shirt remontaient sur ses bras et dévoilaient un peu plus ses biceps.

– Demain ? Je suis disponible.

– Je vous appellerai demain matin pour fixer l'heure. On fera

ça chez moi. Don est descendu dans ce petit motel de rien du tout.
Il avait de la chance qu'Ethel Raine ne puisse pas
l'entendre. Elle n'aurait pas hésité à lui couper les couilles
et à les servir au petit déjeuner, accompagnées de grits et de
biscuits.

— Très bien.

J'ai glissé mes mains dans mes poches arrière et je l'ai
observé ouvrir la portière arrière et déposer avec précaution
le coq à l'intérieur. Ensuite, sans un mot d'adieu, il est
monté devant, a claqué la portière derrière lui et démarré,
sans trop soulever de poussière grâce à la pluie récente,
avec un bruit mouillé de succion quand il a appuyé sur le
champignon. Je me suis poussée sur le bord pour le voir
rouler jusqu'au bout de l'allée, faire demi-tour dans ma
cour et repartir dans ma direction. Je me suis appuyée à la
nouvelle barrière, les bras sur la rambarde, et je l'ai regardé
passer en trombe, avec une image fugitive de la crête du coq
à travers la vitre arrière. Je suppose qu'il avait changé d'avis
à propos de son offre de m'acheter un téléphone portable.
Tant mieux. Je n'avais aucune envie d'aller où que ce
soit avec cet homme. C'était une chose de l'avoir trouvé
antipathique lors de notre première rencontre. Mais à
présent, plus le temps passait et plus je le découvrais, plus je
me sentais mal à l'aise avec lui. À certains moments, il était
presque aimable, à d'autres pas du tout. Et là, assis à côté
de moi, le frôlement rapide de son bras ou de sa cuisse…
c'en était trop pour moi. Trop masculin, trop proche. Trop
de magnétisme quand il souriait, trop tentant quand
il flirtait, un trou trop profond creusé par lui quand il
était sympa. Je ne pouvais pas laisser son charme, son
côté tentateur, me pousser au fond de ce trou. Flirter ne
signifiait rien pour lui, qu'une petite nana de province le
trouve attirant, c'était normal. Mais pour moi ? Tomber
amoureuse de l'inaccessible Cole Masten pourrait tout
simplement me démolir. Je ne pouvais pas craquer. Pas
pour un homme qui ne le méritait pas, pas pour un homme
qui quitterait cette ville encore plus rapidement que moi.

Quand le tournage serait terminé, nous allions tous deux foutre le camp d'ici.

Je n'avais aucune raison d'attendre quoi que ce soit d'un type dans son genre.

J'ai regardé la camionnette tourner au bout de l'allée et accélérer en direction de chez les Kirkland.

CHAPITRE 51

Il était stupide. Il n'aurait jamais dû venir. Il aurait dû envoyer Ben ou Don à sa place, ou n'importe quel autre larbin.

Il n'aurait certainement pas dû se laver, ni se raser de près, ni mettre cette putain d'eau de Cologne, comme un ado qui se rend à son premier rencard.

Il ne s'attendait pas à tomber sur elle, et certainement pas à la voir en plein boulot. Un vrai boulot, avec sa chemise qui lui collait à la peau, sa poitrine qui se soulevait, ses bras couverts de terre, si forts et si beaux.

Elle était splendide. Ses cheveux fous étaient vaguement retenus dans une queue-de-cheval et son short laissait voir toute la longueur de ses jambes.

Il avait eu un mal de chien, en la prenant dans ses bras pour la déposer sur le hayon, à ne pas écraser ses lèvres contre les siennes, à ne pas lui arracher son short pour lui prendre les jambes et les enrouler autour de sa taille.

Et c'était ça son problème. Il avait envie d'elle. Un désir purement instinctif, qui n'avait aucun sens.

Pendant toutes ces années passées avec Nadia, il n'avait jamais été attiré par une autre femme.

Et pendant les deux semaines avant sa venue à Quincy, il avait passé son temps à tester tous les types de femmes possibles. Aucune d'elles n'avait calmé la blessure que lui avait causée la trahison de Nadia.

Dans les semaines à venir, il allait devoir passer pas mal de temps avec Summer. Il avait donné sa parole de ne plus toucher personne, de se comporter en gentil célibataire et de se concentrer sur son travail. Or, il ne pouvait s'empêcher de penser à elle en permanence. Alors même qu'elle semblait ne pas être le moins du monde intéressée par lui, et pire, qu'elle paraissait ne pas l'apprécier du tout.

C'était ridicule. Toute cette histoire, du début à la fin.

Il tourna trop brusquement en sortant de son allée, et la camionnette fit une embardée. Cocky poussa un cri à l'arrière et la tête de Cole tapa contre la vitre. Il jeta un coup d'œil à Cocky et ralentit en refoulant ses pensées.

Il attrapa son téléphone pour penser à autre chose.

— Don, où en êtes-vous ? demanda-t-il.

CHAPITRE 52

Si le média training était mon premier pas dans le métier de comédienne, j'étais cramée.

Grillée, carbonisée, devenue immangeable et jetée avec les restes destinés à la poubelle.

Brecken Nichols arrivait d'Atlanta, son costume bleu glissait dans l'air moite comme si elle avait tout son temps. Quoique, d'après ma montre, elle ait eu déjà quinze minutes de retard.

Je l'attendais avec impatience, en compagnie de Ben. J'ai observé son arrivée, en faisant la liste de tout ce que je pouvais apprendre à son sujet.

Elle portait un de ces sacs monogrammés, le genre grand, mou et rempli de tout le nécessaire à un séjour de plusieurs semaines en plein désert.

Un rouge à lèvres rouge vif, que Ben m'aurait fait immédiatement jeter. Des cheveux noirs relevés en queue-de-cheval bouffante à la Heidi Klum, qui aurait été ridicule sur moi.

Mais pas sur Miss Brecken.

Elle avait l'air sophistiquée.

Elle était parfaite.

Ses sourcils étaient épais. L'un d'eux remontait au fur et à mesure qu'elle s'approchait. Le maquillage impeccable de ses yeux au regard perçant avait dû lui prendre toute la matinée.

Ce n'était pas le genre à se laisser aller ou à avoir des animaux de compagnie.

C'était une femme qui devait déjeuner dans des restaurants à la mode, qui devait choisir ses prétendants à la taille de leur compte en banque et qui considérait les filles comme moi comme des moins-que-rien.

J'ai glissé une main dans la poche arrière de mon nouveau jean, et avant même qu'elle ouvre la bouche, j'ai senti du dédain chez elle.

— Mon Dieu, ne me dites pas que c'est la costumière qui vous a attifée comme ça ?

En disant cela, elle me détailla de la tête aux pieds en s'arrêtant un bon moment sur mes tennis. C'était des Nike toutes neuves.

Elle n'a pas paru impressionnée.

— C'est moi qui me suis habillée toute seule.

Je lui ai répondu sur un ton amical, même si, intérieurement, j'imaginais une foule de réponses plus vaches.

— Je suis Summer Jenkis.

Je lui ai tendu la main. Elle l'a regardée fixement.

— Ne vous présentez jamais comme ça, a-t-elle fini par aboyer en ignorant ma main pour ouvrir la large porte à deux battants. Tout le monde devra savoir qui vous êtes, ils sauront qui vous êtes. Compris ?

Sans attendre ma réponse, ses talons hauts se sont engouffrés dans le hall, devant nous. J'ai attrapé le bras de Ben, je l'ai serré si fort qu'il a poussé un petit cri.

— Soyez aimable, a-t-il murmuré, et venez me voir quand ce sera terminé.

Il s'est enfui en tournant son bras pour me faire lâcher prise. Ses jambes maigrelettes couraient à travers le parking. Il ne s'est pas retourné.

J'ai tout juste eu le temps d'apercevoir Brenda disparaître dans une pièce sur la droite. L'instant d'après, je suis entrée dans le bâtiment à sa poursuite.

Ne vous présentez jamais.

Quel comportement snob, ridicule…

Je suis entrée dans la pièce et j'ai observé Miss Brecken allumer une série de spots, tous dirigés sur un fauteuil vide. Le mien.

— Asseyez-vous, a-t-elle lancé vivement en installant une caméra d'un geste rapide et efficace. Allons-y.

*
* *

Le média training n'était somme toute pas un exercice bien difficile.

Je me suis assise sur une chaise, puis un tabouret, puis un canapé, et j'ai répondu aux questions que Miss Brecken me posait. Parfois, elle s'asseyait en face de moi et me regardait droit dans les yeux. Parfois, elle se plaçait derrière la caméra et me demandait de regarder l'objectif. Elle m'a dit des trucs débiles et m'a réprimandée quand ça m'a fait rire. Elle m'a posé des questions tordues et a relevé mes hésitations. Elle a renversé un spot et m'a engueulée pour avoir sursauté.

Et après chaque prise, nous avons regardé la vidéo et elle a relevé mes erreurs. À en juger par les mimiques de Miss Brecken et par ce que j'entendais… j'étais mauvaise.

Vraiment mauvaise.

Et je n'avais même pas de défaut d'élocution à accuser.

—Relaxxxx, a claironné Miss Brecken. On dirait vraiment que vous avez un parapluie dans le cul. (J'ai roulé des épaules, j'ai pris une profonde inspiration.) Non, ça ne change rien, se désespéra-t-elle.

—Comment puis-je me détendre quand vous relevez la moindre petite chose que je fais ?

J'ai lancé un regard furieux à la caméra.

—Je ne relèverais pas tout ce que vous faites, ma chère, si vous le faisiez correctement.

Elle parlait d'une voix traînante en appuyant sur les mots d'une façon ridicule, visiblement elle m'imitait. Cela faisait des heures qu'elle critiquait mon accent.

—On ne vous a jamais enseigné les bonnes manières ? (Je me suis dressée sur mon tabouret.) Ou la politesse ?

—La politesse, c'est la meilleure façon de vous faire baiser dans ce métier.

Elle est sortie de derrière la caméra en croisant les bras. Elle m'a fixée, droit dans les yeux.

—Heureux d'apprendre qu'il n'y a pas que moi qu'elle déteste.

Toutes deux, nous nous sommes retournées en direction de la voix. Une voix grave, chaude et masculine.

Cole, bien sûr.

Si Miss Brecken voulait que je me détende, c'était fichu.

Il est entré, a refermé la porte derrière lui. Il s'est avancé jusqu'à l'écran pour regarder l'image fixe.

Alors, j'ai fait un des trucs que m'avait interdits Miss Brecken, je me suis mordillé un ongle. Elle s'est raclé la gorge, et lui a fait ce que j'espérais qu'il ne ferait pas. Il s'est baissé et a appuyé sur un bouton de la console. Ma voix hésitante a jailli des haut-parleurs et j'ai tressailli en m'entendant répondre aux questions de Miss Brecken, avec assez de « hum » pour m'ôter une dizaine de chats dans la gorge. Il a appuyé sur un autre bouton, et le carnage s'est interrompu.

— Combien de temps avez-vous travaillé ?

— Trois heures, a répondu complaisamment Miss Brecken.

— Faites une pause déjeuner.

Miss Brecken n'a pas bougé.

— Allez-y. Je vais prendre le relais avec elle.

Oh non.

Non, non, noooooon.

Je me suis relevée d'un bond.

— Moi non plus, je n'ai pas déjeuné.

— Nous avons progressé, a poursuivi Miss Brecken. Vous auriez vu les premières prises.

Elle ne bougeait toujours pas et j'ai ressenti une envie irraisonnée de me cacher derrière cette femme que j'avais maudite pendant toute la matinée. Elle valait tout de même mieux que lui.

Il m'observait et semblait s'amuser de toutes les occasions qu'il allait avoir de pouvoir m'emmerder.

— Vous n'avez pas assez progressé.

Sa voix s'est faite plus dure et elle lui a cédé en faisant un signe de tête appuyé lorsqu'elle est passée devant la caméra, avant de se baisser pour récupérer son sac. La porte s'est ouverte, elle est sortie, et nous sommes restés tous les deux face à face.

—Vous voulez un sandwich ?

Il me regardait tranquillement, sans bouger, sans laisser transparaître le moindre sentiment.

—Non merci, ça va.

Malgré ma tentative avortée de partir déjeuner avec Miss Brecken, il m'était impossible de m'imaginer avaler quoi que ce soit. Mon estomac était un vrai sac de nœuds.

Il s'est penché et a éteint la moitié des spots d'une simple pichenette sur la console.

J'étais encore debout devant mon tabouret. J'ai reculé, mon talon a cogné un des pieds et je me suis rassise.

—Je vais couper cette caméra.

Il a appuyé sur tout un tas de boutons, d'une main très sûre. Il s'est déplacé sur le côté du pied de caméra avec une véritable assurance, il a attrapé un autre tabouret et s'est assis en face de moi, genoux ouverts, jean tendu à l'entrejambe, dans une position confortable. Il a relâché ses mains puis les a croisées devant lui.

—Sur quoi avez-vous travaillé jusqu'ici ?

—J'ai simplement répondu à des questions et regardé mes réponses sur…

J'ai désigné le moniteur en essayant de me rappeler le nom que Miss Brecken leur donnait.

—… l'écran, ai-je fini par dire.

—Est-ce qu'elle a abordé le jargon, la prononciation et les abstractions ? a-t-il demandé d'une voix douce.

Je me suis frotté les mains sur le devant mon jean. J'aurais dû le laver avant de le mettre. Il était trop rêche, trop rugueux.

—Hummm, sans doute. On a tout commencé en même temps.

—Vous n'avez pas à vous en faire pour le jargon. Vous êtes du Sud, c'est parfait ainsi. Nous n'avons pas intérêt à vous faire ressembler à ce que vous n'êtes pas.

—Elle m'a dit que je ne peux pas dire «vous tous».

Voilà une règle dont j'arrivais à me souvenir, même si je ne la respectais pas toujours.

Il a haussé les épaules.

—Vous pouvez parfaitement dire «vous tous». Peut-être pas si vous faisiez la promotion d'un thriller de SF, mais là, pas de problème.

—Bon.

—C'est votre prolixité qui risque de vous poser un problème. Il s'est penché en avant: ne parlez pas pour ne rien dire.

—Ouais.

J'ai tressailli.

—C'est vrai, je le fais.

—Ça n'est pas grave, on va travailler là-dessus.

—Ça n'est pas nécessaire. Je veux dire, vous êtes très occupé. Je peux travailler avec Miss Brecken.

Et j'ai hoché la tête avec enthousiasme, comme si c'était ma nouvelle meilleure copine.

Il a ignoré ma proposition.

—Vous n'avez pas à vous préoccuper des abstractions pour le moment. Mais les tics de langage, les «vous voyez» et les «euh»…

—Je sais. Et je me trémousse aussi, je tripote mes cheveux, je cligne trop des yeux…

J'ai arrêté avant que ma voix vire légèrement hystérique.

Je me suis assise. J'ai détourné la tête et je me suis concentrée sur un pull-over qui pendait à un pied de projecteur.

Il faisait froid là-dedans, une fois les spots éteints. Peut-être que je pourrais l'emprunter. Et mettre ainsi une couche supplémentaire entre Cole et moi, une bonne idée, non?

Il s'est levé et a un peu avancé son tabouret vers moi. Quand il s'est rassis, il n'y avait plus que quelques dizaines de centimètres entre nous.

—Summer, regardez-moi.

C'est ce que j'ai fait.

Ça n'était pas bien difficile, il était tellement proche. Et Seigneur, il était tellement beau! Tellement que ça faisait mal, comme quand on fixe le soleil. Sa force d'attraction était si puissante, si dangereuse que ça me faisait physiquement mal dans la poitrine. Il représentait quelque chose que vous ne pouvez pas avoir mais que vous désirez désespérément, sans le moindre bon sens, malgré le danger que cela comporte.

– Oubliez les règles et posez-moi une question.

Ça m'a fait oublier sa beauté, j'ai quitté des yeux la forme parfaite de sa mâchoire pour plonger dans ses yeux.

– Une des questions de la liste ?

Au bout de trois heures, je connaissais par cœur la liste de vingt questions de Miss Brecken.

Il a haussé les épaules.

– N'importe quelle question. Tout ce que vous voulez.

– Est-ce que vous souffrez ?

N'importe quelle question. Je pouvais poser la question que je voulais. D'où celle-ci était-elle sortie, je n'en avais pas la moindre idée.

Si je m'y étais attendue, j'aurais détourné mon regard pour lui laisser une chance de réagir de façon plus intime.

Mais je ne m'attendais pas à sortir ce genre de phrase, du coup je suis restée là, à le fixer, quand le coup l'a atteint.

Il n'y a pas eu des masses d'impacts.

Ses paupières se sont légèrement fermées, ses iris verts ont légèrement foncé, son cou s'est contracté pendant qu'il déglutissait.

– Qu'elle vous ait quitté… Je veux dire. Je veux juste…

J'ai enfin réussi à détourner le regard.

– Vous n'avez pas l'air si atteint que ça.

– Ne tournez pas autour du pot. Soyez plus concise.

Il a effleuré mon genou afin d'attirer mon attention.

– Et ne détournez pas le regard. Ça signifie que vous avez honte.

Honte.

Sans rire.

J'avais honte.

C'était une question beaucoup trop personnelle.

– Nadia et moi avons vécu longtemps ensemble. Chaque fois que vous perdez quelqu'un qui a fait partie de votre vie si longtemps, c'est douloureux. Mais je pense que c'était mieux ainsi. Elle est plus heureuse dans sa nouvelle relation, et c'est ce que je veux. Qu'elle soit heureuse.

Il m'a fait un petit sourire en haussant légèrement l'épaule en signe de résignation.

J'ai ressenti un désir pressant de le consoler. J'étais sur le point de m'avancer vers lui quand il s'est levé pour changer de position.

—Voilà ce que je dirais si un journaliste me posait cette question. Je me donne le beau rôle et ça braque les gens contre elle, l'air de rien.

—Est-ce que c'est la vérité ?

Encore une question personnelle. C'était comme s'il fallait que je fouille la plaie, encore et encore.

—Non. (Maintenant, c'est lui qui détournait le regard.) Je me sens très… bizarre, concernant Nadia.

Il a prononcé ces mots lentement, comme s'il les soupesait et déterminait la valeur de chacun d'eux.

—Je me sens… stupide. J'ai l'impression qu'elle s'est servie de moi. Je me sens très, très déstabilisé. (Il a relevé la tête et ses yeux m'ont fixée à nouveau.) Je ne sais pas si « souffrance » est le mot que j'emploierais.

—Je préfère cette réponse-ci.

Il a tordu la bouche.

—La presse aussi. La vérité, c'est toujours plus intéressant. Plus dangereux aussi.

Il n'a pas bougé, mais je jure qu'à la façon dont il m'a regardée, c'est comme s'il s'était rapproché.

—Avez-vous l'impression d'être plus proche de moi, à présent ? En sachant cela ?

—Oui.

—Si le public vous connaît, Summer, il vous détruira. Il ne peut pas s'en empêcher. C'est plus fort que lui. Les gens aiment tellement nos faiblesses, ils s'y accrochent, ils creusent plus profond, ils s'en régalent, ils les pillent, jusqu'à ce que nous, en tant qu'êtres humains, moi en tant que Cole et vous en tant que Summer, ayons disparu. Et la seule chose qui reste, c'est ce qu'ils désirent voir.

Ça semblait épouvantable.

Je m'étais inquiétée à l'idée de paraître stupide. Pas de me perdre.

J'ai avalé ma salive, ses paroles suivantes ont encore fait augmenter mon anxiété.

– À moi.

Il s'est frotté la lèvre inférieure en glissant son autre main sous son coude, tout en m'examinant.

C'était à son tour.

J'avais posé une question tellement personnelle. Qu'est-ce qu'il allait me demander ?

Probablement avec combien d'hommes j'avais couché.

Ou ma taille de soutien-gorge.

Ou ma position préférée.

Ou ma…

– Qui est votre acteur préféré ?

Mon esprit a eu un raté.

– Mon acteur préféré ?

– Oui.

– Genre pour sortir avec ? Ou celui que j'admire le plus ?

En haussant les épaules, il a répondu :

– Les deux.

Il y a cinq mois, j'aurais donné son nom, sans hésiter. Pas en tant qu'acteur que je respectais le plus, il fallait être un peu plus âgé pour ça, mais comme acteur le plus sexy… Cole Masten avait toujours tenu cette place dans mon cœur. C'était lui mon mètre étalon, c'est sa photo qui sortait en premier sur Google quand je tapais le mot « idole ».

– Hmmm…

Son regard s'est acéré et je me suis éclairci la voix.

– Pour ce qui est des acteurs que j'admire…

J'ai dégluti. Miss Brecken m'avait dit de déglutir chaque fois que je ressentais le besoin de meubler avec une expression bouche-trou. De respirer. Ou de boire une gorgée d'eau.

– Jake Gyllenhaal. Il était vraiment super dans *Night Call*, et Christoph Waltz. Et… Tom Hanks.

– Voilà une liste très intéressante.

Il m'a fait signe de continuer.

—Dans la série des acteurs que je trouve sexy… peut-être Chris Pratt ?

Je ne sais pas pourquoi je lui ai répondu par la forme interrogative.

Cole a haussé les sourcils.

—Chris Pratt ?

—Oui. Le type de *Parks and Recreation*. Il était chaud bouillant dans *Jurassic Parc*.

Cole a grimacé.

—Qui d'autre ?

J'ai essayé de penser à quelqu'un qui serait l'opposé de Cole.

—Jonah Hill, ai-je lancé à brûle-pourpoint.

Cole a eu un mouvement de la tête, je me suis empressée d'expliquer mon choix avant qu'il pose la question.

—Il est très doué. Et brillant. J'aime ça chez un homme.

—Et il est gros, a rétorqué Cole catégoriquement. Vous avez tout Hollywood et vous choisissez Jonah Hill.

—Il n'est pas… il est confortable.

—Et c'est ça que vous voulez ? Un type confortable ?

J'ai relevé le menton.

—J'ai répondu à votre question.

—En effet. (Il est descendu de son tabouret et est parti rallumer les spots halogènes. Leur lumière chaude et aveuglante m'a déstabilisée.) Et avec un seul « hmmm ». Poursuivons avec un peu plus de lumière, puis on redémarrera la caméra.

—Vous n'avez rien d'autre à faire ? Ça ne me paraît pas très utile que vous perdiez votre temps pour ça.

Je voulais qu'il parte, il était trop proche, trop décontracté. Nous deux, éclairés par toute cette lumière vive… c'était trop.

—C'est votre question suivante ?

Il s'est réinstallé sur son tabouret et a posé le bout de sa chaussure sur la barre du mien, comme pour nous connecter l'un avec l'autre.

J'ai levé les yeux :

−Non.

J'avais une autre question, une question qui me tarabustait depuis près de trois semaines, et maintenant, dans cette pièce vide, alors qu'il se taisait, les yeux rivés sur moi… c'était le seul moment où je pourrais jamais la lui poser.

−J'ai une autre question.

−Allez-y.

Sa voix s'était faite plus grave comme s'il savait où je voulais en venir, sans le moindre soupçon d'ironie. Je me suis préparée à sa réponse, mains jointes entre mes cuisses, assise sur le bord du tabouret.

−Est-ce que vous disiez la vérité quand vous avez dit que j'embrassais mal ?

CHAPITRE 53

Oh, quelle question innocente et naïve ! Personne ne devrait se dévoiler à ce point. Montrer ses faiblesses. Montrer qu'elle tient assez à l'opinion d'un homme pour lui poser ce genre de question.

Elle s'était ramenée, le matin après ce baiser, toute pétillante d'énergie et de gentillesse.

Elle l'avait alors convaincu qu'elle était passée outre.

Il était certain d'être le seul à y penser encore. À revivre cet instant. À s'y attarder.

Mais là, avec le tremblement de ses épaules, sa façon de laisser légèrement tomber les voyelles, il semblait clair que la douleur était toujours présente, qu'elle n'avait pas oublié.

– Voulez-vous une réponse de pro ou la vérité ?

Il avait posé cette question pour gagner du temps, les quelques secondes qui lui étaient nécessaires parce qu'il n'avait pas idée de ce qu'il devait lui répondre.

Pas idée de ce qu'il pouvait répondre qui ne le mettrait pas à nu, ou qui ne lui offrirait pas une ouverture.

Il ne fallait pas qu'elle ait une ouverture.

Pour l'instant, il avait besoin qu'on enveloppe son cœur dans du papier bulle et qu'on l'enferme dans six mètres d'acier.

À moitié, parce que c'était la condition pour que DeLuca bosse pour lui.

À moitié, parce que le raisonnement de DeLuca était le bon.

– La vérité.

Elle avait dit ça tout simplement, et il l'avait vue se redresser, reprendre des forces, prête à tout entendre, les épaules en arrière et le menton en avant.

Cette fille était un paradoxe vivant.

À certains égards, elle était la plus puissante des femmes qu'il avait jamais rencontrées, sa flamme, sa méchanceté, son indépendance étaient évidentes.

Mais elle était également la plus douce, la plus vulnérable qui soit.

Elle était allée trop loin, là, elle ressentait les choses trop fort. Elle aimerait trop violemment, donnerait trop librement. Ses actes dessinaient une véritable carte du Tendre menant à la destruction qui allait un jour démolir son esprit.

Son instinct lui soufflait de protéger cet esprit, de renforcer ses défenses… il avait envie, tout à la fois, de la jeter aux loups et de la séquestrer dans la tour du château.

C'était un combat intérieur qui rendrait fou n'importe quel homme.

C'était un combat intérieur qu'il n'avait pas besoin d'affronter pour l'instant.

Il laissa tomber son pied de son tabouret. Il tapa fort contre le sol, mais ça ne la fit pas sursauter.

Peut-être que finalement Miss Brecken lui avait déjà appris quelque chose. Ou peut-être qu'elle s'y attendait. Il se redressa et lutta contre l'envie violente de se pencher en avant, de poser ses mains sur ses cuisses et de l'embrasser, directement, là, d'une façon qui ne lui laisserait aucun doute sur l'effet qu'elle produisait sur lui.

Au lieu de ça, il lui offrit la seule chose qu'il pouvait lui donner.

Trois lettres.

— Non.

— Non ?

Elle répéta le mot du tac au tac, en haussant un sourcil par défi.

— Ne tournez pas autour du pot, soyez concise, lui rappela-t-il.

— Est-ce qu'être évasif fait aussi partie de la règle ?

Elle s'était levée, elle s'avançait vers lui, et merde, elle n'allait pas le laisser tranquille.

−Eh bien en réalité, oui. Chaque fois que vous pourrez être évasive, soyez-le.

Il replaça le tabouret contre le mur, là où il l'avait pris. Lorsqu'elle se retourna, elle l'observait en plissant les paupières.

−Vous fuyez chaque fois que vous êtes poussé dans vos retranchements, petit gars de la ville ?

−Je ne m'enfuis pas, j'ai d'autres choses à faire, comme vous me l'avez fait remarquer.

Il coupa tous les spots et se dirigea vers la porte, quand elle lui saisit l'avant-bras.

−Attendez !

Il s'arrêta, se retourna vers elle malgré ses bonnes résolutions, le visage impassible, le résultat de deux décennies d'entraînement.

−Oui ?

−Merci.

Elle se mit à rougir et enfouit ses mains dans ses poches arrière.

−Ça doit vous paraître stupide, mais j'avais besoin de savoir. C'est juste que… vous savez… ça fait un bail.

−Que vous n'avez pas été embrassée ?

Non, non, ce n'est pas ce qu'elle avait voulu dire. Elle devait parler de son compliment.

Sauf que… à l'instant où il avait prononcé ces mots d'un air incrédule, il avait compris que c'était la vérité.

Cela faisait longtemps qu'on ne l'avait pas embrassée.

Comment était-ce possible ?

Ainsi, dans ces petites villes, les gens ne passaient pas leur temps à baiser et à cultiver leurs champs ?

Comment, avec son physique, avec sa façon d'être, était-il possible que personne ne l'ait embrassée chaque jour, sans arrêt, qu'il n'y ait pas une foule de prétendants qui faisaient la queue devant chez elle en attendant d'être renversés comme des dominos ?

Et que signifiait « un bail » ?

Elle a cligné les yeux et un éclair de colère a traversé son visage avant qu'elle se détende à nouveau.

— Merci pour votre aide, a-t-elle dit froidement.

— Je vais parler à Casey, le patron de Miss Brecken, pour voir si on peut vous éviter de parler à la presse.

— Parce que je suis trop nulle.

— Sans vouloir vous vexer, oui. Vous êtes trop nature, pour l'instant.

Elle a hoché la tête, s'est reculée un peu et il a failli suivre le mouvement.

— Donc… je peux y aller ? Plus de media training ?

— Pas pour l'instant. Avez-vous rencontré votre coach ?

— Il arrive la semaine prochaine. Je pensais que ce serait cette semaine, mais…

Cole l'a coupée d'un geste de la main.

— C'est bon, ne vous en faites pas pour votre jeu. Ça n'aura rien à voir avec ces trucs de médias. Les interviews, c'est en live. Vous ne pouvez pas recommencer. Alors qu'on peut faire des centaines de prises, si nécessaire. Et pour les répliques, votre rôle… il suffit que vous soyez vous-même.

— Mais je croyais que c'était la même chose pour le media training, qu'il fallait être soi-même.

Il sentit un vent de panique dans sa voix. Il jeta un coup d'œil derrière son épaule en faisant une pause dans sa fuite devant la justesse de cette dernière remarque.

— Non, country girl. À Hollywood, en dehors des plateaux, vous ne pouvez pas être vous-même. Vous ne pouvez pas être faible, être honnête et vous ne pouvez pas être authentique. Pas si vous voulez survivre.

— Mais alors, que devenez-vous ?

Elle avait posé la question en le regardant bien en face, d'un ton calme, pas du tout accusateur. Ses paroles flottaient dans l'air entre eux deux.

Alors, il fit demi-tour, ouvrit la porte et sortit dans le couloir, puis referma bien derrière lui. Il aurait pu lui donner un million de réponses, mais il était incapable de faire le tri entre les conneries et la vérité.

CHAPITRE 54

UNE SEMAINE PLUS TARD

Ce jour-là, dans l'allée, il aurait dû acheter ce téléphone portable à Summer. Il aurait dû la jeter sur son dos et la déposer sur le siège passager de sa camionnette, l'attacher et l'emmener en ville.

Il n'aurait pas dû la laisser le titiller et le mettre en colère. Il n'aurait pas dû laisser passer ce moment d'éventuelle productivité. Maintenant, alors qu'elle ne répondait pas au téléphone, cette erreur lui paraissait de plus en plus évidente.

Cole essaya de la rappeler, debout devant le comptoir de sa cuisine, son téléphone sans fil à la main.

Et encore.

Et encore.

— Tu l'as eue ?

Don entra dans la cuisine, son stylo coincé derrière l'oreille, un paquet de feuilles à la main.

Cole se retourna en se rappelant soudain la véritable raison de son appel. C'était pour qu'elle se ramène. Ils avaient besoin de voir ensemble les changements du scénario et lui donner la bonne version.

— Non, murmura-t-il, sa ligne ne répond pas. (Il reposa le combiné sur sa base.) Je vais aller la chercher.

Don jeta un coup d'œil à sa montre.

— Bon. Mais là, j'ai un rencard téléphonique avec Eileen pour revoir le dernier budget. Tu veux attendre, en discuter avec nous avant d'y aller ?

— Non.

Cole se pencha pour attraper un cracker qu'il tendit à Cocky.

— Tu prends ce coup de fil, moi je vais la chercher.

Cocky l'ignora et trottina vers le salon. On pouvait parfaitement voir sa peau toute rose entre ses plumes blanches.

Ça avait fait paniquer Cole, il avait songé à l'emmener chez le véto du coin avant de réfléchir et d'enquêter sur Google.

Apparemment, c'était tout à fait normal. La chute du duvet arrivait quand les plumes définitives se mettaient à pousser.

Mais même à moitié chauve et tout dégingandé, c'était un très bel oiseau, et il serait encore plus beau quand toutes ses plumes auraient poussé.

D'après Google, c'est ce qui allait se produire dans les semaines suivantes.

Il jeta un coup d'œil à Don, mais celui-ci lui tournait le dos à la table de la salle à manger, son téléphone collé à l'oreille.

Cole attrapa ses tennis, il enfila la première. Pas la peine de prendre la camionnette pour aller si près. Il tira sur son tee-shirt. Il allait courir jusque chez elle et frapper à sa porte. L'engueuler à propos de son téléphone et la ramener pour qu'elle voie Don. À supposer qu'elle n'ait pas une veste afghane à crocheter ou un puits à creuser, qu'est ce qu'elle pouvait bien avoir à foutre à neuf heures trente du matin ?

*
* *

Dormir.

C'était apparemment ce que Summer Jenkins faisait à neuf heures trente, un mercredi matin.

Cole était debout près d'elle, les mains sur les hanches, et la dévisageait.

Correction : dormir comme un sonneur.

Il avait presque paniqué quand il était arrivé. Sa camionnette était garée là, avec les clés sur le démarreur. Il avait jeté un coup d'œil, puis avait grimpé les marches de devant, avait frappé à la porte et avait attendu, appuyé contre le mur. Il n'avait pas eu de réponse, il n'y avait pas de sonnette, les rideaux de devant étaient tirés. Il avait frappé à nouveau, plus fort, avait fait tout le tour de la maison. Après une troisième série de coups, il avait essayé de tourner la poignée de la porte. Elle était ouverte. Comme la camionnette. Visiblement, les gens du coin faisaient tout leur possible pour être agressés.

Il avait entrouvert la porte et l'avait appelée. La maison était restée silencieuse devant lui, lumières éteintes. Pas de réponse. Alors, l'angoisse montant, il s'était décidé. La première porte qu'il avait ouverte était celle de sa chambre.

Elle était là, allongée dans son lit. En slip rouge. Entre ça et sa robe, elle allait réussir à lui faire détester cette couleur.

Elle était allongée sur le ventre, les bras relevés autour de sa tête, un genou plus haut que l'autre. Ses fesses splendides s'offraient à lui. Il pouvait l'admirer sans se faire surprendre. Ses yeux pouvaient détailler les lignes de son corps sans se faire remarquer.

Il pouvait adorer Summer pendant un long moment.

C'est ce qu'il fit, là dans sa chambre à coucher, en notant tous les détails possibles pour pouvoir les garder à l'esprit.

La tache de rousseur à l'arrière de son bras droit. Le bronzage sur ses jambes qui s'effaçait plus on remontait, jusqu'à disparaître en haut de l'arrière de ses cuisses. Les fossettes dans son dos, presque invisibles, recouvertes qu'elles étaient par un débardeur blanc très léger.

Il avait envie de la réveiller. Il avait envie de rester là pour toujours, à la regarder.

Il avait envie de faire demi-tour et de rentrer, puisqu'apparemment elle était en sécurité et que son comportement aurait pu l'expédier en taule.

Prendre une décision n'avait jamais été son fort.

CHAPITRE 55

Il faisait tout le temps chaud chez nous, le matin. Notre maison date de 1904. C'était la bicoque d'un métayer de la plantation Holden. Elle avait été construite à même le sol, orientée vers l'ouest, pour recevoir le soleil du matin. Cela devait être super pour des cueilleurs de coton qui se levaient à cinq heures du matin, mais pour ma mère et moi, c'était une vraie galère.

Plus pour moi que pour ma mère.

Elle était debout à sept heures, dans sa voiture à huit et au boulot à huit heures quinze.

Mais moi, j'aime bien dormir.

Quand le téléphone s'est mis à sonner vers neuf heures, j'ai repoussé les draps trop chauds, je me suis retournée dans mon lit et j'ai tendu la main vers mon téléphone, posé sur ma table de nuit.

Il y a eu un bruit de chute, mon geste avait été un peu trop énergique, et le téléphone a arrêté de sonner. J'ai replongé dans le sommeil.

Un raclement de gorge m'a réveillée.

Une gorge masculine.

J'ai ouvert les yeux, j'ai d'abord vu mes draps jaunes et je me suis lentement retournée.

Cole se tenait au pied de mon lit. Sans chemise. En short de course noir. Il me fixait.

J'ai fermé les yeux et j'ai essayé de me rappeler ce que je portais pour dormir.

J'ai senti quelque chose me toucher le pied et j'ai rouvert les yeux.

Cole se penchait en avant, une main posée sur mon pied. Il s'est redressé quand nos yeux se sont rencontrés.

—Summer, a-t-il dit tranquillement, ce qui était stupide, puisque nous nous regardions dans le blanc des yeux.

—Qu'est-ce que vous faites dans ma chambre ?

Il fallait que je baisse les yeux pour voir… Oh, mon Dieu… J'étais en slip et en débardeur.

J'ai regardé Cole, il me matait, mâchoire serrée. Son regard a suivi le mien. D'un doigt, il tapotait machinalement sa hanche.

—Vous n'avez pas répondu quand j'ai frappé, votre porte d'entrée n'était pas fermée à clé et votre ligne est occupée…

Il a craché ces phrases sans me regarder en face. Ses yeux étaient rivés sur mon corps. J'ai bougé légèrement quand je me suis rendu compte que l'entrejambe de son short large se tendait.

Gonflait.

Depuis trois ans, je n'avais pas été touchée, pas été embrassée, à part ce baiser catastrophique dans la cuisine, et cet homme, ce dieu du sexe qui avait eu Nadia Smith, bandait pour moi.

Penser à sa femme m'a coupé tout désir et j'ai roulé sur le côté pour éviter d'écarter les cuisses en tentant d'oublier cette expression de désir sur son visage et le gourdin dans son short.

Car, bordel, j'avais été sur le point de le faire, d'inviter Cole Masten, mon partenaire, à me rejoindre au lit. J'ai cherché mon drap, quelque chose pour me couvrir, parce que j'avais le cul *juste* sous ses yeux à présent. Je n'ai rien trouvé, je me suis immobilisée, j'ai arrêté de respirer parce que j'entendais sa respiration à lui, lourde et haletante, dans la pièce. Et, *oh ! non de non*, c'était vraiment sexy.

Le lit a glissé le long de mon genou droit, puis de mon genou gauche. Et j'ai senti un tissu frotter doucement sur ma plante de pied — son short… et c'était tellement érotique. J'ai failli gémir.

—Que faites-vous ? j'ai haleté, lorsque des doigts se sont mis à glisser lentement sur mon genou droit, puis tout le long de ma cuisse, pour dériver doucement sur la courbe de mes fesses.

—Chuuut… a-t-il chuchoté. Pour une fois, Summer, tais-toi.

Je n'ai pas répondu, parce que sa main était entièrement posée sur ma peau. Elle a glissé sous mon slip en coton et s'est mise à pétrir ma peau nue, en la malaxant si fort que j'ai haleté en me redressant. Son autre main m'a repoussée sur le matelas.

—Ne bouge pas. Ne pense à rien. Je t'en en prie. J'en ai besoin.

—Nadia.

J'ai haleté son nom, ce fut mon unique protestation et sa main s'est immédiatement immobilisée sur mon cul.

—Summer.

Il s'est penché un peu plus en avant, et ce changement de position a poussé son érection contre mes pieds. Sa main s'est faite plus ferme sur mon cul et j'ai senti son souffle chaud dans ma nuque quand il s'est mis à parler doucement.

—Je mourrai heureux si je n'entends plus jamais ce nom. Elle n'a aucune raison d'être partie prenante dans ce que nous sommes en train de vivre.

—Mais…

Ma protestation mourut lorsque ses lèvres se posèrent sur ma nuque et que ses dents accompagnèrent son baiser d'une petite morsure ultrasensuelle.

—Pour l'amour du Ciel, Summer, si tu veux que je m'arrête, il faut me le dire tout de suite.

Lui dire d'arrêter. C'était impossible.

Il a écrasé son bassin contre mes pieds qui sans que je réfléchisse un instant, se sont mis à masser son gros bâton si dur.

—Oui… a-t-il sifflé.

Sa bouche a abandonné ma nuque, il a reculé, et sa main est lentement descendue le long de mon dos. L'autre a remonté ma cuisse, a glissé sous ma culotte, et toutes deux ont pétri mes fesses.

Il semblait vouloir prendre tout son temps, et j'ai ravalé un gémissement quand il a serré et s'est mis à dessiner des petits cercles de haut en bas. Ma chatte a aussitôt réagi à ces mouvements. Le tissu de ma culotte était tendu à l'extrême par ses grandes mains, chaque friction ravageait un peu plus ma volonté défaillante.

Comment pourrais-je me remettre de ça ?

Comment un homme pourrait-il jamais rivaliser ?

Il s'est mis à parler, d'une voix rauque et incontrôlée, et j'ai perdu le peu de raison qui me restait en l'entendant me dire :

— Summer, que va-t-il se passer si mes mains descendent un peu plus bas ? Si je glisse mes doigts entre tes jambes ?

J'ai senti la pression quand l'une d'elles a bougé et s'est mise à me titiller. Ses doigts glissaient le long de mon cul, encore plus bas, ils y étaient presque.

J'espère qu'il n'attendait pas de réponse, parce que j'étais incapable de parler, ou de penser, ou quoi que ce soit.

— Je suis sur le point de découvrir à quel point tu désires ma bite.

Il a grondé ce dernier mot, et j'ai presque sursauté à son contact, j'avais une envie folle de lui, j'ai crié, mes jambes tressautaient sous son poids, j'ai essayé de ramper en haut du lit, j'éprouvais un désir incontrôlable de me mettre à quatre pattes, le cul en l'air, prête pour lui, folle de lui.

— Non.

Il m'a maintenue en place en appuyant ses genoux contre moi pour m'empêcher de grimper. Un doigt dur a glissé le long de la raie de mes fesses et plus loin, entre mes jambes, et il s'est mis à jurer dans la pièce silencieuse. Je l'ai accompagné avec un gémissement sourd.

— Tu mouilles autant pour tous ces p'tits gars de la campagne ?

Ses doigts glissaient dans l'humidité de mon sexe, j'avais une envie folle d'écarter les cuisses. Il m'a donné un peu d'espace, mes genoux se sont ouverts, j'ai serré mes pieds très fort autour de sa queue raide et il s'est mis à gémir, un gémissement profond et suppliant qui a fait grimper mon désir en flèche, l'a embrasé. Ma surprise initiale de découvrir qu'il bandait tellement fut remplacée dans ma tête par le besoin irrépressible de le posséder tout de suite, sur-le-champ, parce que sans ça, je le jure, j'allais mourir.

Il n'a pas écarté mon slip. Il ne l'a pas arraché non plus. Il s'est juste déplacé, avec des mouvements lents et patients, entre mon cul et mon con, encore et encore, tout en soulevant mes hanches encore plus haut. Le visage écrasé contre le drap, j'ai perdu toute maîtrise de moi.

Je l'ai supplié d'aller plus bas, d'aller plus loin.

– Seigneur, Summer, j'ai tellement envie de te goûter, murmura-t-il en baissant la tête et en mordant tendrement ma fesse gauche. J'ai envie de te retourner pour enfouir ma tête entre tes jambes et te baiser avec ma bouche. Je veux te faire crier mon nom et te faire jouir entre mes lèvres, jouir du moment où tu vas complètement perdre les pédales.

– Fais-le alors. Ferme-la et fais-le, l'ai-je défié.

Je lui ai dit de la fermer, mais chaque mot, chaque phrase qu'il avait prononcés, je les avais convoités. Je pouvais détester ce type, l'expédier au diable, mais sans le moindre doute, il était d'une incroyable beauté. Son corps était un appel au vice, son sex-appeal une vraie drogue.

Et voilà qu'il était là, dans mon lit, et qu'il me caressait.

Moi et ma peau qui n'avait pas été caressée depuis si longtemps, qui en demandait toujours plus, avec ce besoin violent qui pulsait en moi.

– Je n'en peux plus.

Sa voix se brisa sur ces mots, ses doigts agrippèrent frénétiquement mes hanches et les soulevèrent, puis baissèrent mon slip trempé, et soudain je me retrouvai nue devant lui, penchée en avant. L'air brassé par le ventilateur caressait mes parties les plus intimes.

– Où sont tes capotes ? a-t-il grincé.

J'ai tenté de reprendre très vite mes esprits.

Les préservatifs n'étaient un genre de truc que j'avais l'habitude de stocker, et je ne pouvais pas penser à autre chose qu'a sa queue qui me pénétrait.

– Je n'en ai pas… s'il te plaît… simplement, s'il te plaît…

Il n'a pas posé de questions. Il n'a rien fait d'autre que de baisser son short d'un coup sec et il m'a pénétrée, tout simplement.

À cet instant, à cette poussée, j'ai perdu tout contrôle, je suis devenue sienne.

Il a susurré mon nom, s'est enfoncé entièrement en moi et a attendu le temps d'une profonde respiration.

– Tu te sens bien ?

Ses mots étaient indistincts, contraints, il parlait entre ses dents et j'ai hoché la tête, incapable de lui répondre, incapable que j'étais de faire quoi que ce soit d'autre à partir de cet instant que de vénérer Cole Masten.

– Bon, a-t-il grommelé, parce que je suis sur le point de t'envoyer en enfer.

Il avait tort.

Ce n'était pas l'enfer.

Ça n'avait rien à voir avec l'enfer.

C'était un putain de paradis, sublime, avec ses mains accrochées à mon cul, ses pompes rapides et puissantes, à peine contrôlées, dont le rythme rapide, parfait, m'entraînait là où le sexe ne m'avait jamais emportée, vers une plénitude qui m'a prise complètement par surprise et a tendu mon corps comme un arc, qui m'a fait enfoncer mes doigts dans mon matelas. Mon monde a disparu, remplacé par son paradis et mon enfer.

J'ai joui, j'ai hurlé son nom, il m'a prise dans ses bras, m'a attirée contre sa poitrine, il a posé ses lèvres dans mon cou pendant ses dernières poussées, ses mains ont soulevé mon tee-shirt pour attraper mes seins.

Il s'est retiré au dernier moment, a roulé sur le côté, m'a serrée et a joui dans mon dos en gémissant mon nom, comme s'il craquait. C'était chaud et mouillé.

Je me suis retournée, sans aucune raison, et d'une seule poussée, je l'ai introduit en moi en l'embrassant sur la bouche.

Je me suis remplie de son sexe, et j'ai ressenti les derniers tremblements de la jouissance lorsque ses mains se sont agrippées à moi et qu'il m'a maintenue contre sa poitrine en haletant contre ma bouche. Son baiser était avide, violent et ardent, les mouvements de ses mains presque incontrôlés, elles me serraient, me palpaient, glissaient sur moi pendant qu'il goûtait mes lèvres.

Il était diabolique.

Mais son corps, sa queue, quel effet avaient-ils sur moi ?

C'était le paradis.

Et lorsque j'ai enfin lâché sa bouche, que je me suis retirée, je n'étais pas certaine de savoir comment gérer ça.

Je me suis enroulée dans le drap et j'ai regardé fixement le plafond. Mille et une questions me venaient à l'esprit.

Pourquoi était-il venu ?

Pourquoi m'avait-il touchée ?

Était-ce autre chose que la réalisation d'un simple besoin naturel ?

Que pensait-il de moi, maintenant, et qu'est-ce que ça allait changer à notre relation ?

J'étais une fille du Sud.

Nous étions toutes faites pour aller au paradis.

Même si c'était le dernier endroit auquel je pouvais prétendre.

CHAPITRE 56

Brad DeLuca allait le tuer. Cole en était certain.

Il allait atterrir, serrer son cou de super-privilégié entre ses grosses mains et l'étrangler.

Et Cole mourrait avec le sourire.

De ça aussi il était certain.

Parce que ce qui venait de se produire avait ravalé son obsession concernant Summer au rang de fantasme d'adolescent.

Ce qui venait de se produire était un déclencheur de changement et, rien que pour ça, ça valait la peine de monter sur l'échafaud.

Ce qui venait de se produire avait validé l'intérêt qu'il avait eu pour Summer, et l'avait multiplié par cent.

La pénétrer avait été une expérience totalement différente que de faire l'amour avec Nadia… avec n'importe qui d'autre.

Il fixait le plafond en tentant de mettre le doigt sur la raison d'une telle différence.

Il essayait de comprendre comment une fille aussi exaspérante pouvait avoir un corps avec lequel le sien se sentait tellement en harmonie.

Elle s'est retirée et s'est assise sur le lit, son débardeur blanc remonté dans le dos. Il s'est étiré et l'a baissé délicatement en lui caressant le dos. Son contact lui a manqué à l'instant même où elle s'est redressée et mise debout.

— C'était une erreur.

Elle a récupéré son slip, ce putain de slip rouge, et s'est baissée pour l'enfiler. Ses yeux ont glissé sur sa peau, son cul, sa chute de reins.

— Tu devrais en prendre un autre. (Il a attrapé son short, il se sentait nu subitement.) Celui-là est un peu humide.

Il a souri et elle a semblé ne pas comprendre sa vanne. Elle s'est relevée et s'est retournée vers lui, les bras croisés sur sa poitrine sublime.

Il a subitement réalisé ce qu'elle venait de dire.

— Ce n'était pas une erreur. C'était, c'était… (Elle a levé les mains en l'air.) Stupide.

Il a suivi son exemple, est descendu du lit et s'est dirigé vers elle pendant qu'elle tentait de le maintenir à distance, à bout de bras. Il s'est arrêté.

— C'est un truc habituel chez toi de psychoter après avoir baisé ?

Elle a tressailli comme si on l'avait giflée et il a pensé, l'espace d'un instant, qu'il aurait mieux fait de se taire. Mais il avait un mal de chien à surveiller ses paroles avec elle.

Peut-être avait-il laissé les autres parler pour lui pendant trop longtemps.

Ou peut-être était-elle le genre de femme qui rendait les hommes fous.

— Je ne… baise personne, bouillit-elle, le visage sombre, avec cette force qu'il respectait. Et je ne psychote pas. Pardonne-moi si je ne veux pas continuer à faire des câlins à mon partenaire.

— Partenaire ?

Il se mit à rire, mais ressentit la pique au plus profond de ses tripes. Il ne pourrait pas supporter d'être rejeté, pas maintenant, pas avec Nadia encore si présente, si récente.

Peut-être que DeLuca avait raison. Peut-être que ses règles à propos du célibat concernaient bien autre chose que la simple réputation de Cole. Peut-être que Summer avait raison, que tout ça était une erreur.

— Tu ne te prends pas pour de la merde, hein ?

Elle s'est approchée d'une commode blanche et bringue-balante appuyée contre le mur.

— Wouah ! Et toi, tu es vraiment un connard.

Elle a ouvert le tiroir du bas et en a sorti un short, sans qu'il comprenne comment les choses avaient pu si mal tourner.

Peut-être qu'il devrait améliorer ses relations sociales d'après baise. Il n'en avait pas eu besoin avec Nadia, pendant ces six dernières années.

Quant à ses expériences après... ces filles étaient trop occupées à prendre un selfie avec lui pour avoir la moindre conversation. Surtout pas ce genre de conversation.

– Summer...

Elle a enfilé son short. Ses tétons étaient visibles en transparence sous son débardeur.

Il l'a matée, elle a surpris son regard et s'est mise à rougir. Elle s'est penchée vers un autre tiroir dont elle a sorti un tee-shirt.

– J'ai raté quelque chose ? demanda-t-il en essayant désespérément de comprendre la raison du problème. J'ai fait ou dit quelque chose qui t'a énervée ?

– Tu es marié.

Elle a craché ses mots en enfilant son tee-shirt, pendant qu'il se rinçait l'œil une dernière fois avant qu'elle couvre ses seins d'un truc rose vif célébrant l'année 2002.

– Ma femme est mariée et ça ne l'a pas empêchée de baiser avec la moitié d'Hollywood.

Sa réponse était sortie, crue, sur un ton aigri. Elle s'est retournée vers lui. Ses yeux fulminaient. Il se rendit compte, avant même qu'elle ouvre la bouche, qu'elle l'avait mal compris.

– C'est comme ça le mariage là-bas ? Elle te trompe, alors tu la trompes ? Et tout le monde rentre à la maison, bien content ?

Soudain, ils furent deux en colère dans cette pièce. Il se leva lentement en prenant une profonde inspiration pour tenter de se maîtriser.

– Du jour où j'ai rencontré Nadia, je n'ai jamais embrassé, je n'ai jamais passé la nuit avec une autre femme. Pas avant qu'elle me fasse porter les papiers de notre divorce. Peut-être qu'elle a agi ainsi, mais pas moi.

Il s'est tourné pour lui faire face et a baissé d'un ton.

– Ça te dérange que je sois marié ? Crois-moi, je n'ai qu'une hâte, c'est d'en finir. Et sache que ma femme se fiche bien de ce que je fabrique.

—Navrée de t'avoir fait de la peine et d'avoir tiré des conclusions hâtives. Mais il n'empêche, tu es encore marié. Et apparemment, tu ne perds pas de temps pour passer de l'une à l'autre.

Elle s'est avancée silencieusement, pieds nus, vers la cuisine. Ses mains semblaient toujours en colère malgré ses excuses quand elle a attrapé la machine à café, qu'elle a versé de l'eau dedans, puis a ouvert et refermé en faisant claquer plus de placards que nécessaire à la recherche d'une tasse à café.

Il l'a suivie en tentant de lui parler, pour comprendre à quel moment elle s'était fait une si mauvaise opinion de lui.

—Passer d'une femme à l'autre ? Bébé, il ne s'agit pas de…

—Je ne suis pas *ton* bébé.

Elle a attrapé un mug vert pomme et a claqué si fort la porte du placard qu'elle l'a cassée. Celle-ci s'est mise à pendre, uniquement retenue par une charnière sur deux. Elle l'a regardée en clignant des yeux, bouche pincée.

—Je ne t'apprécie *même* pas.

—Je…

Tout ce qu'il disait tombait comme un cheveu sur la soupe, la tension qui irradiait de tout son corps le démolissait, il a reculé en prenant sa tête dans ses mains.

Je ne t'apprécie même pas.

Ça ne comptait pas quand ça venait d'un inconnu, des critiques, des fans qui n'avaient pas obtenu leur autographe.

Mais venant d'elle, c'était différent. Ça le piquait. Ça le piquait si fort qu'il dut reculer, mettre une certaine distance entre eux.

—S'il te plaît, va-t'en, Cole.

Ses mots étaient hachés. Ils emportèrent son cœur avec eux, un mélange indistinct de regrets se déversa depuis une montagne glacée d'aversion.

C'était le problème avec ce qu'ils venaient de faire.

Parce que, peu importait que ça ait été génial, ça n'avait pas été fait sur une base solide d'amitié, de compatibilité ou de respect.

C'était arrivé entre deux personnes qui ne s'appréciaient même pas.

Il avait agi selon son désir, pour une des premières fois depuis leur rencontre désastreuse.

Il a fait demi-tour, a traversé le petit salon, a ouvert la porte d'entrée et est sorti sur le porche. Quand ses chaussures de tennis ont touché la terre, il s'est mis à courir. Et il lui est apparu, au fur et à mesure qu'il s'éloignait de Summer pour se rapprocher de chez lui, que fuir était la seule chose qu'il réussissait à faire. Il avait fui les nombreuses allusions qu'il avait ignorées tout au long de son mariage avec Nadia. Il avait fui à Quincy, loin des tentations de L.A. Il fuyait cette blonde derrière lui, dans sa petite maison si douillette, et ses yeux qui lisaient en lui et n'appréciaient pas ce qu'ils découvraient.

CHAPITRE 57

Mon brillant avenir à Quincy prit fin la nuit de mon dîner de répétition[27].

Il avait lieu à la Chart House, ce qui signifiait, pour les gens de Quincy, le top du chic.

Mais la famille de Scott, c'était les Thompson, l'une des 67 du Coca-Cola, pour qui les événements spéciaux signifiaient un minimum de faste. Le mariage de leur fils en faisait partie.

Le dîner de répétition, ainsi que toutes les factures concernant notre mariage, étaient discrètement acquittés par les Thompson.

Elles n'avaient pas besoin d'être réglées aussi discrètement, parce que tout le monde en ville savait pertinemment que maman et moi n'avions pas un sou et qu'eux en avaient à revendre, mais c'était le genre de choses dont personne ne parlait.

J'ai tout découvert, pour Scott et Bobbi Jo, deux nuits avant le dîner de répétition.

J'aurai dû l'annuler, discuter avec Scott entre adultes raisonnables et rompre.

Mais je n'ai pas été raisonnable. J'ai voulu leur donner une leçon. À eux tous.

Je me rappelais encore, quand tard dans la nuit, la ruine du dîner était presque consommée, le bruit des pas des quelque trente personnes frappant le parquet marqueté de la Chart House, dans leur fuite.

Pendant tout ce temps, j'étais restée assise sur ma chaise, une coupe de champagne à la main, je souriais.

---

27. Dans les pays anglo-saxons, la tradition veut que, la veille d'un mariage, ait lieu un « dîner de répétition », généralement plus intime que celui du lendemain.

J'avais porté un toast à mon avenir, ou plutôt à mon absence d'avenir, et j'avais bu une dernière gorgée.

C'est à ça que j'ai pensé en observant, à travers la fenêtre du salon, Cole Masten qui descendait l'allée en courant d'une foulée maîtrisée.

Et contrairement à Scott, il n'a pas tourné la tête une seule fois.

Cette fois, je n'ai pas souri.

Si j'avais eu du champagne, je l'aurais recraché.

CHAPITRE 58

—Où est Summer ?

Don Waschoniz a levé les yeux de la table de la salle à manger où il avait étalé ses papiers jusqu'à recouvrir complètement le bois d'ébène.

—Elle ne vient pas, a lancé Cole, tout essoufflé, une main sur ses genoux.

Il avait poussé un sprint sur quatre cents mètres en rentrant de chez Summer, en forçant à mort sur ses jambes et en accueillant la douleur dans sa poitrine et ses poumons, en en appréciant la brûlure dans ses muscles.

—Elle ne vient pas ? (Don s'est levé en remontant ses lunettes sur son front.) Tu es allé là-bas ?

Cole a ignoré la question et est allé ouvrir le réfrigérateur. Il a longuement hésité devant le choix qui s'offrait à lui et, tant pis s'il était trop tôt, il a fini par prendre une bière. Il a couru à la salle de bains. Cocky, debout sur le bord de la baignoire, a sauté par terre en le voyant. Il était peut-être temps de l'installer à l'extérieur et de lui construire une cage. Ce n'était plus un poussin, il atteignait déjà les genoux de Cole. Il siffla et fit demi-tour, Cocky sur ses talons. En se retournant, il heurta Don.

—Pourquoi est-ce que Summer ne vient pas ? On a besoin d'elle pour voir les changements ensemble.

—Pourquoi ? demanda Cole avec brusquerie en frappant violemment sa bouteille de bière contre le plan de travail, ce qui fit sauter le bouchon.

—Pourquoi ? a répété Don. C'est toi qui as insisté pour l'embaucher. C'est toi qui m'as vendu l'idée d'une actrice non professionnelle sur ce coup-là.

– J'ai eu tort. (Cole a ouvert la porte de la cuisine et a fait sortir Cocky en buvant une gorgée de bière.) On n'a pas besoin d'elle.

– Tu en es sûr ?

Don posa ses mains sur le plan de travail et tenta de croiser le regard de Cole.

– Il s'est passé quelque chose ? Parce que s'il y a un problème entre vous deux, j'ai besoin de le savoir. Je ne peux pas diriger ce que je ne comprends pas.

Cole s'est mis à glousser en avalant une autre gorgée de bière.

– Eh bien, bonne chance, Don. Je ne crois pas que quiconque puisse comprendre cette fille.

– Donc, *il y a* un problème.

– Non, pas le moindre problème, a répondu Cole sur un ton catégorique.

Il a terminé sa bière et l'a reposée avec un bruit sourd sur le comptoir.

– Allons-y. Je veux avoir terminé cette merde avant le coucher du soleil.

Aucun problème du tout ?

C'était un peu un mensonge quand même. Il y avait un problème entre Summer et lui. Il ne savait pas ce que c'était, c'est tout.

Je ne t'apprécie même pas.

Cette phrase résonnait dans sa tête, encore et encore.

Elle avait pourtant eu l'air d'apprécier ça, à en croire les réponses de son corps, les sons qu'elle avait émis… mais il y avait une différence entre apprécier un contact et apprécier quelqu'un.

Et il ne savait même pas s'il avait envie qu'elle l'apprécie.

Il n'avait pas vraiment fait ce qu'il fallait pour ça, il avait caché tous ses bons côtés derrière une muraille d'hostilité et de sarcasme. Il l'avait attirée physiquement, comme à son habitude. Ensuite, il s'était passé la même chose que si elle l'avait apprécié, lui qui n'était pas digne de vivre une nouvelle relation, lui qui avait ses propres merdes à gérer avant de pouvoir comprendre quelqu'un d'autre, lui qui... s'il montrait ses bons côtés et était rejeté, n'arriverait pas à s'en remettre.

Don resta muet et Cole fit demi-tour, il retourna à la salle à manger pour fuir cette conversation.

CHAPITRE 59

– Vas-y, dis-moi que je suis une imbécile.

Je me suis penchée en arrière dans mon rocking-chair et j'ai posé mes pieds sur la rambarde. J'avais une bière à la main, la moitié de l'étiquette était déjà arrachée.

– Tu n'es pas une imbécile.

Ben s'est assis avec grâce dans le fauteuil à côté du mien. Il a bu une petite gorgée d'eau glacée et a remis ses lunettes de soleil en place sur son nez.

– Je suis une idiote. Je… J'ai fermé les yeux. Je ne peux même pas te raconter les trucs que je lui ai dits. C'est trop embarrassant.

– C'est Cole Masten, Summer. Ne t'en fais pas pour ça. Il a probablement déjà entendu des choses que ton tendre petit cerveau ne peut même pas imaginer.

Ses commentaires ne me remontaient pas le moral. C'était même tout le contraire. Comme si je n'étais qu'une pauvre fille parmi des milliers, qui n'avait pas pu résister à son sex-appeal.

– Tu pars quand ?

J'ai pris une autre gorgée en regardant dehors, à travers champs, vers sa maison, vers sa stupide camionnette rouge et la voiture de location de Don, garée à côté.

J'avais vraiment hâte que le tournage commence, pour qu'il passe ses journées ailleurs qu'ici.

Encore une pensée débile.

Le tournage nous mettrait l'un en face de l'autre, parole contre parole.

– Pas avant la semaine prochaine. Ta caravane arrive cet après-midi. Vas-y mollo sur la bière, qu'on puisse bouger dans quelques heures.

J'ai fait les gros yeux et j'ai terminé ma bouteille, puis je l'ai posée par terre à côté de celle qui était déjà vide.

Je me suis assise, j'ai fermé les paupières en faisant glisser mes mains entre mes cuisses.

Ma caravane.

Quelle idée bizarre.

Ben avait ri quand je lui avais demandé si j'allais avoir un fauteuil pliant avec mon nom inscrit sur le dossier. Apparemment, cela n'existait pas à Hollywood.

Apparemment, une caravane était ce qui le remplaçait, un endroit où on pouvait se retrouver au calme pour se reposer, loin du tumulte ambiant. Ça semblait être un endroit solitaire. Du coup, j'avais bien envie pour une fois d'avoir un ami, quelqu'un d'autre que ma maman à qui la montrer, pour pouvoir y rigoler ensemble. Quelqu'un avec qui partager cette expérience. Quelqu'un d'autre qu'un gay qui était sur le départ.

– Tu ne vas pas tomber enceinte, hein ? m'a-t-il demandé. Parce que ça, ce serait vraiment idiot.

– Non, lui ai-je répondu très vite.

Je m'en étais déjà occupée. J'étais allée jusqu'à Tallahassee pour acheter une pilule du lendemain afin d'éviter les commérages.

Je n'avais pas mentionné à Ben la boîte de capotes que je m'étais également procurée.

J'étais encore en train de chercher à comprendre les raisons de cet achat impulsif.

– Merde, a lancé Ben derrière moi, peut-être que tu devrais en prendre une autre.

J'ai haussé les sourcils en signe d'interrogation.

– Tu broies du noir.

– Pas du tout.

– Tu t'es fait une star de cinéma. Tu devrais être en train de faire la fête, d'annoncer la nouvelle sur Twitter. Pas de broyer du noir, alors que c'est toi qui l'as foutu dehors de chez toi comme une vraie dure.

J'ai poussé un gros soupir.

—Je ne crois pas avoir donné l'impression d'être une dure, mais plutôt d'être légèrement hystérique.

—Sans vouloir t'offenser, toutes les femmes sont un peu hystériques.

Je l'ai regardé fixement.

—Sans vouloir t'offenser, tous les hommes sont toujours prêts à critiquer.

—Je plaide coupable.

Il m'a souri et je n'ai pas pu m'empêcher de lui rendre son sourire.

—Sérieusement Ben, j'ai vraiment merdé, non ?

—En baisant avec ton partenaire ?

Il s'est mis à rire et s'est éventé en tirant sur le col de sa chemise.

—Chérie, tu ne peux pas faire partie d'Hollywood sans choper un de tes partenaires de temps en temps. Ce n'est rien du tout. Que cela n'affecte pas ton jeu, c'est tout.

Mon jeu ?

C'était déjà une cause de stress, sans parler du reste.

Et faire partie d'Hollywood ? De ce que j'en savais jusqu'à présent, j'en étais très loin.

J'ai eu envie d'une autre bière, mais j'avais déjà la tête qui tournait. Je me suis penchée pour demander à Ben une gorgée de son verre d'eau.

Il m'a tendu son verre et j'en ai bu une grande gorgée avant de lui rendre, à contrecœur.

—Ce n'est rien du tout.

J'ai répété ses mots en essayant d'y trouver une consolation.

—Exact. Mais que cela n'affecte pas ton jeu, c'est tout.

—Ouais, ai-je marmonné.

Heureusement que j'étais censée jouer le rôle d'une femme qui n'aimait pas le personnage de Cole. Ça allait sacrément me simplifier la tâche.

J'ai fermé les yeux et j'ai essayé de respirer calmement, de dissiper mon stress dans l'air chaud de l'été.

Aussi fort que j'essayais, je n'arrivais pas à faire disparaître l'image de Cole de mon esprit.

Pas celle de Cole torse nu, au pied de mon lit, qui tendait la main pour attraper ma cheville.

L'homme au regard vulnérable et faible, debout dans ma cuisine, la voix tremblante… voilà l'image que j'avais en tête.

Et je lui avais dit de partir. J'avais choisi de lutter, de hurler et de tout faire pour qu'il s'en aille avant de craquer et de serrer ce garçon malheureux dans mes bras.

Je savais ce qu'était une tromperie, je comprenais le sentiment de trahison qu'on ressentait en la découvrant.

Je comprenais la perte d'estime de soi qu'on traversait, la vérité que l'on essayait de découvrir, la solitude qui hantait les nuits passées à pleurer sur un avenir disparu en un éclair.

J'avais embrassé Tim Jeffries le soir après que j'avais découvert la trahison de Scott.

Je ne l'avais dit à personne auparavant, ni à maman ni même à Hope Lewis, la seule amie qui me soit restée fidèle après ce diabolique dîner de répétition.

J'avais pensé le lui dire, mais son petit ami avait eu une offre de boulot à Atlanta, et hop, elle était partie.

J'avais embrassé Tim Jeffries avec ma bague de fiançailles en platine et son solitaire étincelant au doigt, la main moite de Tim l'avait effleurée quand il avait voulu la poser sur la bosse de sa queue. Nous étions assis dans sa voiture derrière le Circle K, lorsque sa pause cigarette était devenue crapuleuse et mon arrêt à la station-service désastreux.

Tim avait été un de mes béguins de classe. Ça n'était pas allé plus loin qu'un seul rencard, mais il m'avait souri de la bonne façon au moment où j'étais faible et vulnérable, et quand il m'avait demandé si je voulais une taffe, j'avais répondu oui, même si je ne fumais pas et que je sentais les problèmes arriver.

Il avait dû sentir quelque chose, le parfum du désespoir ou de l'insécurité. Je n'en étais pas sûre. Je savais simplement qu'il se sentait l'envie d'essayer et que je me sentais assez mal pour l'accepter.

Et maintenant, je ne pouvais pas m'empêcher d'avoir l'impression que c'était moi, Tim Jeffries.

Je… Vais… La… Choper… Puisqu'elle… Est… Là…
Je… Réfléchirai… Plus… Tard.

Tim Jeffries.

Et Cole, c'était moi, en roue libre, la blessure de la trahison encore brûlante, dévorante, en route pour un véritable dîner de répétition infernal.

Mon dîner de répétition m'avait hantée pendant trois ans.

Le sien allait imploser plus discrètement, dans un coin poussiéreux d'une petite ville de Géorgie, avec pour seul dommage collatéral le cœur d'une fille du Sud.

CHAPITRE 60

Le tournage allait débuter, j'ai donc signé ce fichu contrat, après trois allers-retours entre Scott et Cole.

Mes cinq cent mille dollars se sont transformés en quatre cent mille, plus un bonus de cent mille dollars si le film atteignait un certain nombre d'entrées.

Scott m'a affirmé que ce serait le cas, non qu'il y connaisse quoi que ce soit en cinéma, mais Ben m'a confirmé la chose et je lui faisais confiance, alors j'ai signé.

Je n'avais plus entendu Cole, je ne l'avais pas vu lors des trois virées que nous avions faites au Pit, le parking du vieux supermarché, à présent recouvert de caravanes, de tentes et de panneaux de signalisation.

Tout le monde allait arriver en début de semaine.

C'est à cet instant que la folie allait commencer. J'avais hâte que ça démarre, qu'on se mette à tourner. Parce que plus tôt ça commencerait, plus tôt ce serait terminé.

Alors, je pourrais toucher mon pactole et quitter cette ville. Offrir un vrai changement de vie à maman et recommencer autre chose ailleurs. J'avais vingt-neuf ans. Il était temps, et même grand temps, de quitter ce vieux nid pourrissant.

J'ai garé ma camionnette à l'extérieur du Pit, dans un espace marqué «acteurs», avec un léger frisson d'excitation. La monstruosité rouge de Cole était garée sur sa place réservée, marquée à son nom, pour que quiconque qui lui en voulait puisse savoir exactement où aller. C'était tellement stupide. Tellement égoïste.

Je suis descendue de voiture. Mes nouvelles tongs ont frappé l'asphalte fraîchement refait parce que les gens d'Hollywood ne pouvaient pas se garer sur un trottoir fissuré. J'ai claqué la portière derrière moi et j'ai glissé mon nouveau téléphone portable dans la poche arrière de mon short.

— C'est sympa de t'être mise sur ton trente et un, country girl [28].

J'ai regardé derrière mon épaule. Cole sortait de la caravane la plus proche, celle de Don. Il descendait les marches en pantalon et chemise blanche. Ses chaussures vernies noires le guidèrent jusqu'à moi.

J'ai ravalé ma salive en regardant mon short kaki et mon haut flou. Je venais d'en ôter les étiquettes le matin même.

— Ben m'avait dit... j'ai pensé...

Une réunion, voilà pourquoi je venais. Pour examiner mon emploi du temps et rencontrer mon coach. Ben m'avait assuré que ce que je porterais n'avait aucune importance. Mais j'avais quand même fait des emplettes pour l'occasion. Mon compte en banque récemment garni m'avait permis de faire flamber un peu la carte chez J.C. Penney[29].

— Ignorez-le, me lança Don depuis la porte ouverte. Il doit faire des interviews, d'où son costume de singe. Laissez-le transpirer comme un con. (Puis avec un signe de la main et un grand sourire amical, il ajouta.) Entrez, Summer.

Cole a rigolé en défaisant son bouton de manchette.

— Doucement, Summer. Quelqu'un pourrait penser que tu n'as rien à faire ici.

Je l'ai ignoré, je l'ai heurté de l'épaule en passant devant lui pour rejoindre Don, en faisant un grand sourire à l'homme qui venait de me sauver la vie.

— Il y a l'air conditionné là-dedans ? je lui ai demandé.

— Vous le savez bien. (Il m'a souri en me tenant la porte.) Vous êtes prête pour la semaine prochaine ?

J'ai hoché la tête en entrant dans sa caravane qui était aménagée de façon complètement différente de la mienne.

C'était un espace de travail, avec une salle de conférences à une extrémité, le bureau d'une assistante, plus un bureau séparé de l'autre côté.

---

28. Paysanne.
29. J. C. Penney Company est une chaîne américaine de grandes surfaces.

Ben m'avait déjà montré l'endroit où ils allaient visionner les rushs et faire le vrai boulot. J'avais tendu la main pour toucher un écran, et quatre personnes m'avaient sauté dessus pour m'en empêcher. Alors maintenant, dans l'espace de Don, je gardais les mains bien serrées, au cas où.

—Avancez jusqu'à la salle de conférences, m'indiqua-t-il. Pam et Dennis sont déjà là. Ils vont se présenter eux-mêmes.

Il s'est avéré que Pam était une attachée de presse. Elle m'a indiqué quels journalistes allaient passer sur le tournage et quand. J'ai souri, hoché la tête et ramassé tout ce qu'elle m'a donné comme documents. J'avais de quoi lire pour plusieurs jours.

Dennis s'est présenté comme étant mon coach personnel. Il s'est levé de table et m'a saluée très chaleureusement en m'embrassant. Je lui ai rendu son accolade. Je me suis immédiatement sentie à l'aise avec lui.

—Je vais prendre soin de vous, m'a-t-il promis.

—Nous allons le faire tous les deux, a embrayé Pam. Nous faisons partie de votre équipe.

Elle a souri, et je me suis sentie encore beaucoup mieux. Puis ils m'ont expliqué que mon assistante, Mary, allait arriver le lundi. J'ai à nouveau hoché la tête en me demandant ce que j'allais bien pouvoir faire d'une assistante. J'étais dos à la porte quand Cole est entré, mais j'aurais pu vous dire à quel instant précis son pied avait foulé la moquette.

Mes ongles se sont enfoncés dans mes cuisses, et j'ai acquiescé à tout ce que disait Pam, quelque chose à propos de YouTube et d'une bande-annonce, complètement obnubilée par cet homme qui s'approchait. J'ai senti une pression sur le sommet du dossier de ma chaise et, en me retournant, je l'ai vu qui s'agrippait comme un fou au plastique.

Ses mains qui empoignaient mes fesses, ses coups de boutoir puissants, ce rythme rapide, parfait, qui m'entraînaient vers un endroit…

—Excusez-moi, a lancé chaleureusement Cole, mais je dois vous emprunter Mademoiselle Jenkins.

—Bien sûr, Monsieur Masten.

Pam a laissé tomber ses histoires de YouTube. Elle s'est levée comme une flèche en rassemblant ses papiers. Dennis l'a suivie plus calmement, s'extirpant plus difficilement de sa chaise. Je lui ai fait un petit sourire, j'ai attendu que la porte se referme derrière lui et je me suis levée pour m'éloigner de Cole.

—Du calme, country girl!

Il souriait sans bouger, toujours appuyé sur le dossier de ma chaise.

—Arrête de m'appeler comme ça, lui ai-je lancé d'une voix sourde, parfaitement consciente de la mauvaise isolation phonique de ces caravanes.

—Quoi, toi tu peux me traiter le citadin à la noix, mais moi je ne peux pas t'appeler country girl ?

Je n'ai rien répondu. C'était ridicule d'essayer d'avoir une conversation logique avec ce type.

—Tu es prête pour la semaine prochaine ?

Je l'ai regardé dans les yeux.

—Bien sûr que je le suis.

Bien entendu, je ne l'étais pas.

Je ne serais jamais prête à évoluer devant une caméra à ses côtés.

—Tu sais que nous ne tournons pas les scènes dans l'ordre chronologique.

Il avait dit ça sans aucune trace de forfanterie. J'ai fait passer le poids de mon corps d'un pied sur l'autre, mes mains transpiraient sur les papiers de Pam.

—Non, je ne savais pas.

Mais ça semblait logique. Je me suis rappelé Ben et nos repérages, la façon qu'il avait de réserver un endroit ou un domaine pour une semaine entière.

C'était évident.

Ils allaient filmer toutes les scènes qui se déroulaient au même endroit à la suite.

Logique.

—Aujourd'hui, nous peaufinons le plan de travail. Je te le ferai envoyer par coursier ce soir.

– Merci.

J'ai frotté mes bras nus, subitement j'avais froid.

L'air conditionné fonctionnait vraiment.

– Cocky a essayé de lancer un cocorico ce matin.

Il avait dit ça d'une voix penaude, avec un soupçon de fierté.

– Qui ?

– Cocky, c'est son nom. Notre coq.

Notre. Ça avait fait tilt. Fort. Dans un drôle d'endroit de mon cœur.

– Il est à toi, ai-je répondu à brûle-pourpoint. Je te l'ai donné.

Cocky. J'aurais pu lui demander qui pouvait bien baptiser un poulet, mais je l'avais fait moi aussi, pour tous ceux qui vivaient chez les Holden. La mère de Cocky, par exemple, s'appelait Matilda, même si j'étais la seule à l'appeler par son nom.

– J'étais dans la cuisine quand je l'ai entendu dans la cour. J'ai cru qu'il s'était blessé, ou qu'il était attaqué. Il…

Il a fait un grand geste avec ses mains et s'est mis à rire de lui-même. J'ai souri.

– Je sais. Je les ai vus apprendre. Ça leur demande un certain temps pour comprendre comment faire.

– C'était pathétique, a-t-il admis en glissant ses mains dans ses poches de pantalon. J'étais presque gêné pour lui.

– Il va y arriver. Et ensuite, il le fera à toute heure du jour et de la nuit. C'est juste dans les films qu'ils font ça à l'aube.

Les yeux de Cole m'ont souri.

– Il faut remercier Hollywood, alors, n'est-ce pas ?

J'ai ravalé mon sourire. Il le fallait. La chaleur qui se diffusait dans mes veines… c'était dangereux. Et cet homme sublime devant moi qui me souriait comme si je lui appartenais ? Il représentait ma perte, emballée dans un costume de luxe et des boutons de manchette.

Je sentais mon trépas derrière son parfum et son charme. Voilà l'effet qu'il me faisait. Il se servait de son charme et de tout ce qui lui passait sous la main, même du mignon petit Cocky.

La question c'était, pourquoi ? C'était à mon tour de succomber ? Ou était-ce son magnétisme habituel, qui refaisait surface sans effort particulier quand il arrêtait une seconde de jouer au con ?

J'ai tenté de comprendre son sourire.

— Tu avais besoin de moi pour quelque chose ?

Il s'est mis à tousser en baissant les yeux.

— Non. C'était pour ça. Je peux passer moi-même te déposer le plan de travail, si ça peut t'aider…

— Pas du tout.

Il s'est redressé.

— D'accord. Alors, à lundi. Tu vérifieras où tu dois te rendre. Je suis sûr que ton assistante t'aidera à trouver l'endroit.

— Je connais les décors, mais merci de vous en préoccuper, Monsieur Masten, ai-je répondu d'un ton coincé, et il s'est avancé d'un pas dans mon espace vital.

Il m'a regardée droit dans les yeux, d'un air sombre.

— Est-ce que ça va entre nous ? a-t-il demandé.

J'ai essayé de reculer, mais j'ai cogné la table.

— Reste hors de mon chemin et tout ira bien, ai-je aboyé.

Il a eu un rire triste et a secoué la tête.

— Je ne te drague pas, Summer, je me lasse très vite de ce genre de choses.

— Ce n'est pas un jeu, ai-je répondu assez fort, tant pis pour les portes. (Ses yeux ont replongé dans les miens.) Je ne dis pas une chose quand j'en veux une autre. Reste à distance.

Il m'a observée un long moment sans rien dire, puis a hoché la tête.

— J'avais tort à ton propos.

Il a fait les deux pas qui le séparaient de la porte très lentement. J'ai compris avant même qu'il se retourne qu'il allait me lancer une dernière vacherie.

— Tu es une actrice épouvantable.

Je n'ai pas su quoi lui répondre, je n'ai pas trouvé la moindre réplique. J'ai regardé la porte blanche et j'ai senti une vague de nausée m'envahir.

Il avait tort sur une chose : je lui avais dit la vérité, ce n'était pas un jeu pour moi. La barre était trop haute et je ne connaissais pas suffisamment les règles pour pouvoir jouer.

Mais il avait raison aussi, j'étais une actrice épouvantable.

Il m'avait regardée dans les yeux et avait parfaitement lu à travers mes mensonges combien j'avais envie de lui.

CHAPITRE 61

Avant, je trouvais le Pit intéressant. Et le dimanche est arrivé. Le dimanche d'avant le tournage. Je ne m'y attendais pas, j'étais à l'église quand ils ont débarqué : l'équipe, les acteurs et tous les autres. Des centaines de gens. Après mon déjeuner, offert par La First Baptist Church, je suis allée jeter un coup d'œil. J'ai observé cette ruche de gens super-occupés remplir les espaces vides entre les caravanes. Tous avaient un boulot à accomplir. Ben m'a rejointe et m'a prise sous son aile, il m'a présentée aux acteurs et aux actrices dont je connaissais déjà les noms par cœur. Les seconds rôles. Qui allaient jouer avec Cole et moi. Quelle situation sans queue ni tête ! J'ai souri et serré des mains. Je me suis retenue de leur demander des autographes, j'ai souri en m'excusant auprès des membres de l'équipe lorsque Ben m'entraînait plus loin.

C'était un véritable zoo. Partout, ça puait la suffisance, l'orgueil et le fric, chaque objet déballé était sophistiqué et cher, chaque corps qui marchait à grands pas entre les véhicules était conscient de sa valeur et plein d'énergie.

J'ai trouvé un coin, je me suis appuyée contre un mur. J'ai laissé Ben vaquer à ses occupations et je me suis contentée d'observer. J'ai tout dévoré des yeux. J'étais terrifiée, et superexcitée par tout ça.

CHAPITRE 62

C'est mon argent, je crois savoir comment je vais le dépenser.
C'était une phrase compliquée. Je l'ai lue trois fois de suite, en trébuchant mentalement sur les voyelles, puis j'ai relevé la tête vers Dennis.

Il m'a encouragée en souriant, et j'ai lu la phrase.

—C'est mon argent, je crois savoir comment je vais le dépenser.

—On a l'impression en vous entendant que vous vous concentrez.

J'ai soupiré.

—Mais oui, je me concentre. Ces mots, c'est une vraie course d'obstacles. Pourquoi ne peut-elle pas dire tout simplement : « c'est mon fric, j'en fais ce que je veux, bordel. »

— Vous n'êtes pas obligée de vous en tenir au script mot à mot, mais ne vous éloignez pas trop des dialogues, sans ça vous risquez de gêner les autres acteurs. Souvenez-vous, vous vous attendez à ce qu'on vous donne la réplique. C'est pareil pour les autres acteurs. Par exemple, si Monsieur Masten ne dit pas la réplique que vous attendez, cela peut vous faire perdre le fil du dialogue.

Super. Encore un truc stressant. J'ai reposé le script et je me suis penchée en avant en me massant les tempes.

—Voulez-vous que je demande à Mary d'appeler la masseuse ?

J'ai entendu mon assistante qui s'est levée d'un bond derrière nous, stylo et bloc-notes déjà prêts. Je l'ai regardée, j'ai regardé Dennis.

—Quoi ? C'est une blague ou quoi ?

—Non, vous avez l'air stressée.

—Je vais bien.

Une masseuse. Je n'avais jamais fait de massage. Et commencer au beau milieu d'une répétition me semblait assez inapproprié. Mary s'est dégonflée, elle avait l'air déçue. Elle s'est renfoncée dans son siège. Je ne sais pas à quoi je m'attendais comme assistante, mais cette brunette hyper-sérieuse au museau de souris, ce n'était pas ça. Je m'étais figuré une baroudeuse tatouée sur qui je pourrais m'appuyer quand je stresserais et qui m'apprendrait tous les petits secrets du plateau. Si je comptais sur Mary, elle risquait de me tendre une boîte de mouchoirs stériles et un livre très utile sur l'indépendance. Quiconque s'était fait attacher un distributeur de Post-it à la ceinture n'avait aucune chance de devenir ma copine.

– OK, reprenons cette réplique une ou deux fois avant de poursuivre, lança Dennis en hochant la tête.

Je n'ai pas discuté. À la vitesse à laquelle nous allions en nous arrêtant sur chaque mot, chaque intonation… nous n'allions jamais terminer le scénario.

Je me suis rassise, j'ai posé le regard sur le script, sur cette foutue phrase dont les mots s'obstinaient à se mélanger dans ma tête.

C'est mon argent, je crois savoir comment je vais le dépenser.
Je me suis humecté les lèvres et je l'ai dite.

CHAPITRE 63

— C'est mon argent, je crois savoir comment je vais le dépenser.

J'ai posé mes mains sur mes hanches, sur ma jupe en tweed dont l'arrière, invisible pour la caméra, était retenu par d'énormes épingles à nourrice.

— Ma puce, dit Cole d'une voix traînante, tout en levant son verre jusqu'à ses lèvres — les glaçons tintèrent quand il l'inclina — vous ne devriez pas investir dans du soda. Laissez les pros en ville vous trouver un certificat de dépôt, ou des obligations. C'est très bien les obligations, voilà un placement sûr pour votre héritage.

Mes lèvres se sont crispées. Il me suffisait de penser à Cole qui descendait de mon porche en fuyant pour que mes yeux se mettent à lancer des éclairs.

— Ne me parlez pas sur ce ton condescendant. Si j'ai envie de brûler mon argent et de le fumer comme vos mauvais cigares, je le ferai. Je crois à ce produit, tout comme vous, Monsieur Eggleston, ou comme tous les autres investisseurs. Je veux en être.

Je me suis penchée, mes derbies collaient légèrement au sol, j'ai attrapé ma serviette sur le bureau et j'ai appuyé sur les fermoirs de côté pour l'ouvrir. Jusqu'à présent, ça allait. On en était à la treizième prise, et je transpirais dans ma jupe qui me grattait. Don avait fait monter le thermostat pour qu'on ressente une «authentique chaleur» sur le plateau. Les racines de mes cheveux étaient humides de sueur. Nous étions dans l'un des décors construits dans le vieux supermarché, celui du bureau de Royce Mitchell. Dans cet espace parqueté plein de courants d'air, les murs étaient défraîchis, vaguement crème, Cole était installé à un grand bureau, penché en arrière sur un fauteuil de cuir. Moi, j'étais debout devant le bureau, avec trois caméras sur moi. Cole avait déjà dit ses répliques. Toutes ces nouvelles prises étaient pour moi. À chaque fois, Don ou Cole étaient insatisfaits pour une raison ou une autre et chaque nouvelle critique entamait un peu plus mon peu de confiance en moi. J'ai ouvert le rabat de ma serviette, prête à sortir le petit paquet de billets d'un dollar que je devais poser sur le bureau. J'ai plongé la main et je me suis figée sur place en écarquillant les yeux.

Des préservatifs. Des centaines de préservatifs. Le premier de la pile portait la mention «AU GOÛT DE CITRON!» en grosses lettres. J'ai plongé la main plus profondément et j'ai trouvé le tas de billets. Je l'ai sorti et je l'ai jeté sur le bureau, en regardant Cole qui me souriait d'un air goguenard, avant de se pencher en avant et de prendre mon argent.

— Certains des investisseurs ne sont pas franchement ravis à l'idée d'avoir une femme parmi eux, Madame Pinkerton.

Cole était encore amusé. Je le voyais au léger mouvement de ses lèvres. Il refrénait un sourire, les yeux brillants. En baissant les yeux, j'ai vu un préservatif vert fluo qui était tombé lorsque j'avais jeté l'argent de façon spectaculaire. Je l'ai laissé sur le bureau et j'ai refermé ma serviette en espérant qu'il était hors champ.

— Et vous, vous en pensez quoi?

J'ai pratiquement grogné ces mots, pendant qu'un plan très détaillé prenait forme dans mon esprit, un plan pendant lequel mes mains lui serraient le cou dès l'instant où l'assistant-réalisateur aurait crié «Coupez».

Il a ouvert le tiroir de son bureau, en haussant les épaules il a rangé l'argent.

— Moi, j'adore les femmes. Mais ça, vous le savez déjà, n'est-ce pas Madame Pinkerton?

Ce n'était pas dans le script, pas du tout. Je me suis raidie, mes doigts se sont agrippés nerveusement à ma serviette.

— Je ne vois pas ce que vous voulez dire, Monsieur Mitchell.

Je l'ai regardé fixement, et j'ai senti la gêne qui envahissait le plateau. Je ne savais pas quoi faire. Est-ce que je devais continuer à jouer en tenant compte de ses ajouts ou est-ce que je devais me tourner vers Don pour lui demander ce que c'était que ce bordel. J'ai aperçu Dennis sur le côté, qui m'a fait signe «continuez» avec les mains. J'ai regardé Cole à nouveau, il se levait après avoir refermé le tiroir et reposait son verre sur le bureau.

La pièce qui était déjà chaude, est soudain devenue bouillante. Les projecteurs qui pendaient partout du plafond crachaient à toute puissance, les trente personnes présentes dans ce petit espace en rajoutaient encore. Il y avait trop de paires d'yeux qui observaient ce moment épouvantable. J'ai cru, pendant un moment d'angoisse, que j'allais m'évanouir. Il y avait eu trop de prises, trop de pression. Je cachais toujours le préservatif sous ma paume de main, Cole se rapprochait, faisait le tour du bureau, s'avançait vers moi. Je n'avais aucune idée de ce que j'allais dire, comment réagir, comment Ida Pinkerton –quel nom horrible… – devait réagir. Et voilà qu'il était là, qu'il tendait la main, qu'elle sortait de sa chemise blanche amidonnée et qu'elle caressait la courbe de mon…

Je l'ai giflé, très fort. Ça a fait le son d'un coup de fouet dans le silence de la pièce. Quelque trente personnes ont entendu ma paume toucher sa joue et ont eu une vision d'ensemble de la chose.

–Ne vous avisez pas de me toucher.

Je bouillais, mes doigts remuaient tout seuls, ils l'ont frappé sur la poitrine. C'était une erreur. Sa poitrine si large et musclée m'a fait penser à ma bouche recouvrant ses… ses mains qui me saisissaient, qui m'étreignaient. Je n'aurais pas dû me retourner, je n'aurais pas dû faire ce dernier mouvement, le faire entrer en moi, coller ma bouche à la sienne. Cela rendait cette erreur, ce moment passé dans ma chambre, encore plus intimes.

Il a reculé, la joue en feu. Ma main me faisait mal quand elle a frotté sur mon flanc.

−Je suis désolé, country girl, a-t-il murmuré si bas que j'ai dû faire un effort pour l'entendre. Je croyais que tu avais aimé ça quand je t'ai touchée.

Il m'a lancé un sourire moqueur et ça a démangé ma paume de retourner sur son visage. Heureusement pour lui, pour l'instant, je n'avais fait que lui donner une claque.

−Coupez ! hurla Don en se ruant pour s'interposer entre nous, une main sur la poitrine de Cole, l'autre sur mon bras.

−C'est quoi ce bordel ?

Il s'adressait à nous deux et j'ai aboyé en retirant mon bras :

−Demandez à votre golden boy. C'est lui qui a rempli ma serviette de capotes.

−Oh, je suis vraiment désolé. C'est trop osé pour vous autres, Belles du Sud ? (Il riait en se reculant.) Jésus, Summer, ce n'est qu'une blague. Ton bizutage en quelque sorte.

−C'est une blague qui coûte cher, dit Don en lançant un regard appuyé à Cole. N'oublie pas que tu augmentes la note à chaque nouvelle prise.

−Mais ça valait le coup de voir sa tête. Tu n'as jamais vu de préservatifs, Summer ?

J'étais furieuse que nous n'en ayons pas utilisé. Furieuse de l'avoir laissé me pénétrer sans aucune protection. Sans parler de grossesse, avec combien de femmes avait-il baisé avant ? Et qu'est-ce que ça disait de moi, que je n'aie pas songé une seconde à me protéger ? Cela faisait trop longtemps qu'on ne m'avait pas touchée, ma seule expérience sexuelle avant lui, c'était Scott, et nous n'en utilisions jamais. Lorsque j'avais plongé la main à l'intérieur de cette montagne de capotes pour attraper les billets en direct devant la caméra, c'était la première fois que je touchais ces maudits trucs, mes achats récents étant toujours bien au chaud dans leur boîte. Mais plutôt mourir que de mettre Cole au courant. Je fixai son nez parfait et je l'imaginai craquer sous mon poing.

Don poussa un soupir exaspéré, suivi d'un juron.

−Arrêtez ça, vous deux. Je n'ai pas signé pour vous servir d'arbitre. Summer, allez-vous rafraîchir un peu à la coiffure-maquillage, ensuite nous allons enchaîner avec la scène numéro 12. Cole, tu te reposes un peu. J'enverrai Jack te chercher dans un quart d'heure.

Mes yeux sont passés du nez intact de Cole à ses yeux, qui ont soutenu mon regard. Je pouvais voir son sourire dans ma vision périphérique. Je détestais ce sourire. Je détestais qu'il soit tellement à son aise dans cet environnement. Je détestais sa confiance en lui.

Mais ce que je détestais par-dessus tout, c'est que j'avais envie qu'il remette sa main, qu'il caresse ma chemise, jusqu'en dessous de ma taille. J'avais envie qu'il me jette sur ce bureau, que ses mains remontent ma jupe, que ses doigts découvrent que mes bas s'arrêtaient en haut de mes cuisses. Je détestais qu'à cet instant, avec Don entre nous, je mouille pour lui. Et je mourais de peur, en le regardant dans les yeux, qu'il s'en rende compte.

—Summer, dit doucement Don en tapotant mon bras, coiffure-maquillage.

Je croisai son regard en souriant «bien sûr. Merci Don». Je me suis éloignée et je me suis dirigée vers la sortie en traversant la foule qui s'est ouverte devant moi sans un mot.

CHAPITRE 64

Cole s'assit dans la salle de projection, il posa ses pieds chaussés de tennis sur le rebord de la console. Toute une série de boutons et de curseurs hors de prix s'étalaient devant lui, sous les trois écrans de télé. Chacun diffusait une vidéo de son visage et de celui de Summer, sous différents angles.

– C'est dans la boîte ou pas ?

Cole se frotta la nuque en regardant sa montre. 23h15. Il chercha des yeux l'assistant de production le plus proche et claqua des doigts.

– Allez me chercher un sandwich à l'un des camions-cantine. Un jambon-fromage au pain complet.

– Les camions-cantine ferment à dix heures, lança Don d'un ton dédaigneux tout en visionnant une prise.

– Alors, trouvez-moi autre chose, aboya Cole. Pourquoi diable est-ce qu'ils ferment si tôt ?

– Regarde autour de toi. Tout le monde est parti.

– Eh merde. (Cole fouilla dans sa poche et en sortit une liasse de billets.) Un sandwich. Trouvez-en un ou faites-le vous-même, je m'en fous complètement. Et un Pepsi.

– Un Coca, rectifia Don.

– D'accord, peu importe. Quelqu'un d'autre veut autre chose ?

Cole balaya du regard les personnes présentes dans la cabine, une bande de monteurs son et vidéo. Personne ne réagit. Cole passa le cash à l'assistant, puis laissa tomber sa jambe pour pouvoir s'approcher.

Montre-moi. Est-ce qu'on l'a ?

– Je pense que oui, malgré tes efforts.

– Elle avait besoin qu'on lui vole un peu dans les plumes. Elle était trop tendue.

Cole a souri en se rappelant son visage, ses yeux qui s'écarquillaient et la façon dont ils l'avaient poignardé à travers la pièce. Il n'aurait sans doute pas dû faire ça, mais elle s'en était bien sortie, sans s'interrompre, sans réagir. Ça avait été une sorte de test, mais aussi un vrai spectacle. Depuis qu'ils avaient fait l'amour, Summer l'avait plus ou moins ignoré, elle était devenue de plus en plus indifférente. Il avait besoin de cette flamme, de cette attention qu'elle lui portait, de cette étincelle qui augmentait au fur et à mesure que la colère montait entre eux. Il avait donc allumé la mèche. Et il avait joui sans retenue du résultat.

Don marmonna une vague réponse, appuya sur un bouton, et le bout d'essai se mit à défiler avec le passage des champs-contrechamps entre Cole et Summer, à l'exception du moment où Cole avait improvisé, qui avait été supprimé au montage.

– C'est bon, dit Cole en approuvant, les yeux fixés sur le visage de Summer qui exprimait la défiance la plus complète.

Sa beauté changeait quand elle était en colère. Encore une raison supplémentaire de la pousser à bout.

– Je suis d'accord, dit Don.

Un des mixeurs, un peu plus loin, demanda alors :

– Vous voulez lui montrer l'autre montage ?

Don se passa la main derrière la nuque sans rien dire.

– Quel montage ? demanda Cole en fixant le réalisateur. Don ?

– Ouais, finit-il par répondre. Envoyez-le.

Il se mit à se frotter le visage à deux mains.

Cole se tourna vers l'écran sur lequel le nouveau montage était diffusé. Ça commençait après la blague. Quand il se levait et s'avançait vers Summer. Quelqu'un avait monté les plans en utilisant les différents axes caméra pour construire une seule scène parfaitement fluide. Il s'enfonça dans son fauteuil pour regarder un gros plan de sa main qui plongeait très lentement dans son chemisier. Il vit le mouvement de sa gorge quand elle déglutit en haute définition, le rouge qui montait à ses joues, la légère voussure de son dos juste avant qu'elle le frappe, sa tension à son contact. Une centaine de détails qu'il avait ratés, accaparé par une seule chose, son désir brûlant d'arracher les boutons de son chemisier pour pouvoir explorer sa peau en dessous.

Puis vint la gifle, encore plus violente à l'écran, et Cole qui se rembrunissait, son pas en avant... Cole lisait dans ses propres yeux, sur l'écran, et y voyait ce que tout le monde pouvait y lire. Le désir. Un désir puissant, animal. La projection s'interrompit, la pièce fut plongée dans l'obscurité un moment, avant que la scène suivante n'apparaisse à l'écran.

– Voilà, dit Don, tranquillement.

– Pourquoi avez-vous fait ce montage ? demanda froidement Cole.

– C'est torride, lança un de ces types surpayés, en pivotant sur son siège pour faire face à Cole. Ça me fait bander, juste en le regardant, Monsieur Masten. Je veux dire, l'autre montage est bien, mais là il y a de l'émotion, de la chaleur. Vous vous regardez comme si vous alliez vous jeter l'un sur l'autre sur ce bureau.

Il dévisageait Cole à travers ses lunettes à montures d'écaille, comme s'il avait son mot à dire.

– Il a raison, confirma Don en se renfonçant dans son siège et en fixant le plafond. Ça me fait chier de devoir l'avouer, mais il a raison. L'autre montage, c'est de la bibine à côté de ça.

– Ça ? bafouilla Cole en désignant l'image fixe de Summer, toute rougissante. Vous ne pouvez pas utiliser ça, c'est trop...

– Vrai ? demanda Don en se tournant vers lui.

– Non, ce n'est pas ça, Mais je ne vois pas le scénario dans tout ça, là où...

– Ida et Royce se détestent. On le sent très bien. Putain, c'était réel. Mais si nous nous servons de cette haine... pour en faire une tension sexuelle... (Don regardait Cole en coin.) Ça rajouterait un élément supplémentaire au film. Et ça nous ramènerait le public féminin, qui jusqu'à présent n'a pas grand-chose d'autre à se mettre sous la dent à part ta jolie petite gueule.

— Elle n'acceptera jamais, affirma Cole sur un ton catégorique.

— Depuis quand est-ce que ça a la moindre importance ? lança Don en riant. Elle n'a pas son mot à dire sur le scénario.

— Elle va détester.

Puis il lança un regard à l'écran :

— Repasse-le moi.

— Je ne suis pas fan de cette idée moi non plus, Cole, mais plus j'y pense…

Les doigts de Don tapotaient le bras de son fauteuil.

— Repasse-le moi, répéta Cole en reculant dans son siège, les bras croisés, les yeux fixés sur son visage.

On tourna un bouton et la projection reprit.

Le mixeur avait raison. C'est très chaud. Et Don avait raison, lui aussi. Un zeste de romantisme, ou merde, de sexe tout simplement, entre Ida et Royce allait attirer le public féminin.

Summer allait détester ça. Mais là encore, Don avait raison. Summer n'aurait pas le choix. Elle devrait faire ce que Cole lui dirait de faire. Et cela, en dépit de toutes les ramifications morales possibles, le fit sourire. La séquence prit fin, Cole se tourna vers Don. Le réalisateur avait l'air un peu inquiet.

— OK. Appelle les scénaristes. Fais-les venir immédiatement, dit Cole.

CHAPITRE 65

— Comment ça s'est passé ? me demanda maman depuis sa chambre, d'une voix encore tout ensommeillée.

— Très bien, répondis-je doucement en passant la tête. Long, mais ça va. Je m'en suis bien sortie.

— J'en étais sûre, marmonna-t-elle en se retournant dans son lit. Je t'aime.

— Moi aussi, je t'aime.

J'ai éteint la lumière dans le couloir et elle a disparu dans l'obscurité de sa chambre. Je suis retournée au salon et je me suis effondrée dans le canapé, en tirant le plaid afghan sur moi. Cette journée ne s'était pas bien passée. Ça avait été long, stressant, chaud et horrible. Je pensais que je pourrais travailler avec lui. Je pensais que je pourrais sortir mes morceaux de dialogue, être le personnage, et que tout irait bien. Je pensais, parce que le tournage avait lieu en Géorgie, que je me sentirais sur mon territoire. Je ne m'étais pas rendu compte à quel point ce monde m'était étranger. Il y avait tant de règles que j'ignorais, partagées sans aucun effort par des centaines de gens, sans qu'ils fassent le moindre effort pour intégrer la petite nouvelle. Les Sudistes qu'ils avaient amenés d'Atlanta travaillaient tous dans le cinéma. Ils étaient complètement à leur aise, ils avaient pris leurs marques, leur place, sans la moindre hésitation. C'était moi la nana décalée qui se comportait comme une idiote. J'avais surpris leurs regards, les clins d'œil en coin, les haussements de sourcils, qui signifiaient *qu'est ce qu'elle fait là* ? C'était clair comme de l'eau de roche. Dès le déjeuner, ma confiance en moi s'était évanouie. Pendant l'après-midi, j'avais épuisé tous les mots d'encouragement que je connaissais.

Et quand Cole Masten m'avait présenté les capotes, j'étais totalement sans défense. J'allais mettre ça sur le dos de ma faiblesse quand il avait fait le tour du bureau et qu'il m'avait touchée.

Après ce contact, quand je suis partie à la loge de coiffure-maquillage, j'ai semé Mary et je me suis cachée dans les toilettes. J'ai appelé Ben et je lui ai laissé un message larmoyant. Il était parti à Vancouver ce matin-là, pour son contrat suivant. Je l'avais supplié de rester juste une semaine de plus, je lui avais proposé de l'argent, des boulettes à la viande, le droit d'utiliser mon nécessaire de maquillage… mais il avait dû y aller. Nous nous étions dit adieu à sept heures du matin devant la *Raine House* en nous serrant dans les bras l'un de l'autre, jusqu'à ce qu'il finisse par m'expédier vers le Pit. Une demi-heure après mon message pathétique, j'ai reçu un texto de lui.

JE SUIS EN PLEIN VOL. HAUT LES CŒURS. OÙ EST PASSÉE MA SUMMER ?

Ça m'a fait sourire. Je me suis reprise avant que la maquilleuse ne s'en aperçoive, tout en réfléchissant intensément. Il avait raison. J'emmerdais tous les regards en coin et tous les murmures. Il y avait bien une raison pour laquelle Cole et Don m'avaient choisie. J'allais apprendre ce que j'avais besoin de savoir. Et en attendant, je ne montrerais aucune faiblesse, à aucun d'entre eux, et surtout pas à Cole. J'étais plus forte que ça. Je valais bien mieux que ça.

Quand je me suis levée du fauteuil de maquillage, j'étais prête au combat. Et à présent, cinq heures plus tard, j'étais morte de fatigue.

Ça irait mieux le lendemain. Je le savais. Le premier jour était toujours le plus difficile.

J'ai levé la main pour me frotter les yeux, mais je ne les ai même pas atteints, je me suis endormie avant.

* *
*

Summer a de la chance d'avoir pu trouver six demoiselles d'honneur. En réalité, c'est uniquement pour Scott que ces filles ont accepté. Ce sont des anges !

Et voilà ce que Summer leur a fait. Une petite ordure de Blanche[30]*, c'est tout ce qu'elle est.*

Je l'ai dit à ma Bridget.

Je lui ai dit de ne pas fréquenter cette engeance, mais ma fille est trop gentille, elle l'a toujours été.

Et vous voyez, j'avais raison.

Bridget est votre fille?

Oh oui. Elle s'appelle Bridget Anderson à présent.

Elle a épousé un médecin.

Je vais vous donner sa carte, si jamais vous avez des problèmes de pieds.

---

30. Le terme *white trash*, «ordure blanche» désigne aux USA le lumpen prolétariat blanc.

CHAPITRE 66

La première chose que j'ai vue le lendemain en arrivant sur le plateau, c'était le coq de Cole. Il était installé sur un morceau de pelouse grillagé qui n'était pas là la veille. Je suis descendue de voiture, j'ai fermé la portière d'un coup de fesses et je me suis approchée. Pat et Gus, de Colton's Construction, étaient là, eux aussi, en train de construire ce qui ressemblait à une cage ouverte.

— Salut Summer, m'a lancé Pat, et Gus a hoché la tête.

— Salut les gars. (J'ai jeté un coup d'œil à leur construction, les morceaux carrés de gazon étaient encore en tas.) Vous avez défoncé le béton au marteau-piqueur ?

— Ouaip. On a commencé à sept heures du matin. Le shérif Pratt s'est déjà pointé, à cause du bruit.

— Tu m'étonnes !

J'ai franchi la barrière à hauteur de genou et je me suis accroupie. Immédiatement, le coq s'est mis à picorer les strass du sac que je portais en bandoulière.

— Arrête ! l'ai-je réprimandé en le repoussant.

Il avait grandi, sa crête rouge se développait, ses yeux étaient vifs et fiers. Il essayait de grimper sur mon genou, mais je le maintenais à distance.

— Il est amical, a remarqué Pat, en plaçant une vis avant de l'enfoncer à l'aide de son tournevis.

— Il peut l'être, s'est moqué Gus. J'ai entendu dire que Cole Masten le gardait à l'intérieur de la maison.

J'ai haussé les sourcils.

— Qui t'a dit ça ?

— C'est ce qu'on raconte. Il l'a apporté ce matin en camionnette. *À l'intérieur,* a-t-il précisé.

— Les Kirkland vont flipper, a poursuivi Pat.

–Vous lui faites une cage ouverte ? ai-je demandé en désignant l'abri à moitié terminé.

–Ouaip. On lui a dit qu'il allait voler par-dessus cette petite barrière, et il nous a dit de recouvrir l'ensemble avec du grillage.

–Tout l'ensemble ?

J'ai regardé la pelouse qui recouvrait trois places de parking. Des places de parking rentables sur un endroit aussi bondé que Walmart un jour de Black Friday.

–Ouaip.

Le regard qu'échangèrent alors les deux hommes en disait long sur leur opinion à propos de Cole Masten. Je me suis mise à rire en donnant une dernière caresse au coq avant de me relever.

–Il faut que j'y aille.

Je les ai salués de la main en franchissant la clôture sous les cris rauques du coq.

Je souriais encore intérieurement quand j'ai pénétré dans ce cirque de dingues en me faufilant entre les caravanes pour atteindre la mienne. Mon «bébé» était à peu près au milieu, coincé entre un camion de son et une buvette devant laquelle s'étirait une longue queue que j'ai dû contourner pour pouvoir entrer. Quand j'ai enfin réussi à ouvrir ma porte, Mary était déjà à l'intérieur. Elle m'a accueillie avec un sourire poli.

–Bonjour ! ai-je lancé joyeusement.

J'avais décidé qu'aujourd'hui je serais de bonne humeur et forte. Ma résolution sous-jacente, c'était d'éviter tout ce qui pourrait altérer cet état d'esprit. Notamment Cole. J'avais reçu ma convocation pour la journée hier soir, et je n'avais aucune scène avec lui. Du coup, tout s'annonçait bien.

–Bonjour. J'aimerais commander votre petit déjeuner. Vous savez ce que vous voulez ?

–Petit déjeuner ? (J'ai laissé tomber mon sac par terre et je me suis avancée vers la table, en pensant aux restes de biscuits que j'avais tartinés de confiture et engloutis en chemin.) Ils ont quoi ?

—Ils peuvent tout faire.

Elle a saisi un stylo en argent et son bloc-notes toujours prêt, et elle a attendu.

—Hummm… pourquoi pas une omelette ? Au jambon, poivrons et fromage. Avec des grits et du bacon. S'il vous plaît.

Son stylo n'a pas bougé, alors j'ai attendu. Elle a fini par me quitter du regard pour fixer sa feuille.

—OK. Une omelette avec du jambon, des poivrons et du fromage. Avec des Grits et du bacon. Qu'est-ce que vous voulez boire ?

—Du lait. Entier, si c'est possible.

Elle a gribouillé autre chose sur sa feuille, puis elle a levé la tête et m'a passé un dossier.

—J'ai mis les scènes supplémentaires et j'ai réactualisé la feuille de service. S'il y a des changements dans le plan de travail, je vous préviendrai.

—Les scènes supplémentaires ? ai-je demandé.

—Ce sont juste les dialogues pour les scènes d'aujourd'hui. Il y a de nouvelles scènes, du coup vous pourrez les voir avant qu'on vous appelle sur le plateau.

De nouvelles scènes. De nouveaux dialogues. Ma gaieté s'est subitement muée en panique.

—C'est quoi cette feuille de service, ou je ne sais quoi ?

Son sourire s'est légèrement crispé.

—C'est la convocation générale pour toute l'équipe de tournage. Ne vous en faites pas pour ça. Je m'assurerai que vous soyez là quand ce sera nécessaire.

Je me suis assise à table et j'ai ouvert le dossier. J'ai sorti ma nouvelle feuille de convocation et je l'ai épluchée. Mes ongles fraîchement manucurés ont suivi les différentes cases de l'horaire, en passant les scènes qui m'étaient familières pour s'arrêter sur Scène#14 : ROYCE ET IDA. BAISER DANS LE BUREAU.

J'ai eu le souffle coupé. Mes doigts ont cherché nerveusement les feuilles de dialogue jointes, là où Mary avait clairement mis un Post-it orange fluo sur #14. C'était une longue scène. Je l'ai parcourue des yeux. Mon ventre se tordait au fur et à mesure que j'avançais dans ma lecture. Je me suis levée d'un bond avant même d'avoir terminé. Mary s'est interrompue dans la commande de mon petit déjeuner. La porte d'entrée s'est refermée sur moi dans un grand fracas.

Je crois que, dans ma rage, j'ai dû bousculer plusieurs personnes qui faisaient la queue pour le café.

CHAPITRE 67

Quand la porte de la caravane de production s'ouvrit violemment, une vague de chaleur et de beauté apparut. Cole leva les yeux du story-board pour dévisager Summer qui entrait dans la pièce comme une véritable tornade.

—Il n'y a pas d'histoire d'amour entre Ida et Marcus, aboya-t-elle en lui jetant son scénario à la tête. (Dans la petite caravane, toutes les conversations se turent, tout le monde écoutait.) J'ai lu le livre. Trois fois !

Ça faisait plaisir d'entendre que quelqu'un avait lu ce fichu bouquin.

Cole jeta un coup d'œil sur le bordel qu'elle avait créé sur son bureau, puis il releva la tête en haussant les sourcils.

—C'est un film, dit-il en retournant au story-board. Les scénaristes ont voulu le corser un peu. C'est normal. Tu comprendrais si tu étais une pro.

La pique n'était pas nécessaire, mais il ne pouvait pas s'en empêcher. Cette femme réveillait en lui la part du diable.

—J'ai lu le premier script. Celui que tu m'as envoyé avec mon contrat. Ida et Royce se détestaient. Pourquoi est-ce que Royce…

Elle ramassa une feuille par terre et lut une réplique : « Il pousse Ida contre la commode et l'embrasse passionnément. »

Elle mit la feuille en boule et la jeta par terre.

Il découvrait la panique dans son regard. De la panique. C'était une réaction inattendue.

—On va utiliser ça. (Don venait de prendre le risque d'intervenir. Il posa délicatement sa main sur l'épaule de Summer.) Vous ne comprenez pas. La passion issue de leur haine va rendre leur histoire plus sexy.

—Non, dit Summer en regardant Cole. (Elle était toute rouge.) Ça n'érotise pas l'histoire, ça la rend débile.

—Wouahhh… allez Summer, gronda Cole en s'approchant et en tendant la main vers son poignet.

Elle le repoussa pour que leurs corps ne puissent pas se toucher. Il se pencha en avant pour lui murmurer quelque chose à l'oreille. Son parfum super-sensuel à la pomme lui donna envie de virer tout le monde de cette caravane.

—Bien sûr que si, lança-t-il avec fermeté.

Elle bondit en arrière et fit demi-tour.

—S'il m'embrasse devant la caméra, je vais perdre mes moyens, cria-t-elle à Don en pointant un doigt accusateur vers Cole.

—Je le sais bien, rit Cole en croisant les bras, histoire d'en faire quelque chose. Tu vas fondre sous mes lèvres, bébé.

Summer poussa un cri en levant les mains au ciel et sortit, en laissant derrière elle son scénario, et claqua la porte de la caravane de toutes ses forces.

—Ça s'est bien passé, lança Cole.

Il croisa les doigts et posa ses mains sur son crâne, en faisant rouler ses épaules. Elle avait l'air paniquée. *Merde.*

—Tu t'attendais à quoi? Tu lui balances ça sans la prévenir. Je t'avais dit qu'il fallait la voir ce matin et passer en revue les changements ensemble pour la préparer. Mais non, tu as préféré lui balancer ça via les feuilles de convocation et les mises à jour.

—Lui balancer ça? J'ai été élu l'homme le plus sexy de l'année. Elle n'est pas en train de se préparer au combat, Nom de Dieu. C'est si difficile de m'embrasser une fois?

—Il s'agit de trois baisers, en fait, rectifia une assistante de production très brune sur sa gauche, et d'un flirt poussé.

Il lui lança un regard noir; elle se recroquevilla sur place.

—Je vais aller lui parler, dit Don. Eileen, tu tournes la scène quatre pendant que je parle à Summer. Je veux pouvoir tourner la quatorze à onze heures, alors bougez-vous les fesses, au boulot.

– C'est moi qui vais aller lui parler. Tu tournes la quatorze, moi j'y vais.

– Non, aboya Don. Avec la chance que j'ai, vous allez vous réconcilier et toute l'authenticité de la scène va foutre le camp. Ne t'approche pas d'elle, et sois prêt à tourner à onze heures.

Cole se mordilla la joue et hocha la tête.

– Bien.

Don avait raison. Il valait mieux qu'il l'évite. Parce qu'en ce moment, la seule chose à laquelle il pensait, c'était la panique dans ses yeux. Et cet air qu'elle avait, cette vulnérabilité ? Cela lui donnait envie de la réconforter, de la protéger. Et ces envies-là étaient dangereuses, elles risquaient de transformer leur relation. D'une façon qui le rendrait plus vulnérable, lui aussi.

CHAPITRE 68

SCÈNE 14 : ROYCE ET IDA : BAISER AU BUREAU

– Je veux du bleu. Quelque chose de frais, de rafraîchissant.

Cole a poussé la pub vers moi et j'ai gigoté en frottant l'arrière de ma jupe du bout de mon escarpin vintage à la Mary Jane[31].

– Les groupes test préfèrent le rouge.

J'ai évité son regard en faisant courir mon doigt sur une série de cartons à dessin pour les étaler l'un à côté de l'autre. J'étais censée hésiter dans cette scène, être mal à l'aise. C'était facile. Je me sentais tellement larguée. Sur le plateau, dans mon rôle d'actrice, dans cette relation de désir/haine que Cole semblait avoir avec moi.

– Le rouge signifie Stop.

La voix de Cole paraissait fatiguée, il se frottait les yeux en tirant sur son nœud de cravate. J'aurais aimé ne pas avoir à faire cette scène aujourd'hui. J'avais demandé à Don, je l'avais supplié, quand il était venu me voir dans ma caravane, de reculer la scène de quelques semaines pour me laisser le temps de m'habituer à jouer la comédie et de résoudre mes problèmes. Ce que je ne lui avais pas dit, c'est que j'avais besoin d'oublier un peu la baise avec Cole avant de pouvoir l'embrasser. Douze jours. Ça faisait douze jours, c'est tout. Douze jours qui me semblaient à peine douze heures. Quand allais-je oublier l'effet que me faisaient ses doigts sur la peau ? Le ton de sa voix quand il avait crié mon nom ? Quand allais-je oublier la sensation de sa présence en moi ? Cette incroyable sensation qui avait secoué tout mon corps ?

---

31. *Being Mary Jane* est une série télévisée américaine.

Une partie de moi désirait que la réponse soit : jamais. Une autre partie souhaitait que ça ne soit jamais arrivé. Vous ne pouvez pas regretter quelque chose dont vous ignorez l'existence.

– Il ne faut pas utiliser une couleur qui signifie Stop quand vous voulez vendre quelque chose à quelqu'un. (Sa voix devenait plus dure.) C'est du simple bon sens, Ida. Réfléchissez un peu.

– Je me fiche de savoir si le rouge signifie Stop ou pas. Le bleu… associé à la couleur marron foncé du Coca, ça paraît mou, triste. Le rouge a bien plus de punch, ça se remarque plus.

J'ai pris un des cartons sur lequel les lettres cursives se détachaient sur un fond rouge.

– Ça fait patriotique.

– Le bleu aussi est patriotique.

– Ce sont les Yankees qui portent du bleu, ai-je soulevé.

C'était très facile, les répliques coulaient toutes seules de ma bouche.

– On ne va pas prendre le rouge, dit-il catégoriquement.

– Demandons leur avis aux autres investisseurs.

Il a arrêté de triturer sa cravate et a levé les yeux sur moi.

– Non.

J'étais sur le point de gratter mon bras qui me démangeait. Je me suis arrêtée net.

Et voilà, ça allait arriver. Il s'est tourné sur son siège, lentement, tout en m'observant.

J'attendais la réplique suivante, avec une sensation d'oppression dans la poitrine, le simple fait de respirer me semblait une corvée.

– Venez ici, a-t-il dit doucement, en repoussant son bureau d'une de ses chaussures de ville.

Son gros fauteuil a reculé. Il attendait, ses mains bien posées sur les bras de son fauteuil, genoux écartés, son pantalon de ville tendu sur ses cuisses.

– Quoi ?

J'ai exhalé cette question dans un état de semi-panique. Ce n'était pas dans le script, Il était censé me parler de mon mari, du fait qu'il me manquait.

– Venez ici.

Il me montrait un endroit devant lui.

– Je suis très bien là où je suis.

Et je me suis mise à ramasser les cartes.

– Je ne vais pas vous manger, Ida. Venez ici.

Je n'aurais pas dû bouger. Ida ne l'aurait pas fait. Ida aurait vertement répondu à Monsieur Mitchell qu'il pouvait aller se faire voir.

Mais je l'ai fait. J'ai avancé sur ce sol instable, sur ces talons instables, et je me suis arrêtée, au bout d'un mètre cinquante environ, les mains jointes devant moi. J'entendais le ronronnement de la caméra, je sentais la présence de l'équipe autour de moi, le bruit léger d'un talkie. Cole ne m'a pas quittée du regard. Il a gommé la distance entre nous et a légèrement fait pivoter son fauteuil pour être bien en face de moi.

– Plus près.

Il avait prononcé ces mots d'une voix un peu rauque. Il s'est éclairci la voix avant de répéter :

– Plus près.

Je me suis rapprochée, pas à pas, mes talons résonnaient sur le parquet. Quand je suis arrivée devant lui, il s'est renfoncé dans son fauteuil et m'a regardée.

– Asseyez-vous. Sur le bord du bureau.

J'ai tendu les mains derrière moi, j'ai trouvé le rebord du bureau et je me suis penchée en arrière pour m'y appuyer.

– Non, a-t-il rectifié. Asseyez-vous dessus. Ou bien c'est moi qui vous y mets.

L'ordre dans sa voix, la visualisation de sa menace… il a touché une part féminine en moi qui n'aurait pas dû être atteinte avec tous ces spectateurs autour de nous. Je me suis hissée sur la pointe des pieds, sur le bureau. Ma jupe s'est relevée. J'ai tiré dessus en croisant mes jambes et en me recouvrant du mieux que j'ai pu. Sûrement, Don allait dire

«Coupez». Sûrement, quelqu'un allait arrêter cette perte de temps et d'argent.

–Savez-vous pourquoi je vous ai engagée, Ida ?

J'ai quitté des yeux les glands de ses mocassins.

–Non.

–Non, *Monsieur,* a-t-il corrigé.

J'ai serré les dents, sans rien répondre.

–Voulez-vous savoir pourquoi je vous ai embauchée, Ida ?

–Pas particulièrement, *Monsieur*, ai-je répondu d'un ton aigre.

Il s'est levé comme un chat, en poussant sur les bras de son fauteuil. Je me suis raidie, j'attendais qu'il s'avance, mais il ne l'a pas fait. Il est resté sur place, en remontant lentement et de façon délibérée une de ses manches de chemise, puis l'autre.

–Je vous ai embauchée… a-t-il fini par dire calmement en faisant un pas en avant et en s'arrêtant devant moi pour mater mes jambes.

J'ai eu le souffle coupé quand sa main s'est posée sur mon genou et j'ai décroisé mes jambes, en les serrant l'une contre l'autre et en tirant sur ma jupe.

–Je vous ai embauchée parce que, lorsque vous êtes entrée dans mon bureau avec votre petite robe de rien du tout, je me suis dit : «Ma main à couper que cette fille est un coup d'enfer.»

Sa main est remontée sous ma jupe. Je me suis raidie en appuyant sur son avant-bras pour tenter de le repousser. Il a eu un petit rire et avec son autre main m'a écarté les cuisses et m'a tirée au bord du bureau, genoux grands ouverts. Ma jupe était assez remontée pour qu'on puisse voir mes porte-jarretelles ridicules. Nos yeux se sont rencontrés, ses doigts caressaient doucement la bande de peau nue sur le haut de mes cuisses, en suivant les jarretelles jusqu'à l'endroit où elles rejoignaient mon slip en dentelle.

–Je vous ai engagée parce que je vous imaginais là, sur mon bureau, en train de gémir mon nom.

J'ai réussi à bloquer ses mains. Le bord de mon slip était trop proche, mon désir trop évident, il s'en fallait de très peu pour que je le supplie de continuer. Je lui ai dit non fermement et il a baissé les mains, d'abord sur mes bas, puis sur ma jupe. Quand il m'a regardée, ses mains étaient à nouveau en train d'arranger le nœud de sa cravate en soie.

— Mais je ne vous ai pas embauchée parce que vos avis ou votre opinion m'intéressaient le moins du monde. Vous faites pas mal du tout le café, et vous portez bien la jupe. C'est pour ça que vous êtes ici. Ne l'oubliez pas.

— Vous êtes un beau salaud.

Ces paroles grossières sont sorties toutes seules, mais ne sont pas parvenues à cacher les larmes dans mes yeux, et Cole a souri en les voyant.

— Oh oui, ma chère, et plus encore… (Il s'est penché en avant et a tiré sur l'ourlet de ma jupe, brusquement.) C'est sans doute la phrase la plus intelligente que vous ayez prononcée depuis ce matin.

Cette réponse correspondait au script, c'était la seule chose à laquelle je pouvais me raccrocher, et c'est ce que j'ai fait en ravalant ma fierté féminine. Je suis descendue du bureau, mes talons tremblaient lorsqu'ils ont touché le sol.

— Merci d'avoir exprimé si clairement votre position, Monsieur Mitchell. Dorénavant, je garderai mes opinions pour moi.

— Content de vous l'entendre dire.

Il s'est rassis, j'ai fait demi-tour et je me suis dirigée vers la porte, en regardant la caméra au passage, qui a saisi la larme qui coulait sur ma joue.

Plus tard, Don m'a dit que j'avais été formidable, que la scène était parfaite, une des rares de sa carrière qu'il avait réussi à mettre en boîte en une seule prise. Plus tard, j'allais hocher la tête, rire et accepter ses compliments comme si je n'étais pas détruite, comme si Ida et Royce n'avaient rien à voir avec Cole et moi, comme si j'avais joué la comédie et pas vécu à travers Ida Pinkerton.

CHAPITRE 69

Trois ans plus tôt, j'aurais dû le savoir.

Quand j'appelais Scott et qu'il ne répondait pas. Quand je passais à son bureau et qu'il n'était pas là.

J'aurais dû me rendre compte que quelque chose clochait, j'aurais dû voir les signes et faire le lien entre eux. Mais je ne l'ai pas fait. J'avais vingt-cinq ans, j'étais naïve et amoureuse, et je croyais que les meilleures amies et les fiancés ne se mélangeaient pas.

Je n'ai même pas tilté quand j'ai vu le pick-up de Bobbie Jo garé derrière la grange, chez lui.

J'ai pensé : nous sommes une semaine avant le mariage, ils me préparent une surprise. Je pensais entrer et les surprendre en train d'examiner le programme de lune de miel à Amelia Island, étalé sur la table de la cuisine. J'ai failli partir. J'ai failli remonter dans ma camionnette et rentrer chez moi… pour les laisser me faire la surprise, pour les laisser s'écrier des AH ! AH ! devant mon étonnement feint.

Ils seraient tout fiers, et moi j'aurais ma lune de miel de rêve, après tout.

Voilà exactement ce que j'aurais fait s'il n'y avait pas eu la mère de Scott.

Elle m'avait appelée de chez elle, elle avait besoin de son médicament, et Scott était censé le lui acheter ce matin-là. Elle souffrait, et moi j'étais sa future belle-fille qui courait à son secours. J'étais contente de moi, de ma surprise, de mon fiancé qui m'aimait et de ma meilleure amie passionnée. J'étais vraiment pleine de joie en contournant sa maison pour atteindre le porche de devant.

J'étais tellement remplie de mes pensées positives que j'ai failli ne pas entendre Bobbie Jo gémir.

Mais je l'ai entendue. Je l'ai entendue gémir, puis j'ai entendu ses grognements à lui, et j'ai réalisé, juste avant de poser le pied sur la première marche, tout ce que j'avais occulté.

CHAPITRE 70

Quand le téléphone de Cole se mit à sonner à six heures et quart du matin, il songea d'abord à l'ignorer. En regardant sa montre, il fit une pause, les pieds posés bien à plat sur la terre meuble. Les champs s'étalaient devant lui, le soleil était encore bas derrière les arbres, dans le ciel rose pâle et paisible.

Il n'avait aucune envie de parler à son avocat pour l'instant, pas alors qu'il respirait calmement pour la première fois depuis des jours et des jours et qu'il réglait des choses qui l'avaient travaillé toute la semaine dernière.

Summer, par exemple. Il y avait un problème avec elle, entre elle et lui. Un problème qui avait disparu pendant les vingt minutes passées dans son lit. C'était trop court. Embarrassant, en fait. Nadia se serait moquée de lui, soit dit en passant. Mais il n'avait jamais joui aussi vite avec Nadia. Il essayait de réaliser ce qui était différent avec Summer, ce qui la mettait à part. Il était juste en train de commencer à réfléchir quand DeLuca l'avait appelé. Il déclina son appel.

Il regretterait tout ça en rentrant en Californie. La course, la sensation du sol sous ses pieds, l'air sans la moindre trace de pollution, et cette compétition contre lui-même. Peut-être qu'il essaierait l'Observatoire en rentrant à la maison. Il grimperait ses collines en emmenant Carlos et Bart avec lui. En sachant pertinemment qu'à chaque foulée les paparazzis le traqueraient.

Le téléphone sonna à nouveau. Il ralentit la cadence en répondant.

— Allô. (La voix masculine lui parvenait à travers une bouillie de voyelles et des coupures.) Je n'entends rien, dit Cole en souriant. La connexion est pourrie par ici.

Il y eut une autre rafale de mots incompréhensibles, parmi lesquels il comprit « connard » et « sommations ».

— Je vous rappelle d'une ligne fixe en arrivant à la maison.

Cole raccrocha et éteignit son téléphone, coupant sa musique par la même occasion. Ce n'était pas grave, il réfléchirait mieux sans.

Ça avait été une erreur de changer le scénario. Infuser de la sexualité dans *The Fortune bottle* était peut-être une bonne chose pour le film, mais ça le mettait dans une très mauvaise position. Il avait eu besoin de tout son self-control pour se dresser devant Summer, avec sa jupe remontée à la taille, son slip en dentelle, le contraste entre la peau de ses cuisses et ses bas noirs, son porte-jarretelles… ses doigts s'étaient jetés sur sa peau, il avait failli perdre le sens des réalités, oublier son texte, oublier le plateau et toute l'équipe, tout disparaissant sauf son tremblement et les images de tout ce qu'il avait envie de lui faire. Il bandait comme un âne quand il avait tiré sur sa jupe pour la remettre en place et qu'il s'était reculé, et quand il avait couru aux toilettes de la salle de projection, il avait vu une goutte de sperme sortir de son gland.

— On n'a pas fait le baiser, avait-il ronchonné à Don.

Ça lui avait été facile pour lui de simuler l'énervement, de froncer les sourcils, de la traiter de débutante.

Ça avait été facile de se disputer avec Don quand celui-ci lui avait dit que le baiser n'avait pas d'importance, que la scène était encore plus torride grâce à l'absence de baiser.

Les préliminaires, lui avait rétorqué Don, pouvaient être bien plus excitants. Et putain de merde, il avait complètement raison.

Mais aujourd'hui, il faudrait qu'ils aient ce baiser. Ils devaient expliquer l'évolution de la relation d'Ida et Royce, pour préparer la scène de sexe qui viendrait à la fin. Jésus. Il allait souffrir le martyre ce jour-là. Il aurait un mal de chien à faire durer les choses.

Une camionnette s'est approchée et il a couru sur la droite, sur le bas-côté de la route, en levant la main pour saluer le conducteur. Le véhicule est passé lentement.

Voilà encore une chose qui n'arriverait jamais à Los Angeles, un salut amical à un inconnu.

Surtout pas venant de lui. Un salut aurait pour conséquence l'arrêt immédiat du premier véhicule, plus tous les autres derrière. Une foule l'entourerait pour lui demander des autographes et des selfies. Ça ne prendrait fin que lorsque finalement il serait traité de connard et décrit comme tel dans tous les sites de potins et les hashtags de Twitter. Il n'avait pas été abordé une seule fois à Quincy. C'était étrange. Presque effrayant. Il avait voulu demander pourquoi à Summer, mais avait mis cette question de côté. Ça ferait un sujet de conversation possible, la prochaine fois qu'ils seraient en bons termes. Ça faisait trois semaines. Apparemment, ils n'étaient pas près d'être à nouveau en bons termes.

Avant ses six ans passés en compagnie de Nadia, il avait souvent baisé avec ses partenaires, avec la plupart d'entre elles, en fait. Normal, quand vous passiez quatre mois ensemble, c'était impossible de ne pas avoir de rapports au sein de l'équipe, quand tout vous poussait à vous tourner autour. Les conversations se terminaient souvent tard et les nuits se passaient à picoler. Les discussions et les verres entraînaient à tous les coups des baisers d'ivrogne et de la baise d'ivrogne. Et puis il avait rencontré Nadia, était tombé amoureux d'elle et n'avait jamais plus regardé ailleurs. Il n'avait jamais été tenté, n'avait jamais cédé à l'envie pulsionnelle d'une aventure avec une partenaire.

Faire l'amour avec Nadia avait toujours été grandiose, c'était même la base de leur relation, maintenant qu'il réfléchissait au passé. Mais faire l'amour avec Summer… cette expérience avait été complètement différente. Il avait perdu la tête par moments. La toucher, sentir qu'il était en elle, son baiser, ses bruits… il s'était laissé aller, dans cette chambre, à lui donner du plaisir, à la désirer, à avoir envie de la posséder, à l'adorer. Pendant ces moments-là, il avait été totalement à elle. Et c'est ça, plus que la tension entre eux, plus que Brad DeLuca et ses menaces, qui lui flanquait une peur panique.

Il a fait demi-tour et s'est dirigé vers la maison à plus grandes enjambées et en accélérant encore la cadence sur les derniers cinq cents mètres. Il avait besoin d'une douche. D'une branlette. De retrouver son calme, d'une façon ou d'une autre, avant de rappeler DeLuca et de descendre en ville.

Scène#22. C'était sur le plan de travail de la journée. Elle avait été réécrite pour intégrer le baiser qui n'avait pas eu lieu la veille.

Il fixait l'étroite bande de terre droit devant lui, sans jeter un regard à la maison de Summer. Un baiser. Un jeu d'enfant.

Entre les mouvements de ses enjambées, il sentit qu'il se mettait à bander et se mit à gémir en signe de protestation.

Il était baisé. Absolument, irrémédiablement baisé.

CHAPITRE 71

– J'ai besoin que vous veniez en Californie cet après-midi.

Brad DeLuca ne mâchait pas ses mots, il allait droit au but.

Cole glissa le bout du tuyau dans la piscine pour enfants et ouvrit le robinet. Cocky aimait la piscine, surtout les jours comme aujourd'hui où il allait faire dans les quarante degrés.

– Je ne peux pas aller en Californie aujourd'hui.

Il regardait la piscine se remplir et passa sa serviette autour de son cou pour sécher sa tête encore humide après la douche.

– Si, vous le pouvez, et vous le ferez. J'ai parlé avec votre metteur en scène, il va aménager le plan de travail, il m'a affirmé que ce n'était pas un problème.

– Vous avez parlé à mon metteur en scène.

Cole se demanda, tout en aspergeant Cocky, quand DeLuca trouvait le temps de dormir.

– Je n'allais pas vous faire perdre votre temps en vous appelant pour quelque chose qui était impossible. J'ai vérifié que c'était possible, et maintenant, vous allez venir. Justin a déjà retenu un vol pour vous, à onze heures.

Onze heures. Cole respira un peu mieux. Il avait largement le temps de faire la scène vingt-deux avant de partir à l'aéroport. Au pire, si Don n'était pas content, ils pourraient la reshooter plus tard dans la semaine.

– Pourquoi avez-vous besoin de ma présence ?

– Vous avez été convoqué. C'est le premier rendez-vous de médiation. L'équipe de Nadia essaie de faire bonne figure, mais je peux vous dire, vu le ton de notre conversation, qu'ils sont tout sauf coopératifs.

– Alors, c'est une perte de temps.

−Pas du tout. Je leur ai parlé ce matin et je leur ai lancé un ultimatum. Je leur ai dit que demain, c'était leur dernière chance d'éviter le procès. Ils nous ont donné trois dates possibles pour la médiation, et c'est celle-là la meilleure pour nous. Si on pouvait régler le problème de *The Fortune Bottle*, surtout maintenant que vous êtes sage comme une image, le reste sera facile. Vous pourriez être divorcé pour Noël.

Sage comme une image. Il ne se sentait pas vraiment sage. Avec tout ce qui se passait avec Summer, il se sentait franchement crade. Il ne répondit rien et ouvrit la porte de derrière. Cocky dressa la tête. *Divorcé pour Noël.* Ça serait bien. Et Nadia voudrait sûrement éviter le procès. Peut-être que cette médiation pouvait marcher et ôter un énorme poids de ses épaules.

−Comment vous en sortez-vous ?

Cole a regardé Cocky. Il allait l'emmener sur le plateau. Il faudrait qu'il demande à Summer d'en prendre soin pendant son absence. Il n'avait vraiment personne d'autre à qui demander.

−Cole ? insista DeLuca. Je ne veux pas vous voir noyer votre chagrin dans l'alcool. Nadia n'en vaut pas la peine. Vous vous en rendrez compte un jour.

−Je vais bien, aboya Cole en abandonnant Cocky et en fermant violemment la porte de derrière pour aller attraper ses clés sur le comptoir.

−Arrêtez de me baratiner. Vous pouvez la jouer dur à cuire sur le plateau, très bien, mais vous devez être franc avec moi. J'ai un excellent psy. Pourquoi ne lui parlez-vous pas ? Exprimez votre colère ou faites une dépression nerveuse, je ne sais pas moi, faites ce que vous avez l'habitude de faire en Californie quand vous avez le cœur brisé.

Cole a éclaté de rire, sa main sur la porte de devant, coincé chez lui par ce téléphone filaire alors qu'il voulait aller au Pit.

−Brad. Je vous jure sur notre terre et sur Dieu le Père que je ne me languis pas de Nadia.

−Alors, vous êtes passé à autre chose.

Brad était sceptique et ça lui bouffait son temps. Cole jeta un coup d'œil à l'horloge en forme de coq par la porte et essaya de calculer le nombres de prises qu'ils avaient encore le temps de faire.

– Ouaip, dit-il simplement.

– Je croyais vous avoir dit d'éviter les nanas.

L'attention de Cole fut à nouveau captée par son coup de fil.

– Quoi ?

– Vous ne pouvez pas vous engager dans une relation pour l'instant. Absolument pas. Nous entrons dans notre premier round de médiation, et nous avons besoin que vous ayez l'air meurtri et en train de vous débattre. Si vous avez une nouvelle relation, ça va donner un tout autre éclairage à l'aventure de Nadia.

Les paroles du type étaient claires et dramatiquement nettes.

– Je ne me suis engagé dans aucune relation.

C'était la vérité. Avec Summer, quoi que soit leur truc, ce n'était pas une relation amoureuse. C'était une obsession qui tombait au bon moment. Et si ça l'aidait à oublier Nadia, et bien tant mieux. Tout comme sa passion pour les courses ou pour *The Fortune Bottle*, elle allait s'estomper. Probablement même avant la fin du film.

– Je vous jure, Cole, que si les médias découvrent ça, vous allez être crucifié. Pour l'instant, vous avez toute l'Amérique de votre côté. Vous avez même Jennifer Aniston et c'est elle qui a couvert de merde Angelina Jolie. Ne la rejoignez pas dans la merde, Cole. Pas avant que votre film soit passé devant le juge et inscrit sous votre nom, enveloppé d'assez de papiers légaux pour être bien sûr que Nadia ne puisse jamais y toucher. Et si vous voulez emmener cette fille à la première et l'emballer dans les millions de dollars que ça va vous rapporter, allez-y. Mais pas avant. Vous savez mieux que quiconque comment ces fouille-merde réussissent à flairer les bonnes histoires, Cole. Ne leur en servez pas une sur un plateau d'argent.

—Je n'ai pas de relation, je ne vois personne, je ne baise avec personne.

Il balança cette dernière réplique comme si c'était la pure vérité en appuyant son front sur la porte. Il désirait que ce type, à l'autre bout du fil, gobe ses paroles, et ce n'était pas tout à fait un mensonge. Il ne baisait pas Summer, il l'avait baisée. Au passé. Ça ne recommencerait pas. Sans doute pas.

—Si vous voulez que je prenne l'avion à onze heures, il faut que j'y aille.

—OK.

Cole raccrocha et lança le combiné sur le divan, en ouvrant la porte. Le ciel du matin était lumineux. Un moineau s'envola comme une flèche dès qu'il apparut sur le porche. Cole courut jusqu'à la camionnette en plissant les yeux en direction de la maison de Summer. Il fut rassuré de voir que la sienne n'était plus là.

Il grimpa à l'intérieur, démarra en trombe et se dirigea vers la ville. Ça allait être une matinée bien chargée. Scène#22. Le premier baiser de Royce et Ida.

Il allait faire ça bien, avant de prendre l'avion pour Los Angeles et retourner à ses démons.

CHAPITRE 72

J'avais déjà avalé la moitié de mon assiette de gaufres quand Mary a passé la tête.

— Je peux entrer ? a-t-elle gazouillé.

J'ai hoché la tête, la bouche pleine de fraises et de sirop, en jetant un coup d'œil au scénario que je revoyais. J'étais sur le point de lui demander si elle pouvait m'aider à répéter quelques répliques, quand elle m'a tendu une nouvelle convocation.

— J'ai de mauvaises nouvelles. Monsieur Masten doit aller en Californie, du coup ils ont changé quelques scènes.

Que Cole doive aller en Californie, c'était une excellente nouvelle. J'ai pris un air déçu et j'ai attrapé la nouvelle feuille. Scène 22 ? J'ai commencé à parcourir mon scénario, mais elle m'a arrêtée.

— Je vais vous chercher un nouveau scénario. La 22 a été revue après votre... euh... (elle a regardé son bloc-notes et a écrit quelque chose dessus)... après votre improvisation d'hier. Ou plutôt après l'improvisation de Monsieur Masten.

Revue. Ça ne sentait pas bon. J'ai parcouru les feuilles qu'elle m'avait données, avant de relever la tête.

— Un baiser ? C'est ça cette scène ?

— Oui. (Elle tapait nerveusement son stylo sur son bloc-notes.) Ils veulent que vous soyez prête à tourner dans quinze minutes.

Quinze. Quinze minutes, ça n'était pas suffisant pour que je passe au maquillage, à la coiffure et que je sois prête à tourner. Cinq ans n'auraient pas suffi à me préparer à embrasser Cole Masten.

*
* *

SCÈNE 22 : PARKING DU BUREAU.
ROYCE DONNE LA VOITURE À IDA

C'est stupide. J'ai mis la première page du scénario en boule en avançant vers Don. Nous étions au milieu d'un faux parking, devant un faux bâtiment de bureaux, le logo vintage de Coca-Cola accroché au-dessus de la porte était la seule chose authentique du plateau. Enfin, ça et une Cadillac Phaeton d'époque, garée devant, avec un énorme nœud autour.

Don soupira en posant sa main sur la caméra pour me regarder.

– C'est quoi le problème, Summer ?

– Alors, comme ça, Royce décide d'offrir une voiture à Ida, et elle est censée le remercier en l'embrassant ?

– C'est pour faire la paix, s'interposa Cole qui arrivait, une tasse de café à la main.

Il était déjà habillé, dans un costume marron, rasé de frais. Ses yeux verts brillaient. Je l'ai ignoré.

– Ida n'accepterait jamais une voiture, elle ne sauterait pas de joie pour faire tout ce truc pathétique que vous voulez qu'elle fasse.

J'ai secoué mon scénario, et un des scénaristes m'a regardée en fronçant les sourcils.

– Ce n'est pas pathétique. C'est comme ça que les femmes faisaient dans les années cinquante. Vous devez comprendre que c'est une divorcée, qu'elle cherche un homme. Royce lui fait un cadeau très généreux, et quand elle le serre dans ses bras pour le remercier, il lui vole un baiser… (Le type, un petit bonhomme aux cheveux roux dans un tee-shirt du Grateful Dead, a haussé les épaules.) C'est logique, nom de Dieu !

Je l'ai regardé fixement et je lui ai fait comprendre par l'expression de mon visage que je considérais qu'il n'était qu'un pauvre imbécile sexiste.

—Ce serait logique si nous parlions d'une femme qui reste assise à tricoter chez elle toute la journée. Ça ne l'est pas s'il s'agit d'Ida Pinkerton, l'une des 67 du départ. (J'ai regardé Don, puis Cole d'un air dégoûté.) Est-ce que quelqu'un d'autre que moi a lu ce livre ?

—Un scénario, ce n'est pas un roman. C'est une adaptation.

Voilà que le fan de Grateful Dead se levait.

—Vous, la ferme ! aboya Cole, en désignant le scénariste.

Il regarda sa montre et s'arrêta devant moi, tellement près que je pouvais discerner de fines lignes vertes dans l'étoffe de son costume marron.

—Summer, je dois prendre un avion dans deux heures. S'il te plaît, ne résiste pas. Dis simplement ton texte et finissons-en, bébé.

Puis il m'attrapa par l'arrière de mes bras et les fixa, d'un air étonné.

—Ce n'est pas elle, ai-je sifflé. Tout ce truc d'adoration du héros est une vraie connerie. C'est complètement étranger au personnage.

—Alors, improvisez, m'interrompit Don. Comme vous l'avez fait dans le bureau. De toute façon, je n'arrive pas à vous faire respecter ce foutu scénario.

Je me suis tournée vers Don, parfaitement consciente que Cole avait encore ses mains sur moi. J'ai secoué les épaules et il m'a lâchée.

—Improviser ?

—Bien sûr. Dis ce que tu penses qu'Ida dirait. Mais en échange, j'ai besoin d'un baiser. (Il a pointé son doigt vers moi.) C'est promis ?

—Un baiser, ai-je répété avec effroi.

—Oui, a dit Cole. Je sais. C'est douloureux. Crois-moi, country girl, je n'en ai pas plus envie que toi.

Je l'ai dévisagé, ma bouche s'est légèrement tordue lorsqu'il a croisé mon regard assassin.

—Menteur !

Il s'est mis à rire et s'est penché en avant, assez pour que je sois la seule à entendre sa réponse.

– C'est vrai, bébé. Exactement comme toi.

*
* *

J'ai fermé les yeux et j'ai essayé mentalement de me préparer pour la scène. J'ai essayé de me représenter comment j'aurais réagi en me levant demain matin, que ma camionnette avait disparu, remplacée par une voiture flambant neuve. Je ne crois pas que je l'aurais bien pris.

Cole attendait à côté de moi.

– Ce n'est pas si difficile, Summer, dit-il à voix basse. C'est un combat. Un truc qu'on sait très bien faire tous les deux.

– Silence!

J'ai entendu l'assistant-réalisateur hurler, et le bâtiment est devenu silencieux.

– Ça tourne.

Je me suis redressée et j'ai poussé la porte. Ma jupe me serrait les cuisses quand je suis sortie sous le soleil bidon, un énorme soleil artificiel qui jaillissait des projecteurs. Cole m'est entré dedans quand je me suis arrêtée net en cherchant ma voiture dans le parking. Quand j'ai vu la voiture rouge vif, avec sa capote blanche baissée, le ruban et son nœud sur son pare-brise, je l'ai dévorée des yeux. Je l'ai dévorée des yeux et j'ai tenté de deviner ce qu'Ida Pinkerton aurait bien pu dire.

– Eh bien? Qu'en pensez-vous? m'a demandé Cole en avançant, d'un air content de lui, en tendant la main.

– Est-ce que vous emballez souvent vos voitures? ai-je d'abord demandé, en penchant la tête sur le côté et en me grattant discrètement le chignon.

La coiffeuse y était allée fort avec les épingles à cheveux.

Son sourire s'est figé.

– Elle est pour vous.

Ma main a lâché mon chignon.

– Pour moi?

—Oui, elle est rouge.

—Je vois ça, Monsieur Masten, je suis une femme, pas une daltonienne.

—Vous n'êtes pas très reconnaissante non plus.

Il a fait un pas en avant en grimaçant, et j'ai vu pour la première fois les clés dans sa main.

—C'est le rouge Coca-Cola, dit-il en se tournant vers la voiture. Le vendeur a fabriqué cette teinte exprès pour vous. Puisque j'ai accepté de changer la couleur logo.

Il me souriait comme si j'aurais dû lui être reconnaissante.

—Comme c'est généreux de votre part, ai-je répondu posément. Où est ma voiture ?

—Ceci, et il a tendu les deux mains en avant comme pour être plus clair, ceci est votre nouvelle voiture.

—Je ne suis ni sourde, ni daltonienne, ni stupide. J'ai compris que cette voiture était rouge, et que par je ne sais quel malentendu, vous pensez que je devrais être heureuse que vous me l'offriez.

—Oui, exactement. C'est exactement ce que j'avais compris. Et je suis content, Madame Pinkerton, que pour une fois aujourd'hui, nous soyons sur la même longueur d'onde.

Il s'arrêta devant moi et me tendit les clés. J'ai incliné la tête et je lui ai souri gentiment.

—Où est ma voiture, ai-je répété. La Ford noire ?

Il a levé les mains,

— Je ne suis pas certain de comprendre. Pouvez-vous regarder celle-ci un instant ?

—Rapportez-la-moi.

—Vous ne voulez pas la récupérer.

Il s'est approché un peu plus, et sa main a glissé sur ma chute de reins. Il m'a poussée doucement, en m'accompagnant vers la voiture.

—Vous ne savez pas ce que je veux, ai-je bafouillé.

—Je sais que vous voulez ça.

Et il m'a presque traînée jusqu'à la voiture. Mes talons traînaient dans la poussière, un nuage de poussière s'élevait derrière moi. Ma hanche a cogné contre la poignée de la portière quand il m'a poussée contre la carrosserie rouge vif.

– J'ai déjà une voiture, espèce d'entêté.

– Pas une voiture, me coupa-t-il. Celle-là.

Puis d'une main fermement posée à l'arrière de mon cou, il m'a attirée à lui et m'a embrassée violemment.

Il devrait y avoir des lois contre les hommes qui savent embrasser comme ça. Avec cette bouche dominatrice qui vous supplie quand même. Cette langue qui vous excite et vous délivre en même temps. Des goûts qui plongent dans des fleuves d'addiction et emprisonnent une fille dès le premier contact.

Je l'avais déjà embrassé dans sa cuisine. Ceci était une expérience totalement différente.

Je me suis noyée dans ses bras, mes genoux s'entrechoquaient, mon corps était soutenu par lui et par la voiture. J'ai tout oublié à part ce qui se passait entre mes lèvres et les siennes. J'ai arrêté de me défendre après la première pause. Ses lèvres sont immédiatement revenues, et le second baiser a été plus tendre, plus doux. Sa main a lâché mon cou en transformant sa poigne en caresse. L'autre descendait et me serrait contre lui, dans une parfaite communion de nos deux corps pendant que nos bouches s'exploraient. Plus avide, ma langue rencontrait la sienne, et la sienne remuait sous ma direction. Elle me laissait diriger, nous étions parfaitement en cadence. Mes cheveux sont tombés sur mes épaules. Il a ôté mes épingles à cheveux et a plongé sa main dans mon cuir chevelu avec tendresse.

Je me demandais comment cela pouvait être aussi simple, comment nos bouches pouvaient si bien correspondre l'une à l'autre, alors que nos caractères s'affrontaient tellement fort.

Je me demandais comment ma bouche pouvait tellement désirer cet homme, alors que je le détestais. Il tira doucement sur mes cheveux et j'ai résisté. Nos bouches se sont séparées, je respirais fort. Il m'a forcée à baisser les yeux en fixant mes lèvres un long moment, puis il a relevé la tête. Il m'a dévisagée.

J'ai fermé les yeux et je me suis avancée pour reprendre ses lèvres. À cet instant, je ne pouvais pas supporter qu'il me regarde, alors que mes jambes vacillaient sous ses baisers… pas question qu'il voie ça. J'ai pressé mes lèvres contre sa bouche, et il me l'a offerte, en appuyant plus fort sa main dans ma nuque.

C'est lui qui s'est arrêté la seconde fois en maintenant toujours ma tête avec sa main. Il a doucement embrassé le sommet de mon crâne avant de reculer. J'ai senti la pression de sa main dans la mienne, et j'ai vu qu'il avait déposé la clé argentée dans ma paume.

Il est parti en direction du bâtiment, tête baissée, les mains dans les poches.

— J'étais sérieuse, Monsieur Mitchell, ai-je crié, et il s'est arrêté en tournant la tête vers moi.

— À quel sujet ? a-t-il demandé.

— La voiture, je n'en veux pas.

— Et de nous ?

Il s'est tourné vers moi, les mains dans les poches de son pantalon, comme s'il n'en avait rien à faire de ma réponse. Je l'ai dévisagé un long moment sans rien dire.

— Je ne veux pas de cette voiture, ai-je fini par répéter. J'apprécierais beaucoup que vous me rapportiez la mienne.

— Compris, Madame Pinkerton. Bon courage pour rentrer chez vous à pied.

J'ai ouvert la bouche et j'ai fait un pas en avant en levant la main, prête à protester. Autant de gestes que le type qui passait la fausse porte du bureau a ignoré. La porte grillagée a claqué derrière lui dans un grand fracas.

J'ai poussé un glapissement étranglé de fureur et je suis allée à la voiture, en examinant tour à tour les clés dans ma main et le véhicule. J'ai fini par les jeter à l'intérieur sur le siège avant.

J'ai serré mon sac sous mon bras et j'ai ôté un de mes escarpins, puis l'autre. Avec mes chaussures dans une main, j'ai relevé la tête d'Ida Pinkerton et je suis partie à pied dans la poussière.

Quand mes pieds recouverts de nylon ont atteint la limite du plateau marquée par une natte à la place de la terre, je me suis arrêtée. Je me suis retournée et j'ai attendu que Don crie «Coupez». Il ne l'a pas fait, et je l'ai vu qui zoomait sur la voiture et sur le siège avant, sans doute sur les clés. Après un long moment, Don a levé les yeux du moniteur de la caméra.

– Coupez. Elle est bonne.

Don a ouvert la porte de l'immeuble du bureau.

– C'est bon, Don ?

– J'ai ce qu'il me faut. Va prendre ton avion.

Puis Don a hoché la tête :

– Beau boulot, Cole.

Cole lui aussi a hoché la tête et a attrapé une casquette de base-ball sur le dossier d'un des fauteuils de réalisateur. Il l'a enfoncée sur sa tête et est sorti. Je l'ai regardé partir en plissant les yeux. Le moins qu'il puisse faire après m'avoir embrassé comme un fou, c'était de me faire un signe. J'ai senti un coup de coude général et j'ai regardé sur la gauche. Le perchman faisait un signe à Don.

– Super-boulot, Summer, dit Don. Ce n'était pas si horrible, n'est-ce pas ?

Je lui ai fait un pauvre sourire.

– J'ai fini ?

– Pour l'instant, oui. (Il s'est avancé et a consulté un bloc-notes.) Je vais bosser avec les gars pour visionner ça et le monter avant que Cole revienne. Nous ne tournons rien d'autre avec vous aujourd'hui, alors vous pouvez y aller si vous voulez.

Si je le voulais ? J'ai levé la main pour récupérer les épingles restantes dans mon chignon ravagé.

– Ça me va, ai-je souri à Don. Merci.

– Hé, merci à vous. Il n'y a pas beaucoup d'actrices capables d'improviser comme ça, c'était vraiment bien. Vous bossez bien ensemble.

C'était un compliment de dingue. Mais cette fois-ci, quand il m'a souri, je lui ai répondu par un véritable sourire.

J'avais fait du bon boulot.

Nous nous étions embrassés et j'avais survécu.
J'étais libre pour le restant de la journée.
Les choses auraient pu être bien pires.

CHAPITRE 73

Cole était assis tout seul dans la cabine de l'avion. Un de ses pieds reposait sur le fauteuil vide devant lui. Le sien était légèrement incliné, il avait une boisson non entamée devant lui. Il regardait la glace fondre dans le verre et se demandait ce qui pouvait bien clocher chez lui. L'avion a piqué légèrement, il a jeté un coup d'œil à l'hôtesse qui lui a lancé un grand sourire aguicheur. Il a baissé les yeux sur son verre.

Le baiser avait été différent, si différent que dans la cuisine. Ça avait été plus comme dans sa chambre et c'est probablement ce qui le troublait. Quand il était dans son lit et qu'elle avait roulé sur le côté, qu'elle lui avait grimpé dessus et qu'elle l'avait embrassé, il était à moitié inconscient, l'esprit totalement embrumé par cette expérience, le corps sur pilote automatique. Ce baiser n'avait été qu'un ingrédient supplémentaire à leur gâterie décadente. Mais là, devant cette voiture, il n'était pas défoncé du tout. Il avait tout expérimenté, la moindre sensation, le moindre goût, le moindre mouvement de langue. Il avait tout savouré, bordel.

En remuant dans son siège, il ferma les yeux et se demanda pourquoi il s'en faisait autant pour elle. Il n'avait pas hésité à baiser ces deux filles dans cette chambre d'hôtel, ou cette Brésilienne sur le yacht de Dillon, trois jours après avoir surpris Nadia en pleine action. Il ne trichait pas. Depuis, Nadia avait été photographiée cent fois en compagnie de ce réalisateur. Elle avait probablement sa queue tatouée sur son corps à présent. Où donc était le problème ?

Peut-être que c'était Summer. Peut-être était-ce une part secrète de son esprit qui avait perçu quelque chose que lui n'avait pas vu et qui le poussait à s'en éloigner.

Peut-être était-ce DeLuca et ses menaces ? Aucun beau petit cul au monde ne valait la peine de perdre la moitié de *The Fortune Bottle*. Et c'est tout ce qu'elle était – une tentation. C'était tout ce dont il avait besoin de se souvenir.

Il se rappela soudain Cocky et attrapa son téléphone.

Quand elle répondit, elle était hors d'haleine. Ses halètements dans le téléphone étaient parfaitement innocents et totalement érotiques. Il perdit la tête un instant, avant de la retrouver.

– Est-ce que j'interromps quelque chose ?

– Interrompre quelque chose ? a-t-elle sursauté. Tu as quitté le plateau il y a une heure à peine. Je viens juste d'arriver. Comment pourrais-tu interrompre quoi que ce soit ?

Il ignora sa question.

– J'ai oublié de te demander si tu pouvais t'occuper de Cocky pendant mon absence.

– Avant d'oublier, je voulais te parler de son nom.

– Tu vas m'engueuler pour lui avoir donné un nom ?

Il ferma les yeux et se massa la base du nez un moment.

– Cole, j'ai pleuré comme une môme quand mon premier poulet est mort. Je ne vais sûrement pas me moquer de toi pour lui avoir donné un nom. Je pense juste que tu aurais pu trouver quelque chose de mieux que Cocky.

Il laissa tomber sa main et se mit à sourire.

– Le prochain poulet que j'ai, je te laisserai lui trouver son nom.

Il regretta ses paroles aussitôt qu'il les eut prononcés. C'était trop, il s'avançait bien trop. Mais elle l'ignora et changea de sujet.

– Où vas-tu ?

La question était pleine de curiosité naïve, et il apprécia pour un instant ce calme entre eux. Il aima et détesta ça, en même temps. Leurs confrontations lui étaient devenues tellement familières qu'il se sentait un peu mal à l'aise devant tant de cordialité.

– À la maison. Ou plutôt, à Los Angeles. Ma maison là-bas est à présent passée sous le contrôle de mon ex.

—Alors, où vas-tu habiter ? (Elle l'empêcha de répondre.) Aucune importance. Ça paraît... je me suis mal exprimée. Bien entendu, je vais m'occuper de Cocky, avec plaisir.

—Je vais descendre à l'hôtel.

Il ne savait pas pourquoi il avait ressenti le besoin de le lui dire. Il voulait qu'elle sache, il voulait qu'elle comprenne bien le sens du mot « seul ». *Je descends à l'hôtel, seul.* Elle s'en fichait. Il avait sûrement imaginé l'inquiétude dans sa voix. Pourquoi en aurait-elle quoi que ce soit à faire ? Elle n'en avait rien à faire.

—Un endroit chic.

—Un endroit solitaire.

Encore un truc stupide à dire.

—Oui.

Puis, avec un petit rire :

—Probablement.

Il arrêta son flot de paroles en vidant son verre de whisky. L'hôtesse de l'air apparut sur-le-champ. Elle effleura sa main en remplissant son verre vide. Elle l'aurait suivi à l'hôtel s'il l'avait voulu. Elle l'avait déjà fait, après le premier vol, quand il avait reçu les papiers du divorce. Elle avait des hanches super-souples. Il détourna le regard.

—Où est la nourriture de Cocky ?

—Derrière la porte de la cuisine, il y a une boîte transparente avec une cuillère à l'intérieur. Je demanderai à Justin de t'expliquer.

Il se racla la gorge, bien conscient que la phrase suivante le ferait passer pour une chochotte.

—Il s'est habitué à ma présence... Je ne sais pas comment il va faire la nuit, je ne l'ai jamais laissé seul dehors toute la nuit...

—Tu veux que je le prenne chez moi ? Ou tu veux que je reste chez toi avec lui ?

La vision de Summer chez lui, dans son lit... Sa main se mit à trembler légèrement quand il reprit son verre à l'hôtesse de l'air.

—Oui, s'étrangla-t-il. Installe-toi chez moi, si ça ne t'embête pas.

—Ça m'est égal.

Elle rit un peu et il entendit un bruit d'eau qui coulait à l'arrière-plan, puis un bruit métallique. Des casseroles ou des faitouts, sans doute dans l'évier. Il l'imaginait aisément, pieds nus, manches relevées, avec son téléphone coincé contre son épaule.

—Tu as laissé la maison ouverte ?

Merde.

—Non. Je…

—Ben a reçu une clé supplémentaire quand il a signé le bail. Je vais tâcher de trouver où il l'a laissée. Rien d'autre ?

Il essaya de penser à autre chose, une façon de prolonger la conversation, mais ne trouva rien.

—Non. Appelle-moi si tu as d'autres questions.

—Quand rentres-tu ?

—Demain soir, de bonne heure.

Il devrait l'inviter à dîner. Il l'aurait fait avec n'importe quelle autre partenaire. Cela dit, s'il passait en revue ces dix dernières partenaires, aucune d'elles n'était du genre à baby-sitter un volatile. Elles avaient toutes du personnel pour ça, voire une nurse pour leurs animaux familiers.

—Je m'assurerai de rentrer à la maison avant que tu atterrisses. Appelle-moi si tu as besoin de quoi que soit.

—Je le ferai. Merci.

Le mot parut étrange quand il le prononça, et il essaya de se rappeler la dernière fois qu'il l'avait dit. Il ne pouvait pas s'en souvenir. Flippant.

—De rien, répondit-elle sobrement.

Puis elle rit.

Il raccrocha avant de rire lui aussi, il se mit à sourire devant le ridicule de la chose. Un poulet. Il élevait un poulet.

Qu'est qu'il allait bien pouvoir faire de Cocky à la fin du tournage ? Il ne pouvait pas l'abandonner. Il faudrait qu'il…

Il composa le numéro de Justin avant de penser à autre chose et d'oublier.

– Salut patron !

Justin avait une bonne voix, une voix claire, en bonne santé.

– Salut. Comment ça va ?

– Bien, je vais reprendre l'avion avec toi demain soir. J'ai hâte. Je vais devenir fou ici.

– Est-ce que DeLuca t'a parlé de la médiation ?

– Ouaip. Une voiture t'attend à l'aéroport. Tu as mangé ? Je peux lui demander de prendre quelque chose en chemin.

– Non, ça va.

Cole baissa le store du hublot et ferma les yeux, il écoutait à moitié, il avait déjà oublié pourquoi il l'avait appelé.

– Tu es à l'*Avalon*, j'ai fait déposer ta Ferrari dans un de leurs garages privés. Tu trouveras un emploi du temps détaillé dans la voiture. Et pour dîner, je peux te proposer *Dan Tana*, *The Prawn House*, et je peux réserver tout *Morton*, si…

– Justin.

Quand il prononça son nom, l'assistant s'interrompit. C'était une de ses qualités que Cole préférait chez lui, cette capacité à fonctionner à cent à l'heure et à s'interrompre en un quart de seconde.

– Oui.

– Ça va. Annule les réservations pour le dîner. Je me débrouillerai tout seul. Peux-tu me rejoindre pour le petit déjeuner, demain matin ?

– Le petit déjeuner ?

– Ouais.

– Depuis quand est-ce que tu prends un petit déjeuner ?

Cole se mit à rire.

– Tu as du temps pour moi ou pas ?

– Bien sûr. Je suis juste surpris.

– Tu m'as manqué, mon pote.

Le type partit d'un grand éclat de rire,

– Qui êtes-vous, et où est passé Cole Masten ?

– Rendez-vous à sept heures à l'accueil de l'*Avalon*. Trouve-nous une de ces cabines de piscine, un truc un peu intime.

– Là je retrouve l'homme que je connais. C'est comme si c'était fait. À plus.

Cole se souvint subitement de la raison de son appel.

– Tu penses que tu pourrais me trouver une maison, par hasard ?

– J'en ai quatre ou cinq dans ton quartier. Je t'apporterai les dossiers demain matin.

– Vérifie qu'elles possèdent une cour. Et renseigne-toi sur les règlements municipaux concernant la possession d'un poulet.

Il y eut un long silence à l'autre bout du fil. Ce type avait organisé des orgies, avait soudoyé des paparazzis, donné à Cole sa pisse pour le test antidrogue d'un studio, et pourtant, *ça* le laissait sans voix.

– Un poulet *vivant* ? finit-il par demander.

– Oui. Un coq.

– Je vais me renseigner, parvint-il à dire.

Cole lui dit au revoir et raccrocha. Il avait perdu sa femme et gagné un poulet apprivoisé. Ouaip. C'était à peu près ça.

CHAPITRE 74

Après une très longue journée, Cole pénétra dans la suite de son hôtel, jeta sa sacoche sur la console et parcourut son téléphone. Il trouva le numéro de la maison Kirkland et appuya sur APPELER en essayant de calculer dans sa tête. Il était… minuit là-bas ? Onze heures ?

— Allô ?

Sa voix était endormie, presque droguée.

— Summer ? (Il enleva sa montre et la laissa tomber sur le marbre, en se retenant au bord de l'îlot central pendant qu'il enlevait sa première bottine.) C'est Cole.

— Je sais. (Elle bâillait.) Il est tard. Tu viens d'arriver ?

— Ouais. Mais il n'est pas si tard que ça ici.

— La journée a quand même été longue.

Il entendit un bruissement, puis plus rien. Il enleva sa deuxième bottine et alla s'écrouler sur une des chaises du salon. Pourquoi l'avait-il appelée ? Il essaya de trouver une raison. Vérifier pour Cocky ? C'était léger.

— Summer ? répéta-t-il, sur un ton plus pressé.

Le refus de cette fille de fermer les portes à clé était ridicule. Si quelqu'un entrait, se glissait dans sa chambre ?

— Hummm ?

Un autre bruissement.

— Tu viens de t'endormir ?

— Uh uh uh.

Sa réponse était évidente.

— Sais-tu le nombre de filles qui rêvent que je leur téléphone ? Le studio fait des cadeaux publicitaires dans ce genre en permanence et il y a des millions de demandes.

— Des filles, a-t-elle marmonné. Pas des femmes. J'ai même eu envie d'avoir un piercing au nombril, une fois.

—Je ne suis pas un anneau de nombril.

Voilà ce qu'il ne pensait jamais dire un jour à voix haute.

—Uh uh uh.

La réponse était assourdie, comme si elle avait posé son oreiller sur l'appareil.

—Où es-tu ? Dans quelle chambre à coucher ?

Il essayait de se rappeler quelles chambres avaient un poste de téléphone. Il essayait de se rappeler s'ils étaient sans fil ou pas.

—La tienne. J'ai essayé de dormir dans celle du bas, mais il faisait trop chaud. (Elle paraissait soudain un peu mieux réveillée.) Ce n'est pas un problème ?

Seigneur. Sa voix n'était pas la seule chose qui se réveillait. Sa queue eut subitement besoin qu'il la repositionne et il défit vite sa ceinture, juste pour être plus confortable. Il baissa sa fermeture Éclair pour qu'elle ait un peu plus de place, pour qu'elle puisse respirer un peu mieux.

—Qu'est-ce que tu portes ?

Il avait prononcé ces mots sur un ton plus sexuel qu'il ne l'aurait voulu.

—Quoi ? (Elle pouffa de rire dans l'appareil.) Cole Masten, je ne vais *pas* jouer à *ça* avec toi.

Un gloussement. C'était nouveau. Il aimait bien. Il fit courir ses doigts le long de sa bite, puis l'attrapa à pleine main et la serra fermement.

—Si je pose la question, c'est uniquement à cause de Cocky. Il n'a jamais vu de femme à poil. Je m'inquiète pour ses hormones de volaille.

—Ses hormones de volaille ? (Ses paroles étaient claires à présent. Elle s'était sans doute retournée. Sur le dos. Ses yeux le regardaient.) Tu n'as pas à t'inquiéter pour Cocky. Je ne suis pas à poil.

—Oh.

Il fit glisser son poing depuis la base de son membre jusqu'à son gland, fermement, avec un soupir de frustration à la pensée de cette fin de journée. Il ferait mieux de raccrocher. De se branler et de se coucher.

— Je porte une culotte.

Sa poigne se raffermit. À présent, sa queue était vraiment dure, elle se dressait dans sa main.

— Summer, grogna-t-il.

Il pensait à elle qui s'étirait dans son lit, couvertures rejetées. À quoi avait-elle l'air avec ce tout petit slip en coton ?

— Et un débardeur ? demanda-t-il.

— Non. (Elle répondit en soupirant et hésita à poursuivre.) Il fait trop chaud.

Il poussa sur la base de sa queue, soudain inquiet comme un ado à l'idée de ne pas pouvoir se retenir. Était-ce réellement en train d'arriver ? Cette conversation ? Cette direction ?

— Je devrais me rendormir, murmura-t-elle.

— Non. (Il ferma les yeux et s'enfonça plus profondément dans sa chaise, jambes écartées, tête en arrière.) Tu ne devrais pas.

— C'est mal ?

— Summer. (Ces mots le distrayaient douloureusement de la tension dans sa main. Il passa son pouce sur son prépuce en observant la goutte de liquide qui en suintait.) Je bande comme un fou et je ne peux penser à rien d'autre qu'à toi dans mon lit. Je t'en prie, ne me torture pas plus en raccrochant.

Son souffle haletant était le plus beau son qu'il ait jamais entendu.

— Tu penses à moi ?

— J'ai pensé à toi toute la journée. Je regrette de ne pas être à tes côtés. Je regrette que tu ne puisses pas tendre la main et me sentir.

— Je n'ai jamais fait ça, Cole. Je ne sais même pas quoi dire.

— Tu n'as rien à dire. Contente-toi de te caresser. (Il ferma les yeux et appuya ses pieds par terre, serra ses jambes et se mit à se branler.) Tu ne t'es jamais masturbée ?

— Je suis restée seule pendant trois ans, répondit-elle d'un ton aigre. Atteindre l'orgasme en me caressant, ça n'a rien de nouveau pour moi.

Il se mit à rire malgré lui.

—Seigneur, comme j'aimerais enfoncer ma queue dans cette petite bouche coquine.

—J'avais envie… ce matin…

Il retint son souffle en attendant qu'elle termine sa phrase.

—J'avais envie que tu le fasses. Que tu me retournes comme une crêpe et que tu poses ta bouche sur moi.

Il y eut un bruissement de draps, puis sa voix, toujours claire.

—J'y ai pensé si fort.

Que tu poses ta bouche sur moi. J'y ai pensé si fort.

Cole avait eu des centaines de femmes, Nadia était l'une des plus cochonnes, mais il n'existait rien de plus érotique que cette fille, dès qu'elle ouvrait la bouche. Chaque fois qu'elle admettait timidement quelque chose, c'était comme une nouvelle déchirure dans le papier de soie de son self-control, il la maudit en s'enfonçant plus profondément dans le siège en cuir.

—Demain soir, gémit-il en s'accrochant d'une main à son siège pendant qu'il se masturbait de l'autre, reste chez moi. Dès que je descends de l'avion, j'arrive, je te jette sur mon lit et je dévore ta chatte. Je ne m'arrêterai que lorsque ma bouche sera imprimée dans ton esprit et que j'aurai assimilé ton parfum pour toujours.

Il y eut un léger bruit. Elle sembla geindre un peu, ce gémissement se fraya un chemin jusqu'à sa bite, et il la lâcha en s'agrippant au siège et en essayant de s'arrêter, de ne pas…

Il ne s'arrêta pas. Sa queue continua à vivre toute seule, à bander raide comme un pieu. Elle éjacula une première fois, deux fois, cinq fois, avant d'enfin se calmer. Il avait le souffle coupé. Le téléphone qu'il serrait contre son épaule tomba sur ses genoux.

Ses mains cherchèrent à le rattraper avec maladresse, il le ramena à son oreille en chuchotant son nom pendant que les derniers spasmes de son orgasme secouaient son corps.

Son cœur se brisa quand il l'entendit jouir, juste après lui. Avec sa respiration hachée, l'appel de son nom, il l'imaginait se tordre dans ses draps, se cambrer en arrière, et il bandait quasiment à nouveau quand elle se calma et qu'il n'y eut plus qu'un long silence sur la ligne. Il s'en fichait. Il ne pouvait pas bouger, pas penser, pas réfléchir à ce qui venait de se passer, à ce que cela signifiait pour la suite.

— Bonne nuit, Cole.

Elle avait dit ça d'une voix calme, et il aurait eu besoin de tellement mieux la connaître pour savoir ce que ça voulait dire. S'agissait-il de la Summer ensommeillée après l'orgasme, ou de la Summer qui trouvait ça franchement bizarre, de la Summer mal à l'aise ou de celle qui était bouleversée, sur le point de pleurer ? Il n'avait pas besoin de le savoir. Il en avait envie. Et ça n'avait aucun sens.

Il fronça les sourcils en réfléchissant à la réponse à lui faire, à la bonne question à lui poser, mais il entendit un clic. Elle avait raccroché.

CHAPITRE 75

Ses draps sentaient son odeur. J'ai repoussé le récepteur du téléphone, au loin sur la table de nuit en noyer. J'ai hésité à le reprendre. À laisser la tonalité mourir avec les bip bip bip, jusqu'à ce que ça s'arrête. Mais c'était un peu égoïste, et il risquait de me rappeler. Et si j'ôtais le combiné de sa base, je ne saurais jamais s'il avait rappelé. J'ai laissé cette bombe à retardement sur la table de nuit et je me suis détournée. Les draps tièdes collaient à ma peau en sueur. Ça me faisait ça de jouir. Ça faisait grimper ma température interne, battre le sang dans mes veines, ça me chauffait, et pas au sens sexuel du terme, mais au sens littéral, j'avais l'impression de «Devoir... Arracher... Ces... Fringues... Avant... De... Mourir».

J'ai cligné des yeux en direction du plafond, tout en faisant le tri dans mes sentiments. Je regrettais ce qui venait d'arriver. *J'ai pensé à toi toute la journée*, voilà ce qu'il m'avait dit. Il ne le pensait pas. Il n'avait pas voulu dire ça. Ce n'était qu'un de ses trucs qu'il maîtrisait à la perfection. Il avait choisi cette réplique et l'avait laissée briser toutes mes résistances. J'ai roulé sur le ventre en soupirant un peu plus fort. C'était stupide de ma part. Je n'avais pas besoin de Cole pour atteindre l'orgasme. J'aurais dû raccrocher dès qu'il avait fait mine de flirter, sans lui dévoiler mes cartes. Parce que c'est ce que j'avais fait, n'est-ce pas ? Je lui avais fait voir à quel point, malgré ma haine, il réussissait à m'atteindre. J'ai fait marche arrière et j'ai tenté de me rappeler ce que j'avais bien pu lui dire pendant ce moment misérable de ma reddition.

J'avais envie que tu le fasses. Que tu me retournes comme une crêpe et que tu poses ta bouche sur moi.

Ah, oui. Cette véritable bombe. Pourquoi est-ce que j'avais lancé ça ? Et ensuite… sa réponse… est-ce qu'il avait vraiment voulu dire ça ? Qu'il voulait que je l'attende quand il reviendrait à Quincy et qu'il… Oh mon Dieu.

Je me suis caché le visage dans les mains en me tordant les jambes pour tenter, sans y parvenir, de calmer mon excitation.

Je ne pouvais pas faire ça. Absolument pas. Cela… avait été une erreur. Un moment de faiblesse au milieu de la nuit. Je le lui dirais à son retour. Mais pas chez lui. Sur le plateau, dans un endroit sûr, où aucune tentation ne pourrait m'envahir.

Oui. C'était le plan.

J'ai plongé mon nez dans son oreiller et j'ai respiré à fond, comme une folle. Je lui avais menti au téléphone. Je n'avais pas essayé la chambre du bas. J'étais allée directement dans la sienne, avec l'envie de la fouiller pour découvrir ses secrets éventuels. J'avais été déçue. Aucune lettre d'amour cachée sous son matelas, aucun DVD porno dans son lecteur. Ses vêtements étaient soigneusement accrochés dans sa penderie, ou pliés dans ses tiroirs. C'en était presque ennuyeux. Je m'étais déshabillée et glissée entre ses draps, gris anthracite, épais et chers, si différents du style des Kirkland. J'avais serré un de ses oreillers contre ma poitrine et je m'étais endormie en pensant à notre baiser. Au goût qu'il avait, à ses doigts dans mes cheveux. Son odeur. J'aurais pu en faire un pot-pourri et gagner des fortunes.

CHAPITRE 76

La plupart des gens qui ont réussi à Hollywood
sont des ratés, humainement parlant.
Marlon Brando

– Il y a un truc différent.

Justin tapotait le bras de son fauteuil en dévisageant Cole.

– Ouais, tu ressembles à un malade en chimio, lui balança Cole en relevant le menton. Ils n'auraient pas dû te laisser cette touffe de cheveux sur cette tête horrible.

– Non… pas chez moi. (Justin se pencha en avant.) Chez toi.

– Ma femme m'a largué. Je suis coincé dans un trou paumé de Géorgie. Lorsque tu auras passé un mois à Quincy, on verra si tu n'as pas l'air un peu dingue.

– Je m'attendais à ce que tu aies l'air dingo. Ou que tu sois devenu accro à une came de seconde zone. Mais tu as l'air… bien.

Il fronça les sourcils, comme si c'était une mauvaise nouvelle.

– Je ne suis pas bien, rétorqua Cole, d'un air catégorique.

Et il ne l'était pas. Il s'était branlé deux fois dans la matinée et il avait encore la trique en pensant à son coup de fil avec Summer. Il aurait dû la laisser prendre Cocky chez elle. Peut-être alors serait-il capable d'avaler ses œufs Bénédicte sans avoir à se rajuster.

Justin l'observait.

– Je dois reconnaître que je n'étais pas sûr que tu survives là-bas sans moi.

– Ta sécurité d'emploi en a pris un bon coup depuis que je suis devenu plus autonome, c'est sûr.

Cole refusa l'offre du serveur qui lui proposait un peu plus de jus de fruit. Justin regarda sa montre, celle que Cole lui avait offerte à Noël.

– Bon, j'ai été patient pendant un quart d'heure.

Cole, la bouche pleine, lui lança un regard interrogateur. Justin se mit à rire et leva les mains l'en l'air, il attendait que Cole crache le morceau.

Cole avala.

– Tu dois m'en dire plus.

– Summer. (Ce nom[32] décrivait parfaitement cet être si délicieusement sexy.) Qu'est-ce que tu peux me dire sur elle ?

Il aurait dû lui demander comment il était au courant, mais c'était peine perdue. À Hollywood, la qualité d'un assistant répondait à trois critères principaux : l'organisation, la capacité à garder des secrets et la capacité à découvrir des secrets. Justin avait des capacités dignes d'un Ninja dans les trois catégories.

– À quel point est-ce sérieux avec elle ?

– Sérieux ? (Cole s'étrangla en tentant de rire.) C'est ma partenaire. J'ai l'équipe de juristes de Nadia qui me colle aux fesses, et ce rottweiler d'avocat que tu m'as refourgué qui menace de me bouffer les couilles si jamais j'ouvre la fermeture Éclair de mon pantalon. La seule chose sérieuse que je puisse faire, c'est de rester à distance de cette reine de beauté provinciale.

Justin n'ouvrit pas la bouche. Il se contenta de reculer dans son siège tout en l'observant.

– Une fois, marmonna Cole. Je l'ai baisée une seule fois. Ça ne se reproduira pas.

– C'est pour ça que tu demandes des changements de dialogues tous les jours ? Tu connais ce business, Cole. Le budget de ta production est en train d'exploser plus rapidement que les chances de Lindsay Lohan d'avoir un enfant surdoué.

---

32. *Summer* veut dire « été » en anglais.

—Je demande des changements de scénario parce qu'ils améliorent le film. Les nouvelles scènes fonctionnent et elles ajoutent un élément nouveau au film.

—Du porno. Voilà l'élément que tu ajoutes au film. C'était un biopic classique. D'après ce que raconte l'équipe, tous les deux, vous baisez pratiquement devant la caméra.

Cole fronça les sourcils.

—C'est des conneries. On a tourné un baiser, c'est tout.

—Bon, c'est ce qu'ils me racontent. Et s'ils me racontent ça, ils le raconteront aussi à leurs familles. Dans une semaine, les tabloïds en feront des gorges chaudes. Et je ne serais pas étonné que les quotidiens en fassent également leurs gros titres.

—C'est devant la caméra. Je pourrais la faire se baisser et la prendre par-derrière, si c'est pour le bien du film. Et personne ne peut rien redire à ça, ni toi, ni Nadia, ni DeLuca, ni ce foutu Hollywood.

Cole repoussa son fauteuil avec une certaine irritation.

Justin fronça les sourcils.

—Merde, tu es amoureux de cette fille ?

Cole leva ses mains en l'air.

—Oh mon Dieu ! Il ne s'agit pas de ça. Il s'agit du film. Il s'agit de moi, de ne pas me faire chier à mort au milieu de nulle part.

—Non. (Justin secoua la tête.) C'est différent. Je te connais depuis treize ans. Il y a autre chose. Tu crois qu'il s'agit d'un contrecoup ?

Cole détourna le regard.

—Ce n'est pas un contrecoup. Je ne lui ferais pas ça.

—À qui ? À Summer ou à Nadia ?

Son regard s'assombrit.

—Nadia peut aller se faire foutre.

—Donc, tu ne veux pas te taper Summer parce que tu as peur de lui faire du mal ?

Justin leva les yeux au plafond en gloussant.

—Mais putain, qui es-tu et où est passé mon meilleur ami ? (Puis il sourit à Cole.) Est-ce bien ce même type qui soignait son ego avec un buffet de chattes, il y a juste… oh… sept ou huit semaines ?

—Allons-y. La médiation va bientôt commencer.

Justin se leva en observant Cole qui finissait son verre d'eau.

—Parle-moi, c'est tout. Je sais que tu ne parles à personne d'autre.

Cole sortit quelques billets de son portefeuille.

—C'est arrivé une fois. C'est fini. Le reste concerne le film.

—Si tu le dis.

Justin lui lança une tape dans le dos quand ils sortirent de table.

—Maintenant, allons clouer cette pute au pilori.

Justin tira le rideau et ils se retrouvèrent face à un pur morceau de furie italienne, d'un mètre quatre-vingt-dix. Ce putain de Brad DeLuca.

CHAPITRE 77

—Jésus…

Cole avait reculé devant l'homme qui leur lançait des regards assassins, comme s'il était sur le point de leur tirer dessus.

—Comment êtes-vous arrivé jusqu'ici ? lui demanda Justin sans tenir compte de la menace, en scrutant l'ensemble du restaurant d'un regard furieux. Nous avons réservé tout l'endroit.

—Il se trouve que ma femme est une des meilleures amies du directeur. Il m'a suffi de mille dollars pour être aux premières loges. (Justin a ouvert la bouche, mais DeLuca l'a immédiatement arrêté.) Foutez-moi le camp et laissez-moi parler avec mon client, seul à seul.

Justin pâlit, considéra Cole qui acquiesca d'un signe de tête.

—Reste dehors et assure-toi que personne n'entre.

Ça sentait mauvais. Il passa en revue sa conversation avec Justin et ferma les yeux d'effroi. Le rideau s'était refermé. Ils étaient seuls, face à face.

—Ce que j'ai réussi à faire pour entrer, n'importe quel paparazzi aurait pu le faire.

Brad parlait tranquillement en regardant Cole dans les yeux.

—Justin ne m'a jamais mis dans l'embarras. Il avait fait place nette, je pensais…

—Asseyez-vous et fermez-la un moment.

Brad lui indiqua une chaise sur laquelle il s'écroula.

—Je ne suis pas d'humeur à écouter vos leçons ce matin, dit Cole d'un air fatigué en se frottant les yeux.

Il se dit qu'il aurait dû commander un drink avec son petit déjeuner, plutôt qu'un jus de fruit.

—Est-ce qu'on peut faire confiance à votre assistant ? (Brad s'assit, se pencha vers lui et sa haute stature donna envie à Cole de reculer un peu.) S'il s'agit d'autre chose, vous devez me le dire, nous choisirons un autre angle d'attaque.

—Quoi ?

—Une fois, on m'a demandé de rester à l'écart de quelqu'un. Du coup, je me suis mis à la poursuivre comme si c'était une gazelle blessée. Maintenant, elle est mon âme sœur. (Brad se recula sur sa chaise.) Il y a de grandes chances pour que cette femme ne soit pas la vôtre. Mais je ne vais pas prendre le risque de faire augmenter la tension sexuelle entre vous en vous demandant de rester à distance d'elle.

Cole essayait de comprendre.

—Alors… vous êtes en train de me dire que je peux sortir avec elle ?

—Je suis en train de vous dire que j'ai besoin de savoir ce qui se passe, pour contrôler les médias, et plus important encore, le juge et Nadia. Je ne peux pas faire mon boulot si vous me cachez des choses.

Cole soupira :

—Je ne sais pas ce qui se passe avec cette fille. C'est la vérité. Je ne pense même pas qu'elle m'apprécie.

—Mais vous, vous l'appréciez.

Cole ferma les paupières.

—Je ne sais pas. Oui, je l'aime beaucoup. Elle est différente… eh bien… de toutes les femmes d'ici.

Elle l'était. Elle était dure, forte et douce à la fois. Douce de mille façons qui faisaient battre son cœur et sa queue.

—J'aime la personne qu'elle est, répéta-t-il. Mais je n'arrive pas à nous imaginer ensemble. Ça ne pourrait pas marcher.

Elle ne voudrait jamais de lui. C'était ça la vérité. Il ne parlait pas sans raison. Il n'était tout simplement pas son type d'homme. Elle lui rirait au nez s'il tentait quelque chose. En réalité, si on faisait abstraction de l'attirance sexuelle et de toutes ces conneries de chimie, il était à un moment de sa vie où il ne pouvait pas vivre ça. Pas maintenant. Et certainement pas avec elle.

—Alors c'est tout ? insista Brad. Vous l'aimez, mais vous n'êtes pas compatibles. Et le sexe, c'était comment ?

—Quoi ?

—Le sexe, c'était comment ?

Brad répéta sa question lentement et très clairement. Ce type n'avait vraiment pas honte.

—Est-ce que ça compte ?

—Oui. Ça compte, absolument. Je ne veux pas connaître vos positions en détail, je veux savoir si c'était quelconque ou si c'était renversant.

—C'était formidable. (Cole détourna le regard.) Et décevant.

Le grand type attendait, visiblement pas inquiet du tout d'arriver en retard à leur rendez-vous de médiation. Comme Cole se taisait, il le poussa :

—Expliquez-vous.

—Je vais passer pour une midinette.

Cole soupira en regrettant son excès de sincérité.

—Nous sommes tous les deux. Et j'adore les midinettes. Racontez-moi.

Cole tressaillit.

—Elle était sur le ventre. Ça m'a paru déconnecté.

—Vous êtes le genre de type à faire l'amour de façon traditionnelle ?

—Non. (Cole se frotta les cuisses, il aurait voulu être ailleurs.) Je suis un baiseur.

Et c'est ce qu'il était. Le mot « baise » avait été inscrit en grosses lettres au-dessus du lit de Cole Masten. Même avec Nadia. Particulièrement avec elle. Voilà ce qu'ils faisaient ensemble. Ils n'avaient jamais fait autre chose. Il le réalisait, cinq ans trop tard.

—Bon… réfléchit Brad. Vous avez fait l'amour avec elle et c'était super, mais vous vouliez être plus en osmose avec elle. Vous l'aimez beaucoup, mais bla-bla-bla, vous êtes trop différents pour vous entendre. Est-ce que vous ne voyez pas les trous énormes dans toute cette histoire ?

Cole croisa son regard.

—Qu'est-ce que vous voulez que je fasse ? Est-ce que vous êtes en train d'essayer de me convaincre de sortir avec cette fille ? (Il secoua la tête.) Tout ça est un peu confus pour moi.

—Je veux que vous soyez heureux. Je veux faire mon boulot afin que vous puissiez dépasser ce divorce et avoir une chance de vivre normalement.

—Normalement ? (Cole se mit à rire, exaspéré, en levant les mains en l'air.) Je suis enfermé dans une arrière-salle avec mon assistant garde du corps, dans une ville où je ne me sens même plus chez moi, je suis en retard pour discuter avec ma femme et son avocat, qui il y a à peine six semaines était encore le mien, afin de décider de découper en morceaux une vie qui me rendait heureux. À Hollywood, la normalité est au moins aussi tordue que nos contrats.

—Vous vivez ici, vous bossez dans cette industrie. Vous n'avez pas besoin d'en être.

—Est-ce que vous dites ça à propos de Summer ? Ou bien vous m'offrez une séance de psy concernant ma nouvelle vie ? martela Cole en se levant brusquement.

Brad se leva à son tour. Il se dressa contre lui, et le rapport de force s'inversa. Cole fit marche arrière.

—Allons à cette médiation. Taisez-vous et laissez-moi faire mon boulot. Quand vous rentrerez à Quincy, je veux que vous vous décidiez à propos de Summer. Ou vous sortez avec elle, ou vous vous contentez d'être amis, ou vous restez à l'écart. Mais vous devez prendre une décision parce que, sans ça, vous allez devenir dingue et elle aussi, et vous allez foutre en l'air votre putain de film. (Brad enfila ses lunettes de soleil et se dirigea vers la sortie.) Allons-y.

Cole laissa passer Brad devant et le suivit comme un gentil toutou. Dès qu'ils mirent un pied dehors, il aperçut Justin. Et à ses côtés, qui riait à gorge déployée, une drôle de brune. Il se raidit, mais Brad s'approcha d'elle et la prit par la taille. Il devait s'agir de sa fameuse âme sœur. Elle venait assister à la catastrophe.

—Julia, dit Brad. Voilà…

−Cole Masten, l'interrompit-elle en souriant. Je suis au courant. Et je suis désolée d'avoir aidé mon mari à ruiner votre petit déjeuner.

Elle attrapa tendrement DeLuca par le bras et Cole se contenta de hocher la tête. Cette femme était folle. Une femme capable de passer sa vie avec ce type devait forcément être suicidaire. Il eut soudain une vision de Summer sur son porche. Il se rappela la façon dont elle avait dévisagé Brad, le sourire charmeur qu'elle lui avait fait, et ses pensées s'assombrirent encore.

−Est-ce qu'on y va ?

Brad l'avertit du regard et embrassa sa femme, un peu trop longtemps selon Cole.

−Il y a un chauffeur qui attend dans une classe S. Ça te va, ou bien tu préfères conduire ?

−Je vais prendre le chauffeur. J'irai faire quelques courses pendant que vous travaillez.

Elle embrassa Justin, et Cole se demanda comment elle avait fait pour parvenir à briser sa carapace. Puis elle se tourna vers Cole, et il se raidit, il n'était pas prêt à entendre un troisième discours d'encouragement ce matin.

−Ravie de vous avoir rencontré.

Elle lui tendit la main, et il eut un soupir de soulagement. Il lui serra la main et la détailla mieux.

Elle avait la peau mate. Elle portait un haut flou et un pantalon cigarette. Elle était à peine maquillée et avait des cheveux longs, naturels. Elle lâcha sa main, il se surprit à se demander si elle s'entendrait avec Summer. C'était ridicule. Cette fille hantait ses pensées.

Il se mit en route en suivant Brad et Justin vers la sortie. La foule des clients de l'hôtel qui attendaient avec les caméras de leurs téléphones allumées avaient créé un mini-embouteillage. Il déglutit. Cet endroit ne possédait que trente suites, et chaque client devait être là, sur la pointe des pieds, à lui faire des signes de la main pour attirer son attention. Il se mit à sourire, un grand et beau sourire, mais son regard était mort derrière ses lunettes. Devant, plus loin, il y avait sa voiture. Son salut. Il se glissa à l'intérieur. Il attendit Justin, tout en regardant Brad grimper dans une Mercedes à côté de lui, sa femme dans une autre.

– Tu sais où nous allons ? grommela-t-il en mettant les gaz sans même laisser Justin fermer sa portière.

– C'était une erreur. Je vais faire virer le directeur.

– Ne sois pas vache pour autant. (Puis Justin lui indiqua la sortie.) Quatre feux plus loin, tu prends à droite. Ce sera un pâté de maisons plus bas.

Les pneus de Cole crissèrent quand ils sortirent de l'hôtel, il n'y eut aucune parole prononcée avant qu'ils arrivent à destination.

Ou vous sortez avec elle, ou vous vous contentez d'être amis, ou vous restez à l'écart.

Voilà les trois options que lui avait proposées DeLuca.

Mais comment pouvait-on choisir entre trois situations impossibles ?

CHAPITRE 78

À Hollywood, les jeunes mariées
gardent leur bouquet et jettent le marié.
Groucho Marx

Nadia, comme toujours, était impeccable. Cole détailla son visage parfaitement maquillé et se demanda, comme souvent, pourquoi elle s'embêtait avec toute l'équipe qui déboulait chaque matin, équipée de pinceaux et d'extensions, et qui transformait leur boudoir en véritable cirque pendant plus d'une heure au lieu de pouvoir dormir plus longtemps. Elle n'en avait aucun besoin. Elle était splendide au naturel. Et un jour comme aujourd'hui, alors qu'elle savait qu'elle allait être assise en face de lui, son mari brisé, cet effort lui paraissait presque cruel. Mais Nadia était comme ça. Elle avait toujours voulu que tout le monde la désire, surtout ceux qu'elle rejetait. Elle leva les yeux du document qu'elle était en train de parcourir et croisa son regard.

– Tu as de beaux yeux.

C'était la première chose qu'elle lui avait dite quand ils avaient fait l'amour pour la première fois, quelques minutes après qu'il l'avait trouvée sur son lit, dans sa loge. Elle avait dit ça timidement, pendant qu'elle se glissait hors du lit, et lui avait haussé les épaules.

– Merci.

Telle avait été sa réponse, sans la moindre imagination. Il n'avait pas eu besoin d'imagination.

– Ils font oublier ton nez. (Elle avait froncé le sien en se haussant sur la pointe des pieds, ce qui avait fait saillir ses seins nus. À cette nouvelle hauteur, elle avait examiné son nez, puis était redescendue sur ses talons. Ses seins avaient tressauté, il les avait reluqués.) Si tu veux, je connais un type. Il a refait celui de ma colocataire. Du super-boulot.

— Mon nez ? (Il avait lâché ses seins pour la regarder dans les yeux.) Tu rigoles ?

Déjà à l'époque, il était une superstar, il avait remporté un Oscar. Et son nez, cassé deux fois de suite, une première fois dans une bagarre et la seconde dans un accident de snowboard, était une de ses marques de fabrique. Il contre-balançait sa silhouette de joli garçon et le rendait un peu plus viril.

Maintenant, en regardant en arrière, il se rendait compte qu'elle avait tout calculé. Elle avait joué à la fille cool, pas du tout impressionnée par la grande star. Elle avait soufflé le chaud et le froid. Elle avait refusé de rebaiser avec lui avant leur troisième rendez-vous, et lui avait demandé de l'attacher lors du cinquième. Elle avait agi comme une véritable star du porno en chambre et avait utilisé son pognon, son pouvoir et sa renommée pour augmenter la sienne. Elle était figurante sur ce premier film. Sur le second, elle avait un petit rôle parlant. Puis elle était passée aux seconds rôles. Cinq jours après leur mariage, un truc tape-à-l'œil qui avait fait les unes de tous les journaux, elle avait obtenu son premier grand rôle sur un film à gros budget. Elle était passée de l'anonymat à la célébrité en un an. Il n'était pas stupide, il connaissait son ambition. C'était une des choses qui l'avaient attiré chez elle. Et il avait été heureux de pouvoir l'aider. Mais maintenant, en jetant un coup d'œil à ce protocole d'accord truffé de biffures au stylo rouge, il se demandait s'il y avait jamais eu le moindre amour entre eux. Avait-il représenté autre chose qu'un simple coup, parfaitement joué ?

— Bien, nous avons donc passé en revue tous les actifs. Cole aura le bateau, l'avion et le ranch du Montana. Nadia conservera le domaine de Californie et celui d'Hawaï. Tous les comptes en banque reviendront à leur propriétaire respectif, le compte joint sera clos, en y laissant cinq cent mille dollars pour tout besoin éventuel et pour les honoraires des avocats. Les honoraires des avocats, eux aussi, seront partagés en deux. Les futurs revenus de Nadia seront pour elle, ceux de Cole seront à lui.

La médiatrice s'arrêta et jeta un coup d'œil à DeLuca en hésitant, avant de continuer.

—Nadia a accepté de ne faire aucune réclamation concernant *The Fortune Bottle* en échange de cinq pour cent des royalties sur les films précédents et les droits dérivés de Cole. (Elle respira un grand coup.) Sommes-nous tous d'accord sur ces bases ?

Cole regardait Nadia qui inclina la tête, lèvres serrées. Elle était furieuse. Il s'en rendait compte aux petites ridules autour de sa bouche, à son regard sombre. Ça aurait dû lui faire plaisir, mais ce n'était pas le cas. Ça le rendait malade, toute une journée d'arguties, pendant lesquelles leur relation s'était résumée à une liste de biens sans signification et à se demander qui garderait ces putains de Picasso. Dieu merci, il y avait DeLuca, qui valait bien son pesant d'or, et la médiatrice, une femme aux yeux de fouine, qui se révélait très compétente.

—Cole ? lança la médiatrice. Vous acceptez les bases de cet accord ?

—Oui.

Il ne la quittait pas des yeux. Si elle reculait maintenant, si elle le traînait devant le juge, et plus loin encore, il laisserait DeLuca agir exactement comme il l'entendait.

—Nadia ?

Il y eut un temps infini entre la question et sa réponse. Cole retenait sa respiration en l'observant. Il abandonna toute crainte lorsqu'elle finit par regarder la table.

—Oui dit-elle, d'un air blessé, comme si elle n'allait pas en sortir pleine aux as.

Mais elle ne mettrait pas la main sur *The Fortune Bottle*. Au moins, il aurait quelque chose de propre dans sa vie.

Summer apparut, puis disparut de son esprit, quand une feuille de papier fut placée devant lui pour qu'il la signe.

—Ceci constitue un engagement légal, leur rappela la médiatrice. La cour sera mise au courant de votre décision qui restera d'actualité jusqu'à ce que vos avocats aient rédigé toutes les écritures correspondantes.

Cole gribouilla son nom tout en se demandant combien de temps cela prendrait avant que sa signature soit sur les réseaux sociaux, que les détails de leur séparation soient étalés à la vue de tous sur Internet. Nadia comprenait, tout comme lui, les dégâts que ça pouvait faire à leurs réputations, les macchabées que cela ferait ressortir des placards. C'était la raison pour laquelle ils étaient restés relativement cordiaux pendant tout le processus. C'était aussi la seule raison pour laquelle ils s'étaient efforcés de trouver un accord pendant la médiation, tous deux étaient opposés à l'idée d'un procès.

DeLuca attendit que Nadia appose une signature nette et parfaite, avant de lancer :

— Nous vous enverrons nos projets d'accord définitifs la semaine prochaine.

— Tu es pressé, n'est-ce pas ? se hasarda Nadia en regardant Cole.

Voilà qui était intéressant, venant d'une femme si pressée de l'assigner en divorce. Il ne répondit pas, se contenta de se lever, attrapa ses lunettes de soleil sur la table et les mit.

— Nadia ? sourit-il quand elle se retourna, la main sur la poignée de son sac Hermès. Ce fut un véritable plaisir.

Elle eut un grand sourire, et l'essentiel de toute leur relation se retrouva dans cet échange : deux acteurs qui jouaient leur rôle à la perfection. Dommage qu'il ait mis si longtemps à s'en rendre compte.

CHAPITRE 79

Cocky était vraiment adorable. Bien nommé et adorable. Apparemment, Cole n'avait pas pensé qu'un poulet pouvait passer la nuit dehors. Il lui avait aménagé les toilettes du bas, je vous jure que Cyndi Kirkland allait lui couper les couilles quand elle verrait dans quel état elles étaient. Je suis restée à la porte pour examiner le sol (recouvert de papier journal), les murs (lacérés de coups de bec) et les fientes qui recouvraient la cuvette des W.-C., le porte-papier et jusqu'à l'appui de la fenêtre. Le responsable de ces dégâts, debout sur la lunette, me salua de la tête.

J'avais reçu, d'une espèce de malade de l'organisation prénommé Justin, une liste détaillée de soins à faire à Cocky. La liste contenait des trucs aussi ridicules que :

#8 Cocky a peur des bruits violents (les aboiements de chiens ou le sèche-linge). Merci de vous asseoir à ses côtés dans ces cas-là et évitez de faire sécher du linge.

Ou encore :

#17 Cocky a l'habitude qu'on le sorte une fois pendant la nuit. Merci de l'emmener dans la cour de derrière, entre minuit et six heures du matin, pendant au moins un quart d'heure. Assurez-vous avant que le portail soit bien fermé et ne le laissez pas sauter ou s'envoler par-dessus la clôture.

Comment peut-on garder un poulet à l'intérieur d'une clôture ?

J'avais fermé les yeux en lisant ça, j'essayais d'imaginer Cocky qui s'enfuyait dans les champs de coton, et moi, grimpée sur la barrière, qui l'appelait en hurlant comme une dingue.

Cole avait de la chance que ce soit moi qui m'occupe de son poulet. Si ça avait été qui que ce soit d'autre dans cette ville, sa réputation était foutue. Les locaux, surtout les hommes, l'auraient descendu en flèche. J'ai refermé la porte. Selon les explications de Justin, Cocky devait se coucher à neuf heures. Le soir précédent, j'avais agi comme une baby-sitter cool, je l'avais laissé se balader dehors jusqu'à dix heures. Ce soir, comme Cole rentrait, j'allais le faire réintégrer ses toilettes plus tôt. Je n'arrivais pas à réfléchir calmement avec sa caroncule de bébé qui gigotait devant moi. J'ai refermé la porte malgré son cri et j'ai éteint la lumière depuis le couloir. Je suis montée à l'étage, vers la chambre de Cole.

C'était vraiment stupide de ma part de rester assise là, à attendre son retour. Je ne voulais pas être à l'entière disposition de Cole Masten. Il m'avait dit ça sur le coup de la passion, pendant notre sex-phone. Il ne le pensait sans doute pas vraiment. Il allait probablement entrer et se moquer de moi pour me faire déguerpir. J'ai retendu le couvre-lit. J'avais déjà fait le lit, ça avait été plus fort que moi. Je l'avais fait en pensant à chacun de mes mouvements pendant qu'il le ravagerait en ma compagnie.

Mes mains avaient besoin de s'activer. Si j'avais été chez moi, j'aurais cuisiné. J'aurais fait un gâteau au chocolat et j'aurais emballé les restes pour les apporter à l'équipe du film. Même si Mary m'avait dit en haussant les sourcils, quand j'avais apporté un gâteau à la carotte pour l'anniversaire du chef accessoiriste, que je n'aurais pas dû faire ça. Apparemment, il y avait une ligne à la con à ne pas franchir entre « les comédiens » et « l'équipe », et nous irions tous brûler en enfer si jamais nous esquissions la moindre fraternisation. J'étais censée les traiter comme de la valetaille et ils étaient supposés l'apprécier.

Je n'avais pas envie de cuisiner dans cette maison. Déjà que je me sentais comme une femme au foyer des années cinquante.

Je suis allée à la fenêtre et j'ai regardé dans le noir, en direction de l'aéroport. Je devrais sortir. Je pourrais voir son avion arriver.

Quand je suis sortie, je me suis rendu compte que j'avais oublié mes chaussures. Elles devaient être dans les toilettes de Cocky, là où je les avais enlevées. J'ai pensé faire demi-tour, mais au lieu de ça, je me suis avancée sur la véranda de devant, vers les marches d'un escalier. Je me suis assise sur la première. Le bois était encore humide de l'averse de l'après-midi, et j'ai pris mes genoux dans mes bras en levant la tête vers le ciel. C'était nuageux, la lune éclairait les nuages et les ombres, les points lumineux des étoiles illuminaient l'obscurité. J'avais lu un jour, dans un magazine, un article sur la pollution lumineuse. C'est un véritable problème. Nos millions de lumières artificielles grignotent peu à peu l'obscurité de notre univers et nous empêchent d'observer les galaxies au-dessus de nos têtes. C'est comme un brouillard, mais au lieu d'avaler de l'air, nos lumières dévorent le noir profond et nous laissent dans un brouillard crépusculaire. Je pouvais m'en apercevoir en regardant vers le sud, vers Tallahassee. Dans cette direction, l'horizon tout entier rougeoyait. Mais les lumières de la ville empêchaient les habitants de vraiment admirer les étoiles.

Je ne pense pas qu'un jour nous aurons ce problème à Quincy. Même avec les lampadaires du Pit allumés en permanence, les équipes qui travaillaient tard pour préparer le tournage du lendemain... notre ciel était encore parfait et ses étoiles bien définies.

Je me suis demandé encore une fois, depuis que mon chèque tombait chaque semaine sur mon compte en banque, où j'allais aller. Avec tout l'argent que j'aurais, je n'aurais plus aucune excuse pour rester. Je pourrais offrir une maison à maman et partir vivre ma vie. Je pourrais aller n'importe où, faire n'importe quoi. Allez en fac, suivre des cours de dessin, acheter un cheval.

N'importe quoi.

C'était une idée terrifiante.

Au-dessus de moi, un avion approchait.

*
* *

Bon, c'est vrai, Scott l'a trompée. C'est un homme… ils font tous des erreurs.

Mais vous savez, la Bible nous apprend qu'il faut savoir leur pardonner.

Ne pas leur faire subir la fureur de l'enfer. Ça, c'est le travail de Dieu, pas le nôtre.

Notre travail à nous, c'est de pardonner et d'oublier.

Est-ce que votre famille a pardonné à Summer?

Eh bien, non. Certaines choses sont impardonnables, et ce qu'elle a fait en fait partie.

Si nous lui avions tous pardonné, elle n'en aurait tiré aucune leçon.

CHAPITRE 80

—Félicitations, mon vieux.

Justin s'avança depuis l'arrière de l'avion et tapota l'épaule de Cole en passant. Il s'installa en face de lui et ouvrit une cannette de bière.

—Je me sens bien, répondit Cole. Tu as bien dormi ?

—Très bien, jusqu'à ce qu'on rencontre ces turbulences. (Il s'étira.) Ça va aller. Mes antalgiques me mettent un peu K.-O., du coup j'attends d'arriver chez toi pour en avaler d'autres.

Cole le démentit :

—Non, tu n'habites pas chez moi.

Justin interrompit son geste et haussa les sourcils.

—Ah bon ?

—Non, désolé. Il y a un Bed & Breakfast en ville. Tu peux t'installer là.

Cole tira le rideau et regarda à travers le hublot.

Justin s'en amusa :

—Tu es pressé d'arriver ?

—J'en ai marre de voyager. En plus, j'ai hâte de voir ta réaction devant Quincy.

—Ça ne peut pas être pire que Bismarck. Il n'y a pas de neige.

Cole sourit.

—Rien à voir avec Bismarck. Demain, après le boulot, je te ferai faire un tour.

Justin regarda sa montre.

—Tu ne veux vraiment pas que j'habite avec toi ? J'avais vraiment espéré voir la Casa du Coq.

—Désolé.

Cole se renfonça dans son siège. Il tapotait sa cuisse en regardant dehors, à la recherche des petites lumières de Quincy.

*
* *

Il déposa Justin à la *Raine House* et reprit son chemin le long des rues tranquilles. Dans la faible lueur des réverbères, l'horloge brillait dans la pénombre, sur le bâtiment du tribunal. Il ne s'était pas rendu compte, avec le décalage horaire, qu'il arriverait si tard. Il se massait la nuque qui le faisait un peu souffrir en se demandant s'il devait appeler Summer. Il avait hésité pendant toute la journée. Ses doigts le démangeaient depuis qu'elle avait raccroché. *Au revoir, Cole.* Il bougea sur son siège.

Quand il entra dans l'allée, il vit la lumière allumée à l'arrière de la maison qui éclairait plusieurs pièces et il resta immobile dans sa camionnette, moteur éteint, à la regarder. Est-ce qu'elle était là ? Il avait lancé ça sans réfléchir – il avait simplement verbalisé ce qu'il avait eu envie de faire depuis le jour où elle lui avait ouvert sa porte.

Dès que je descends d'avion, j'arrive, je te jette sur mon lit et je suce ta chatte. Je ne m'arrêterai que lorsque ma bouche sera imprimée dans ton esprit et que j'aurai assimilé ton parfum pour toujours.

Il tressaillait en s'en souvenant. Peut-être qu'elle ne l'avait pas écouté. Peut-être qu'elle avait embarqué Cocky et qu'elle était chez elle, qu'elle n'avait pas envisagé une seconde de passer une nuit à baiser. Il appuya sur le devant de son jean, pour calmer un peu les réactions de sa queue. Ouais, elle était probablement rentrée chez elle, elle était en train de faire ses trucs à elle, sans penser le moins du monde qu'il avait passé la journée à fantasmer.

Il ouvrit sa portière et sortit en attrapant sa veste en cuir sur le siège arrière. Il grimpa les marches du perron quatre à quatre. Quand il ouvrit la porte, il sut immédiatement qu'elle n'était pas là.

CHAPITRE 81

Je ne pouvais pas faire ça. Je ne pouvais pas l'attendre comme si j'étais son jouet sexuel, même si j'aurais adoré ça. Cole Masten était dangereux pour moi, pour mon amour-propre, pour mon futur moi.

J'allais tourner ce film avec lui.
J'allais récupérer mon argent.
Et ensuite, j'allais foutre le camp.

CHAPITRE 82

Le lendemain matin, je me suis mise à détailler mon bagel avec un intérêt particulier lorsque Cole est entré. Nous étions installés dans une des salles de conférences, pour une de ces réunions classiques, organisées sans raison très claire. Je redoutais cet instant depuis que je m'étais levée, je ne savais pas comment réagir face à cet homme avec qui je venais de faire l'amour au téléphone. Enfin, je crois. J'avais toujours pensé que l'amour au téléphone était plus complexe, qu'il nécessitait des descriptions détaillées de part et d'autre, qu'il impliquait plus d'indications, que tout ce truc durait bien plus longtemps que notre rencontre rapide. Mais j'avais joui. Et je croyais que lui aussi. Et nous étions au téléphone. Alors… ouais. J'étais quasiment sûre qu'il s'agissait bien d'une baise au téléphone.

Mon bagel était à la farine de blé. Je détestais le blé. Sauf s'il y avait des myrtilles. Mais Mary m'avait dit qu'il n'y en avait plus, bien que deux sièges plus loin, une des assistantes de réalisation s'en soit dégoté un sur lequel je pouvais discerner des petites boules violettes. Elle l'avait fait recouvrir de crème à la fraise dans l'espoir de compenser, mais je n'aimais pas ça du tout. Toutefois, je ne pouvais rien lui dire, à moins de passer pour une nana hyperdifficile. J'étais donc coincée avec cette création culinaire à la noix, sous son regard de fouine qui n'attendait qu'une chose, que je morde dedans pour qu'elle puisse barrer de sa liste : Nourrir Summer.

J'en ai pris une petite bouchée. Ouaip. C'était dégueulasse.

J'ai senti qu'il s'asseyait à côté de moi. Ses longues jambes se sont glissées sous la table, l'une d'elles m'a cognée et je me suis poussée en rangeant mes pieds sous ma chaise. Son épaule est apparue dans mon angle de vision quand il s'est penché en avant. Je l'ai ignoré, en continuant à examiner fixement mon bagel.

— Salut.

Sa voix était rauque, comme s'il venait tout juste de se réveiller. J'ai souri poliment en prenant une autre bouchée de bagel et en tournant mon regard vers la gauche, loin de Cole, à la recherche de quelque chose, de n'importe quoi. Je n'étais pas prête à ça, je ne m'attendais pas à ce qu'il ait envie de bavarder avec moi. Mes yeux sont tombés sur Becky, une des productrices. C'était elle qui dirigeait cette réunion, et je l'ai suppliée silencieusement de la commencer. Je n'aurais pas dû arriver aussi tôt. J'aurais dû me pointer au dernier moment, si seulement Mary n'était pas tellement à cheval sur les horaires. Elle fixait sa Timex au moindre de mes retards.

— Tu es restée jusqu'à quelle heure chez moi hier soir ?

Oh mon Dieu, il n'allait pas me lâcher la grappe.

— Chuuuut… ai-je chuchoté en regardant autour de nous, inquiète que d'éventuelles oreilles traînent.

C'était le truc à ne pas faire. Il s'est soulevé et s'est penché vers moi, tête contre mon oreille.

— C'est une simple question. Tu es restée jusqu'à quelle heure ?

J'ai haussé les épaules.

— Je n'en sais rien. Cela dit, bienvenue chez toi. À toi de surveiller Cocky.

J'ai légèrement tourné la tête vers lui, pas trop pour ne pas le toucher, mais assez pour voir la courbure de sa bouche quand il a souri.

— Merci.

— De rien.

J'ai pris à grand-peine une dernière bouchée de bagel et j'ai repoussé le reste. J'en avais mangé suffisamment pour ne pas paraître impolie, mais pas assez pour laisser croire à Mary que j'aimais vraiment ça.

— Je regrette que tu ne sois pas restée.

En entendant ça, mon cœur a eu un raté. J'ai essayé de me rattraper, de respirer normalement, d'agir normalement.

Je regrette que tu ne sois pas restée. Huit mots tout simples. Mais ils avaient le goût de cookies au *peanut butter* [33]. Quatre ingrédients, le beurre de cacahuète, le sucre, la farine et les œufs, qui, mélangés, donnaient un truc dont toutes les femmes raffolaient.

Mais moi, je détestais les cookies au peanut butter. Et j'ai détesté cette phrase qu'il avait prononcée. Parce que, même si ça aurait terriblement compliqué les choses, même si ça aurait été une terrible erreur, j'aurais vraiment aimé rester.

Becky s'est éclairci la voix et a commencé la réunion, et pendant un petit moment, j'ai été sauvée.

---

33. Beurre de cacahuètes.

CHAPITRE 83

Summer agissait bizarrement. Bizarrement, même pour elle. Elle semblait nerveuse. Capricieuse. Elle évitait le contact visuel. Elle fuyait la conversation à tout prix. Cole regardait fixement le mur de sa caravane en tentant de se rappeler la dernière fois qu'ils avaient eu une conversation directe, tous les deux. Dans la salle de conférences ? Juste après qu'il était rentré de L.A. dans sa maison vide. C'était tout. Et ce n'était pas vraiment une conversation. Et il y avait une semaine de ça.

Il avait essayé de la mettre en colère, elle n'avait pas réagi. Il avait tenté d'être amical et elle l'avait ignoré. Il ne savait plus quoi faire, à part l'entraîner jusque dans sa caravane et la forcer à parler.

– Tu es là ?

Il s'est retourné vers la voix, celle de Justin assis en face, avec des pages et des pages de scénario étalées tout autour.

– Quoi ?

– Tu es ailleurs. Est-ce que tu as entendu ce que je viens de dire ? À propos de Tokyo ?

– Non.

– La première de *Rentho* a lieu la semaine prochaine à Tokyo. Il faut que tu changes ton calendrier de prises de vue pour pouvoir y aller. Du coup, Don veut savoir combien de jours tu seras absent.

Il haussait les sourcils, stylo à la main, en regardant un calendrier.

– Cinq jours ?

– La première japonaise a lieu maintenant ? Je croyais qu'on attendait.

– Ils l'ont déjà déplacée en juillet.

Sans doute au moment de l'accident de Justin.

—Je n'irai pas.

—Pourquoi ?

—On a des trucs à faire ici, bien plus importants. Quand est-ce qu'on filme la trente-huit ? *La scène trente-huit.* La scène de sexe entre Royce et Ida.

—On voudrait la repousser après la première au Japon. Don veut donner un peu plus de temps à Summer pour…

—Non, l'interrompit Cole. On ne peut pas attendre.

C'est lui qui ne pouvait pas attendre. Pas une minute de plus, bien moins qu'une semaine. La scène de cul avait été rajoutée, elle aussi, à sa demande. Summer s'était battue contre, bec et ongles.

—On va la tourner la semaine prochaine, et je vais rater la première. Envoie Charlize à ma place, elle adore ça.

—Quand vas-tu enfin admettre qu'elle te plaît ?

Justin reposa son stylo et Cole détourna le regard.

—Elle me plaît. Mais ce n'est pas le problème. Toi aussi, tu me plais. Et même plus, je dois bien l'admettre.

Il sourit, mais Justin ne répondit pas à son sourire.

—Arrête de déconner.

Le sourire de Cole s'évanouit, et son regard se durcit.

—Je ne déconne pas. Elle est chaude ; je suis accro. On flirte ensemble. Si je veux la baiser, je la baiserai. Si je veux l'aimer, je l'aimerai. Si je veux la détester, eh bien, je le ferai. Le film est plus important que ça, et tout ce que j'ai pu faire avec elle, c'est pour le bien du film. *The Fortune Bottle* passe avant tout, tu le sais, tu l'as vu.

—Alors, c'est de ça qu'il s'agit ? Tu joues avec les sentiments de cette petite nana de Géorgie dans le but d'obtenir un Oscar ?

Le regard de Justin ne lâcha pas Cole, il ne se voûta pas, il ne baissa pas la voix, et Cole le respecta pour ça. Même s'il le détestait en même temps.

—Personne ne peut jouer avec les sentiments de cette fille. Elle ne veut rien savoir.

Justin éclata de rire et recula de la table pour se lever. Il se pencha en avant tout en gardant ses mains sur le plateau en verre.

– Elle se protège, Cole. Du mieux qu'elle peut. Putain, si j'avais une chatte, je me ferais poser une ceinture de chasteté avant d'entrer dans la même pièce que toi.

– Elle ne se protège pas du tout, dit Cole en levant la tête pour regarder Justin, les mains crispées sur les bras de son fauteuil.

La froideur de Summer n'avait rien à voir avec ça. Elle détestait Cole, malgré leur attirance mutuelle.

Mais pendant qu'il disait cela, qu'il réfléchissait à toute cette histoire, un doute surgit dans son esprit.

CHAPITRE 84

SCÈNE 38 : ROYCE ET IDA :
SCÈNE D'AMOUR CHEZ ROYCE

Quand Mary a frappé à ma porte, je l'ai ignorée. J'avais passé mes bras autour de mes genoux, mon pouce appuyait sur les boutons de la télécommande par automatisme. Je m'étais demandé pourquoi on avait installé un poste de télé dans ma caravane. Je n'avais pas vraiment le temps de glander en regardant le câble. Mais maintenant, je savais. C'était pour les moments de panique, la dernière ligne de défense pour les actrices traqueuses qui ne songeaient plus qu'à une chose, ficher le camp.

Mary frappa à nouveau, son petit poing délicat faisait un sacré bruit sur ma porte. Le téléphone de la kitchenette s'est mis à sonner, pour la troisième fois en un quart d'heure.

J'avais compris la scène, je savais qu'elle était nécessaire et j'avais finalement arrêté de me plaindre, j'étais peu à peu devenue une grande fille. Il était temps d'y aller. Et tous les discours d'encouragement que je m'étais faits à moi-même ne servaient plus à rien. Je ne pouvais pas le faire. Je ne le ferais pas.

Non.

Une voix nouvelle s'est jointe au chœur de l'autre côté de ma porte et j'ai serré les bras plus fort encore. C'était lui. J'ai monté le volume, la juge Judy était en train de passer un savon à un plouc qui avait promis de s'occuper d'un chien mais ne l'avait pas fait. Je l'ai encouragée en murmurant et j'ai failli rater la légère secousse sur la poignée de ma caravane. La porte s'est ouverte, une silhouette masculine toute en muscles s'est découpée dans la lumière éblouissante du soleil. Mes yeux sont tombés sur l'énorme trousseau de clés qui pendait à ma serrure. Je m'en doutais. Ce n'était qu'une question de temps. J'avais espéré que ce soit Don ou Eileen. Ou n'importe qui d'autre, mais pas lui.

— Je ne le fais pas, ai-je répété, en me retournant vers le poste de télé, en m'efforçant, malgré toute cette folie, de ne pas me mettre à pleurer.

— Tu dois le faire. Tu as signé un contrat.

Il s'adressait à moi depuis le centre de la pièce, les jambes légèrement écartées, les bras ballants. Il avait refermé la porte derrière lui. C'était la première fois qu'il entrait dans ma loge, et il n'y avait pas assez d'espace pour nous deux.

— Nulle part dans mon contrat n'est mentionné le fait que je dois être nue devant la caméra.

— Pardon. Le contrat ne stipule pas que tu ne dois pas apparaître nue devant la caméra. C'est une sacrée nuance, et ce n'est pas de ma faute si ton crétin d'avocat ne l'a pas relevée.

J'ai eu un instant terrible de faiblesse, pendant lequel ma lèvre inférieure s'est mise à trembler. J'étais en train de craquer.

— S'il te plaît, va-t'en.

Ma voix s'est fêlée dès le premier mot, et à travers mes larmes je l'ai vu qui s'approchait et se mettait à genoux devant le canapé.

— Summer.

Sa voix était calme, plus douce, mais je ne l'ai pas regardé pour autant, je ne voulais pas lui donner la satisfaction de contempler ma faiblesse.

— Je ne le fais pas. Je n'ai pas... (J'ai fixé le sommet du crâne de *Judge Judy* avant de cligner des yeux.) Je n'ai pas été nue devant quelqu'un depuis très longtemps. Personne d'autre que... tu sais bien. *Personne d'autre que toi.* (Quel aveu idiot ! J'ai passé le dos de ma main sur ma joue, mon petit doigt a essuyé une série de larmes.) Et je ne vais pas le faire maintenant, pas devant tous ces gens...

Comme je hoquetais, je me suis tue. J'ai remonté mon tee-shirt et je me suis essuyé les joues avec. Ces lumières.

Seigneur, quand nous étions filmés, lui et moi, vous pouviez voir les détails de nos visages depuis Thomasville, tellement nous étions violemment éclairés. Comment est-ce que ça pouvait être d'être nue sous ces projecteurs ?

– Tu n'es pas vraiment nue… commença Cole pendant que je reniflais dans mon tee-shirt.

Les costumes m'avaient apporté deux patches couleur chair pour mes seins et un autre, plus long, qui ressemblait à un slip, et que j'étais censée coller sur mon entrejambe. Je les avais essayés, j'avais enlevé la protection et je les avais collés doucement d'abord, puis plus sérieusement. J'avais appuyé ces autocollants glacés sur ma peau sans oser me regarder dans le miroir. C'était le signe que je faisais quelque chose de mal. Maintenant, sous mon tee-shirt, les patches me tiraient légèrement sur la peau quand je bougeais, me rappelant constamment le désastre qui s'annonçait, menaçant.

– Summer…

Sa voix était calme et douce, presque suppliante, et ça m'a rendue folle comme un taureau blessé, j'ai ôté les mains de mon visage, mon tee-shirt est retombé, j'ai tourné la tête vers lui. Il était encore à genoux et j'ai surpris son mouvement, quand sa main s'est reposée sur sa cuisse. Il avait regardé l'heure à sa montre. La moindre trace de faiblesse a disparu en moi. Je me suis accrochée à ma colère et j'en ai fait une armure. Il avait vérifié l'heure à sa montre. Son visage inquiet, sa position amicale et empathique, tout ça c'était du pipeau. Cole Masten à genoux devant sa partenaire meurtrie, sa voix la conjurant de se reprendre. J'emmerdais mon contrat. Si je ne voulais pas le faire, je n'étais pas obligée de le faire. On avait filmé tant de scènes, ça leur coûterait trop cher de tout recommencer avec une autre Ida.

– Lève-toi.

Mon ton de voix était blessant, dur et acéré, et Cole m'a regardée d'un air surpris. J'ai bondi hors du canapé. L'autocollant entre mes jambes me tirait désagréablement les poils sous mon pantalon de jogging.

Cole n'a pas fait un geste. Bien entendu. Ce type ne pouvait pas, ne voulait pas faire ce qu'on lui disait. Il s'est contenté de me regarder et je me suis arrêtée devant la fenêtre de devant pour jeter un coup d'œil dehors à travers les rideaux. Il y avait un groupe de gens. Don et Eileen, tout comme les assistants et Mary dont le stylo raturait furieusement un nouveau Post-it. Je l'imaginai facilement collé sur le miroir de sa salle de bains d'hôtel, avec son message frénétique inscrit en rouge sur le fond jaune.

Trouver un nouveau boulot.

J'ai lâché les rideaux qui sont retombés en place.

— Ce film n'a pas besoin de scène de sexe.

— C'est le climax de leur relation. Bien sûr qu'elle est indispensable.

Cole finit par se relever, lentement, il me parlait d'une voix autoritaire, sa gentillesse avait disparu.

— Une doublure.

L'idée m'est venue soudainement, et je m'en suis voulu de ne pas l'avoir eue plus tôt. Ça arrivait tout le temps. Je me souvenais avoir vu *Pretty Woman* après avoir lu que Julia Roberts avait été doublée. J'avais fait très attention au moindre détail de leurs scènes d'amour, sans rien remarquer.

— Il doit bien y avoir une clause que je puisse signer pour que vous utilisiez une doublure. C'est facile !

J'ai posé ma main tremblante sur le dessus de la clim' et je l'ai serrée pour cesser de trembler. Ça serait parfait, ça allait marcher. Je me suis dirigée vers la porte. Cole s'est avancé pour me retenir, mais je l'ai ouverte en grand.

— Don !

J'ai appelé le réalisateur qui attendait parmi la foule, tête baissée. Je lui ai fait signe et Cole s'est mis à grogner, il a levé les mains en l'air, a croisé les doigts et les a posés sur le sommet de son crâne. Don est entré dans la caravane, la porte s'est refermée. À présent, nous étions vraiment les uns sur les autres.

— Je veux une doublure.

J'ai annoncé mon idée, debout face à Don, les bras croisés sur la poitrine, et je l'ai observé jeter un regard à Cole.

Cole a haussé les épaules, l'air impassible et buté.

— Pas question. Nous n'avons pas de blonde d'un mètre soixante-dix avec ton genre de physique sous la main, prête à se foutre à poil devant la caméra. Et nous n'avons pas le temps de faire un casting. Ça peut prendre une semaine, voire plus, et je ne peux pas me le permettre.

J'ai regardé Don.

— L'université de Florida State est à quarante-cinq minutes en voiture, ai-je répondu en pointant la direction de Tallahassee. Là-bas, il y a vingt mille étudiantes. Croyez-moi, vous allez trouver une fille qui sera plus que ravie de se mettre à poil dans un lit avec lui.

J'ai senti une brûlure étrange, quelque chose d'obscur, une vision violente, et je l'ai écartée.

— Je suis ravi d'apprendre que notre reine de la noix de Pécan s'y connaît si bien en casting.

J'ai dévisagé Cole méchamment.

— Je sais que si nous installons une tente sur Landis Green, en deux heures de temps, vous aurez deux cents filles qui se déshabilleront devant la caméra pour un casting. Si vous n'en avez pas trouvé une qui me ressemble avant l'heure du dîner, je le…

— Quoi ? (Cole m'a interrompue.) Tu le feras ? (Il s'est avancé, a ôté ses mains de sa tête et s'est mis à sourire.) On parie, Summer ?

Il a regardé sa montre comme s'il ne pouvait pas se souvenir de l'heure.

— Il est huit heures et demie. On embarque une caméra et une équipe, et on le fait. On accepte ta suggestion ridicule et on voit. Mais si on n'a pas trouvé de fille avant dix-huit heures, tu joues cette scène à la première heure demain matin, et je ne veux plus en entendre parler. Pas de larmes, pas de désespoir à la con. Tu te reprendras, et tu agiras en vraie professionnelle.

Je me suis mordillé la lèvre inférieure en regardant Don jeter un coup d'œil à Cole, puis à moi, comme si nous étions deux dingues.

— OK, mais je viens moi aussi, avec Don et Eileen, ai-je exigé. Si trois d'entre nous quatre trouvent une fille qui ferait l'affaire, je gagne et je ne tourne pas cette scène.

Don est intervenu en levant la main.

— C'est le truc le plus débile que j'aie jamais entendu, mais pour que ça ait la moindre chance de marcher, j'aurais besoin que vous fassiez les gros plans, les baisers, les gémissements, et cætera.

— Mais tu pourras le faire avec un soutien-gorge bustier, a précisé Cole. Et en short. (Il m'a tendu la main.) Tope-la.

Je l'ai prise sans réfléchir, je l'ai serrée sans prendre le temps de réfléchir aux détails. Je l'ai serrée en sentant un énorme soulagement.

Ce type, j'en étais certaine, n'était jamais allé à Florida State. C'était là que Dieu avait lâché toutes ses beautés. On n'aurait pas besoin d'attendre six heures. On aurait déjà une douzaine de possibilités à midi.

CHAPITRE 85

— Si tu ne finançais pas ce film, je t'aurais viré. Un casting sauvage. Un jour de tournage ?

Don s'était immobilisé, ses bras brassaient l'air comme ceux d'un Bibendum. Son visage avait viré au rouge foncé et la sueur dégoulinait de ses tempes. Derrière lui, une des caravanes était en cours de préparation, une dizaine de personnes s'affairaient, électros, machinos, cablemen et régisseurs s'activaient dans un bel ensemble.

— Ça va aller, répondit Cole en souriant.

Il donna une grande tape dans le dos du réalisateur en accrochant au passage, par la chemise, un assistant de production qui passait par là.

— Vous. Comment vous appelez-vous ?

— Euh… (Le môme dévisagea Don, puis Cole.) Tim Myers.

— Tim, trouve-moi Justin et ramène-le ici.

Don pinça ses lèvres jusqu'à transformer sa bouche en une simple ligne et il passa une main sur son crâne chauve.

— Tu sais combien ça va coûter, ce pari imbécile entre vous deux ?

— On a besoin de cette scène, et sans ça, elle ne la fera pas. (Cole sourit.) Calme-toi Don, c'est mon fric, pas le tien.

— Et il s'agit de ma carrière si ce film coule. Ou bien fait faillite. Ou si mes interprètes se trucident avant la dernière prise. On aurait très bien pu la couvrir avec un drap et tourner comme ça. Tout ça…

Don regardait un type qui arrivait en courant, les bras pleins de porte-blocs.

— … c'est ridicule.

— Je ne veux pas filmer une scène d'amour à la Nicholas Sparks. Je veux du cru, du sexy. Je te l'ai déjà dit ; tu le sais.

On ne peut pas débuter une intrigue pour ensuite laisser le public en plan.

— Bien sûr, faisons comme si c'était ça la raison. (Don s'avança et baissa la voix.) Mais nous savons pertinemment tous les deux que ce n'est pas ça.

Cole haussa les épaules.

— Contente-toi de me faire la scène que je veux. Si j'ai besoin d'un psy, j'en trouverai un moi-même.

Puis il désigna du doigt l'assistant qui partait.

— Tim Myers, l'aida Don.

— Ouais. Tim Myers m'en dégotera un. (Il passa un bras sur l'épaule du réalisateur.) Maintenant, allons-y.

CHAPITRE 86

J'avais envie de conduire. Ça signifiait quelque chose pour moi. Je savais à peu près comment me rendre à Tallahassee. Je pouvais y emmener nos deux 4x4 plus le semi-remorque sans en faire tout un fromage. Mais je n'étais pas inscrite sur l'assurance et j'étais une femme, et à cause de ces deux obstacles majeurs, je me suis retrouvée coincée sur le siège arrière, à admirer la toute nouvelle coupe de cheveux de Cole Masten et cette ligne le long de laquelle ses cheveux noirs rejoignaient sa peau bronzée. Je suppose que sa nuque avait été rasée. Sans doute sur le plateau, par l'équipe qui ne rêvait que d'une chose, me faire une épilation du maillot chaque fois que je posais un pied dans la caravane coiffure-maquillage.

J'ai noté, en observant cette ligne bien nette, que j'avais perdu le pari que je m'étais fait à moi-même, cette première nuit dans ma cuisine, en voyant son bronzage doré. Bien entendu, il n'avait pas cramé. Au lieu de ça, il avait bronzé parce que les dieux comme Cole Masten ne connaissent pas nos problèmes de pauvres mortels. J'ai détourné mon regard de ce véritable poison toxique pour le laisser errer à l'extérieur, lorsque la voiture s'est mise à ralentir dans le trafic trop dense de la capitale de l'État.

En arrivant sur le campus de Florida State, on a tourné sur l'horrible rond-point de Landis Green pour atterrir devant la bibliothèque Strozier, un très beau bâtiment où, quelques années plus tôt, un étudiant devenu dingue était entré avec un flingue pendant la finale. Maman et moi étions installées devant la télé avec des parts de tartes au citron. Nous avons suivi toute l'action en direct. Pendant ce temps-là, maman n'arrêtait pas de me dire : «Tu te rappelles quand je t'emmenais là-bas ? » Je m'en souvenais très bien. Le dimanche après-midi, après l'église, nous avions l'habitude d'aller à Tallahassee. On déjeunait un peu tard chez Momo, avant d'aller à la bibliothèque. Je m'asseyais par terre contre un mur et je lisais des romans qui n'étaient pas de mon âge, pendant que maman lisait les journaux. Elle commençait par le *New Yorker* et s'enfilait trois piles de périodiques avant de ressortir et de rentrer à la maison en voiture pour le dîner. Je me rappelais encore l'odeur du bâtiment, la moquette verte, l'air pincé des étudiants. Leurs livres étaient étalés sur les longues tables comme s'ils étaient chez eux, leurs genoux s'entrechoquaient et les stylos grattaient le papier. Quand j'ai commencé le lycée, j'ai arrêté d'y aller. J'étais assez grande pour rester à la maison. Quelques années plus tard, maman aussi a arrêté. Peut-être avait-elle besoin de ma présence pour continuer ? Peut-être que sans moi, c'était moins drôle ? En regardant à travers la fenêtre cette grande bibliothèque, j'ai soudain ressenti une vraie nostalgie. Quand je partirais, est-ce qu'elle allait arrêter de faire des gâteaux le dimanche matin ? Est-ce qu'elle arrêterait de faire des balades le soir quand il faisait bon ? Quelles parties de sa vie allaient lentement s'arrêter ?

– Summer.

En entendant mon nom, j'ai tourné la tête vers le siège avant. Cole m'observait dans le rétroviseur.

– Quoi ?

– Tu sors ou quoi ?

J'ai cherché une réponse en attrapant la poignée. Je me suis arrêtée en voyant un homme devant ma portière, prêt à m'ouvrir. J'ai hésité en découvrant ce que j'avais raté, plongée que j'étais dans mes souvenirs. Il y avait trois gardes du corps autour de la voiture et une rangée de flics derrière eux qui montaient la garde. Je me suis tournée vers l'avant pour poser une question, mais les portières, la mienne y compris, s'étaient ouvertes et les garçons étaient en train de sortir. J'ai attrapé mon sac et j'ai pris la main qu'on me tendait pour sortir sous le soleil d'été. Une acclamation a retenti, qui a attiré mon attention. J'ai vu Cole faire un signe de la main avec un sourire ultrabrigth, tout en remontant ses lunettes de soleil de son index. La foule s'est jetée contre les flics avant de reculer, comme une véritable bête humaine sans aucune retenue. J'ai subitement apprécié à sa juste valeur la fierté stoïque des habitants Quincy et leur refus de jouer aux fans. Je n'arrivais pas à imaginer ce que ça pouvait représenter de vivre en permanence avec un tel degré de ridicule. J'ai suivi les trois hommes, encadrée de près par la sécurité. Un inconnu avec un écouteur a posé une main protectrice sur mon épaule. Je l'ai regardé fixement et il l'a retirée.

Devant nous, une ligne de rubans de sécurité orange menait à la caravane garée tout au bout de la pelouse, à côté d'une fontaine. Un deuxième groupe s'était massé là. Il s'est tourné comme un seul homme à notre approche, mains et téléphones portables en l'air, dans un murmure d'excitation. Nous avons été stoppés à mi-chemin de la caravane. Eileen a brusquement ôté son téléphone de son oreille pour nous informer.

– Nous aurons une tente dans un quart d'heure, pour les vérifications d'âge et les signatures. Je serai dedans et je ferai un premier tri. Si j'en vois une qui pourrait correspondre, je la ferai accompagner jusqu'à la caravane. Cole, vous et Don, vous ferez le dernier tri. Summer, vous restez avec moi.

J'ai ravalé mes objections, la fille était déjà partie et notre groupe tentait de la suivre. Cole a ralenti et a passé un bras sur mes épaules.

– Tu as l'air contrarié, country girl.

– Que va-t-il se passer dans la caravane ? ai-je demandé pendant qu'un groupe revêtu de vestes orange fluo déroulait une tente sur l'herbe.

La rapidité de tout cela était impressionnante.

– Nous allons faire des essais. Pour voir comment la fille se comporte devant la caméra.

– Nue.

Je l'ai regardé et il s'est mis à rire.

– Eh bien oui. C'est ça dont nous avons besoin.

– Tu vas passer un très mauvais moment.

J'ai senti mes lèvres se crisper et j'ai détesté cette réaction. C'était la transformation de ces femmes en objets qui me gênait. Rien d'autre.

—Il vaut mieux que je me mette à regarder quelqu'un d'autre que toi.

Je me suis échappée de son bras pour cacher ma joie.

—Concentre-toi plutôt sur ton pari. Ce serait moche de perdre face à une fille.

*
* *

Il faut le publier maintenant, sans ça, ces imbéciles de THR vont sortir le scoop avant nous.

Envision va vouloir ta peau. Tu le sais, n'est-ce pas ? Lancer ce truc sans même les prévenir.

Préviens simplement le juridique de se tenir prêt. Mais c'est décidé. Je veux la couverture.

Tu as trois jours pour le publier. Vas-y.

CHAPITRE 87

Ce genre d'événement, quand on le vit en direct, est toujours emmerdant.

Cole souriait, mais ses côtes lui faisaient mal à cause du violent coup de coude que Summer lui avait balancé.

Il s'arrêta, prit le stylo de la fille la plus proche et griffonna un autographe. Puis un autre. Puis il fit signe aux gros bras les plus proches, ils foncèrent sur lui pour le faire reculer. Cole fit semblant de discuter avant de signer un dernier autographe et de repartir. Summer renifla et il lui jeta un regard. Un *snow cone*[34] à la main, elle croisa son regard avant de détourner les yeux. Mais où diable s'était-elle dégoté un *snow cone* ? Il écrasa une mouche sur son crâne et pénétra dans l'ombre de la tente. À l'autre extrémité de la route, l'émetteur d'un camion de radiodiffusion par satellite se mit en marche. Quelle connerie, tout ça ! Mais c'était nécessaire. Dans moins d'une heure, il y aurait des photos sur les réseaux sociaux du moindre Séminole. #FortuneBottleCasting ferait le buzz sur Twitter, si ce n'était pas déjà fait. Elles sécheraient toutes leurs cours, toutes les étudiantes sexy, pour venir ici, tweeter et instagramer avec leurs ongles au vernis rose vif. C'était la meilleure pub qui soit un jour où il n'était pas sur le plateau. Et si ça pouvait contraindre Summer Jenkins à tourner pratiquement nue contre lui, eh bien c'était encore mieux.

Il grimpa les escaliers de la caravane avec air conditionné, salua Don et Justin, s'installa dans le fauteuil libre et l'avança légèrement. Devant eux, sur le côté gauche de la caravane, on avait installé un fond blanc, et deux cameramen s'activaient

---

34. Aux USA, un *snow cone* est un dessert à base de glace pilée, servi dans un cône en papier ou une coupe en forme de cône.

autour des projecteurs et des caméras. Derrière eux, il y avait une loge et une chaise pour la fille.

—Eileen a obtenu les formulaires de consentement? demanda Cole en dévissant le bouchon d'une bouteille d'eau minérale avant d'en boire une gorgée.

—Oui. Toutes celles qui entreront par cette porte seront au clair et auront signé une clause de confidentialité. Bien que rien de tout ça ne puisse rester secret bien longtemps avec tout ce bordel dehors.

Don soupira. C'était bien la septième ou la huitième fois qu'il indiquait par un signe ce qu'il pensait de tout ça.

Ce n'était pas malin. Pas pour le budget. Ce qui aurait été astucieux, c'était de filmer une autre scène et de se faire envoyer quelqu'un par Central Casting. Mais Summer l'avait défié, son bluff avait marché, et maintenant ils étaient là en train de jouer. Et bordel, c'était marrant. Il jeta un coup d'œil à travers la fenêtre de la caravane et vit Summer, assise avec Eileen, un grand sourire aux lèvres. Quelque chose la faisait rire. Elle aussi avait l'air de s'amuser. Et elle n'avait plus que quelques mois d'incognito devant elle. Ensuite, ce serait les bandes-annonces, la sortie du film et, en une seule nuit, elle deviendrait célèbre. Pouf. En un instant, tout serait différent. Elle ne serait plus son secret à lui, elle appartiendrait au monde entier.

La porte de la caravane s'ouvrit et une fille blonde entra. Elle avait la bonne taille, les bonnes mensurations. Tim lui tendit un peignoir, l'accompagna à la salle de bains et ils se mirent à attendre en silence. Quelques minutes plus tard, Cole entendit la porte s'ouvrir et la fille s'approcha, peignoir bien serré, l'air nerveux. Elle ne souriait plus. Cole la regarda et revit Summer, penchée sur le canapé avec ses mains serrées sur ses genoux et sa voix qui tremblait.

—Suivante.

Don se tourna vers lui, tout surpris.

—Quoi? lança la fille en faisant mine d'ouvrir sa ceinture, je suis prête.

—Non.

Cole regarda le papier devant lui et pria pour qu'elle n'ouvre pas son peignoir.

— Merci pour votre temps. Il y a des posters dédicacés à la sortie. Justin ?

Justin se leva, alla la rejoindre et mit la main sur son épaule pour la faire sortir.

— C'est quoi ce bordel ? demanda Don du bout des lèvres en attendant que la porte se referme pour se tourner vers Cole.

— Elle était tendue, nerveuse. Je n'ai pas besoin d'une deuxième Summer qu'il faudra passer son temps à encourager. Je veux une fille qui a envie d'être vue.

Il se renfonça dans son fauteuil en posant une de ses bottes sur le rebord de la table.

— La moitié des filles sur ce campus dansent topless en soirée, le week-end. Trouvons-les et finissons-en.

Il y eut un grand cri à l'extérieur et Justin revint, le sourire aux lèvres.

— Les filles se prennent en photo à poil autour du camion radio.

— Tu vois ? (Cole s'étira et se recula au fond de son fauteuil.) Facile.

Peut-être que Summer avait raison, peut-être qu'il allait perdre après tout. Peut-être que ça valait mieux. Peut-être qu'avec une autre fille dans ses bras, il allait enfin pouvoir se la sortir de la tête.

La porte s'est ouverte, une jolie blonde est entrée, il s'est tourné et l'a regardée dans les yeux. Elle a souri. La confiance en elle ne serait pas un problème avec celle-là.

CHAPITRE 88

Quelle idée stupide, stupide, stupide j'avais eue ! D'autant plus qu'en rentrant à Quincy, j'étais coincée à l'arrière du camion et obligée d'écouter les babillages d'une fille de vingt-deux ans sur Emma Stone, comme si j'en avais quoi que ce soit à foutre. Apparemment, Emma Stone était l'actrice préférée de Carly. Et elle avait vu ce film qu'Emma et Cole avaient tourné ensemble, vous savez, celui sur le tueur du parc à thèmes ? Et elle avait adoré. Et elle pensait vraiment, vraiment, mais vraiment qu'Emma et Cole devraient faire un autre film ensemble. Une histoire d'amour. Et elle voulait savoir si Emma Stone était aussi gentille en vrai. AU SECOURS, ACHEVEZ-MOI ! Sérieusement. Je n'avais qu'une envie, c'était qu'on roule, qu'ils me jettent au coin d'une rue et qu'ils m'écrasent. Cole serait sûrement ravi. Et je pourrais enfin mettre fin à la torture d'écouter cette fille. Elle avait un tatouage dans la nuque. Je voulais le mentionner à quelqu'un, mais ça voulait dire perdre mon pari et, trente minutes plus tôt, j'étais tellement contente d'avoir gagné que j'ai oublié les légères différences qui existaient entre elle et moi. Sa poitrine était plus forte. Et elle avait un anneau de nombril qui brillait sous son tee-shirt. Ida Pinkerton n'avait ni tatouage ni piercing. Son tatouage représentait une colombe. Comment quelqu'un pouvait-il se faire faire une colombe indélébile à l'arrière du cou ? Ou n'importe où, d'ailleurs.

À l'âge de quatorze ans, je voulais un tatouage. J'avais fait tout un plan pour mes dix-huit ans : je voulais me faire tatouer le symbole chinois de la grâce sur les côtes. Parce que, ouais, qu'est-ce qui existait de plus charmant qu'une péquenaude avec un tatouage sur les côtes ? Dieu merci, j'ai dépassé ça en grandissant. Sinon, je n'aurais pas pu être assise là et sortir des vacheries. J'ai soupiré et je me suis renfoncée dans mon siège étroit au troisième rang. À part le tatouage et le piercing, cette fille était parfaite. Ridiculement parfaite. J'ai baissé les yeux sur les photos qu'ils avaient faites d'elle. Des photos où elle était cul nu et faisait de grands sourires à la caméra, sans le moindre gêne. Rien à voir avec moi, en boule dans le canapé de ma caravane, et mes pleurnichements de bébé. Seigneur, qu'est-ce que j'avais dû avoir l'air idiote ! J'étais surprise que Cole fasse tout ça, accepte tout ça. J'étais surprise qu'il ne se contente pas de se moquer de moi et de m'ordonner de me reprendre. C'était probablement ce que moi j'aurais fait, face à une file qui gaspillait le temps et l'argent de tout le monde.

J'ai regardé vers l'avant et je me suis rendu compte qu'il m'observait. Il a détourné le regard et j'ai baissé les yeux. J'avais la nausée. Sans doute parce que j'étais à l'arrière.

CHAPITRE 89

Il est apparu que les scènes de sexe nécessitaient des répétitions, comme les autres. Ç'aurait été bon à savoir quand j'étais en panique totale. Ça m'aurait peut-être calmée de comprendre que Cole et moi allions traverser le plateau tout habillés, de comprendre ce qu'il fallait faire, quelles caméras allaient tourner, ce qu'on devait dire et quand. En plus, au lieu d'installer le cameraman devant le lit, ils utilisaient des bras télécommandés. Tout ceci apportait un semblant d'intimité. Contrairement à notre baiser et aux scènes dans le bureau, personne ne serait là à me regarder entre les cuisses.

Nous étions dans le quatrième décor, celui qui était censé être la chambre à coucher de Royce. C'était la chambre la plus moche que j'aie jamais vue, mais je suppose qu'elle correspondait au style des années trente. Un tapis vert foncé, un papier peint monstrueux et un couvre-lit tout aussi laid. C'était ça, la chambre d'un célibataire de l'époque. Pas vraiment le genre de déco pointue à la *Mad Men* que j'avais imaginée, mais c'était pour ça que ces types avaient gagné un tas de fric, alors que moi j'en étais encore à regarder des vidéos sur le scrapbooking sur YouTube.

Je n'étais également trompée à propos de la lumière. J'avais imaginé les gros projecteurs très puissants sous lesquels nous avions tourné jusqu'à présent. Mais là, sur ce décor, la lumière était presque tamisée. Il n'y avait que deux caméras au lieu des cinq habituelles. C'était bien plus raisonnable. Et il n'y avait pas foule autour de nous. Les machinos, les traiteurs et tous les assistants de production avaient disparu, nous n'étions plus que six et, dans cette grande pièce, ça avait presque l'air désert. On se serait presque cru, avec ces lumières tamisées, dans l'intimité. Et je ne sais pas pourquoi, ça me dérangeait. Ça n'aurait pas dû. Ce n'était pas moi dans le lit. C'était Carla. C'était elle qui ricanait bêtement, bien que Cole lui ait demandé déjà deux fois de se calmer. Et c'était elle qui était sur le dos, nue comme un ver, pas de patchs autocollants pour elle, le dos cambré au fur et à mesure que les lèvres de Cole glissaient le long de son ventre et qu'une de ses mains avançait vers sa cuisse. J'ai eu un haut-le-cœur et je me suis reculée. Mes mains tremblaient quand j'ai repoussé mes cheveux devant mes yeux.

J'ai senti une main se poser dans mon dos et j'ai tourné la tête. J'avais envie de me boucher les oreilles pour ne plus entendre les bruits de Carly.

—Ce n'est pas si mal, murmura Eileen tout contre mon oreille. Je vous promets, votre partie sera facile.

J'ai fermé les yeux et j'ai hoché la tête, en faisant semblant, pour son bien comme le mien, d'avoir tant stressé à cause de ma performance.

CHAPITRE 90

—Cette partie est facile.

Cole prit la tête de Summer entre ses mains et elle la secoua. En regardant ailleurs. Il sentait sa jambe qui palpitait contre le lit.

—Félicitations, ajouta-t-il. Tu as gagné. (Il lui souriait et elle le dévisagea, sans la moindre réaction. Mal à l'aise, il bougea un peu et se demanda s'il avait loupé quelque chose.) Tu es nerveuse ?

—Non.

C'était sûrement un mensonge. D'abord, elle avait fui son regard dans la voiture. Et maintenant, sa bouche était crispée, ses yeux fixes, ses doigts tapotaient sur le côté de ses jambes, sans s'arrêter, et il n'avait qu'une envie, c'était de les immobiliser dans ses mains. Et ses jambes. L'empêcher de bouger, la forcer à le regarder dans les yeux pour lui expliquer ce qui n'allait pas. Parce que, visiblement il ne s'agissait pas seulement de nervosité. On aurait dit qu'elle était en colère. Mais pour quelle raison ? Elle avait gagné leur pari, on faisait comme elle le voulait. Elle aurait dû être contente.

—OK les gars, on est prêts à tourner dans cinq minutes. Summer ? Cole ? C'est bon pour vous ?

Elle acquiesça, il acquiesça, on fit le silence et il n'y eut plus qu'eux deux. Pas de marque de départ. Pas de chorégraphie. Ils étaient juste censés s'embrasser et se caresser, et elle était censée exprimer toutes les réactions qui devraient remplacer celles de la minette blonde. Il y avait un drap très fin entre eux, mais elle avait insisté pour qu'on le mette, tout comme de porter son short et son soutien-gorge bustier. Lui, en revanche, ne s'était pas changé, il portait encore l'étui pelvien qui avait fait écarquiller les yeux de Summer.

Elle était devenue rouge pivoine quand il avait enlevé son peignoir.

Dans le silence du plateau, il la regarda droit dans les yeux. Il y avait si peu de moments où il pouvait la dévisager tranquillement. Elle le surprenait chaque fois, comme si elle en sentait le poids. Mais en ce moment, devant la caméra, il en avait le droit et il en profita à fond. Ses yeux détaillèrent lentement le brun clair de ses sourcils et la fourrure épaisse de ses cils. Ses yeux dorés plongèrent dans les siens. Il ne dit rien, ne fit rien, il se contenta d'observer la minute qui passait dans ses pupilles, leur mouvement imperceptible pendant qu'elles faisaient le point. Il se redressa en s'appuyant sur une main, tout en faisant remonter l'autre jusqu'à son visage. Elle ne regarda pas, ne réagit pas, elle se contenta de le fixer. Il caressa doucement ses pommettes et glissa vers ses lèvres peintes dans ce rouge foncé typique d'Ida, pas du tout de Summer. Il eut soudain envie de lui enlever, il entrouvrit la bouche, y glissa son pouce et le suça. Elle baissa les yeux et le regarda sortir son doigt en le mordant un peu. Il remonta vers son visage, caressa sa joue, son lobe d'oreille et son menton. Elle se raidit. Quand son doigt humide passa sur ses lèvres pour en ôter le rouge, elle entrouvrit la bouche. Il gémit quand elle attrapa son pouce entre ses dents en le regardant droit dans les yeux, puis qu'elle se mit à le sucer en l'aspirant profondément, avant de le relâcher lentement. Son pouce eut les centaines de sensations que sa queue aurait aimé avoir, elle aussi, et à cet instant, il n'y eut plus personne dans la pièce, tout disparut, en dehors d'eux.

Dès que son pouce quitta sa bouche, il se pencha sur elle, attrapa sa nuque d'une main et écrasa sa bouche contre la sienne. Il l'embrassa comme il en avait envie depuis le début, goulûment et sauvagement. Sa langue luttait, leurs baisers manquaient leurs bouches tant ils se cognaient l'un à l'autre.

Cole l'attrapa roula, sur le dos et la fit grimper sur lui pendant que sa main repoussait le drap, tirait sur le fermoir de son soutien-gorge et l'ouvrait d'un coup. Ses seins, soudain libérés, dégringolèrent sur lui. Il gémit et la tira contre lui.

Leur poids était si beau quand ils appuyèrent doucement sur sa poitrine, si incroyable, qu'il perdit les pédales. Il lui mordit l'oreille, plongea la main dans ses cheveux et la serra fort. Il l'embrassa dans le cou puis revint à sa bouche. Elle cacha sa poitrine avec ses mains et il se souvint alors de la scène, cette putain de scène. Il roula en arrière pour la protéger de la caméra, sa bouche se fit plus tendre quand il remonta le drap et qu'il murmura à son oreille :

—Je suis désolé, je n'ai pas réfléchi.

Elle lui tira les cheveux et ramena sa bouche sur la sienne. Il ne s'excusa plus.

Ce qui s'était passé entre eux quand ils s'étaient touchés… n'avait rien à voir avec Nadia, ni avec la blonde, ni avec aucune autre femme qu'il avait possédée. Et cette différence le paniquait à mort.

CHAPITRE 91

— Ce sont des conneries ! Apprends où sont tes marques et restes-y !

Cole leva les mains en me dévisageant, et *Dieu m'en est témoin,* s'il n'y avait pas eu des centaines de personnes qui nous regardaient, je lui aurais serré les couilles dans un étau. En acier. Denté.

— Tu as changé de marque cinq fois dans les deux dernières heures. Décide-toi une bonne fois pour toutes !

J'ai repoussé sa poitrine des deux mains, et cet enfoiré a à peine vacillé. Voilà ce que je récoltais pour avoir oublié mes tâches ménagères et pour avoir passé mes journées à me pavaner sur un tournage. Cole s'approcha et baissa la voix.

— Tu me touches encore, et je te flanque sur ta maudite marque et je t'y retiens.

J'ai reculé. Quand il était si proche, quelque chose à l'intérieur de mon corps perdait le contrôle. J'avais cru que ça disparaîtrait. Mais non. Nous avions tourné quatre scènes depuis notre fausse scène de baise. Aucune d'entre elles n'était de nature sexuelle, pourtant j'avais encore envie de sauter sur cet homme comme une chienne en chaleur, chaque fois que nous étions à la portée l'un de l'autre. Ça devenait ridicule.

— Cole. Summer. (C'était la voix de Don.) Prenez cinq minutes. Summer, tu brilles un peu.

La maquilleuse s'est précipitée, un pinceau à poudre à la main, et j'ai quitté Cole des yeux pour lui sourire en la remerciant poliment. Nous étions dans la pièce avant de la demeure des Frank, les équipes d'électros installaient les lumières en haut du grand escalier et dirigeaient leurs mille watts de lumière chaude sur nous. Mary a collé devant moi un tumbler Tervis[35] de thé glacé. J'en ai bu une petite gorgée en faisant attention de ne pas ruiner mon rouge à lèvres. Nous en étions à notre dix-neuvième prise, nous avions passé des heures sur une scène toute simple qui aurait dû être mise en boîte en deux temps, trois mouvements. C'était marrant, mais les scènes que nous tournions le plus facilement, c'étaient les plus chaudes. Je ne savais pas ce que ça voulait dire.

Quand la porte d'entrée s'est ouverte, personne n'a rien remarqué. Notre pause en plein milieu d'une scène tenait la place centrale. Mais quand elle s'est refermée, le vent l'a fait claquer un peu trop fort, ce qui a attiré mon attention. J'ai tourné la tête.

Dans l'embrasure de la porte se tenait une grande femme aux cheveux blancs, avec un rouge à lèvres rouge sang, une jupe crayon et de hauts talons. Elle me dévisageait, son téléphone portable à l'oreille et une serviette à la main. J'en eus le ventre tout retourné. C'était la patronne de Miss Brecken. Je savais qui elle était, j'avais vu la chef de pub s'entretenir avec Cole un grand nombre de fois. Le bruit de ses stilettos le faisait toujours grimacer. Mais cette fois-ci, en la voyant avancer sans aucune difficulté malgré ses talons hauts, le visage fermé, je compris qu'elle ne venait pas pour Cole. Je sus que, cette fois, elle venait pour moi.

Don l'arrêta de la main, tout en baissant son casque.

— Casey, pas maintenant, nous sommes en plein tournage.

Cole fit un mouvement de la main, l'air frustré, et gronda :

— Vite fait, Casey.

— Nous tournons dans deux minutes, le prévint Don. Que vous ayez terminé ou pas.

— Je ne suis pas venue pour Cole.

Je crois que je fus la seule à comprendre sa phrase, pourtant parfaitement articulée.

— Don, vérifie ses marques avec Summer. Ça va vous prendre dix bonnes minutes, facile.

---

35. Célèbre marque US de tasses, mugs et autres récipients à double fond.

Cole avait balancé sa vacherie en me regardant, pour être certain que je l'écoutais. Je ne l'écoutais pas. Je me relevai de ma chaise pliante pendant que la maquilleuse cherchait désespérément ma joue avec son pinceau. Je savais que je ne pourrais pas l'éviter. Une partie de mes tripes avait compris que ce serait un des dommages collatéraux depuis le jour où Ben m'avait parlé de ce boulot.

Le dîner de répétition n'allait pas s'évanouir dans la nuit comme ça. Pas maintenant que j'étais une célébrité ou que j'étais sur le point d'en devenir une. Casey a contourné Don, j'ai fait un pas en avant et nous nous sommes rencontrées comme deux ennemies, sur le tapis persan au milieu du salon des Frank.

— Summer.

— Oui ?

— Il faut qu'on parle.

CHAPITRE 92

Ça avait été une farce assez simple. Et c'était vraiment ça que c'était censé être : une farce. Quelque chose qui me permette de foutre en l'air ma soirée de mariage et de les punir pour leur trahison.

Parce qu'ils étaient tous au courant. J'avais quitté la maison de Scott ce jour-là et j'avais conduit jusque chez Corine. J'étais entrée dans cette maison remplie de mes demoiselles d'honneur, les mains pleines de rubans, de lacets et de riz. Leur bavardage joyeux s'était interrompu quand j'étais entrée. Stacey, la secrétaire de Scott, avait été la première à prendre la parole.

— Hey, avait-elle lancé, et mes oreilles avaient discerné un signal rouge d'inquiétude dans sa voix, je croyais que tu étais à Tallahassee aujourd'hui.

— J'y suis allée ce matin.

J'étais passée devant les filles pour aller prendre un morceau de Sopalin à la cuisine et m'essuyer les yeux, puis j'avais pris la bouteille de vin à peine entamée et je m'en étais servi un grand verre. J'avais arboré un grand sourire et j'étais retournée au salon.

— Où est Bobby Jo ?

Quatre filles n'ont pas réussi à mentir. Il y eut un silence gêné, puis quelqu'un balbutia : « au boulot » au même moment où Bridget lançait : « elle ne se sent pas bien ». Après une autre lampée de vin, je suis retournée à la cuisine.

— Je vais rentrer chez moi, ai-je lancé derrière mon épaule. Je ne me sens pas bien.

Les filles ont alors exprimé leurs regrets en chœur, leurs cordes vocales se remettant à fonctionner parfaitement. J'ai glissé dans mon sac leur seconde bouteille pas encore ouverte, celle-là, j'ai replaqué un sourire sur mon visage en leur faisant des signes de la main pour les remercier encore une fois pour leurs efforts inlassables de demoiselles d'honneur, pendant que je me dirigeais vers la porte et que je sortais.

Voilà ce que j'avais récolté en étant amicale avec la bande sympathique des filles de Quincy. Elles n'avaient jamais été de véritables amies. Elles m'avaient ignorée au lycée, et n'avaient réellement commencé à copiner avec moi que quand j'avais commencé à sortir avec Scott. Les meilleurs potes de Scott étaient leurs petits amis, leurs maris, leurs frères. Notre amitié était fondée uniquement sur notre relation amoureuse vieille de trois ans.

J'étais allée retrouver maman à la maison, avec des larmes qui faisaient coller mon stupide mascara violet qui était si chouette sur Avril Lavigne, et Bridget l'avait remarqué. Cette nuit-là, tout en jouant avec mes orteils et la bonde de ma baignoire, j'avais ourdi mon plan.

C'était un plan très simple. Il était infaillible. Selon *Variety Magazine,* lors de cette publication fatidique qui devait chambouler ma vie, mon plan était diabolique.

Je trouvais que «diabolique» était un peu fort, sous la plume d'un journaliste qui n'avait visiblement jamais lu les histoires de Hérodias et Jézabel. Car enfin, tout de même, soyons réalistes. Personne n'était mort.

CHAPITRE 93

—Comment se fait-il que j'ignorais ça ? explosa Cole en balançant une bouteille de Coca contre le mur. (Le contenu gicla sur un pauvre assistant de production.) Pourquoi n'avons-nous pas été mis au courant ?

Il secouait comme un fou un exemplaire du magazine. Le bruit des pages résonnait dans toute la pièce. Je ne pouvais pas voir la couverture de là où j'étais, il bougeait trop vite, mais je l'avais vu le faire, j'avais vu tout le monde la lire. Des copies avaient été distribuées comme si c'était des bonbons. Je n'en avais pas pris. Je m'étais simplement assise en bout de table en attendant ma punition.

—Nous ne pensions pas avoir besoin de faire une enquête approfondie à son sujet.

Un homme que je n'avais jamais vu avait pris la parole. Ses mains tripotaient nerveusement la monture de ses lunettes.

—Je veux dire, regardez-la. (Il fit un geste dans ma direction et je baissai la tête comme un enfant qu'on réprimande.) Nous avons cherché les crimes, le milieu familial, la pornographie, nous avons fait les tests sanguins, tout était clean.

Des recherches en pornographie ? Ils parlaient de moi comme si j'étais un objet, sans sentiments, ni émotions, ni explications. Cela dit, concernant les explications, je n'en avais pas tripette. Ce que j'avais fait était terrible. Et quoi que ce magazine ait publié... c'était probablement assez proche de la vérité.

—Ce n'était pas si grave, ai-je fini par dire. Et c'était il y a des années.

—Alors, vous savez déjà de quoi il s'agit ?

Casey posa les mains sur la table et s'appuya dessus. Son vernis à ongles était parfaitement coordonné à son rouge à lèvres.

— Mon dîner de répétition ? ai-je supposé.

— «Le dîner de répétition infernal» a-t-elle lu à voix haute, en appuyant sur chaque syllabe, puis elle a fait glisser la couverture pelliculée vers moi.

Elle s'est arrêtée à mi-chemin sur la table. Personne ne l'a aidée à arriver jusqu'à moi, mais je pouvais la voir de là où j'étais. C'était notre photo de fiançailles, à Scott et moi. Un maquettiste créatif m'avait dessiné des cornes de diablesse et une queue. J'ai détourné les yeux et j'ai vu Cole qui m'observait, appuyé contre le mur. Nos regards se sont croisés et je n'ai pas réussi à me détourner. J'ai essayé, mais je n'ai pas pu.

— Pourquoi ne nous en as-tu pas parlé ?

Sa voix a retenti à travers la pièce, et j'ai eu l'impression que j'avais huit ans, que j'étais dans la classe de Madame Wilson, en train de me faire enguirlander parce que j'avais oublié de nourrir Sparky, le poisson rouge.

J'ai voulu regarder Casey, le sol, n'importe quoi, mais je n'ai pas pu détacher mon regard de lui.

— Sortez tous, a-t-il dit en chiffonnant un exemplaire du magazine. J'ai besoin de parler à Summer. Seul à seule.

Personne n'a bougé, à l'exception de cet assistant de production couvert de Coca-Cola qui a commencé à se lever, mais quand il a réalisé que personne d'autre ne le faisait, il s'est rassis lourdement.

— Je suis sérieux. (Cole s'est tourné vers Don, qui était assis à côté de Casey, la tête entre les mains.) Filme les scènes du début. Prends des doublures en extra. Je veux pouvoir parler avec elle en privé.

Don a regardé Cole un long moment puis s'est levé. Aucun des dix autres qui sont sortis ne m'a jeté un regard. J'étais à nouveau trois années en arrière. Quand la porte s'est refermée, j'ai bafouillé : «Cole…», je ne savais même pas quoi dire de plus. Je savais juste qu'il fallait que je parle. Il fallait que nous ayons autre chose entre nous que du silence.

– Tu aurais dû nous le dire. Nous pouvons contrôler ce que nous savons. Ça... (Il a jeté le magazine froissé sur la table et a tapé du doigt dessus.) Ça, nous ne pouvons pas le contrôler. Plus maintenant. En ce moment, le moindre tabloïd a quelqu'un qui monte dans un avion pour venir à Quincy, pendant que nous sommes en train de parler. Et ils vont parler à la moindre de tes amies, et ils vont dégoter la plus bavarde et tu deviendras une réponse du Trivial Pursuit avant la fin de la semaine.

La moindre de tes amies.

Ah. Bonne chance pour réussir à en trouver une.

– Je m'en fiche.

J'ai baissé la tête vers la table en parlant, j'ai fixé une tache sèche. Était-ce du Ketchup ? Avec tout leur fric, on aurait pu penser que quelqu'un aurait fait le ménage chez les Frank.

Il y eut un bruit sur le plancher et j'ai tourné la tête. Je l'ai vu avancer le long de la table.

Il faisait glisser dessus le magazine tout froissé entre ses doigts crispés.

Plus près.

À trois places de moi.

Plus près.

À deux places de moi.

Il s'est arrêté.

– Répète ça ?

Je l'ai regardé en face, et j'ai oublié un instant à quel point je le détestais.

– Je m'en fiche.

– Ça ne va pas durer. Peut-être que tu t'en fiches à cet instant précis, mais ça ne va pas durer.

J'ai haussé les épaules.

– Je crois que si. Ça fait trois ans que je suis exclue dans cette ville. Je ne crois pas que je vais m'en faire davantage parce qu'une ménagère du Nebraska pense que je suis une psychopathe.

– Il ne s'agit pas uniquement des ménagères du Nebraska, mais de *tout le monde* dans l'industrie du cinéma.

– Sans vouloir t'offenser, je déteste ton industrie du cinéma. C'est juste un *one shot* pour moi. Ensuite, je prends mon fric et je me barre.

– Vraiment. (Il s'est mis à rire.) Tu obtiens un premier rôle dans un long-métrage et ensuite tu disparais, tout simplement ?

Je n'ai pas souri, je n'ai pas pris l'air content, je me suis contentée de le dévisager pour être bien sûre qu'il comprenait ce que je lui disais.

– Oui.

Il a fait glisser le magazine jusque sous mes yeux. Ma cuisse s'est mise à tressauter sur mon siège. J'avais envie de me lever pour changer cette dynamique où il me toisait, mais je ne l'ai pas fait. Je suis restée assise comme une gentille petite fille, j'ai essayé de ne pas fixer sa braguette. Il s'est à moitié assis sur la table en poussant encore un peu le magazine. Sa nouvelle position était encore pire. Il avait une jambe relevée, l'autre par terre, je pouvais deviner la forme de son sexe. Il ne bandait pas mais... malgré cette situation atroce, j'étais émoustillée. Je ne pouvais pas m'en empêcher. C'était une réaction physique et chimique entre nous, tout à fait incontrôlable. Il a ôté ses mains du magazine et je me suis efforcée de regarder dans cette direction, vers la photo de moi à une époque où je pensais que me crêper les cheveux me rendait plus sexy. C'était faux. J'avais l'air plus trash. Je m'en rendais compte à présent, et je n'avais aucun doute sur le fait que les filles comme Nancy, Grace ou Kelly Osbourne allaient se faire un plaisir de le faire remarquer... J'ai dégluti péniblement. Je lui avais dit que je m'en fichais, mais une partie de moi ne s'en fichait pas. Cette partie de moi qui venait à peine de se remettre d'avoir été ostracisée. J'ignorais si j'aurais maintenant la force de supporter d'être ridiculisée.

Quand il a prononcé mon nom, ce fut dans un soupir d'exaspération et j'ai levé les yeux pour le voir se masser le cou, les yeux fermés, les traits tendus.

—Summer… (il a laissé sortir mon nom en s'étirant) tu es tellement différente des autres femmes que je connais.

—Merci, ai-je répondu sans la moindre trace de sarcasme.

Il s'est mis à rire.

—Que tu te fiches de ta réputation ou pas, il va falloir que tu parles avec Casey. Laisse-la faire son boulot. Tu seras peut-être obligée d'aller à un ou deux talk-shows pour donner ta version des faits.

J'ai froncé les sourcils. L'ongle de mon pouce gauche était cassé et je l'ai arraché, c'était un de mes tics.

—Je n'ai pas vraiment envie d'aller en parler.

Ça ne regardait personne. Voilà la vérité. Et en plus, remettre sur le tapis mon drame avec Scott… alors qu'il avait une femme et un bébé… ça me paraissait moche. Que je lui aie pardonné ou pas, c'était secondaire dans sa vie. Une vie qui allait être déjà suffisamment chamboulée par cet article.

—Tu ne veux pas en parler devant une caméra ? Ou devant moi ?

J'ai eu un petit rire étranglé.

—Devant toi ? Qu'est-ce que tu en as à faire ?

—J'ai besoin de savoir si je dois intégrer le numéro d'appel des ambulances dans le répertoire des numéros abrégés de l'équipe.

J'ai esquissé un sourire. Il était trop proche, là. Je pouvais sentir le parfum de son eau de toilette. Ça me donnait envie de me pencher en avant pour mieux le sentir encore.

—L'équipe ? À votre place, je m'en ferais plus pour vous, Monsieur Masten.

—Ne fais pas ça.

Il avait la voix rauque. Surprise, j'ai oublié mon ongle et j'ai surpris son regard… J'avais déjà vu ce regard. Dans ma chambre. Juste avant… bon…

—Ne fais pas quoi ?

Je n'aurais pas dû poser cette question. J'aurais dû baisser les yeux et changer de sujet. Mais je ne l'ai pas fait. J'ai insisté.

—Ne m'appelle pas comme ça. Pas ici en tout cas.

Il s'est assis sur une chaise en me regardant toujours aussi fixement, avec ce regard sauvage, dominateur, qui m'indiquait très clairement ce qu'il avait en tête.

– Alors où, Monsieur Masten ?

J'ai insisté sur son nom de famille, et son regard s'est assombri, le bord gauche de sa lèvre est remonté. C'était officiel. J'étais en route pour l'enfer.

Il a gloussé.

– Je ne joue pas à ce jeu avec toi. La dernière fois que je suis entré chez moi avec une érection grande comme le Texas, tu n'étais même pas là.

– Je suis là maintenant.

Une femme qui m'était inconnue, qui s'était cachée à l'intérieur de moi pendant longtemps, surgissait, encouragée par la lueur qu'elle lisait dans ses yeux, par les paroles qu'il prononçait. J'ai défait le bouton du haut de ma chemise, puis le deuxième. Il a fermé les yeux avant que je poursuive.

– Arrête !

Il a posé ses mains sur les miennes, elles étaient si chaudes, si enveloppantes. J'ai examiné son visage, il était plein de regrets.

– Pas ici. Je t'ai à moitié baisée la dernière fois. Je ne vais pas refaire cette erreur.

J'ai digéré, puis en penchant lentement la tête :

– C'était un peu plus qu'à moitié.

Il a ri.

– Doucement, country girl. Tu parles à une star de ciné-ma. Nous sommes connus pour avoir des ego fragiles.

J'ai libéré mes mains pour me reboutonner, il m'a arrêtée, et ce sont ses doigts qui ont fait le boulot. Cet acte tout simple, celui d'un homme me reboutonnant, a suffi à me rendre toute chose.

– Pourquoi es-tu sympa avec moi, soudainement ?

Je ne l'avais pas regardé en lui posant cette question. Je ne pouvais pas.

Ses mains ont lâché mon bouton du haut pour entourer mon visage et le relever afin que nos regards puissent se croiser.

– J'ai cassé un truc sur la tête d'un mec quand je l'ai surpris en train de baiser avec ma femme. Peut-être que toi et moi, nous nous ressemblons plus que je ne le pensais.

– Ça m'étonnerait.

Il m'a attirée à lui et a guidé mes lèvres jusqu'aux siennes.

Ce fut un baiser totalement différent des autres, un baiser doux et tendre, qui me dégustait avant de me lâcher alors que j'avais encore les yeux fermés.

– Ne me repousse pas Summer, dit-il. En ce moment, tu as besoin d'un ami.

– Un ami.

J'ai ouvert les yeux. Il était là, avec ses fameux yeux verts. Je me suis mise à rire pour qu'il ne puisse pas en déduire je ne sais quelle relation entre nous.

– Toi ?

– Ouais.

– Il faut que j'aime bien quelqu'un pour pouvoir en faire mon ami.

J'ai reculé et j'ai trébuché contre ma chaise. Et voilà. J'étais incapable de faire une sortie correcte, avec un minimum de grâce.

– As-tu besoin de bien aimer quelqu'un pour baiser avec ? Ce soir ?

Il a détourné mon attention de ma sortie catastrophe. Il s'était assis, a empoigné la table et s'est penché en avant. Il me dévisageait.

– Ce soir ?

Je me suis arrêtée. Je pouvais sentir mon slip qui collait littéralement à mon sexe.

– Oui.

Si un regard pouvait suffire à vous attraper au lasso, le sien avait lié mon cœur.

J'avais une foule de réponses possibles : Oh… désolée. Ce soir, il y a *The Bachelor*. Ou : Je dois revoir mon texte puisque vous faites tout le temps des changements. Ou : Oui, j'ai vraiment besoin d'aimer quelqu'un pour faire l'amour avec lui, alors non, pas ce soir.

Je n'en ai donné aucune. Quand il s'agissait de lui, je ne pouvais rien faire d'autre que de hocher la tête. Et sauter la tête la première de la falaise que j'allais de toute façon devoir finalement descendre.

– À ce soir, Monsieur Masten.

Sa bouche s'est étirée, ses épaules se sont légèrement relâchées.

– Bien.

Je n'ai absolument rien trouvé d'intelligent à lui répondre. J'ai dégluti, attrapé ma bouteille d'eau minérale et je me suis dirigée vers la porte.

Je l'ai ouverte, Casey était derrière, elle tapotait ses bras croisés avec ses ongles.

– Allons-y, Summer. Maintenant. Nous devons imaginer un plan de contre-attaque.

J'ai poussé un gros soupir et je l'ai laissée m'embarquer. À travers la cuisine, jusqu'au bureau. Là, je l'ai laissée m'expliquer la nécessité d'une certaine retenue indispensable au processus qui n'exigeait pas grand-chose de plus de moi. J'ai opiné poliment, j'ai essayé de l'écouter, mais la seule chose qui me trottait dans la tête, c'était mon visage sur cette couverture et les mots imprimés à l'intérieur de ces pages, ce qu'ils disaient et la façon dont ils me dépeignaient.

Et pour la première fois depuis qu'il avait atterri dans ce coin, j'ai apprécié la sexualité magnétique de Cole, l'obsession que ma peau semblait avoir pour son contact. Parce que la seule chose sur laquelle je pouvais me concentrer, la seule lueur au bout du tunnel, pendant les leçons de Casey, ses coups de stylo et ses plaintes consternées, c'était que dans quelques heures je serais chez lui. J'aurais ses mains et sa bouche sur moi. Et je savais qu'à ce moment-là, je ne penserais plus à Scott, ni au «dîner de répétition infernal», ni à l'article.

Il allait me distraire. Il serait, pour cette nuit, mon salut.

CHAPITRE 94

C'était la deuxième fois, en quatre semaines, que je me rasais pour cet homme. Je veux dire que je me rasais vraiment, dans des endroits qu'une fille correcte ne met jamais en pleine lumière.

Et mon épiphanie géante, celle où *Le sexe avec Cole Masten* allait me guérir de tous mes problèmes ? Ce type de pensée avait perdu de sa force, s'était mis à avoir des ratés, jusqu'à être pratiquement au point mort. Il valait mieux que je n'y aille pas. Il valait mieux que je me défile. Que je reste dans mon canapé en compagnie de maman, à engloutir du pudding à la banane et à regarder Jacob, ce si gentil petit gars, offrir sa dernière rose à cette traînée qui l'avait rejeté si brutalement lors de leur rendez-vous mystère, même si Anita, l'ancienne nonne, était *mille fois* mieux pour lui.

Ouaip, je pouvais très bien me défiler. Je me demandais quelles conséquences cela pouvait bien avoir. Il allait penser du mal de moi ? C'était déjà fait. Et maintenant que je me posais un moment pour réfléchir, pourquoi est-ce que je me pomponnais pour un type que je n'aimais même pas ? Et qui ne m'aimait pas vraiment !

Oh, c'est vrai. Parce que c'était Cole Masten. Parce qu'il m'avait allumée comme une allumette en folie lors de ses dernières prestations, et qu'aucun autre homme sur cette terre ne serait capable de réitérer cet exploit ? Parce que même si j'aimais faire semblant de n'avoir rien remarqué, des bouts du vrai Cole m'avaient touchée. Des moments avec Cocky. Des moments avec moi. Des moments où j'avais vu l'homme, plus que le mythe. Et je voulais, avant qu'il remonte à bord de son jet pour rentrer en Californie, avant qu'il retourne à sa vie et qu'il oublie complètement Summer Jenkins, un autre aperçu de *cet* homme-là. Même si ça devait foutre ma vie en l'air. Il *fallait* que ce soit incroyable, que ce soit ma damnation. Sans quoi, ça ne serait qu'un autre coup, facilement oublié, facilement relégué au passé. C'est étrange de voir comment ça marche. Faire l'amour avec lui était devenu une drogue. Plus c'était fort, plus j'allais me morfondre après son départ. Cette nuit, j'allais craquer, j'allais foncer, quelles qu'en seraient les conséquences. Il n'y aurait donc pas de pudding à la banane, ni de *Bachelor*, ni de mots croisés avec maman.

Non.

J'ai rincé mon rasoir sous le robinet de la baignoire, entièrement convaincue que je prenais la bonne décision.

— J'ai besoin de ton aide.

J'avais lancé cette phrase au téléphone de la maison, dans un état de nerfs qui devenait dangereux pour ma santé mentale.

— Je le savais ! gazouilla Ben. Tu suis enfin mon conseil et tu regardes les choses en face. S'il te plaît, dis-moi que tu vas dépenser tout ton argent de star du cinéma et que tu vas me faire venir pour que je puisse utiliser ton fer à lisser.

J'ai fait une pause, la main sur mon sac de marin, qui était fourré au fond de mon placard et que je n'avais plus utilisé depuis le lycée.

— Non.

— Merde, fit-il sur un ton triste, avant de poursuivre, tu as besoin d'un conseil pour tes fringues ?

Sa voix était à nouveau pleine d'espoir.

— Si on veut…

J'ai tiré sur la poignée de mon sac et la moitié des objets que contenait mon placard est tombée.

— Je vais passer la nuit chez Cole et je ne sais pas si je dois prendre un nécessaire de voyage.

Silence total. Mon adorable petit Ben n'avait sans doute jamais été aussi calme de toute l'année.

— Répète ça, finit-il par dire.

—Ferme-la et aide-moi, dis-je en toisant d'un air sceptique une vieille paire de Nike que je venais de sortir du sac.

Il y eut un long silence avant qu'il parle.

—Est-ce que c'est le début d'une relation ou juste un plan cul ? Autrement dit, existe-t-il des sentiments derrière tout ça ?

—Non, enfin, une vraie aversion. Si, pour toi, ça fait partie des sentiments.

—Oooh… Le sexe-haine. (Il poussa un soupir dramatique.) Je donnerais ma couille droite pour un peu de sexe-haine avec ce type.

J'ai grimacé.

—Concentre-toi, Ben.

—Peux-tu laisser un sac dans ta voiture, que tu iras chercher s'il te propose de rester ?

—Non.

Il était absolument hors de question que je gare ma camionnette devant chez Cole, et pire, que je la laisse là toute la nuit. Si je le faisais, tout le monde à Quincy apprendrait les détails dès le petit déjeuner.

—Alors, laisse tomber le sac. Glisse une brosse à dents et des sous-vêtements dans ton sac à main. Pour tout le reste, ça peut attendre demain.

Un silence.

—Et qu'est-ce que tu vas dire à maman Jenkins ?

Je me suis marrée.

—Maman Jenkins a fait tout ce qu'elle a pu pour me pousser dans ses bras. Elle semble croire que Cole est sa dernière chance d'avoir des petits-enfants. Elle a mis la main sur les capotes que j'avais achetées et elle les a jetées aux ordures.

J'avais été tellement gênée quand, en ouvrant la poubelle, j'avais vu la petite boîte dorée.

Je n'avais pas osé lui dire que les capotes servaient uniquement à éviter la grossesse. À la place, j'avais récupéré la boîte, je l'avais essuyée et glissée dans une de mes bottes de pluie. Apparemment, mon tiroir à lingerie n'était plus une cachette assez sûre.

– Et qu'en est-il de sa théorie sur le fait qu'il faut arriver vierge au mariage ?

Je me suis assise sur mon lit en lançant au loin mes tongs, et j'ai éclaté de rire.

– Je crois qu'elle a laissé tomber le jour où elle est rentrée et qu'elle a entendu l'orgasme de hyène de Scott.

– Qui ?

J'avais oublié que je n'avais jamais parlé de Scott à Ben. Oublié également l'article du magazine.

– Mon ex. Tu t'es branché sur le net aujourd'hui ?

Moi, je ne l'avais pas fait. Casey m'avait fait promettre de rester hors des réseaux sociaux et d'Internet. Avant de quitter la maison des Franck, j'avais lu l'article. Ça m'avait rendue malade, chaque mot pesait un peu plus lourd. Le pire, c'était les citations de sources locales «anonymes». Ça m'avait fait détester chaque particule de Quincy. Leur mauvaise opinion paraissait tellement plus dure, une fois imprimée noir sur blanc, au vu et au su du pays tout entier.

Don m'avait renvoyée de bonne heure. Cole s'était tourné vers moi quand j'étais partie, mais je ne m'étais pas arrêtée pour autant. Je ne l'avais pas regardé. Je n'avais qu'une envie, c'était de monter dans ma camionnette, de rentrer à la maison et de me coucher.

Maman m'a croisée à la porte. Je ne lui ai pas demandé pourquoi elle n'était pas allée travailler. Je me suis jetée dans ses bras en sanglotant. J'ai pleuré comme une petite fille. Elle s'est assise à côté de moi sur mon lit, m'a passé des mouchoirs en papier et a écouté mes divagations en me massant le dos. Au bout d'un moment, pendant qu'elle me caressait les cheveux, j'ai fini par m'endormir. Et quand j'ai senti l'odeur du poulet et de la soupe de légumes, je n'étais plus triste.

J'étais en colère. Contre Scott, contre Bobbi Jo, contre cette merde de *Variety Magazine*. J'avais envie de tronçonner dix arbres, de courir quatre-vingts kilomètres, d'emporter mon flingue au vieux chêne et de vider une centaine de cartouches. Je voulais baiser et être baisée par Cole Masten au moins dix fois de suite jusqu'à l'aube, et dès maintenant. Je suis allée à la cuisine et j'ai fait un bisou à maman sur la joue. J'ai pris une ou deux cuillerées de soupe et je me suis éclipsée. Une fois dans la salle de bains, j'ai utilisé deux rasoirs et un tube entier de crème à raser. J'ai glissé ma boîte de préservatifs dans mon sac et je me suis habillée. J'ai enfilé la seule culotte sexy que j'avais et ma robe bain de soleil Tommy Hilfiger bleue achetée en solde chez Ross. C'est à ce moment-là que je m'étais arrêtée, mon esprit cherchait à rattraper ma libido. J'ignorais tout des préparatifs les plus simples d'un plan baise. J'avais donc appelé Ben. Ben, qui était toujours à Vancouver, n'avait pas encore entendu parler de moi. Ou bien le Canada se fichait royalement d'une actrice inconnue de Géorgie, ou il avait été trop occupé, quoi qu'il en soit, je n'ai pas abordé le sujet avec lui. À la place, je me suis excusée, j'ai abrégé le coup de fil au plus vite en lui disant que je le rappellerais le lendemain.

Ben avait raison. Arriver avec un nécessaire de voyage aurait paru bizarre.

Vraiment bizarre.

Comme nous l'avions très clairement indiqué dans la cuisine des Frank, il ne s'agissait pas d'une sortie en amoureux, mais d'une seule et unique chose. Une chose dont j'avais désespérément besoin pour assouvir le désir brûlant qui m'habitait. Ma réflexion précédente était toujours valable. Ce serait ma distraction.

Une distraction qui allait me remuer, me secouer même.

J'ai attrapé mon sac, j'ai embrassé maman, j'ai descendu les marches en courant et je me suis dirigée vers les champs. Sa maison se dessinait au loin dans le soleil couchant, elle était éclairée de l'intérieur, sa camionnette était garée devant.

Derrière moi, au bout de la longue allée des Holden, un étrange groupe de voitures s'était agglutiné de l'autre côté du portail. Nous n'avions jamais fermé ce portail, pas depuis les six ans que nous étions installées dans la plantation.

Mais Casey avait appelé pendant mon somme et avait prévenu maman.

Elle lui avait dit qu'il fallait que je reste à la maison, que je ne parle à personne, que je les évite. J'ai pris une profonde inspiration et j'ai poussé à travers champs en chassant tous ces vautours de mon esprit, un peu plus loin à chaque pas.

Une distraction, voilà ce que c'était.

Peut-être qu'une boîte entière de préservatifs serait un peu intimidante. J'aurais peut-être dû l'ouvrir et en sortir un ou deux.

Ou trois.

Est-ce que ce serait une visite à un seul coup ?

Scott et moi n'avions jamais fait l'amour plus d'une fois en vingt-quatre heures. Mais j'avais lu des livres, j'avais regardé *Showtime*, je savais que les autres couples n'étaient pas aussi prudes que Scott et moi. Bien sûr, Cole et moi n'étions pas en couple. C'était juste une façon de parler.

J'étais idiote d'avoir mis des tongs. Mes orteils étaient déjà couverts de poussière, et je n'avais fait que la moitié du chemin. Cole n'aurait pas envie de faire l'amour à une fille aux pieds sales, et je ne pouvais pas m'inviter et exiger ensuite de les laver.

Des bottes en caoutchouc.

Ça n'aurait pas juré avec cette robe bain-de-soleil et ça m'aurait permis de garder les pieds propres. Mais tout ce processus pour enlever ses bottes, ça craignait. C'était un vrai tue-l'amour. Il m'aurait fallu tirer sur une botte en grognant, en râlant et en me contorsionnant pour parvenir à extirper mon pied en sueur de sa prison de caoutchouc.

J'aurais dû manger plus.

J'avais encore faim, mes deux pauvres cuillerées de soupe ne m'avaient pas rassasiée.

Lorsque j'avais gardé le coq de Cole, j'avais fouillé sa cuisine, et le résultat avait été désespérant. Ce mec semblait ne se nourrir que de lait, de bières et de sandwiches au jambon.

Arrivée au bout du champ, je me suis arrêtée.

Devant moi s'étendait le jardin des Kirkland, avec sa pelouse bien verte, haute de quatre centimètres et demi, sa barrière blanche qui entourait le massif de fleurs sauvages, la toile de son grand auvent qui se détachait sur le ciel nocturne. Et au centre du jardin, Cole, les mains sur les hanches. Son tee-shirt blanc moulait sa large poitrine, il était en short et me dévisageait.

Mes pieds sales et moi, nous nous sommes figés sur place et nous avons essayé de trouver quelque chose à dire.

CHAPITRE 95

Il avait eu peur qu'elle ne vienne pas. Elle avait baissé les yeux en quittant la maison des Frank, elle ne l'avait pas regardé. Il était certain qu'elle changerait d'avis, qu'elle le laisserait en plan. Mais voilà qu'elle était là, juste derrière la clôture. Il contourna Cocky, s'avança jusqu'au portail où il s'appuya tout en la regardant.

— Tu es venue.

— Ouais.

Elle remonta la bandoulière de son sac sur son épaule.

— J'ai apporté des préservatifs. Ou… (Elle se mit à rougir.) Un préservatif. Tu sais, si… (Elle se cacha la bouche avec une main en gloussant.) Oh ! mon Dieu, ce que je suis idiote !

Il rit, lui aussi.

— J'en ai, mais merci quand même.

La lumière du crépuscule faisait paraître ses cheveux roses, la brise faisait remuer ses mèches sur son visage. Elle eut soudain l'air vulnérable.

C'était nouveau, et ça avait profondément remué un instinct de mâle alpha qu'il ne se connaissait pas.

Il posa un pied sur la barrière.

— Avant que tu entres, j'ai une proposition à te faire.

— Je ne veux pas parler de ce dîner, répondit-elle rapidement. Si nous pouvions simplement l'oublier pour l'instant.

Il haussa les épaules.

— Ça me va, c'est ton truc à toi. Si tu changes d'avis, je suis là.

— C'est quoi ta proposition ?

Elle plissa les paupières, soupçonneuse, et il se demanda pendant un instant de délire, si leur enfant aurait les yeux noisette ou verts.

—Une trêve de vingt-quatre heures. Toi et moi avons la même aversion pour la politesse. Nous sommes vendredi soir. Demain, nous ne bossons pas. On ne se querelle pas pendant vingt-quatre heures.

Elle croisa les bras sur sa poitrine.

—Et si tu te conduis comme un salaud ?

—Je ne le ferai pas. (Il sourit.) Promis.

Ça serait difficile de ne pas la chercher un peu, il aimait tellement la voir s'énerver. Mais il se retiendrait pendant vingt-quatre heures. Il avait envie de découvrir la fille qui se cachait derrière toute cette flamme.

—Je ne sais pas si je peux te faire confiance.

Elle s'avança un peu plus, posa ses bras sur le portail.

Il haussa les épaules.

—Si ça arrive, tu pourras me traiter de trou du cul et décamper comme une furie. Ce qui est sans doute ce que tu avais prévu de faire après avoir utilisé ces capotes. Ou cette capote. Ou… (Son sourire s'élargit.) Peu importe.

—C'est vrai… (elle réfléchit, une lueur mauvaise au fond des yeux) que j'ai répété ma sortie mélodramatique, et tout, et tout.

—Souvent, je me comporte mal. (Cole se pencha en avant, contre la clôture, et prit une voix de conspirateur.) Alors, ne t'en fais pas, je suis certain que tu pourras te servir de ça à un moment ou un autre. (Il ouvrit le portail.) D'accord ?

—Tu vas me foutre dehors si je ne suis pas d'accord ?

—Hummm… oui.

La main sur le portail à moitié ouvert, il bloquait l'entrée avec son corps.

—Tu es un menteur nul, le taquina-t-elle en s'avançant.

—C'est que, tu sais, je n'ai pas beaucoup de pratique. (Il sourit.) D'accord ? (Il lui tendit la main.)

—D'accord.

Elle l'attrapa et la serra bien fort dans sa petite main.

—Où est ton sac ? demanda-t-il en regardant son sac à main qui semblait bien trop petit pour contenir grand-chose.

— Je n'en ai pas pris. Je pensais… tu sais. Que ce serait juste une partie de jambes en l'air.

En disant cela, elle tira sur l'ourlet de sa robe. Seigneur, elle était vraiment adorable.

— Tu restes cette nuit ?

— Peut-être.

Il plissa les paupières.

— Tu restes.

Il sourit et fit un pas de côté en ouvrant le portail en grand. Cocky accourut vers elle du fin fond du jardin, à moitié en volant, les ailes furieusement déployées. Elle alla à sa rencontre et tomba à genoux devant lui, elle lui caressa doucement le dos et la crête. Cole l'observait avec un chat dans la gorge. Il s'éclaircit la voix en toussant et referma le portail, puis il se tourna vers Summer.

— Tu as mangé ? J'allais faire griller des steaks.

— Des steaks ? (Elle leva les yeux, étonnée.) On n'est pas obligés de manger.

Seigneur, que tout ceci était étrange.

— Non, dit-elle en se relevant. Des steaks, c'est super. Tu veux que je prépare quelques légumes ?

— Euh… bien sûr.

Elle s'essuya les mains, attrapa son sac puis se dirigea vers le porche arrière.

Par terre, Cocky se mit à pousser des cris rauques, furieux qu'on l'abandonne.

— Chut, le gronda Cole. Tu as déjà eu plus de câlins que moi.

Il regarda la maison. La lumière à travers les fenêtres lui offrait une vue parfaite de Summer dans la cuisine qui relevait ses cheveux. Elle ouvrit le robinet. En baissant la tête, elle se lava les mains.

Vingt-quatre heures.

Cette trêve n'était qu'une excuse pour passer plus de temps avec elle.

C'était un jeu dangereux, mais un jeu qu'il avait besoin de jouer. Il y avait quelque chose en elle, quelque chose qui l'avait frappé dès leur première rencontre. Ce coup s'était ensuite transformé en addiction. Une addiction qu'il avait besoin de satisfaire. Ces vingt-quatre heures sans querelles représentaient son fix. Sans le leurre de l'inaccessibilité, ces heures allaient briller grâce à sa présence. Elle allait perdre de son mystère, son charme allait s'estomper. Et avec encore un mois de tournage, il se la sortirait de l'esprit et il serait prêt à rentrer à L.A. Il abandonna le poulet sur la véranda, grimpa les marches et ouvrit la porte arrière.

*
* *

Ils cuisinèrent en silence. Summer trouva du gombo et du maïs surgelés dans le congélateur extérieur. Elle s'activait dans la cuisine des Kirkland en sortant des marmites, en attrapant différents ingrédients, en ouvrant en grand la fenêtre au-dessus de l'évier. Cole l'observait depuis le porche arrière, tout en surveillant le gril, appuyé contre une des grosses colonnes.

Nadia n'avait jamais fait la cuisine.

Elle avait mieux à faire, elle préférait dîner dans des endroits où elle pourrait être admirée plutôt qu'à la maison. Et leur chef savait parfaitement ce qu'ils aimaient, du coup ça ne paraissait jamais nécessaire.

Il fallait accorder à Nadia que Cole non plus n'avait jamais cuisiné. La seule chose qu'il savait faire, c'était poser de la viande sur le gril et de la retirer avant qu'elle ne brûle.

Elle termina juste après lui et lui servit un mélange de tomates, de gombo et de maïs frit. Ils mangèrent sur la véranda, sous le ventilateur. Cocky se baladait dans le jardin.

— C'est un bon petit poulet, plaisanta Cole en enfournant une bouchée de steak.

— Il vient d'une bonne lignée. Sa mère est splendide.

— Tu connais sa mère ?

Cole eut l'air surpris, elle se mit à rire.

— Je ne sais pas si la connaître est le mot qui convient, mais oui. Elle vit sur notre plantation. Elle nous a donné une vingtaine de Cocky. Tu voudras la rencontrer ?

Il la surprit en acquiesçant.

— Est-ce que tu crois qu'elle le reconnaîtrait ?

— Je ne sais pas vraiment comment ça se passe dans le cerveau d'un poulet. Elle me reconnaît. Elle sait que je lui apporte des douceurs. Mais elle ne le reconnaîtra pas ou alors elle s'en fichera. Elles ne sont pas super-maternelles une fois que leurs petits ont grandi.

— Je comprends ça, murmura-t-il, et il lui fut reconnaissant de ne pas le pousser à en dire plus. Des douceurs ? poursuivit-il en relevant la tête, quand j'ai demandé au magasin d'alimentation, ils m'ont ri au nez.

Elle éclata de rire en suçant une goutte de jus de viande sur son doigt, et il s'arrêta de penser un instant.

— Des restes. Des œufs à la coque, des pâtes, des épis de maïs… ils adorent ça. Oh, et du fromage à effilocher[36].

Cole regarda fixement Cocky en se disant qu'il était le pire parent qui soit.

*
* *

Cole avait été découvert à dix-sept ans, devant un club sur Sunset Boulevard, une fausse carte d'identité en poche, en train de sourire timidement aux femmes qui faisaient la queue. Il les approchait et leur demandait leur nom. Elles étaient plus âgées que lui, mais séduisantes. Elles paraissaient amicales. Elles riaient en le voyant flirter, mais l'une d'elles lui avait donné sa carte. Elle lui avait dit de rentrer chez lui et de l'appeler le lundi matin. Cette femme, c'était Traci Washington. Elle faisait le casting d'un film pour ados. Cole avait trimballé sa carte pendant une semaine dans son portefeuille avant de l'appeler.

Tout changea dès l'instant où il le fit. Il obtint le rôle, et ce film pour ados déboucha sur toute une série de longs-métrages, ce qui devint ensuite l'empire de Cole Masten.

Il n'avait jamais fait la vaisselle. Il plongea ses mains dans l'eau savonneuse et dit à Summer :

---

36 Spécialité «culinaire» canadienne, très appréciée des enfants.

– On peut très bien laisser tout ça. Il y a une fille qui vient lundi.

– Lundi ? répéta Summer. Nous sommes vendredi soir. Tu ne vas pas laisser une pile de vaisselle sale dans ton évier pendant trois jours. Ça va puer.

Elle s'avança pour ouvrir le robinet en effleurant son corps au passage, et quand elle se pencha pour attraper une éponge, il en profita pour admirer la vue. Elle surprit son regard et lui fit les gros yeux.

– Concentre-toi. Passe-les sous l'eau pour les vider et pose ces assiettes sur le comptoir. Je m'en occuperai après avoir débarrassé.

Il obéit, uniquement pour sauvegarder la paix. Il baissa les yeux sur les assiettes et observa combien c'était facile et rapide à faire, vu qu'ils n'étaient que deux. Il entendit le bruit d'une casserole et jeta un coup d'œil pour découvrir qu'elle en avait empilé deux à côté de lui. Il les rinça et vida l'évier, attrapa un torchon et s'essuya les mains. Il recula pour lui laisser la place et la regarda travailler.

– Alors… Comment tu trouves que ça se passe ? lui demanda-t-elle en ouvrant la poubelle pour y jeter les emballages qui traînaient sur le comptoir, avec des mouvements parfaitement fluides et naturels comme si elle avait déjà fait ça des milliers de fois.

Il pensa soudain à son audition, sur la véranda, et nota de prévoir une scène supplémentaire dans laquelle Ida ferait la cuisine, d'une façon où d'une autre. Sauf qu'il ne voyait pas vraiment comment. Il fallait qu'il fasse attention. Ce film ne devait pas se transformer en catalogue personnel de ses souvenirs de Summer.

Elle s'arrêta devant lui et attendit. Il revint à sa question.

– Eh bien, nous sommes en retard. Comme le scénario change tout le temps, nous reculons dans le temps.

– Je ne parle pas de la chronologie, je parle de nous. De notre jeu. Des scènes.

Elle se retourna et se pencha pour ouvrir le lave-vaisselle. Il comprit soudain pourquoi c'était une excellente idée de faire la vaisselle en compagnie de Summer. Pas à cause des assiettes maculées, mais parce qu'il n'existait rien de plus beau que Summer plongeant en avant pour ranger la vaisselle en robe bain-de-soleil. Quand elle s'était penchée et que sa robe s'était soulevée, il avait eu envie de s'accroupir pour pouvoir mieux la contempler. Quand elle se redressa et qu'elle recoiffa ses cheveux noirs en queue-de-cheval, il détailla la ligne de ses bras, la courbe de sa taille, le galbe de ses mollets. Elle était pieds nus à présent. Ses pieds étaient poussiéreux et quand elle attrapa un torchon en se dressant sur la pointe des pieds, il faillit gémir.

–Cole ?

Elle s'était retournée. Il contempla son beau visage si doux, ses sourcils haussés parce que, ah oui, elle lui avait posé une autre question. Les femmes n'arrêtent jamais de poser des questions.

–Viens là.

Il avait voulu dire ça sur un ton amical, mais ça s'était transformé en grognement. Il agrippa le bord du comptoir contre lequel il s'appuyait pour ne pas chavirer. Elle s'avança, lentement, en passant le torchon sur l'arrière de ses mains. Quand elle s'arrêta, il sentit une légère odeur de savon et ne put plus se retenir. Il se pencha, la saisit et la plaqua contre lui.

CHAPITRE 96

Je m'étais demandé quand ça allait arriver. J'avais été surprise qu'il me propose de manger d'abord. J'étais restée sur mes gardes pendant le repas, mes capotes prêtes à l'usage. Je ne voulais plus faire de bêtises.

Laver la vaisselle... J'avais cru que ce serait une activité sans danger. Mais quand je me suis retournée devant l'évier, la façon dont il me regardait... Peut-être que la propreté l'émoustillait. J'étais nerveuse en m'avançant vers lui, je n'arrêtais pas de penser à ce que je venais de manger, je me demandais si un bout de poivron n'était pas resté coincé entre mes dents, si je devais attraper ma boîte de capotes tout de suite ou...

Tout ça s'est évanoui quand ses doigts se sont posés sur mes reins et qu'il m'a attirée contre lui. Il m'a embrassée goulûment, frénétiquement. Sa langue me goûtait comme si elle avait envie de retrouver les saveurs de notre dîner. Ses mains ont glissé de ma taille à mes hanches jusqu'à mes fesses, à travers ma robe. C'était si brutal que j'ai failli haleter. Il me serrait contre lui et je pouvais parfaitement sentir à travers son short à quoi cet homme pensait et, bon Dieu, j'en avais envie. Je me suis baissée. Je n'ai pas pu m'en empêcher, mes doigts ont glissé le long de son tee-shirt, jusqu'à son short en jersey, ont soulevé l'élastique et se sont introduits à l'intérieur. À l'intérieur, Seigneur. Je n'avais pas touché de sexe masculin depuis si longtemps. Mes doigts ont glissé le long du sexe de Cole, puis sont passés sous son slip. Il s'est cambré comme s'il en mourait d'envie, et je l'ai caressé. Il gémissait dans ma bouche et je suis pratiquement partie en vrille, là, dans sa cuisine.

—Prends-la, s'est-il étranglé contre mes lèvres.

Les mains crispées sur mon cou, il m'embrassait comme si c'était la dernière fois, désespérément. Sa langue dansait contre la mienne. Je l'ai prise, j'ai posé mes doigts un à un autour de sa queue. Il s'est mis à frissonner, je me suis collée contre lui et quand j'ai serré, il a poussé d'un coup sec.

– Branle-moi, s'il te plaît.

Je ne sais pas comment il a fait pour me dire ça tout en m'embrassant si violemment, les lèvres collées aux miennes. J'ai senti la morsure de ses dents un instant, j'ai fermé les yeux, j'ai resserré mon étreinte pour le caresser de bas en haut, puis de haut en bas, en prenant de l'assurance quand il s'est mis à geindre mon nom sur mes lèvres.

– Plus vite, a-t-il haleté, et ma main a accéléré la cadence.

Il a posé l'une des siennes dans le dos de ma robe. J'ai entendu le bruit de ma fermeture Éclair et ma robe a glissé. Il a baissé les bretelles de mon soutien-gorge, l'a ouvert et je l'ai entendu choir sur le sol de la cuisine.

– Ne t'arrête pas.

Je ne me suis pas arrêtée, je ne pouvais pas. Le sentir si raide dans ma main, c'était si bon, si parfait, avec son bassin qui remuait, ma main qui ne faisait rien d'autre que de le tenir serré et lui qui se masturbait tout seul entre mes doigts. C'était comme s'il n'était jamais rassasié de moi, de ma bouche, de ma peau contre la sienne. Ma robe était en boule autour de ma taille, retenue par ma main qui le branlait, et lui avait toujours son short, avec ma main à l'intérieur et l'autre qui tirait dessus. Cole et moi nous nous débattions, tous les deux bien trop excités pour rester polis. J'ai fait glisser son short sur ses hanches et il est tombé par terre. Cole m'a repoussée et j'ai trébuché en le lâchant. J'ai ouvert les yeux, j'étais à moitié aveuglée par le désir, mais j'ai pu discerner les mouvements de sa poitrine. Je l'ai fixé droit dans les yeux. Il semblait bouleversé, peut-être même encore plus que moi. Il a passé son tee-shirt par-dessus sa tête et j'ai pu pendant un bref moment, pendant que sa tête était recouverte, admirer sa beauté. Puis il a bougé les pieds et s'est jeté à nouveau sur moi. Il a posé ses mains sur mes seins nus et m'a soulevée comme une plume pour me poser sur le comptoir. Il arraché ma culotte et écarté mes jambes. J'ai voulu le prendre à nouveau dans ma main, mais il l'a repoussée en me dévisageant.

—Je vais éjaculer si tu continues et j'attends ça, j'en rêve depuis deux mois.

Il s'est mis à genoux et a soulevé mes genoux en me tirant jusqu'au bord du comptoir. Il a posé mes jambes sur ses épaules et a penché sa tête en avant.

Dieu merci, je m'étais rasée. C'est la première chose à laquelle j'ai pensé en regardant sa bouche s'approcher et son regard fixer mon intimité, cet endroit que Scott n'avait vu qu'une ou deux fois, plus intéressé qu'il était par…

Là, j'ai perdu le fil de mes pensées. J'ai littéralement perdu ma capacité à penser quand ce type a tout doucement posé sa bouche entre mes jambes en inspirant profondément. Une inspiration. Comme on le ferait avec une pêche quand vous voulez la sentir encore mieux. Je l'avais fait un nombre incalculable de fois. Je connaissais l'air qu'on prend à ce moment-là, en fermant les yeux. Je n'aurais jamais pensé qu'un homme aurait cette expression en humant mon odeur intime. Ça me donnait envie d'écarter plus grand mes jambes, ça me donnait envie d'attraper sa tête et de lui dire : «Vas-y, prends-le, c'est pour toi.»

J'ai dû faire du bruit parce qu'il a levé la tête et je n'ai pas pu m'empêcher de le supplier des yeux. Je n'ai pas pu empêcher mes mains de tirer fermement sur ses épaules, je n'ai pas pu empêcher une de mes jambes de glisser le long de son épaule pour que mon pied s'y pose et que je m'ouvre encore plus à sa langue démoniaque. Il m'a regardée dans les yeux pendant une seconde interminable, en plongeant sa langue en moi pour me goûter. Ensuite, il a fermé les yeux comme s'il était repu et il s'est penché en avant. Il a glissé ses mains en haut de mes cuisses jusque sous mes fesses pour me soulever et m'a portée à sa bouche.

Je ne me souviens plus des choses que j'ai dites. Des choses que j'ai criées si fort que j'en ai eu mal à la poitrine. Un homme ne devrait pas avoir le droit d'avoir une bouche. Il ne devrait pas être autorisé à l'utiliser comme une arme, pour ouvrir l'esprit d'une femme en deux sur ses secrets, son contrôle sur elle-même, et les déchirer en mille morceaux. À ce moment-là, avec sa tête entre mes jambes, je me suis perdue. Il a pris toutes les particules qui faisaient de moi Summer et les a avalées en les faisant siennes. J'ai hurlé son nom, et je me suis mise à nu quand j'ai joui. Je crois même que je lui ai dit que je l'aimais. Je ne sais plus vraiment. Je ne savais plus qui était cette femme, nue sur un comptoir de cuisine. Je ne savais pas qui était cet homme beau à vous briser le cœur, naturellement dingue de sexe. Je ne savais qu'une seule chose, c'est qu'à cet instant précis, je l'aimais et qu'il me rendait dingue.

Et à ce moment-là, dans cette envolée, il s'est levé en plein milieu de mon orgasme, m'a repoussée sur le bord du comptoir et m'a pénétrée. Avec ses coups de reins rapides, ses poussées violentes et profondes, sans jamais ralentir, il a prolongé mon orgasme indéfiniment. Ça a continué, encore et encore, jusqu'à ce que je m'oublie quelque part en route, et que ça ne soit plus que du sexe pur, sublime.

J'ai glissé mes bras autour de son cou, ses lèvres ont trouvé les miennes. Il m'a embrassée, puis a glissé dans mon cou. Il m'a mordue, puis m'a léchée et je me suis pendue à ses épaules, en entourant sa taille de mes jambes. Je me suis accrochée à lui de toutes mes forces et avec le peu de self-control qui me restait. Et quand il a joui, je l'ai senti se vider en moi, j'ai senti son esprit qui partait, je l'ai entendu balbutier mon nom à plusieurs reprises. C'était un flot de paroles incohérentes, comme s'il avait tout perdu et l'avait retrouvé en moi. Ses bras m'étreignaient, me soulevaient. Ensuite, je me suis retrouvée par terre, sur sa poitrine, et dans la cuisine enfin calme, on n'entendit plus que nos respirations chancelantes.

CHAPITRE 97

Il l'aimait. Oui, il aimait cette femme. Il adorait ses fous rires incontrôlés. Il adorait la lueur dans ses yeux lorsqu'elle devenait espiègle. Il adorait la façon dont son corps se raidissait et comment elle serrait les poings. Comment son regard fixe semblait prêt à bouffer un homme tout cru quand elle était en colère. Mais plus que tout, il adorait l'entendre soupirer, cette façon qu'elle avait de prononcer son nom en criant, la façon dont sa bouche répondait à ses baisers. Son parfum, il aurait pu le mettre en bouteille et devenir millionnaire, mais il ne le ferait jamais, il lui était impossible d'imaginer un autre homme avec elle. Il serait capable de tuer pour la garder, de jeter en l'air sa fortune, de détruire sa carrière à tout jamais pour pouvoir la garder. Ce n'était pas un rebondissement ni une toquade, c'était la fin de sa vie telle qu'il la connaissait. Il comprit subitement que, même si elle ne voulait pas de lui, jamais il ne retrouverait une femme comme elle. Il ne pourrait jamais l'oublier. Il ferma les yeux, sentit ses jambes remuer contre les siennes, sa poitrine peser sur la sienne, sa bouche dans son cou. Il n'avait jamais été aussi terrifié.

CHAPITRE 98

J'ai pris ma décision après m'être finalement roulée sur le côté, quand mes épaules ont touché le carrelage froid. Mes jambes tremblaient encore quand je me suis relevée. Il y eut un moment de silence étrange entre nous, avant que je dise en me marrant qu'il nous fallait un dessert et qu'il se mette à sourire. De la glace, de préférence. Nous sommes tombés d'accord là-dessus. Puis je suis allée aux toilettes, où j'ai vécu un moment de panique quand je me suis rendu compte qu'encore une fois, nous avions fait l'amour sans nous protéger. Heureusement, je venais juste d'avoir mes règles, ma période de fertilité n'avait pas encore débuté. Mais il faudrait tout de même que je retourne à Tallahassee. Il faudrait aussi qu'on m'ouvre le crâne et qu'on l'examine pour comprendre pourquoi j'avais perdu tout bon sens.

Il n'existait pas de marchand de glace à Quincy, du moins pas un qui soit ouvert le vendredi soir, passé vingt-deux heures. Nous avons discuté du problème. Il n'y avait qu'une solution.

— Walmart ?

Cole me regarda comme si j'étais en train d'organiser un coup d'État pour prendre le contrôle de Quincy.

— Oui, tu sais, l'hypermarché qui vend de tout à n'importe quelle heure ?

— Je ne peux pas aller à Walmart.

— Parce que…

— Je ne veux pas avoir l'air de me la jouer, mais parce que je suis moi. Ça va ameuter les foules. Les paparazzis. Et DeLuca va me tuer si on me prend en photo avec toi. Surtout avec…

Il fit un vague signe de la main qui, j'en suis sûre, se référait à l'article dans ce magazine.

—On est à Quincy. Il est dix heures et demie du soir. Il y aura environ trois personnes. Et regarde… (J'ai entrouvert les rideaux et je lui ai montré.) Tous les photographes sont parqués devant chez moi, à attendre que je pète un câble.

C'était vrai, ils étaient toujours là. Six voitures en ligne, poliment garées à gauche de l'entrée des Holden. Maman allait passer la nuit à allumer et éteindre la lumière, rideaux clos et télévision en marche. Elle m'avait suggéré d'autres ruses, mais je l'avais arrêtée. Maman, quand elle voulait être créative, pouvait parfois dépasser un peu les bornes.

—Et on pourrait acheter des friandises pour Cocky à Walmart.

Il a secoué la tête.

—Non.

Je me suis mordu la lèvre et j'ai eu une idée.

CHAPITRE 99

– On va ressembler à des voleurs.

Summer a examiné les deux sacs posés sur la table de la salle à manger d'un air sérieux.

– Tu as raison. (Elle a plissé son front puis elle a tourné la tête vers lui, soudain excitée comme une puce.) On devrait les décorer.

Lui aussi s'est mis à froncer les sourcils en esquissant un petit sourire. Elle a frappé dans ses mains d'excitation, et c'est devenu officiel : il ne pourrait jamais rien lui refuser.

*
* *

– C'est idiot.

Il a soulevé le fond de son sac en papier qui le démangeait, pour pouvoir se gratter le cou.

– Tais-toi, a gazouillé Summer, penchée vers le levier de vitesse pour ajuster son sac afin que ses yeux soient bien en face des trous.

Ils étaient l'un en face de l'autre, son propre sac en papier lui cachait son visage. Il ne pouvait discerner que ses yeux, qui brillaient derrière deux trous ovales bien plus « féminins » selon elle que ceux de Cole, bêtement ronds. Elle avait ajouté de l'ombre à paupières bleue et avait soigneusement dessiné des sourcils à l'aide du paquet de feutres qu'ils avaient découverts dans le bureau.

– Ton maquillage des yeux est génial, a-t-il murmuré, et il prit soudain conscience du poids de sa main sur sa cuisse.

– Merci, a-t-elle murmuré en retour en gloussant. Je crois que tu devrais faire surveiller ce grain de beauté. Il m'inquiète un peu.

Oh oui, le grain de beauté qu'elle s'était crue obligée de lui dessiner sur la joue, avec un poil qui en sortait, ce qui immédiatement avait enlaidi son sac en papier. Il avait renchéri en dessinant des rides d'inquiétude sur son front et des poches sous les trous de ses yeux.

– Il a l'air stressé, avait-elle déclaré, puis elle avait rajouté une cigarette, pendant mollement de sa bouche. Voilà, avait-elle lancé triomphalement, maintenant il y a une raison.

Non! Quand elle lui avait donné un léger coup de l'épaule, il avait eu envie d'arracher les sacs et de la prendre là, sur-le-champ, en poussant les feutres à l'autre bout de la table pour pouvoir étaler ses cheveux sur la surface acajou. Il ne l'avait pas fait. Il l'avait laissée terminer.

– Mauvaise haleine et dents jaunes, avait-elle déclaré sombrement.

– Ce sont de sérieux effets secondaires.

– Et ça inquiète mon homme en sac.

– OUI, avait-il affirmé en prenant un feutre rose pastèque et en coloriant les lèvres de sa femme en sac à elle.

À présent, il contemplait ces lèvres. Il se pencha en avant impulsivement. Le papier kraft se froissa quand il appuya ses lèvres sur les siennes, avec deux couches de papier entre. Il s'arrêta. Ses yeux à elle s'étaient mis à briller.

– Est-ce que, par hasard, tu deviendrais romantique? Je veux y aller avant que tu massacres ce rouge à lèvres Crayola super-cher.

– J'ai fini.

– Alors, allons-y.

Elle lui a fait un signe avec son poing, a ouvert la portière de son côté à lui en lui rampant dessus pour sortir. Ça lui convenait parfaitement. Il l'aida à sortir, tout en en profitant pour la peloter un peu, et elle se mit à protester en touchant le sol.

À presque onze heures du soir, il n'y avait que cinq véhicules, dont le leur, sur le parking, si on ignorait la rangée de voitures des employés garées de l'autre côté du bâtiment. Cole ralentit quand Summer arriva devant l'entrée et qu'elle sauta sur un signe de stationnement interdit. Elle tourna la tête vers lui et s'aperçut qu'il hésitait. Elle lui tendit la main en s'écriant :

— Allez, mon poulet, montre que tu as des couilles.

Elle pencha la tête vers lui, son sac géant la faisait ressembler à une grosse bulle de chewing-gum. Il se mit à sourire derrière son masque.

C'était stupide.

C'était ridicule.

C'était son idée à elle, et elle riait, et pour rien au monde il n'aurait voulu interférer avec ça. Il se laissa pousser en avant et ils entrèrent, leurs sacs en papier sur la tête. Le préposé à l'accueil, un petit homme ventru, se tourna, un sourire aux lèvres, s'arrêta, un cigare éteint aux lèvres.

— Salut Bob, gazouilla Summer en prenant un chariot.

— Salut Summer, répondit le vieil homme en la regardant passer, d'une voix traînante, son cigare presque à la verticale, puis il esquissa un signe de tête prudent en direction de Cole.

— Bonjour, Monsieur Masten.

Cole lui sourit, puis réalisa que l'homme ne pouvait pas voir sa bouche et hocha la tête.

— Bonsoir. (Il fit quelques pas pour rattraper sa petite amie de papier et se pencha vers elle.) Il nous a reconnus, murmura-t-il.

— Bien entendu, dit-elle en tournant sa tête géante vers lui, pour le regarder de ses yeux noisette. Maintenant, Monsieur Masten, laissez-moi vous présenter Walmart, dans toute sa splendeur.

Elle s'arrêta au beau milieu d'un grand espace et ouvrit les bras. Elle tourna sur elle-même, puis s'arrêta et fit une révérence sans aucune raison apparente, en riant.

— La liste, lui rappela-t-il.

— Ah oui !

Elle plongea une main dans son sac en baissant la tête, tout en maintenant son masque en place de l'autre.

— Voilà.

Un employé vêtu de bleu quitta sa caisse et se mit à les observer depuis le bout de l'allée.

—Du maïs, du fromage à effilocher, de la sauce tomate, des spaghettis, du chou, des myrtilles, des pois cassés, des bouteilles d'eau, de la glace et de la crème fouettée.

Elle avait lu la liste d'une seule traite, comme s'il s'agissait d'un seul mot.

—De la crème fouettée, répéta-t-il, l'air confus.

Elle tira sur le bas de son sac, comme pour s'assurer qu'il était bien en place.

—J'ai toujours eu envie qu'un garçon lèche de la crème fouettée sur mon corps. Scott n'était pas assez aventureux pour ça. (Elle haussa les épaules, et son sac se mit à bouger légèrement.) Il se pourrait bien que tu sois ma dernière chance.

Cette fille trouvait que de la crème fouettée, c'était une aventure.

—OK… dit-il lentement, de la crème fouettée.

—Ton visage est tellement triste, je ne me rends pas compte si tu trouves que c'est une bonne idée ou pas.

Il s'approcha plus près d'elle et regarda son visage mangé par de grands yeux et une bouche écarlate.

—Femme, je pense que c'est une idée formidable. Je vais leur acheter tout leur stock.

Elle éclata de rire. Cette trêve était la meilleure idée qu'il ait jamais eue.

—J'aime bien quand tu m'appelles «Femme». Et ne sois pas si vorace. Ils ont des millions de boîtes en stock.

Il baissa les yeux. Il était content qu'elle ne puisse pas voir son visage. *J'aime bien quand tu m'appelles «Femme».* Il avait envie de l'appeler bien autrement. Il n'y avait plus qu'un mois de tournage. Cette pensée le calma. Ce n'était pas assez pour comprendre si son épiphanie post-sexe était réelle ou pas. Pas assez de temps non plus pour vraiment gagner son cœur.

CHAPITRE 100

Je voulais qu'on se sépare. Diviser et conquérir, c'était la meilleure stratégie face à l'énormité d'un hypermarché. Mais Cole refusa. Il dit qu'il fallait qu'on reste ensemble et quand son sac de vieil homme disait quelque chose, je ne pouvais pas dire le contraire. Il aurait dû le mettre tout le temps. Sous le mien, je n'avais pas peur, on aurait dit que ce n'était pas vraiment moi qui parlais, mais quelqu'un d'autre, une fille plus courageuse, plus sûre d'elle. De la crème fouettée ? D'où est-ce que je sortais ça ? Et est-ce que je lui avais vraiment dit que je voulais qu'il la lèche sur moi ? J'aurais dû avoir honte, mais ce n'était pas le cas. Je me sentais libre.

Nous avons visité tout le magasin en faisant une halte au rayon des lunettes de soleil, mais nos têtes en papier étaient trop larges pour ça. Nous avons poussé jusqu'au rayon jouets et nous avons entamé une discussion devant une montagne de jeux de société et de puzzles. Nous avons finalement opté pour un Tabou et un Scrabble, puis nous nous sommes amusés à faire des concours de roues. Cole a parié cent dollars que je ne pourrais pas faire trois roues de suite sans faire tomber mon masque (j'ai gagné, mes cheveux sont épais) et ensuite j'ai parié quitte ou double qu'il ne pourrait pas faire trois roues de suite sans se casser la figure. Inutile de préciser que j'ai terminé plus riche de deux cents dollars.

C'est arrivé dans le rayon « animaux domestiques ». Nous nous disputions sur le choix d'un jouet, Cole insistait, d'une voix assourdie par le papier, sur le fait que Cocky était un poulet, ce qui lui faisait penser qu'il n'apprécierait pas un jouet pour chat, alors que moi j'affirmais que comme Cocky était un poulet, peut-être n'avait-il pas besoin de jouet du tout. C'est alors qu'il a laissé tomber le petit collier de chien ridicule qu'il avait choisi et qu'il m'a coincée contre le chariot, entre ses deux bras.

Je me suis débattue et il m'a entourée d'une de ses jambes, en me serrant contre lui.

—Embrasse-moi, m'a-t-il dit, et j'ai cessé de me débattre.

J'ai relâché la pression de mes mains contre sa poitrine.

—Maintenant? ai-je glapi en tournant la tête pour surveiller l'allée.

Mon sac en papier n'a pas suivi le mouvement, j'ai perdu la vue.

Il a attrapé les poignées et m'a enlevé mon sac. Mes cheveux se sont dressés dans le mouvement. Il a jeté mon sac dans le chariot.

—Cole, ai-je chuchoté, les caméras.

—Je m'en fous des caméras, a-t-il grommelé en jetant son sac à côté du mien.

Puis il y eut un moment sans rien, et il m'a pris la tête brutalement entre ses grandes mains, et il y eut un moment avec tout.

Je savais que j'étais censée détester cet homme. Mais je l'ai embrassé dans cette allée du rayon «animaux domestiques». Quelque part, pendant des mois, j'avais perdu cet objectif de vue. Je l'ai laissé m'embrasser et je n'ai pu, aussi profondément que je plongeais en moi, trouver la moindre trace de haine.

CHAPITRE 101

Nos couvertures étaient percées à jour. Dans le magasin, tout le monde savait maintenant qui nous étions, mais nous avons quand même remis nos sacs et nous avons continué nos courses. Ce baiser avait changé les choses. Il avait constamment les mains sur moi, sur mes hanches, il jouait avec les pointes de mes cheveux, il glissait ses doigts entre les miens lorsque nous nous arrêtions devant un présentoir. Je lui ai dégoté un chapeau de cow-boy géant que j'ai pu enfoncer sur sa tête. Cette tête de vieil homme anxieux s'est alors mise à ressembler dramatiquement à une version paysanne de Robert De Niro. Il m'a retourné le compliment avec des énormes boucles d'oreilles roses qu'il m'a accrochées sur le papier kraft.

«Nous sommes tellement sexy», ai-je pensé en prenant la pose devant le miroir d'une cabine d'essayage. J'ai subitement eu une idée. Je me suis tournée vers lui :

— Un photomaton !

— Quoi ?

Il était en train d'ajuster son chapeau devant la glace.

— Seigneur, ce chapeau me donne l'air ridicule.

En disant cela, ses mains sont retombées et nous sommes partis d'un grand éclat de rire.

Je suis revenue à mon idée :

— Allons faire un photomaton.

— Ils en ont un ?

Je ne pouvais pas les voir, mais j'étais quasiment certaine qu'il avait haussé les sourcils d'un air sceptique.

— La machine du labo photo prend des selfies, allons-y.

Je l'ai pris par la main et je l'ai tiré en poussant notre chariot jusqu'au rayon «électronique». Je n'étais pas vraiment sûre de moi, mais en arrivant devant la machine, il s'est avéré que j'avais raison. Elle prenait des photos en trois exemplaires. Nous en avons pris dix. La fille du rayon «électronique» nous a regardés en mâchant son chewing-gum, comme si nous étions débiles.

Nous étions débiles comme deux ados. Quelque chose chez cet homme, que je sois en train de faire l'amour avec lui ou de l'embrasser devant une caméra, ou de dépenser avec lui neuf cents dollars en plein milieu de la nuit à Walmart, me faisait agir comme une idiote. La caissière, une petite brune piquante avec qui j'étais allée au lycée, a emballé nos achats, a rendu sa carte de crédit à Cole et m'a fait un petit signe. Je lui ai souri et je me suis demandé, pendant le seul moment sombre depuis notre entrée dans ce magasin, si elle faisait partie des «sources anonymes» de Quincy.

Quand nous sommes sortis avec nos chariots, le parking était tout sombre. Les dix mille watts de lumière des lampadaires étaient éteints. Et autour de nous, tout était noir comme dans un four. Nous nous sommes arrêtés, dans un bruit de grincement des chariots, et nous avons inspecté les ténèbres.

CHAPITRE 102

Dix minutes plus tard, nos achats rangés sur la banquette arrière, nous avons appris que la coupure de courant était due à une chute de tension à la centrale électrique. Je serais volontiers entrée dans les détails, mais tout ça ne signifiait pas grand-chose pour moi. C'est Carl, à la station-service, qui me l'a dit. J'ai hoché la tête comme si je comprenais et je lui ai demandé si la promo de deux barres chocolatées pour deux dollars incluait les Rolos. Ce n'était pas le cas.

Sur le chemin du retour, nous nous sommes arrêtés au Pit. Cole a parlé avec les agents de sécurité, qui lui ont assuré qu'ils seraient très vigilants si jamais des vandales voulaient profiter de la panne d'électricité.

J'ai reniflé quand il a redémarré. Des vandales ? Nous étions à Quincy. Ces gars allaient passer une bien longue nuit s'ils s'attendaient à avoir des problèmes. Nous avons fait un dernier tour en ville, puis nous sommes rentrés lentement, pleins phares, en guettant les cerfs.

Quand nous nous sommes engagés dans la longue allée, la maison blanche se découpait dans le clair de lune. J'ai regardé vers chez moi et j'ai pensé à ma mère. À cette heure de la nuit, elle devait déjà dormir. Elle ne devait même pas être au courant de la panne d'électricité, mais ça m'a fait tout drôle de penser à elle, toute seule dans cette maison. Après mon départ, elle serait toujours seule. Cette idée, comme chaque fois, me parut étrange. Mais je m'y habituerais. Il le fallait bien. C'était tout à fait naturel que les jeunes grandissent et quittent le nid.

Nous nous sommes installés dans le salon des Kirkland. J'ai trouvé des bougies que j'ai allumées. La vaste pièce rougeoyait dans la lumière vacillante. J'ai soudain eu l'impression que les flammes léchaient le haut des murs en décollant le papier peint et je me suis empressée d'en éteindre quelques-unes. Trois, quatre bougies. C'était suffisant pour voir, mais pas parfaitement. Nous avons ouvert nos achats et les avons répandus sur le sol. Cocky s'est frayé un passage entre les paquets. Je me suis aperçue qu'il avait fait une petite fiente sur le plancher derrière Cole. Je lui ai montré en lui passant une boîte de serviettes en papier. J'ai enfilé son nouveau chapeau de cow-boy et j'ai ouvert un rouleau de Nerds[37]. J'en ai enfourné l'extrémité dans ma bouche en farfouillant dans notre butin. Cole s'est retourné, il a attrapé le poulet. Je lui ai tendu le sac de pois.

— Verses-en dans sa baignoire. Il va aimer ça, de picorer pour les trouver.

Mes mots sont sortis tout déformés de ma bouche, pleine de délicieux Nerds, mais Cole a hoché la tête. Il a saisi le sac et s'est dirigé vers la salle de bains. Il allait falloir qu'il prévoie un abri extérieur pour Cocky. Il était devenu trop grand pour vivre à l'intérieur, quoi qu'ait imaginé Cole pour le transformer en poulet d'intérieur. J'ai froncé les sourcils, malgré les bonbons.

Qu'il.

Il allait falloir *qu'il* prévoie un abri extérieur pour Cocky. C'était idiot de ma part de croire que nous allions rester ensemble. Uniquement parce que faire l'amour avec lui avait totalement chamboulé mon monde et l'avait reconstruit d'une façon toute nouvelle. Juste parce que nous nous étions bien marrés, que nous avions été complètement insouciants et que nous nous étions embrassés dans une allée de Walmart. L'immense chagrin que j'allais éprouver quand Cole Masten quitterait la ville était mon problème, pas le sien. Voilà ce dont il fallait que je me souvienne.

— Sa lampe ne marche pas.

J'ai levé les yeux sur Cole dans le coin sombre de la salle à manger, à côté de la salle de bains. J'ai haussé les épaules.

---

37. Les Nerds sont des bonbons que l'on trouve aux États-Unis, acidulés et croquants, au goût de fruits..

— Et alors ? Il n'a plus besoin de chaleur à présent. C'était utile quand il n'était qu'un poussin.

— Ça t'ennuie si on va s'installer sur la véranda de derrière en attendant que l'électricité revienne ?

Il tenait Cocky sous son bras, exactement comme un ballon de football.

Un ballon de foot dont il gratouillait la poitrine. J'ai attrapé la bouteille de vin à peine entamée en me levant.

— Pas du tout, au contraire. Je prends des verres.

*
* *

Après mon troisième verre, pieds nus, jambes pendant du haut de la véranda et la tête contre son épaule, j'ai décidé de lui parler de cette nuit-là.

La nuit du dîner de répétition.

Nous avions perdu Cocky dans l'obscurité, on l'entendait glousser de temps en temps du fond de la cour. L'été prochain, Cyndi Kirkland allait le maudire quand elle arracherait des pousses de pois.

À un moment, autour de notre deuxième verre, sa main s'est glissée dans la mienne, nos doigts se sont serrés et nous sommes restés ainsi. C'était au troisième verre que j'ai posé ma tête contre son épaule et que j'ai ouvert la bouche.

— C'était dingue ce que j'ai fait cette nuit-là, ai-je lancé sans réfléchir. L'article a bien décrit les choses.

— La dinguerie, ce n'est pas toujours une mauvaise chose.

C'est tout ce qu'il a dit, et je lui en ai été reconnaissante. J'ai pris une profonde inspiration et, pour la première fois, j'ai tout raconté.

CHAPITRE 103

Sur une ferme, il y a toujours des accidents. Il n'y avait pas d'hôpital de proximité, et Tallahassee était trop loin s'il y avait un problème. Du coup, nous avions une vraie pharmacie. Le sirop Ipecac en faisait partie. Si un enfant, un adulte stupide ou un animal avait mangé quelque chose qu'il n'aurait pas dû avaler, l'Ipecac provoquait de violents vomissements pour évacuer le poison. J'ai donc prévu d'utiliser de l'Ipecac pour mon plan. Ce fut facile à mettre au point. Nous avions de la crème brûlée en dessert, recouverte d'un mélange de baies. J'ai versé du sirop dans une flasque, que je portais dans un holster tout fin. Après le premier tour de toasts, je me suis excusée, j'ai longé les toilettes et je me suis glissée dans la cuisine. J'ai salué Rita, la chef, en lui montrant la flasque.

— Je peux rajouter un petit quelque chose à la table des mariés ?

Et voilà, le tour était joué. Nous étions dans un état de prohibition, la consommation d'alcool était limitée, sauf en privé.

Elle a souri.

— Fais comme si je ne t'avais pas vue. Les plateaux sont numérotés, celui de ta table, c'est le numéro un.

J'aimerais vous dire que j'ai hésité, que mes doigts ont tournicoté autour du bouchon, mais ça serait un mensonge.

Pendant les deux jours précédents, ma colère avait bouillonné, plus une heure de conversation polie pendant le dîner avec de faux amis… cela m'avait décidée. J'ai quitté la cuisine après avoir empoisonné les douze desserts. Après quoi, je n'avais plus qu'à retourner m'asseoir siroter mon champagne et observer.

Quand l'Ipecac a fait son effet, ce fut très soudain.

Explosif.

Si on en donne trop à quelqu'un, ça peut être dangereux. Je n'en ai pas donné trop à mes victimes. J'avais mis environ une demi-tasse dans chaque dessert. Scott fut, et ça tombait très bien, la première victime. Je l'ai regardé prendre une première bouchée et je me suis reculée de quelques pas pour m'adosser au mur, avec ma coupe de champagne entre mes doigts fraîchement manucurés par une pro.

Bridget m'a vue. Elle m'a jeté un drôle de regard et a lancé un coup de coude, comme à son habitude, à Corine. Corine m'a regardée, a vaguement haussé les épaules et a pris une bouchée de son dessert.

J'ai fixé Bridget jusqu'à ce qu'elle regarde ailleurs, qu'elle se concentre sur son dessert comme si c'était la chose la plus importante de sa vie. Ce qui, à cet instant, allait le devenir. Notre table très longue était surélevée, au milieu de la pièce qu'elle coupait en deux. Il y avait trois couples de chaque côté. Scott et moi étions serrés l'un contre l'autre parce que, pendant les mariages, on a cette habitude débile de placer les mariés côte à côte au centre, sans tenir compte de la nécessité d'avoir un peu de place pour couper sa viande. Adossée au mur recouvert de papier peint rose, j'ai regardé l'heure sur la grosse horloge en argent qui devait être posée là depuis la Guerre Civile. Quatre minutes chrono après que la bouche trompeuse de Scott avait avalé sa première bouchée, c'est arrivé. Il était en train de parler à Bobbie qui était assise à sa droite, et sans aucun avertissement, sans le moindre gargouillis dans son ventre, il a mis la main à sa bouche et n'a même pas eu le temps de se précipiter aux toilettes. Il s'est contenté d'ouvrir la bouche et son vomi a jailli. Il a maculé le cardigan bleu lavande de sa voisine, déboutonné très bas sur ses seins ridicules. Elle a crié si fort que toutes les têtes se sont tournées vers elle dans la pièce. Je me suis marrée en observant le cavalier de Bobbie Jo, son cousin Frank, qui tentait de s'éloigner en repoussant frénétiquement la table des deux mains. Mais Scott n'avait pas terminé, sa seconde crise est arrivée pendant qu'il tentait de se relever. Il a poussé sa chaise en arrière, s'est redressé, a posé les mains sur la table, et ça a recommencé. Nous avions eu des tomates vertes frites à dîner. Un morceau de tomate à peine mâchée a atterri sur l'oreille de son garçon d'honneur, Bubba, et est resté pendu là un moment, pendant que ce grand costaud gigotait en tous sens. Ce fut lui la victime suivante. Il arrosa Tara et Scott. La suite fut horrible. Le médicament fit effet sur tout le monde en trois minutes environ, sous le regard effaré de l'assemblée, bouche bée. Les murmures se mirent à enfler au fur et à mesure que ça empirait.

Stacey fut la première à tomber par terre. Elle s'était mise à courir à grands pas le long de notre table avec du vomi sur les lèvres et le menton, et une main sur la bouche. Elle a marché dans une mare de puanteur et a glissé. J'ai entendu le bruit qu'a fait sa robe, une Calvin Klein hors de prix dont elle était très fière, quand elle est entrée en contact avec la flaque. Elle a hurlé et a essayé de se relever. Elle agitait ses jambes maigrelettes, a glissé, a essayé à nouveau et n'a pas réussi à se relever. C'était difficile sans poser les mains par terre, quand le sol était recouvert par le contenu d'un estomac. Un des témoins a raconté à *Variety Magazine* que ça avait été «un véritable cirque, avec tellement de choses qui se déroulaient en même temps qu'on ne savait plus où donner de la tête».

J'étais bien d'accord.

La semaine suivant ce désastre, le cameraman m'a demandé, d'une voix dédaigneuse, si je voulais la vidéo de la soirée. Après tout, j'avais payé pour ça. J'ai pris cette vidéo et je l'ai visionnée, assise sur le parquet de mon salon. Pour la première fois, je me suis sentie coupable. Je me suis sentie mal. J'ai vu le moment où le pauvre petit ami, si gentil, de Tara s'était plié en deux. J'ai vu mon instit' de CP, Madame Maddox, qui essayait de se frayer difficilement un chemin vers la sortie, en tentant d'éviter les masses d'invités encore propres, subitement recouverts de vomi par mes demoiselles d'honneur. Elles hurlaient en vidant leurs tripes sur des victimes innocentes rattrapées le long du goulet d'étranglement vers la seule sortie possible.

—C'était moche, ai-je expliqué calmement, de faire ça devant tout le monde. Surtout dans une ville ou le décorum et les apparences sont tellement importants.

C'était difficile d'avoir du respect pour des gens que vous veniez de voir vomir partout sur leur grand-mère, avant de courir vers la sortie. Comme Corine. Sa grand-mère de quatre-vingt-deux ans avait mal choisi son moment pour venir lui faire coucou. Elle venait d'agripper la chaise de Corrine de ses mains frêles quand le désastre est arrivé.

—Mais ce n'est pour ça que tu l'avais fait ? Pour les punir ?

—Ouais mais… je suis allée trop loin.

Le mariage, ça m'était égal, mais c'étaient tous les autres dont j'avais gâché la soirée. Monsieur et Madame Thompson par exemple, je revois leurs visages. Tout leur argent jeté en l'air, la soirée parfaite de leur fils parfait détruite. Tout le monde avait compris que c'était moi, depuis le début. Peut-être à cause de mon rire hystérique quand, debout au milieu la pièce, j'observais la ruée. Ça a sûrement dû être confirmé par Rita qui a pointé un doigt couvert de farine dans ma direction. J'avais haussé les épaules en reconnaissant ma responsabilité. Je n'avais pas pensé une seule seconde la taire. Je *voulais* qu'ils sachent. Je voulais qu'ils comprennent ce qu'ils avaient causé, ce que Scott et Bobbi Jo avaient causé. Je voulais qu'ils sachent qu'on ne baisait pas Summer Jenkins et qu'on s'en tirait ensuite sans problème. J'étais jeune, rebelle et égoïste. Et résultat, la ville me l'avait fait payer. Mon heure de gloire était passée. Après cela, la froideur de l'élite de Quincy avait été violente et inflexible, une vraie couche de glace imperméable.

—Tu n'as pas besoin d'eux.

Cole a pris ma main et l'a embrassée. Je me suis tournée vers lui.

—Je le sais. Je voulais juste que tu saches le…

«*Le genre de personne que je suis*», voilà ce que je voulais dire. Je voulais qu'il arrête ce truc qu'il avait fait pendant toute la soirée, de me regarder comme si j'étais faite de poudre magique. Je n'ai pas fini ma phrase, probablement parce que j'aimais la façon qu'il avait de me regarder. Et puis que je ne voulais pas que tout parte en cacahuète, après lui avoir raconté ce que j'avais fait. Le magazine avait assez bien relaté l'événement, même si ça avait été horrible à lire. Mais je voulais lui faire comprendre mes motivations. Ensuite, il pourrait décider par lui-même.

— Jamais je ne te raconterai de bobards.

Il s'est tourné vers moi et a tapoté sa jambe.

— Viens là.

Je ne lui ai posé aucune question, je me suis contentée de ramper jusqu'à ce que mes fesses soient sur sa cuisse, mes jambes allongées sur ses genoux. Une de ses mains me maintenait en place pendant qu'avec l'autre il remettait une mèche de cheveux derrière mon oreille.

— Aucun homme sain d'esprit ne songerait à te tromper.

Si vous m'aviez demandé, avant cet instant, si j'avais des doutes sur moi à cause de l'histoire de Scott, j'aurais répondu non. J'aurais expliqué qu'il était idiot et que Bobbie Jo était une pute, et que ça n'avait rien à voir avec moi.

Mais avec cette phrase toute simple, prononcée avec une telle assurance… il a ouvert une brèche en moi dont j'ignorais l'existence, une fissure profonde qui courait au plus profond de mes os. Il a ouvert cette brèche, et un raz-de-marée d'insécurité et de tristesse a jailli d'un seul coup.

Je faisais comme si je m'en fichais que Quincy ne m'aime pas. Je faisais comme si je n'avais pas voulu posséder une clôture en bois, un môme pendu à mes basques, et porter le nom de Thompson.

Je faisais comme si ces filles étaient des salopes, que j'avais eu de vraies amies mais qu'elles avaient grandi, qu'elles étaient parties ou qu'elles vivaient leur vie et que ça m'allait parce que j'avais mes livres, ma mère et mes après-midi de farniente au soleil.

Il y avait un paquet de *faux-semblants*, de *dénégations* et de *sentiments* que j'avais enfouis au plus profond de la moelle de mes os, et voilà que Cole les avaient fait ressortir en une seule phrase, un regard, en attrapant mon cou et en déposant un baiser tendre et doux sur ma bouche.

«*Aucun homme sain d'esprit ne songerait à te tromper*», pourtant un homme parfaitement sain d'esprit l'avait fait et ça m'avait fait mal.

— Tu es incroyable, Summer, Je crois que tu lui as fait peur avec ta beauté, ta force, et cette bouche incroyable que tu as. Je pense qu'il s'est senti mal à l'aise et qu'il s'est trouvé une femme qui le rassurait.

Et il m'a embrassée à nouveau, plus fort cette fois, et j'ai attrapé ses cheveux, je me suis accrochée à son bras et j'ai senti une partie de moi, une partie de cette brèche, toute proche, qui s'est mise à fuir.

J'ai voulu lui demander ce qu'il voulait dire, si c'était une de ses conneries de dialogue hollywoodien ou s'il le pensait vraiment, mais quand j'ai reculé pour lui poser la question, quand j'ai quitté ses lèvres et que j'ai vu l'expression de son visage, j'ai su qu'il ne mentait pas.

Et j'ai réalisé à cet instant, à son air, que chacun des sentiments que j'avais refrénés, mon conflit intérieur d'autopréservation, cette bouffée de haine, cette force d'attraction…

Il les ressentait lui aussi.

Dans ses yeux qui cherchaient les miens, dans l'émotion sur son visage, j'ai décelé plus encore.

Pas uniquement une attirance

Quelque chose de plus profond, de plus plein, de plus réel.

J'ai remué sur ses genoux pour changer de position et lui faire face. J'ai passé mes jambes derrière lui en croisant mes chevilles nues sur le plancher de la véranda. Nos visages étaient tout près l'un de l'autre. Il a fermé les paupières quand j'ai passé un doigt sur ses lèvres.

— Je te vois, a-t-il murmuré, et ces yeux verts sont réapparus.

Ils me regardaient, sourcils froncés. Je les ai lissés.

— Seigneur, tu joues tellement au connard pour te protéger.

— Ce n'est pas le connard, a-t-il soufflé, en avançant ses lèvres jusque dans le creux de mon cou, et en le flairant avant de le mordiller doucement, en plaquant ses mains sur mes fesses pour m'attirer tout contre lui. C'est moi.

– Non.

J'ai secoué la tête doucement, je lui ai relevé la tête, je l'ai embrassé avant de le repousser.

– *Ça,* c'est toi. Et tu es parfait. J'aime *ce toi-là.*

Il a retenu sa respiration et il n'a pas bougé, ne s'est pas reculé. Il pensait que j'étais incroyable, belle et forte, mais il ne voulait sans doute pas de *ça,* et j'ai vraiment dû me faire violence pour poursuivre.

– Et j'aime aussi ton toi connard. Je crois que je suis accro à toi.

– Toi ? a-t-il répondu, du tac au tac. Je n'ai pas cessé de penser à ça.

Il a passé sa main plus bas sur mes fesses. Il a glissé ses doigts sous l'élastique en soie de mon slip, entre mes jambes écartées. Voilà ce qui arrivait quand on m'asseyait à califourchon, en robe, sur un homme comme lui. Il a recommencé à repousser la soie en me dévorant des yeux.

– Je n'ai pas arrêté de penser à ça, et à ça. (Il a posé ses lèvres sur les miennes, sa bouche était avide et dure.) Ou à ça…

Il m'a enlevé ma robe. Ses mains sont remontées, en soulevant mes seins au passage. En le voyant les prendre dans ses mains si puissantes, je me suis mise à geindre et me tortiller contre lui. Il bandait dur, je pouvais le sentir. J'avais terriblement envie de lui.

– Mais, par-dessus tout, c'est à toi que je suis accro, m'a-t-il dit doucement, en examinant mes seins dans ses mains. (J'avais mes jambes enroulées autour de lui et ma robe accrochée à ma taille.) Je ne peux pas m'arrêter. Je ne crois pas que je pourrai jamais m'arrêter.

Il ne disait pas : «Je t'aime». Mais quand il m'a attrapée par le dos et qu'il m'a soulevée, puis que ses mains m'ont délicatement posée dans l'herbe…

Il a baissé son short, a soulevé ma robe, il s'est allongé sur moi, ses lèvres m'ont embrassée, il m'a pénétrée pendant que je prononçais son nom en haletant… À ce moment-là, ça me suffisait. Cole Masten était accro à moi, ça me suffisait. Qu'il me dise que Scott avait eu tort, et que je n'étais pas foutue… c'était plus que suffisant.

CHAPITRE 104

Le courant est revenu pendant la nuit. J'ai entendu Cole se lever, j'ai entendu son pas sur le parquet quand il est allé fermer les fenêtres. Puis il est revenu se coucher, il a glissé sa main sur ma taille et m'a tirée contre lui. J'étais nue, et sa poitrine dans mon dos était chaude, confortable. Sa main sur ma poitrine était forte et possessive. Il m'a fait un petit baiser dans la nuque, et j'ai souri. Il a dit quelque chose que je n'ai pas compris, j'étais déjà en train de me rendormir.

C'est moi qui me suis levée la première le lendemain matin. Son bras pesait sur ma poitrine. La lumière du soleil passait à travers les rideaux et j'ai essayé de lire l'heure sur l'horloge, en plissant les yeux. Il était dix heures et demie. On avait dormi longtemps. Je me suis glissée avec précaution hors du lit et je suis descendue au rez-de-chaussée. J'ai enfilé le tee-shirt que Cole avait abandonné au salon et mon slip qui avait atterri sur une marche, Dieu sait comment. Puis j'ai fait sortir Cocky. J'ai éclaté de rire en le voyant poursuivre un écureuil en déployant ses ailes, la poitrine toute gonflée. Le restant de nos steaks était au frigo. Je les ai réchauffés dans une poêle à feu doux, j'ai sorti des œufs et du lait, tout en évitant les Nerds qui jonchaient le sol, et j'ai souri de plus belle en me rappelant notre bataille de la nuit dernière. J'avais choisi la cuisine, Cole la salle à manger, et nous avions décidé de jouer à attraper le coq avec un foulard. Plus tard, après avoir couru dans tous les sens sous ses projectiles, en renversant du vin partout, Cole avait fait mention d'une femme de ménage. Maintenant, à la lumière du jour, je tressaillais en regardant le carnage. J'étais sur le point de casser le dernier œuf quand j'ai entendu Cole qui braillait à l'étage.

—Quoi ? ai-je répondu, une spatule à la main, pendant que l'œuf tombait dans la poêle chaude.

—Reviens te coucher !

Il semblait un peu groggy.

—Viens prendre le petit déjeuner, ai-je crié dans les escaliers avant de revenir éteindre les œufs, histoire d'éviter qu'ils brûlent.

J'ai entendu une vague réponse que j'ai ignorée, en esquissant un sourire. Quelques secondes plus tard, des bruits de pas ont résonné à l'étage, puis dans l'escalier.

—B'jour.

Il avait la voix un peu cassée. Je me suis retournée avec un sourire, la poêle dans une main, pendant que je versais les œufs brouillés sur une assiette. Quand je l'ai vu, j'ai failli laisser tomber la poêle.

Il était nu. Il tentait sans succès de cacher sa queue derrière une main beaucoup trop petite. Ses abdos se gonflaient, son corps était splendide, depuis la courbe de ses épaules, le replat dur de sa poitrine, jusqu'au mouvement de son avant-bras quand il a assuré sa prise sans pour autant y parvenir.

—Bonjour, ai-je pouffé.

—Tu n'as pas le droit de préparer le petit déj dans mon tee-shirt, à moins de vouloir tirer un coup, a-t-il grondé en tirant sur sa queue, tout en me dévisageant.

—Tu ne peux pas manger mon petit déjeuner si tu n'enfiles pas quelque chose, et j'ai pointé avec ma spatule son short sur le frigo.

Ah… oui. La crème fouettée. Nous avions eu peur qu'elle tourne puisque le frigo était éteint. J'avais suggéré qu'on la mette dans le congélateur extérieur. Il avait ouvert le couvercle de la boîte avec ses dents et l'avait recraché, et franchement, un truc plus sexy, je ne connais pas.

À part peut-être ce qui s'est passé ensuite, quand il a lentement parcouru mon dos en posant ses lèvres dans mon cou, qu'il a osé une légère morsure sur mon épaule, pendant que ses mains lâchaient «l'Organe Favori de Summer» pour atterrir sur mes hanches sous son grand tee-shirt et m'attraper par la taille, en baissant la tête pour regarder sous la chemise.

— Oh… Summer. (Sa langue a claqué quand il a glissé ses doigts sous l'élastique de mon slip.) Ce truc va nous gêner.

— Pas du tout, ai-je prévenu en posant ma spatule pour lui faire face, prête à l'engueuler parce qu'il m'interrompait pendant que je cuisinais.

Mais quand je me suis retournée, il s'est jeté contre mes cuisses, j'ai baissé les yeux pour regarder et quand je les ai relevés vers son visage insolent, ses mains m'ont agrippée, sa bouche m'a embrassée…

Eh bien, une femme doit oublier ses œufs lorsqu'un homme tout nu bande tellement pour elle.

J'ai tendu la main, j'ai éteint le feu et j'ai saisi sa queue.

CHAPITRE 105

Cole était fait. Il avait cru que ça disparaîtrait après avoir fait l'amour. Qu'il reprendrait ses esprits, qu'il aurait à nouveau les pieds sur terre. Qu'il comprendrait qu'elle était une fille comme une autre, et qu'après une nuit d'amour, le tournage deviendrait plus facile, et sa vie à Quincy moins hostile. Mais il était encore fou d'elle au beau milieu de la nuit, quand il luttait contre le sommeil, uniquement pour pouvoir la tenir dans ses bras un peu plus longtemps. Et il était encore dingue quand il s'était réveillé avec une trique totalement incontrôlable, il la désirait comme un fou. Ça avait encore empiré quand il avait senti la nourriture, qu'il l'avait vue dans son tee-shirt, dans la cuisine, une spatule à la main. Il avait déjà été attiré par des femmes, il avait adoré faire l'amour avec Nadia, mais il n'avait jamais eu quelqu'un dans la peau à ce point. Il regarda cette femme, et il l'imagina bercer son enfant sur sa hanche, courir à travers champs dans son ranch du Montana, il la vit assise dans un fauteuil en velours de l'Académie des Oscars, sa main posée sur son bras à lui, sa bouche chaude contre son oreille. Et toutes ces images le terrifièrent.

À présent, après avoir fait l'amour dans la cuisine, mangé le petit déjeuner, lavé la vaisselle, il la regardait. Elle était au milieu de la salle à manger, ses mains sur ses hanches adorables, et il découvrit de la frustration sur son visage quand il contourna le canapé pour lui faire face.

— Qu'est-ce qui ne va pas ?

— Je ne peux pas porter tout ça jusque chez moi.

Elle désignait tous ses achats de la soirée, un tas qui comprenait une machine à pop-corn (elle n'en avait jamais eu), un IPad (il avait insisté) et un pyjama Minion, parmi les quatre sacs pleins à ras bord. Elle avait imaginé qu'elle mettrait un pyjama pour se coucher, mais Dieu merci, elle ne l'avait pas fait.

— Je peux te déposer.

Il ne voulait pas la déposer. Il voulait la raccompagner chez elle, sortir toutes ces merdes et les ranger avec elle. Il voulait s'asseoir pour travailler leur prochaine scène, leurs cinquante années à venir, découvrir ses rêves les plus intimes et les réaliser. Il voulait faire venir Brad DeLuca et le serrer dans ses bras pour le remercier de l'avoir expédié à Quincy, de l'avoir déposé sur le pas de sa porte, d'avoir sauvé le reste de sa vie.

— Les journalistes, lui rappela-t-elle, en mordillant son pouce pendant qu'elle se penchait pour attraper un des sacs.

— Je les emmerde.

— Ah.

Elle sortit un paquet de chewing-gum, des Bubblicious, l'ouvrit et en sortit un.

— Tu en veux ?

— Non.

Il la regarda défaire le papier et fourrer le cube rose dans sa bouche. Un chewing-gum de môme. Elle mâchait des chewing-gums de môme. Elle se mit à mastiquer, fit une bulle et lui demanda :

— Quoi ?

— Est-ce qu'on peut parler de tout ça ? dit-il très vite.

Une question idiote. Il aurait mieux fait de se taire. De la ramener chez elle. De laisser les choses se faire correctement. Ou pas. Mais c'était justement ce risque qui l'inquiétait.

— De nous ?

Elle fit encore une bulle et il se retint de l'embrasser.

— Oui.

— Tu flippes à cause de ce que je t'ai dit hier soir.

Elle remit son chewing-gum dans sa bouche, puis se tourna face à lui, bras croisés. Elle ne le défiait pas. Ses bras étaient serrés, comme si elle s'étreignait elle-même, ses mains glissées sous ses aisselles. Une Summer nerveuse.

Une nouveauté. Nadia ne lui aurait jamais répondu comme ça. Elle aurait joué la comédie, la fille cool, elle aurait détourné la conversation pendant que lui l'aurait poursuivie de ses questions et de ses insinuations. Leurs conflits étaient épuisants, raison pour laquelle ils évitaient d'en avoir. Il passait sa colère sur le punching-ball de leur salle de gym et elle, apparemment, avec d'autres hommes.

– Non.

C'était la vérité. Ses déclarations vagues qu'on pouvait interpréter de mille façons selon le temps qu'on voulait rester éveillé, ne le faisaient pas flipper. Elles étaient si fades, comparées à ses sentiments à lui, vivants, riches de mille nuances différentes. Il baissa les yeux sur la pile de sacs de courses et regretta de ne pas avoir choisi une autre résidence. Ça ferait trop sérieux s'il l'invitait à s'asseoir, mais être debout comme ça, dans cette pièce sombre, avec le ventilateur qui tournait et tintait au-dessus de leurs têtes, ce n'était pas ce qu'il avait imaginé. Non qu'il y ait vraiment pensé. Si ça avait été le cas, il se serait collé un sparadrap sur la bouche pour être bien sûr de se taire. Mettre maintenant le sujet sur la table ne pouvait le mener qu'à un désastre.

– Alors, explique.

Ses épaules se sont légèrement affaissées et elle s'est arrêtée de mâcher. Il a pris une profonde respiration et s'est lancé.

– Je pensais ce que je t'ai dit la nuit, dernière. Il faudrait être dingue pour te tromper. Il faudrait être dingue pour vouloir autre chose, quand on t'a, toi. Je t'ai eue, ton vrai toi, pendant ces dix-huit heures, et je ne veux rien d'autre. Je ne crois pas que je voudrai jamais autre chose.

Il s'approcha d'elle.

– Ose me dire que nous ne sommes pas bien ensemble.

Elle détourna son regard, vers l'autre côté de la pièce, puis revint vers lui.

– Nous ne le sommes pas, Cole, Ceci… (elle les désignait l'un et l'autre, d'un mouvement de main plein d'une immense tristesse)… n'a rien à voir avec ce que je vivais avec

Scott. (Elle haussa très légèrement une de ses épaules en signe d'indifférence.) Je suis désolée.

—Mais… mais tu m'as dit que tu m'aimais. J'ai cru…

Il recula et appuya les paumes de ses mains sur ses yeux, sa vie entière se vidait, en formant un tourbillon dans un siphon énorme de… quoi, au juste ?

—Tu croyais que j'étais nulle comme actrice, a-t-elle répondu en souriant.

Il l'a regardée, embarrassé. Elle a fait une énorme bulle qu'elle a fait claquer.

—Alors, tu jouais la comédie ? Avec moi.

Il a commencé à passer leur nuit en revue, et elle a levé les yeux au ciel, s'est avancée jusqu'à lui et lui a passé ses bras autour du cou. Quand elle les a pressées contre les siennes, ses lèvres avaient un goût sucré.

—Seigneur, que tu es lourd, a-t-elle murmuré contre sa bouche. Oui, nous sommes super-bien ensemble. Non, je ne veux personne d'autre que toi. Oui, espèce de grand imbécile, incapable de prononcer les mots que toutes les femmes rêvent d'entendre, moi aussi je t'aime.

Elle s'était penchée pour en dire plus, mais il l'en empêcha. Il l'écrasa entre ses bras et à un moment, pendant qu'ils s'embrassaient, il avala son chewing-gum. Il la jeta sur son épaule et l'emporta en haut.

CHAPITRE 106

Quand il s'engagea dans l'allée des Holden, le portail était grand ouvert. La rangée de voitures inconnues était garée au cordeau, devant la maison. À notre approche, les têtes se sont tournées dans les voitures, les portières ont claqué, ils ont attrapé leurs appareils et ils ont sauté dehors. Les flashes ont crépité sous le grand soleil.

– Tu ne crois pas que nous devrions prévenir Casey ? lui ai-je demandé nerveusement.

Cole me tenait fermement par la main.

– Bébé, la première règle à Hollywood : les dieux ne demandent jamais la permission. Assume ta merde et n'oublie jamais de sourire.

Il a mis le frein à main et s'est penché en avant pour m'embrasser. Son sourire s'est épanoui quand j'ai fait pareil et que nos visages se sont éclairés sous les flashs des paparazzis, devenus dingues.

J'ai gloussé et il a souri. Il m'a embrassée une dernière fois avant d'ouvrir sa portière.

– Allons foutre le bordel.

J'ai attrapé ma poignée, j'ai ouvert ma portière devant laquelle se dressait un inconnu qui portait une casquette des Lakers et un tee-shirt noir, un mauvais choix par cette chaleur, avec un appareil photo qui coûtait sans doute plus cher que ma voiture. Je lui ai souri poliment, il m'a répondu en levant son appareil. Nous nous sommes retrouvés devant la camionnette. Cole m'a tendu la main. Quand je l'ai saisie, il m'a attrapée et ses bras m'ont soutenue quand il m'a penchée en arrière et que tous les appareils photo ont capturé mon cri de surprise. Il m'a toisée d'en haut en souriant, et j'ai froncé les sourcils. Alors il m'a embrassée, si longtemps que je me suis mise à rougir.

—Ça suffit, ai-je murmuré. Je crois qu'ils ont pigé.

Cole m'a relevée avec un sourire.

—Pas encore.

Il a posé sa main sur mes fesses, et nous nous sommes dirigés vers la maison. Un rideau a bougé à la fenêtre de devant, et je me suis demandé ce que maman pouvait bien penser de tout ça. Devant les marches, Cole s'est retourné en me serrant contre lui pour faire face au groupe, sept ou huit individus qui piétinaient ma pelouse sans aucun respect pour mes plantations. J'ai regardé fixement le plus proche de moi et il s'est éloigné de mon jardin de papillons en s'excusant vaguement de la main.

—Je suppose, puisque vous vous êtes introduits sur une propriété privée, que vous connaissez cette ravissante jeune femme à mes côtés. Mais ce que vous ignorez, c'est que nous sommes ensemble. Si vous l'emmerdez, vous emmerdez mon équipe et, plus important, vous m'emmerdez. Si jamais j'arrive à la convaincre de m'épouser, vous serez tous invités à notre mariage. Nous vous servirons de la crème brûlée que vous devrez tous terminer.

Je lui ai donné un coup dans l'estomac, assez fort pour le faire tressaillir, et il m'a attirée à lui en se penchant pour m'embrasser à nouveau.

—C'est juste une blague, bébé. Sauf pour la partie mariage. Est-ce que c'est trop tôt ?

Il s'est reculé en me scrutant avec un sourire prudent.

—C'est trop tôt, ai-je répondu sévèrement. D'autant plus, Monsieur Masten, que vous êtes encore un homme marié.

—Aïe. (Il a tressailli.) Et tu ferais mieux de ne plus m'appeler comme ça.

—Monsieur Masten ? ai-je répondu en m'échappant.

—Maudite femme. (Il a réussi à m'agripper avec un doigt dans la ceinture de ma robe et m'a tirée en arrière avant que j'aie eu le temps de tourner la poignée.) Est-ce que je t'ai déjà dit que je t'aime ?

Je ne lui ai pas répondu, je me suis contentée de sourire. La porte s'est ouverte et maman était là, elle souriait comme je ne l'avais jamais vue sourire.

CHAPITRE 107

DEUX JOURS PLUS TARD

Le coup dans la porte de la caravane était si violent que les cloisons ont tremblé. Je me suis retournée et j'ai appuyé un doigt paresseux sur le flanc de Cole. Il a gémi.

— Je ne peux plus bouger, ma belle. Tu m'as épuisé.

Je me suis mise à rire, trop faible moi-même pour pouvoir bouger, encore moins pour me lever, m'habiller et aller ouvrir.

— Je croyais qu'on avait deux heures avant la prochaine scène, ai-je murmuré.

Ça ne faisait pas déjà deux heures, c'était impossible. Ça faisait… j'ai cherché l'horloge, mais elle était dans la pièce principale de la caravane, et c'était au moins à cinq mètres de distance. Au lieu de ça, j'ai reposé ma tête sur la poitrine de Cole. La personne a de nouveau frappé à la porte, une série de coups qui indiquaient une certaine impatience et pas la moindre timidité.

— Tu n'as qu'à faire comme si on n'était pas là, m'a dit Cole à voix basse en me retenant.

Depuis le lit, nous avions une vue sur la porte d'entrée, suffisante pour la voir osciller, puis s'ouvrir quand un grand coup de pied fut donné dedans. L'homme qui l'avait enfoncée apparut dans l'embrasure. Je me suis couvert la poitrine avec les draps, en essayant de me rappeler qui était cet homme… l'avocat de Cole. DeRico, ou un truc comme ça. Il était là, avec la porte de la caravane de Cole gisant à ses côtés, en travers du sol.

— Merde, grommela Cole en remontant encore un peu plus le drap sur moi.

Il bondit hors du lit et attrapa un oreiller pour se couvrir, en jetant des regards noirs à cet homme.

—C'est quoi ce bordel, DeLuca ? Votre téléphone ne marche plus ou quoi ?

—Ne me baratinez pas à propos des communications. Pas quand vous deux vous passez en boucle sur les chaînes nationales sans m'avoir averti. Nadia est folle de rage. Plus que folle de rage. J'ai dû écouter cette conne personnellement. Je me suis tapé un message téléphonique de huit minutes dans lequel elle m'expliquait en détail comment elle allait vous couper les couilles.

Cole a haussé les épaules.

—Vous pouvez faire preuve d'un peu de respect pour Summer et sortir de cette pièce ?

L'homme m'a jeté un coup d'œil, puis a fait un signe de tête :

—Désolé.

J'ai accepté ses excuses. Il m'a tourné le dos et a fait mine de sortir en regardant Cole.

—J'arrive, a aboyé Cole. Donnez-moi une minute.

DeLuca a refermé la porte de la chambre et Cole s'est précipité sur moi.

—Désolé, bébé.

Il m'a embrassée dans le cou et s'est relevé. Il a attrapé une paire de jeans qui traînait par terre et l'a enfilée.

—Est-ce que ça va aller avec Nadia ?

Il avait opportunément oublié dans ce tourbillon les dommages collatéraux de notre nouvelle union que redoutaient Don et Casey.

Il a enfilé son tee-shirt.

—Nous sommes arrivés à un accord. Tout va bien. Elle est juste furieuse. C'est normal. (Il a serré mon pied, la partie de mon corps qui était la plus proche de lui et m'a fait un clin d'œil.) Je reviens.

CHAPITRE 108

Il s'en est fallu de peu que la chaise en cuir installée à côté de la porte rejoigne la porte de Cole à la benne à ordures. DeLuca l'avait empoignée à deux mains d'un air furieux.

Cole s'est assis sur le canapé. Il a fait signe à DeLuca.

— OK, allez-y, balancez.

— Nadia conteste le document de la médiation, elle prétend que vos gages de bonne foi pendant la réunion de médiation étaient bidon et que vous étiez déjà avec Summer depuis tout ce temps.

Cole a levé les yeux, en essayant de comprendre.

— Mais… c'est elle qui est avec ce connard de réalisateur. Depuis longtemps. Qu'est-ce qu'elle en a à foutre de ce que je fais et avec qui je le fais ?

DeLuca a laissé échapper un long soupir exaspéré.

— Parce que vous saviez qu'elle était avec ce réalisateur. C'était d'un commun accord. Vous voyez, selon Nadia, elle avait l'impression que si elle acceptait nos conditions, il y avait une chance que vous vous remettiez ensemble.

— C'est quoi, ce bordel ? C'est elle qui a demandé le divorce. Et elle voudrait rattraper les choses ?

Il a éclaté d'un rire dément, comme si tout cela arrivait à quelqu'un d'autre.

— Revenir avec Nadia n'a jamais été une option pour moi, même avant de quitter L.A.

Il a regardé dans la direction de la porte de la chambre, il avait envie que Summer sorte. Il détestait la tenir à part, comme si ça ne la regardait pas. Il s'est tourné à nouveau vers DeLuca, complètement exaspéré :

— C'est vous qui m'avez dit que si j'aimais Summer, c'était OK.

– Parce que c'est de ça qu'il s'agit ? Il n'y a pas longtemps, je vous ai posé la question et vous n'en saviez rien.

– Je l'aime. (Cole hochait la tête fermement en fixant l'avocat.) Sans le moindre doute.

– À présent, vous n'avez que deux possibilités. Rester avec Summer et partager *The Fortune Bottle* avec Nadia, ou oublier toute cette aventure. Nous rattraperons le coup avec Nadia et la presse, et le film sera entièrement à vous.

Cole n'a pas hésité une seconde.

– Sûrement pas, bordel. Filez-lui la moitié si c'est ce qu'il faut.

– Vous en êtes bien sûr ? (DeLuca s'est levé et approché en baissant la tête pour pouvoir mieux examiner Cole.) Vous êtes prêt à laisser tomber la moitié de tout ça pour elle ? dit-il en montrant la porte de la chambre de la tête.

– Vous m'avez dit un jour que vous aviez trouvé votre âme sœur. Vous ne donneriez pas la moitié d'un film pour passer votre vie avec elle ?

Brad a plissé les paupières.

– Vous ne la quitterez pas définitivement, dans mon scénario. Tout ce que je vous demande, c'est de mettre votre relation en stand-by. Pendant six mois, ensuite vous pourrez vous retrouver et recommencer.

– Est-ce que vous prendriez ce risque avec votre femme ? a répété Cole, et ce n'était pas vraiment une question.

C'était une évidence. Brad l'a regardé un long moment avant de hocher la tête en signe de compréhension.

– Elle doit être très spéciale, a-t-il dit calmement.

– Elle l'est, a souri Cole. Maintenant, fichez-moi le camp, que je puisse la rejoindre.

– Pas de regrets ? C'est la moitié de votre bébé.

– Non. (Cole a secoué la tête.) C'est un film. C'est tout.

Il n'aurait jamais dit ça il y avait seulement quelques mois. À l'époque où *The Fortune Bottle* était toute sa vie et qu'il était prêt à vendre son âme pour ne pas en faire profiter Nadia. Mais à présent, au moindre risque pour sa nouvelle relation, il avait perdu toute sa valeur. Il voulait en finir avec

Nadia, en finir avec la presse, en finir avec tout ça, sauf avec cette blonde fougueuse derrière la porte de cette chambre à coucher. Peut-être allait-il rester des mois dans cette ville, un endroit où la concurrence et les prétextes n'existaient pas. Peut-être qu'à travers Summer, il se regardait en face pour la première fois et qu'il avait envie de changer.

—Wouah.

DeLuca lui balança une claque dans le dos et se dirigea vers la porte défoncée, vers la chaleur torride de l'été qui pénétrait par l'ouverture.

—Vous avez besoin d'autre chose ? a demandé Cole.

—Oh non, je vous en prie. (DeLuca a remué la main.) Le moins possible, Cole, le moins possible.

Et il disparut dans la foule. Cole qui le regardait partir surprit le regard de Justin.

—On s'en occupe, lui lança Justin, et Cole vit deux ouvriers arriver en courant avec leurs trousses à outils.

Cole le remercia, fit signe aux types et retourna dans la chambre en fermant la porte derrière lui.

Elle était assise sur le lit. Elle avait renfilé ses collants, elle était en train de remettre ses chaussures.

—Tout va bien ?

Il s'adossa au mur.

—Ma porte n'a pas aimé, mais à part ça tout baigne.

Elle se leva et remonta la fermeture Éclair de sa jupe.

—Tu es sûr ? Je veux savoir si je te cause des problèmes.

Il fit un pas vers elle et la regardant d'en haut.

—J'adore te le dire quand tu m'attires des problèmes. Mais non, c'est triste, mais à cet instant précis, tu te comportes parfaitement bien.

Elle sourit.

—Je vais réfléchir pour trouver comment te causer d'autres ennuis cette nuit.

—Rien ne me ferait plus plaisir.

—Ouais, ouais, ouais. Vous êtes amoureux tous les deux, on a pigé.

Justin les appelait depuis le salon.

—Vous êtes habillés ? Parce que je dois emmener Monsieur Folamour à Don.

—C'est de toi qu'il s'agit, murmura-t-elle, le regard malicieux, et ses doigts le démangèrent de la pousser sur le lit, juste un moment, juste suffisamment longtemps pour voir ses yeux noisette s'écarquiller de plaisir.

Dans le salon, Justin se mit à tousser et elle poussa Cole vers la porte.

—Il arrive, cria-t-elle, et lui fronça les sourcils. On se voit sur le plateau, lui promit-elle en lui fermant la porte, sa porte, au nez.

Cole se retourna en grimaçant. Justin se mit à rire.

—Accorde dix minutes à Don. Ensuite, tu pourras aller la retrouver.

CHAPITRE 109

Le tournage prit fin un mardi. C'était bizarre, une semaine si courte. Comme les derniers jours de cours, quand on se contente de regarder des films et de signer les livres souvenirs de la classe, et qu'on erre comme des mômes perdus.

Don hurlait constamment sur tout le monde. Les quelques scènes qui restaient n'étaient que des remakes de celles qu'il n'avait pas aimées la première fois.

C'était tellement plus simple de jouer avec Cole après cette nuit-là. Je ne me rendais pas compte à quel point je l'avais repoussé, à quel point j'avais refoulé mes sentiments. Quand j'ai arrêté de me battre, la violence de mon affection pour lui m'a fait peur. Mon sentiment était tellement impétueux, le risque tellement excitant. Maintenant, je comprenais l'expression «tomber amoureux». Je faisais une chute sans parachute et j'espérais du fond du cœur qu'il allait me rattraper quand je toucherais le fond. Seulement, il n'y avait pas de fond. Il n'y avait que lui, son sourire narquois qui me saisissait dès le réveil jusqu'au moment où nous éteignions la lampe de notre chambre. Sa main qui glissait en haut de ma cuisse en pleine réunion de production, son contact qui, de sexuel, devenait tendre quand il trouvait ma main et la prenait dans la sienne. Sa façon de glousser pour m'exciter, j'en étais folle. À présent, je comprenais également ses fous rires. Je connaissais ses sourires et ses regards, et je savais ce qui se cachait derrière. Une semaine plus tôt, nous avions campé au bord d'un lac, au bout de la propriété des Holden. Nous avions pique-niqué et bu du vin. Il m'avait parlé de sa mère, et de combien il aimait la mienne. Ensuite nous avions parlé de *La Vie Après Le Film*, et de ce qui allait se passer pour elle. Je lui ai dit que maman déciderait elle-même de l'endroit où elle voudrait vivre. Je n'étais jamais allée en Californie, mais je ne pensais pas que ça lui plairait. Pas avec tout ce que Cole m'en avait dit. Je n'étais même pas sûre que ça me plairait à moi.

Il était la première personne à qui j'ai parlé de mon départ de Quincy. Je pense que ça lui a fait un peu de peine. Pas d'un point de vue sentimental, mais plutôt comme si cette idée lui faisait mal physiquement. J'avais passé bien des nuits à y réfléchir, dans mon lit, en contemplant le plafond. Mes plans de départ de Quincy étaient assez glamour. J'allais donner assez d'argent à maman pour qu'elle puisse s'offrir son poison. Ils étaient en train de construire de nouvelles maisons en bordure de ville, et avec quatre-vingt mille dollars, elle pourrait acheter une maison en briques avec trois chambres et deux salles de bains, tout ce qu'elle n'avait jamais pu s'offrir. Ou si elle préférait, elle pourrait prendre cet argent et faire autre chose. Peut-être trouver une maison plus ancienne avec du terrain, un peu plus loin, le long d'un des quelques centaines de chemins de terre. Je vendrais la camionnette et j'achèterais un 4x4, un truc avec l'air conditionné et peu de kilomètres au compteur. Et je partirais pour un endroit moins chaud. Peut-être la Caroline du Nord. Je trouverais une ville assez grande pour y disparaître. J'achèterais une maison, je trouverais un boulot, peut-être que j'irais à la fac.

C'était ça pour l'essentiel, ce que j'imaginais dans l'obscurité de ma chambre. Avant Cole. Je lui ai raconté, et j'ai vu sa pomme d'Adam bouger pendant qu'il déglutissait. Il avait tourné la tête, un rayon de lune avait éclairé son profil. Nous avions plaisanté à propos d'un mariage devant les journalistes. Nous étions tout le temps ensemble depuis cette nuit passée chez lui. Mais nous n'avions jamais discuté de l'avenir. Il avait essayé, j'avais évité, et là devant ce feu, en regardant le lac, j'avais arrêté. J'avais arrêté de fuir et j'avais regardé notre avenir en face.

— Qu'est ce que tu veux ? Pour nous deux ?

Quand je lui ai posé la question, il s'est tourné et m'a fait asseoir sur ses genoux pour que nous soyons face à face.

—Ce n'est pas ce que je veux qui compte. Je veux que tu sois heureuse. Alors, j'ai besoin de savoir ce que toi, tu veux.

—Je crois que je veux rentrer avec toi. En Californie.

—Ce n'est pas une ville où tu peux te perdre, Summer. Pas si tu es liée à moi.

Sa voix était contenue, soucieuse.

—Ça ira. Je suis une grande fille. Je peux faire avec.

Je lui ai souri et j'ai vu le changement dans ses yeux. J'ai su, avant même qu'il m'attrape, ce qui allait se passer. Cole Masten amoureux, ça fout les jetons. Ce type vous offre son cœur tout entier en attendant qu'on le détruise. Parfois, la façon dont il me regarde m'inquiète. Ce que je ressens pour lui me semble trop précieux, trop rare, cette connexion entre nos âmes. Si un jour je perds cet homme, je ne m'en remettrai jamais. Si un jour il me perd, je crains pour lui ce qu'il pourrait devenir.

Je pourrais supporter la Californie pour lui. Je le savais déjà, mais je l'ai décidé à cet instant précis, devant ce feu, quand il m'a repoussée dans les couvertures et que ses mains m'ont arraché frénétiquement mes vêtements.

Ensemble, nous pourrions tout supporter.

CHAPITRE 110

Les suites de l'article dans ce magazine furent considérables. Plus importantes que ce que j'avais imaginé, plus importantes même que ce que Casey et Cole avaient imaginé. Plus importantes… mais différentes.

Le public, ce grand monstre effrayant contre lequel on m'avait mise en garde… s'est pris d'amour pour moi. A compris mon acte de rébellion avec une furie protectrice qui a forcé les lanceurs de ragots à se soumettre. J'ai évité les interviews, j'ai refusé les demandes de commentaires et, à chaque fois, ma cote a grimpé.

Des pages de fans ont éclos à mon nom. À Chicago, une ex éconduite a joué les Summer Jenkis lors de sa soirée d'enterrement de vie de jeune fille. Toute cette frénésie a aidé *The Fortune Bottle*. Il y eut des rumeurs de nomination avant même la première. Les accords de distribution à l'étranger se sont mis à pleuvoir. J'étais contente pour le film, mais la gloire m'était bien égale, cette attention permanente me rendait claustro. Je ne voulais peut-être pas de la gloire, mais bien volontiers de soutien. Je ne m'étais pas rendu compte que j'en avais besoin, je ne m'étais pas rendu compte à quel point mon esprit était avide de réactions positives, de l'amour d'inconnus. Tout ce cirque de soutien a gommé les trois années de mépris, les centaines de mauvais regards, de nez en l'air et de chuchotements. J'ai eu l'impression, pour la première fois depuis cette nuit, que je n'avais pas eu tort. Que c'était eux qui avaient tort. Que ce n'était pas moi qui étais détruite, mais eux.

Je n'étais pas retournée à Quincy depuis la sortie du film. J'avais fait mes valises pendant la dernière semaine de tournage. Maman et moi avions veillé tard pour ranger toutes mes affaires dans des cartons et les cercler de bandes adhésives. J'ai jeté beaucoup de choses. Ça m'a fait du bien.

Et quand je suis montée à bord du jet de Cole pour partir en Californie, je me suis sentie une nouvelle femme. Une femme qui avait un avenir. Une femme que son passé avait rendue plus forte, meilleure.

CHAPITRE III

La dernière fois que Cole vit Nadia, c'était dans le bureau de son ancien avocat. Il s'était assis dans sa salle de conférences, sur ses fauteuils recouverts de peau de crocodile, les jambes tendues sur son sol dallé d'ardoises. Il examinait le diplôme d'Harvard de cet enfoiré, dans son cadre doré. DeLuca ne voulait pas qu'il vienne. Il préférait faire ça sur un terrain plus neutre, mais Cole avait tenu à cette dernière rencontre. En plus, avec le bain de sang qu'ils avaient traversé, Cole estimait avoir droit à cette petite victoire.

L'ultimatum énorme de DeLuca s'était avéré être une connerie, un test foireux. Il disait vrai quand il affirmait que Nadia contestait les accords de la médiation. Mais il mentait quand il disait qu'ils pouvaient s'asseoir dessus. Cole aurait dû le savoir. Ce type avait probablement attaché sa femme pour la forcer à l'épouser. Il avait tordu le cou à la réponse de Nadia, et les papiers avaient été remplis selon les termes de leur accord original.

Mais Cole ne recevrait pourtant que la moitié de *The Fortune Bottle*. Personne n'était au courant, à l'exception de Justin, DeLuca et lui. Il allait offrir l'autre moitié à Summer. Sans elle, le film aurait été quelconque. Sans elle, il aurait tourné en rond dans Quincy en se lamentant sur la fin de sa vie et en buvant tellement qu'il aurait fini en cure de déxintox. Sans elle… il ne pouvait tout simplement pas imaginer la vie sans elle.

Il n'allait pas le dire à Summer tout de suite. Il la connaissait, ça n'allait pas bien se passer. Ce n'était pas une fille normale, qui serait devenue dingue et aurait hurlé de joie à l'idée de devenir riche à millions. Elle allait froncer les sourcils, serrer les poings, et Cole était certain qu'ils allaient entrer en conflit. Mais il se réservait pour ce combat, il adorait se battre avec elle. Et quand la lutte s'achèverait, ses mains dans ses cheveux, son regard sauvage, son corps qui rampait contre le sien, ses lèvres… Seigneur. Jamais il n'aurait son content de baisers.

Il lui dirait après Sundance[38]. Quand elle serait sur un petit nuage, à cause de tous les éloges des critiques et qu'elle serait de bonne humeur. Peut-être que le carnage serait un peu moins important. Le film était terminé, mis en boîte, avec le nom de code « Hey Harry » imprimé dessus. C'était le meilleur boulot que Don avait jamais fait. Et selon Summer, le seul film qu'elle ferait jamais. Venant d'une autre femme, Cole en aurait douté. Mais pas venant d'elle. Elle ne voulait pas être remarquée, elle était convaincue qu'elle n'avait pas besoin de tout ce fric, et elle avait reporté toute son attention sur leur nid. Aujourd'hui, ils allaient visiter une propriété à Brentwood. Elle avait un terrain de trente cinq mille mètres carrés, alors elle ne pourrait pas se plaindre d'être dérangée. L'agent immobilier avait promis à Summer que malgré ses mille mètres carrés, elle était « confortable », il risquait donc sa tête si ce n'était pas vrai.

Quelqu'un heurta Cole du coude, il leva la tête, évita le regard incendiaire de Nadia pour découvrir le responsable de ce coup : Brad DeLuca.

– Signez là où c'est indiqué.

Il poussa une pile de papiers vers Cole qui signa le plus rapidement possible, sans montrer qu'il était pressé. Chaque page qu'il tournait le détachait un peu plus de Nadia. Et à la fin, une fois sa dernière signature apposée avec lenteur et détermination, Cole Masten fut officiellement divorcé.

---

38. Festival très célèbre du cinéma US indépendant.

CHAPITRE 112

C'est officiel, je suis devenue propriétaire. Enfin… pas moi uniquement. Une espèce de grand type appelé Cole Masten également… Oh, vous avez entendu parler de lui ? Ouais, je crois qu'il a fait la pub pour les chewing-gums Double Mint, ou un truc du genre. Bref, Cole Masten et moi sommes propriétaires d'une maison de quatre chambres dans Newberry. Il y a aussi un terrain de quatre-vingt mille mètres carrés et une grange, des paddocks et assez d'espace pour que Cocky puisse picorer des pois jusqu'à plus soif. C'est également à deux heures de Los Angeles, ce dont Cole adore se plaindre, mais je vais lui offrir un hélicoptère pour son anniversaire, alors chuuuut, il va falloir qu'il trouve une autre raison de ronchonner. Je nous ai également inscrits à des cours de pilotage. Avec un peu de chance, l'un de nous deux pourra se servir de cet engin. Je n'ai aucun doute, c'est moi qui y parviendrai la première, bien que Cole soit super-doué dans tout ce qu'il entreprend. OK, j'avoue, je sais déjà piloter. Justin m'a emmenée chez Van Nuys pendant que Cole travaillait. Mais il a juré de garder le secret. Quant à moi, je ne dirai pas un mot. À la place, je resterai tout ce qu'il y a de plus naturelle, et enfin, je battrai mon mari quelque part.

Ah, au fait, nous allons nous marier. C'est un autre secret. Pas nos fiançailles, qui ont été annoncées par toutes les chaînes d'info avant même que Cole n'ait eu le temps de se relever. Mais la date et le lieu du mariage sont restés secrets. C'est dans six semaines, dans le ranch du Montana. Je vous jure, ce ranch est un petit paradis. Je comprends pourquoi Cole l'a acheté. C'est une perfection, nimbée de levers de soleil humides, de hennissements des chevaux et du parfum des fleurs sauvages. Un paradis. Jusqu'à l'arrivée de l'hiver. Ensuite, c'est rude. Misérable, glacé… J'ai abandonné toute idée d'y vivre à plein temps, la première fois que j'y suis allée en décembre. Il s'avère que j'ai un peu de mal à supporter que la température tombe en dessous de zéro. Mais ça ne semble pas gêner maman. Elle a réclamé un des chalets et s'y est installée, heureuse comme une folle. Elle voulait travailler, du coup Cole lui a donné la gestion des terres. Elle inspecte les plantations à bord d'un 4x4 et passe les mois d'été à genoux dans la poussière à jardiner. J'ai peut-être tort, mais j'ai l'impression qu'elle et Robert, l'un des ouvriers agricoles, ont un flirt poussé. Maman et flirt. Deux mots que je ne pensais pas pouvoir prononcer dans la même phrase un jour. Cole et moi faisons des paris sur la façon dont ils vont se comporter pendant notre mariage. Je vais gagner, bien entendu. Personne ne connaît mieux cette femme que moi.

Maman est donc heureuse dans le Montana, quant à nous, nous nous sommes installés à plein temps dans notre nouvelle maison de Newberry. La propriété était un tout petit peu au-dessus de ma gamme de prix, mais puisque mon plan de départ de Quincy était jeté aux oubliettes, mon budget l'était également. Et apparemment, je vais être riche pour le restant de mes jours, grâce à l'argent de *The Fortune Bottle*. Je pouvais donc me permettre de faire quelques folies. Savez-vous que Cole a été surpris quand il m'a offert la moitié des bénéfices du film et que je les ai acceptés ? Surpris. Choqué serait plus exact. Il a légèrement reculé en m'annonçant la nouvelle, s'est raidi et s'est penché en arrière comme s'il s'attendait à ce que je le frappe. J'ai accepté le cadeau, bien sûr. Très gracieusement, devrais-je ajouter. Qui ne l'aurait pas fait ? Accordé. Je n'avais pas réalisé ce que représentait la moitié d'un film. Maintenant que je le sais, c'était un peu radin d'accepter ce cadeau sans même faire semblant de refuser cette gentillesse. Mais cet homme avait raison, c'est notre chimie qui a fait le succès du film. Et quel succès! Un million de dollars le premier week-end. Cinq cents millions dans le monde, pour l'instant. Je ne sais pas exactement ce que ça signifie pour le résultat final. Mais ça a fait hurler de joie Cole qui s'est mis à sauter en l'air et me faire tourner dans ses bras jusqu'à ce que j'aie mal au cœur et que je lui demande de me mettre au lit.

Avant Cole, je n'ai jamais été la moitié d'un tout, un morceau d'une paire si intimement liée qu'il était difficile de voir ou s'arrêtait l'un et où commençait l'autre. Avec Scott, j'étais là, c'est tout, parfois collée contre lui, essayant de m'immiscer dans ses conversations en attendant le mariage qui remettrait tout en place. Maintenant, je suis la moitié de nous deux. Cole et moi sommes tellement sur la même longueur d'onde que j'ignore comment j'ai pu fonctionner toute seule.

L'Amérique nous a également fait fusionner. Nos deux noms étaient trop compliqués l'un à côté de l'autre, du coup nous sommes devenus «Sole». On nous appelle les amoureux Sole, et je fais les gros yeux quand j'entends ça, mais secrètement, j'aime bien.

On prétend que l'amour vous permet de trouver l'âme sœur. J'ai trouvé la mienne. Je l'ai trouvé, lui, je l'ai laissé m'apprivoiser, puis je l'ai fait mien. Je suis si heureuse de ne pas l'avoir effrayé, je suis si heureuse qu'il n'ait pas abandonné. Je suis si heureuse que Bobbi Jo ait baisé avec Scott et que je l'ai découvert. Je suis si heureuse que Hollywood et les petits chemins de terre se soient rencontrés à Quincy. Et je suis si heureuse d'avoir été là, dans ce une-pièce fané, quand cet homme blessé et magnifique a atterri chez nous.

ÉPILOGUE

Cole la parcourut du regard, ses longues jambes étendues sur le plancher de sa Maserati, dans ce short rouge qu'il avait tellement envie de lui arracher. Devant eux, Walmart, dans toute sa splendeur, et son parking plein de Californiens pressés avec leurs sacs de courses personnalisés à la main et leur portable à l'oreille, remplis d'importance dans l'épais smog de la ville.

— Tu es prête ? lui demanda Cole en souriant.

Elle se redressa et enfonça son sac de papier kraft à deux mains en l'ajustant pour que ses yeux soient bien en face des trous, brillant au milieu d'un visage avec une larme dessinée, une bouche boudeuse rouge sang et un anneau de nez.

— Tu as besoin de me le demander ?

Cole se mit à rire, enfila son sac que Summer avait préparé pendant toute la matinée. Elle avait dessiné une moustache mélodramatique, de celles qui frisent et bouclent, et des sourcils si broussailleux que sa maquilleuse en aurait fait une crise d'apoplexie.

— Est-ce que quelqu'un pourrait, par la grâce de Dieu, me rappeler la raison pour laquelle nous agissons ainsi ?

Ils se retournèrent tous deux vers la voix assourdie. Deux visages jumeaux les observaient depuis la banquette arrière. Il y avait eu de longues délibérations pendant la nuit précédente, à grand renfort de pizzas et de Margaritas, pour choisir les identités de papier de Ben et Justin. Cole se tourna vers la plus petite des deux, celle de Justin, à la Elvis, effondrée derrière lui, alors que Ben, qui avait toujours rêvé d'être une fille au moins une fois dans sa vie haute en couleur frappait dans ses mains, tout excité. Il était censé être Marilyn Monroe, avait passé plus de quatre heures sur son chef-d'œuvre en papier kraft qui aurait une durée de vie d'à peine vingt minutes.

—Nous faisons cela parce que Cocky a besoin d'un Spirobole et qu'il nous faut l'équipement nécessaire.

—Ils vont nous prendre pour des voleurs et ils vont nous descendre, dit Ben, en applaudissant d'excitation.

Cole le regarda en se demandant pourquoi il avait l'air de jubiler en disant cela. Mais Marilyn Monroe n'avait pas tort. C'était la raison pour laquelle Justin avait appelé le magasin à l'insu de Ben et Summer. Il avait parlé au directeur. Il s'était servi du nom de Cole, de sa Platinum American Express et de son statut de star pour convaincre ce type de les laisser faire leurs courses dans leurs déguisements ridicules. Il y avait déjà dix de ses gardes du corps à l'intérieur de Walmart, en civil, prêts à tenir à distance tous les dingos. Cela dit, il n'y avait aucun doute, cette sortie éducative allait prendre fin au bout d'à peine cinq minutes.

—Nous sommes en Californie, dit Summer, sur un ton qui mettait Cole dans un état proche de celui d'un môme de maternelle. Pas d'armes à feu, vous vous rappelez ? Vous adorez tous vous balader sans défense. En plus, personne ne songerait à tirer sur une femme enceinte, alors poussez-moi devant si vous avez peur. Vous deux derrière, arrêtez de faire les bébés et sortez de cette voiture.

Ils ouvrirent les portières et sortirent, et s'il pensait l'aimer avant, c'était de la roupie de sansonnet, comparé à cet instant.

NOTE DE L'AUTEURE

La ville de Quincy existe vraiment, tout comme ses soixante-seize millionnaires. Elle est située dans le nord de la Floride (pas en Géorgie), mais à part ce petit détail, j'ai essayé de ne pas m'éloigner de ses sources. Un banquier local, du nom de Pat Munroe, convainquit plus de soixante-dix habitants d'investir dans des actions Coca-Cola, leur accordant même des prêts pour ce faire. Ces actions ne coûtaient que dix-neuf dollars, alors qu'elles en valent plus de dix millions aujourd'hui. Ce que j'ai raconté sur leur fidélité au Coca est vrai. Si vous commandez un Pepsi à Quincy, on risque fort de vous montrer la porte.

Mon poulet s'appelait Knobby. Knobby Knees[39], mais c'était un peu dur à prononcer, du coup nous l'avons appelé Knobby. Il poussait d'horribles cocoricos. Il n'a jamais réussi à maîtriser cet art, mais il était blanc et duveteux, et rentrait chez nous en de nombreuses occasions même si ma mère croyait le contraire. Ma ville natale ressemblait beaucoup à Quincy, sauf que nous n'avions pas de millionnaires, nous n'avions que des braves gens qui prenaient soin les uns des autres et vous auraient offert leur dernière chemise. J'ai beaucoup puisé dans mes souvenirs pour écrire ce livre, et c'est une des choses qui m'ont le plus plu. Honnêtement, je ne sais pas si j'ai jamais éprouvé autant de plaisir en écrivant un roman. Je suis tombée amoureuse de la ville, et de l'histoire de Summer et Cole. J'espère que vous aussi.

Et si vous avez aimé ce livre, vous pouvez le soutenir de différentes façons.

---

39. «Genoux cagneux» en français.

Vous pouvez appeler ou envoyer un mail à vos amies pour leur en parler. Si vous voulez vraiment qu'elles le lisent, songez à le leur prêter ou à leur offrir.

Vous pouvez aussi écrire un commentaire sur des sites comme Amazon ou Goodreads. Il est prouvé que les commentaires et les recommandations d'amies sont les prescriptions les plus fortes dans les décisions d'achat des lecteurs !

Je vous suggère également de vous inscrire à ma Newsletter ou à mon nouveau eBlast pour être prévenues de mes prochaines parutions. Vous pouvez vous inscrire à l'adresse suivante : www.nextnovel.com

Merci beaucoup pour votre soutien ! Et, s'il vous plaît, venez me rendre visite sur Facebook ou Instagram, vous y trouverez plein d'informations sur ma méthode d'écriture et ma vie privée. Attention, mon fil Twitter est vraiment classé X !

Bien à vous,
Alessandra

Achevé d'imprimer
en août 2017
en France par Corlet
N° d'imprimeur : 191588